Le Comte de M(

Alexandre Dumas

1845

A Propos Dumas:

Alexandre Dumas, père, born Dumas Davy de la Pailleterie (July 24, 1802 – December 5, 1870) was a French writer, best known for his numerous historical novels of high adventure which have made him one of the most widely read French authors in the world. Many of his novels, including The Count of Monte Cristo, The Three Musketeers, and The Man in the Iron Mask were serialized, and he also wrote plays and magazine articles and was a prolific correspondent.

I – Marseille. – L'arrivée.

Le 24 février 1815, la vigie de Notre-Dame de la Garde signala le trois-mâts le *Pharaon*, venant de Smyrne, Trieste et Naples.

Comme d'habitude, un pilote côtier partit aussitôt du port, rasa le château d'If, et alla aborder le navire entre le cap de Morgion et l'île de Rion.

Aussitôt, comme d'habitude encore, la plate-forme du fort Saint-Jean s'était couverte de curieux ; car c'est toujours une grande affaire à Marseille que l'arrivée d'un bâtiment, surtout quand ce bâtiment, comme le *Pharaon*, a été construit, gréé, arrimé sur les chantiers de la vieille Phocée, et appartient à un armateur de la ville.

Cependant ce bâtiment s'avançait ; il avait heureusement franchi le détroit que quelque secousse volcanique a creusé entre l'île de Calasareigne et l'île de Jaros ; il avait doublé Pomègue, et il s'avançait sous ses trois huniers, son grand foc et sa brigantine, mais si lentement et d'une allure si triste, que les curieux, avec cet instinct qui pressent un malheur, se demandaient quel accident pouvait être arrivé à bord. Néanmoins les experts en navigation reconnaissaient que si un accident était arrivé, ce ne pouvait être au bâtiment lui-même ; car il s'avançait dans toutes les conditions d'un navire parfaitement gouverné : son ancre était en mouillage, ses haubans de beaupré décrochés ; et près du pilote, qui s'apprêtait à diriger le *Pharaon* par l'étroite entrée du port de Marseille, était un jeune homme au geste rapide et à l'œil actif, qui surveillait chaque mouvement du navire et répétait chaque ordre du pilote.

La vague inquiétude qui planait sur la foule avait particulièrement atteint un des spectateurs de l'esplanade de Saint-Jean, de sorte qu'il ne put attendre l'entrée du bâtiment dans le port ; il sauta dans une petite barque et ordonna de ramer au-devant du *Pharaon*, qu'il atteignit en face de l'anse de la Réserve.

En voyant venir cet homme, le jeune marin quitta son poste à côté du pilote, et vint, le chapeau à la main, s'appuyer à la muraille du bâtiment.

C'était un jeune homme de dix-huit à vingt ans, grand, svelte, avec de beaux yeux noirs et des cheveux d'ébène ; il y avait dans toute sa personne cet air calme et de résolution particulier aux hommes habitués depuis leur enfance à lutter avec le danger.

« Ah ! c'est vous, Dantès ! cria l'homme à la barque ; qu'est-il donc arrivé, et pourquoi cet air de tristesse répandu sur tout votre bord ?

– Un grand malheur, monsieur Morrel ! répondit le jeune homme, un grand malheur, pour moi surtout : à la hauteur de Civita-Vecchia, nous avons perdu ce brave capitaine Leclère.

– Et le chargement ? demanda vivement l'armateur.

– Il est arrivé à bon port, monsieur Morrel, et je crois que vous serez content sous ce rapport ; mais ce pauvre capitaine Leclère…

– Que lui est-il donc arrivé ? demanda l'armateur d'un air visiblement soulagé ; que lui est-il donc arrivé, à ce brave capitaine ?

– Il est mort.

– Tombé à la mer ?

– Non, monsieur ; mort d'une fièvre cérébrale, au milieu d'horribles souffrances. »

Puis, se retournant vers ses hommes :

« Holà hé ! dit-il, chacun à son poste pour le mouillage ! »

L'équipage obéit. Au même instant, les huit ou dix matelots qui le composaient s'élancèrent les uns sur les écoutes, les autres sur les bras, les autres aux drisses, les autres aux hallebas des focs, enfin les autres aux cargues des voiles.

Le jeune marin jeta un coup d'œil nonchalant sur ce commencement de manœuvre, et, voyant que ses ordres allaient s'exécuter, il revint à son interlocuteur.

« Et comment ce malheur est-il donc arrivé ? continua l'armateur, reprenant la conversation où le jeune marin l'avait quittée.

– Mon Dieu, monsieur, de la façon la plus imprévue : après une longue conversation avec le commandant du port, le capitaine Leclère quitta Naples fort agité ; au bout de vingt-quatre heures, la fièvre le prit ; trois jours après, il était mort…

« Nous lui avons fait les funérailles ordinaires, et il repose, décemment enveloppé dans un hamac, avec un boulet de trente-six aux pieds et un à la tête, à la hauteur de l'île d'El Giglio. Nous rapportons à sa veuve sa croix d'honneur et son épée. C'était bien la peine, continua

4

le jeune homme avec un sourire mélancolique, de faire dix ans la guerre aux Anglais pour en arriver à mourir, comme tout le monde, dans son lit.

– Dame ! que voulez-vous, monsieur Edmond, reprit l'armateur qui paraissait se consoler de plus en plus, nous sommes tous mortels, et il faut bien que les anciens fassent place aux nouveaux, sans cela il n'y aurait pas d'avancement ; et du moment que vous m'assurez que la cargaison…

– Est en bon état, monsieur Morrel, je vous en réponds. Voici un voyage que je vous donne le conseil de ne point escompter pour 25.000 francs de bénéfice. »

Puis, comme on venait de dépasser la tour ronde :

« Range à carguer les voiles de hune, le foc et la brigantine ! cria le jeune marin ; faites penaud ! »

L'ordre s'exécuta avec presque autant de promptitude que sur un bâtiment de guerre.

« Amène et cargue partout ! »

Au dernier commandement, toutes les voiles s'abaissèrent, et le navire s'avança d'une façon presque insensible, ne marchant plus que par l'impulsion donnée.

« Et maintenant, si vous voulez monter, monsieur Morrel, dit Dantès voyant l'impatience de l'armateur, voici votre comptable, M. Danglars, qui sort de sa cabine, et qui vous donnera tous les renseignements que vous pouvez désirer. Quant à moi, il faut que je veille au mouillage et que je mette le navire en deuil. »

L'armateur ne se le fit pas dire deux fois. Il saisit un câble que lui jeta Dantès, et, avec une dextérité qui eût fait honneur à un homme de mer, il gravit les échelons cloués sur le flanc rebondi du bâtiment, tandis que celui-ci, retournant à son poste de second, cédait la conversation à celui qu'il avait annoncé sous le nom de Danglars, et qui, sortant de sa cabine, s'avançait effectivement au-devant de l'armateur.

Le nouveau venu était un homme de vingt-cinq à vingt-six ans, d'une figure assez sombre, obséquieux envers ses supérieurs, insolent envers ses subordonnés : aussi, outre son titre d'agent comptable, qui est toujours un motif de répulsion pour les matelots, était-il généralement aussi mal vu de l'équipage qu'Edmond Dantès au contraire en était aimé.

« Eh bien, monsieur Morrel, dit Danglars, vous savez le malheur, n'est-ce pas ?

– Oui, oui, pauvre capitaine Leclère ! c'était un brave et honnête homme !

– Et un excellent marin surtout, vieilli entre le ciel et l'eau, comme il convient à un homme chargé des intérêts d'une maison aussi importante que maison Morrel et fils, répondit Danglars.

– Mais, dit l'armateur, suivant des yeux Dantès qui cherchait son mouillage, mais il me semble qu'il n'y a pas besoin d'être si vieux marin que vous le dites, Danglars, pour connaître son métier, et voici notre ami Edmond qui fait le sien, ce me semble, en homme qui n'a besoin de demander des conseils à personne.

– Oui, dit Danglars en jetant sur Dantès un regard oblique où brilla un éclair de haine, oui, c'est jeune, et cela ne doute de rien. À peine le capitaine a-t-il été mort qu'il a pris le commandement sans consulter personne, et qu'il nous a fait perdre un jour et demi à l'île d'Elbe au lieu de revenir directement à Marseille.

– Quant à prendre le commandement du navire, dit l'armateur, c'était son devoir comme second ; quant à perdre un jour et demi à l'île d'Elbe, il a eu tort ; à moins que le navire n'ait eu quelque avarie à réparer.

– Le navire se portait comme je me porte, et comme je désire que vous vous portiez, monsieur Morrel ; et cette journée et demie a été perdue par pur caprice, pour le plaisir d'aller à terre, voilà tout.

– Dantès, dit l'armateur se retournant vers le jeune homme, venez donc ici.

– Pardon, monsieur, dit Dantès, je suis à vous dans un instant. » Puis s'adressant à l'équipage : « Mouille ! » dit-il.

Aussitôt l'ancre tomba, et la chaîne fila avec bruit. Dantès resta à son poste, malgré la présence du pilote, jusqu'à ce que cette dernière manœuvre fût terminée ; puis alors :

« Abaissez la flamme à mi-mât, mettez le pavillon en berne, croisez les vergues !

– Vous voyez, dit Danglars, il se croit déjà capitaine, sur ma parole.

– Et il l'est de fait, dit l'armateur.

– Oui, sauf votre signature et celle de votre associé, monsieur Morrel.

– Dame ! pourquoi ne le laisserions-nous pas à ce poste ? dit l'armateur. Il est jeune, je le sais bien, mais il me paraît tout à la chose, et fort expérimenté dans son état. »

Un nuage passa sur le front de Danglars.

« Pardon, monsieur Morrel, dit Dantès en s'approchant ; maintenant que le navire est mouillé, me voilà tout à vous : vous m'avez appelé, je crois ? »

Danglars fit un pas en arrière.

« Je voulais vous demander pourquoi vous vous étiez arrêté à l'île d'Elbe ?

– Je l'ignore, monsieur ; c'était pour accomplir un dernier ordre du capitaine Leclère, qui, en mourant, m'avait remis un paquet pour le grand maréchal Bertrand.

– L'avez-vous donc vu, Edmond ?

– Qui ?

– Le grand maréchal ?

– Oui. »

Morrel regarda autour de lui, et tira Dantès à part.

« Et comment va l'Empereur ? demanda-t-il vivement.

– Bien, autant que j'aie pu en juger par mes yeux.

– Vous avez donc vu l'Empereur aussi ?

– Il est entré chez le maréchal pendant que j'y étais.

– Et vous lui avez parlé ?

– C'est-à-dire que c'est lui qui m'a parlé, monsieur, dit Dantès en souriant.

– Et que vous a-t-il dit ?

– Il m'a fait des questions sur le bâtiment, sur l'époque de son départ pour Marseille, sur la route qu'il avait suivie et sur la cargaison qu'il portait. Je crois que s'il eût été vide, et que j'en eusse été le maître, son intention eût été de l'acheter ; mais je lui ai dit que je n'étais que simple second, et que le bâtiment appartenait à la maison Morrel et fils. « Ah ! ah ! a-t-il dit, je la connais. Les Morrel sont armateurs de père en fils, et il y avait un Morrel qui servait dans le même régiment que moi lorsque j'étais en garnison à Valence. »

– C'est pardieu vrai ! s'écria l'armateur tout joyeux ; c'était Policar Morrel, mon oncle, qui est devenu capitaine. Dantès, vous direz à mon oncle que l'Empereur s'est souvenu de lui, et vous le verrez pleurer, le vieux grognard. Allons, allons, continua l'armateur en frappant amicalement sur l'épaule du jeune homme, vous avez bien fait, Dantès, de suivre les instructions du capitaine Leclère et de vous arrêter à l'île d'Elbe, quoique, si l'on savait que vous avez remis un paquet au maréchal et causé avec l'Empereur, cela pourrait vous compromettre.

– En quoi voulez-vous, monsieur, que cela me compromette ? dit Dantès : je ne sais pas même ce que je portais, et l'Empereur ne m'a fait que les questions qu'il eût faites au premier venu. Mais, pardon, reprit Dantès, voici la santé et la douane qui nous arrivent ; vous permettez, n'est-ce pas ?

– Faites, faites, mon cher Dantès. »

Le jeune homme s'éloigna, et, comme il s'éloignait, Danglars se rapprocha.

« Eh bien, demanda-t-il, il paraît qu'il vous a donné de bonnes raisons de son mouillage à Porto-Ferrajo ?

– D'excellentes, mon cher monsieur Danglars.

– Ah ! tant mieux, répondit celui-ci, car c'est toujours pénible de voir un camarade qui ne fait pas son devoir.

– Dantès a fait le sien, répondit l'armateur, et il n'y a rien à dire. C'était le capitaine Leclère qui lui avait ordonné cette relâche.

– À propos du capitaine Leclère, ne vous a-t-il pas remis une lettre de lui ?

– Qui ?

– Dantès.

– À moi, non ! En avait-il donc une ?

– Je croyais qu'outre le paquet, le capitaine Leclère lui avait confié une lettre.

– De quel paquet voulez-vous parler, Danglars ?

– Mais de celui que Dantès a déposé en passant à Porto-Ferrajo ?

– Comment savez-vous qu'il avait un paquet à déposer à Porto-Ferrajo ? »

Danglars rougit.

« Je passais devant la porte du capitaine qui était entrouverte, et je lui ai vu remettre ce paquet et cette lettre à Dantès.

– Il ne m'en a point parlé, dit l'armateur ; mais s'il a cette lettre, il me la remettra. »

Danglars réfléchit un instant.

« Alors, monsieur Morrel, je vous prie, dit-il, ne parlez point de cela à Dantès ; je me serai trompé. »

En ce moment, le jeune homme revenait ; Danglars s'éloigna.

« Eh bien, mon cher Dantès, êtes-vous libre ? demanda l'armateur.

– Oui, monsieur.

– La chose n'a pas été longue.

– Non, j'ai donné aux douaniers la liste de marchandises ; et quant à la consigne, elle avait envoyé avec le pilote côtier un homme à qui j'ai remis nos papiers.

– Alors, vous n'avez plus rien à faire ici ? »

Dantès jeta un regard rapide autour de lui.

« Non, tout est en ordre, dit-il.

– Vous pouvez donc alors venir dîner avec nous ?

– Excusez-moi, monsieur Morrel, excusez-moi, je vous prie, mais je dois ma première visite à mon père. Je n'en suis pas moins reconnaissant de l'honneur que vous me faites.

– C'est juste, Dantès, c'est juste. Je sais que vous êtes bon fils.

– Et… demanda Dantès avec une certaine hésitation, et il se porte bien, que vous sachiez, mon père ?

– Mais je crois que oui, mon cher Edmond, quoique je ne l'aie pas aperçu.

– Oui, il se tient enfermé dans sa petite chambre.

– Cela prouve au moins qu'il n'a manqué de rien pendant votre absence. »

Dantès sourit.

« Mon père est fier, monsieur, et, eût-il manqué de tout, je doute qu'il eût demandé quelque chose à qui que ce soit au monde, excepté à Dieu.

– Eh bien, après cette première visite, nous comptons sur vous.

– Excusez-moi encore, monsieur Morrel, mais après cette première visite, j'en ai une seconde qui ne me tient pas moins au cœur.

– Ah ! c'est vrai, Dantès ; j'oubliais qu'il y a aux Catalans quelqu'un qui doit vous attendre avec non moins d'impatience que votre père : c'est la belle Mercédès. »

Dantès sourit.

« Ah ! ah ! dit l'armateur, cela ne m'étonne plus, qu'elle soit venue trois fois me demander des nouvelles du *Pharaon*. Peste ! Edmond, vous n'êtes point à plaindre, et vous avez là une jolie maîtresse !

– Ce n'est point ma maîtresse, monsieur, dit gravement le jeune marin : c'est ma fiancée.

– C'est quelquefois tout un, dit l'armateur en riant.

– Pas pour nous, monsieur, répondit Dantès.

– Allons, allons, mon cher Edmond, continua l'armateur, que je ne vous retienne pas ; vous avez assez bien fait mes affaires pour que je vous donne tout loisir de faire les vôtres. Avez-vous besoin d'argent ?

– Non, monsieur ; j'ai tous mes appointements du voyage, c'est-à-dire près de trois mois de solde.

– Vous êtes un garçon rangé, Edmond.

– Ajoutez que j'ai un père pauvre, monsieur Morrel.

– Oui, oui, je sais que vous êtes un bon fils. Allez donc voir votre père : j'ai un fils aussi, et j'en voudrais fort à celui qui, après un voyage de trois mois, le retiendrait loin de moi.

– Alors, vous permettez ? dit le jeune homme en saluant.

– Oui, si vous n'avez rien de plus à me dire.

– Non.

– Le capitaine Leclère ne vous a pas, en mourant, donné une lettre pour moi ?

– Il lui eût été impossible d'écrire, monsieur ; mais cela me rappelle que j'aurai un congé de quinze jours à vous demander.

– Pour vous marier ?

– D'abord ; puis pour aller à Paris.

– Bon, bon ! vous prendrez le temps que vous voudrez, Dantès ;

le temps de décharger le bâtiment nous prendra bien six semaines, et nous ne nous remettrons guère en mer avant trois mois… Seulement, dans trois mois, il faudra que vous soyez là. Le *Pharaon*, continua l'armateur en frappant sur l'épaule du jeune marin, ne pourrait pas repartir sans son capitaine.

– Sans son capitaine ! s'écria Dantès les yeux brillants de joie ; faites bien attention à ce que vous dites là, monsieur, car vous venez de répondre aux plus secrètes espérances de mon cœur. Votre intention serait-elle de me nommer capitaine du *Pharaon* ?

– Si j'étais seul, je vous tendrais la main, mon cher Dantès, et je vous dirais : « C'est fait. » Mais j'ai un associé, et vous savez le proverbe italien : *Che a compagne a padrone*. Mais la moitié de la besogne est faite au moins, puisque sur deux voix vous en avez déjà une. Rapportez-vous-en à moi pour avoir l'autre, et je ferai de mon mieux.

– Oh ! monsieur Morrel, s'écria le jeune marin, saisissant, les larmes aux yeux, les mains de l'armateur ; monsieur Morrel, je vous remercie, au nom de mon père et de Mercédès.

– C'est bien, c'est bien, Edmond, il y a un Dieu a ciel pour les braves gens, que diable ! Allez voir votre père, allez voir Mercédès, et revenez me trouver après.

– Mais vous ne voulez pas que je vous ramène à terre ?

– Non, merci ; je reste à régler mes comptes avec Danglars. Avez-vous été content de lui pendant le voyage ?

– C'est selon le sens que vous attachez à cette question, monsieur. Si c'est comme bon camarade, non, car je crois qu'il ne m'aime pas depuis le jour où j'ai eu la bêtise, à la suite d'une petite querelle que nous avions eue ensemble, de lui proposer de nous arrêter dix minutes à l'île de Monte-Cristo pour vider cette querelle ; proposition que j'avais eu tort de lui faire, et qu'il avait eu, lui, raison de refuser. Si c'est comme comptable que vous me faites cette question je crois qu'il n'y a rien à dire et que vous serez content de la façon dont sa besogne est faite.

– Mais, demanda l'armateur, voyons, Dantès, si vous étiez capitaine du *Pharaon*, garderiez-vous Danglars avec plaisir ?

– Capitaine ou second, monsieur Morrel, répondit dit Dantès,

11

j'aurai toujours les plus grands égards pour ceux qui posséderont la confiance de mes armateurs.

– Allons, allons, Dantès, je vois qu'en tout point vous êtes un brave garçon. Que je ne vous retienne plus : allez, car je vois que vous êtes sur des charbons.

– J'ai donc mon congé ? demanda Dantès.

– Allez, vous dis-je.

– Vous permettez que je prenne votre canot ?

– Prenez.

– Au revoir, monsieur Morrel, et mille fois merci.

– Au revoir, mon cher Edmond, bonne chance ! »

Le jeune marin sauta dans le canot, alla s'asseoir à la poupe, et donna l'ordre d'aborder à la Canebière. Deux matelots se penchèrent aussitôt sur leurs rames, et l'embarcation glissa aussi rapidement qu'il est possible de le faire, au milieu des mille barques qui obstruent l'espèce de rue étroite qui conduit, entre deux rangées de navires, de l'entrée du port au quai d'Orléans.

L'armateur le suivit des yeux en souriant, jusqu'au bord, le vit sauter sur les dalles du quai, et se perdre aussitôt au milieu de la foule bariolée qui, de cinq heures du matin à neuf heures du soir, encombre cette fameuse rue de la Canebière, dont les Phocéens modernes sont si fiers, qu'ils disent avec le plus grand sérieux du monde et avec cet accent qui donne tant de caractère à ce qu'ils disent : « Si Paris avait la Canebière, Paris serait un petit Marseille. »

En se retournant, l'armateur vit derrière lui Danglars, qui, en apparence, semblait attendre ses ordres, mais qui, en réalité, suivait comme lui le jeune marin du regard.

Seulement, il y avait une grande différence dans l'expression de ce double regard qui suivait le même homme.

II – Le père et le fils.

Laissons Danglars, aux prises avec le génie de la haine, essayer de souffler contre son camarade quelque maligne supposition à l'oreille de l'armateur, et suivons Dantès, qui, après avoir parcouru la Canebière dans toute sa longueur, prend la rue de Noailles, entre dans une petite maison située du côté gauche des Allées de Meilhan, monte vivement les quatre étages d'un escalier obscur, et, se retenant à la rampe d'une main, comprimant de l'autre les battements de son cœur, s'arrête devant une porte entre baillée, qui laisse voir jusqu'au fond d'une petite chambre.

Cette chambre était celle qu'habitait le père de Dantès.

La nouvelle de l'arrivée du *Pharaon* n'était encore parvenue au vieillard, qui s'occupait, monté sur une chaise, à palissader d'une main tremblante quelques capucines mêlées de clématites, qui montaient en grimpant le long du treillage de sa fenêtre.

Tout à coup il se sentit prendre à bras-le-corps, et une voix bien connue s'écria derrière lui :

« Mon père, mon bon père ! »

Le vieillard jeta un cri et se retourna ; puis, voyant son fils, il se laissa aller dans ses bras, tout tremblant et tout pâle.

« Qu'as-tu donc, père ? s'écria le jeune homme inquiet ; serais-tu malade ?

– Non, non, mon cher Edmond, mon fils, mon enfant, non ; mais je ne t'attendais pas, et la joie, le saisissement de te revoir ainsi à l'improviste… mon Dieu ! il me semble que je vais mourir !

– Eh bien, remets-toi donc, père ! c'est moi, bien moi ! On dit toujours que la joie ne fait pas mal, et voilà pourquoi je suis entré ici sans préparation. Voyons, souris-moi, au lieu de me regarder comme tu le fais, avec des yeux égarés. Je reviens et nous allons être heureux.

– Ah ! tant mieux, garçon ! reprit le vieillard, mais comment allons-nous être heureux ? tu ne me quittes donc plus ? Voyons, conte-moi ton bonheur.

– Que le Seigneur me pardonne, dit le jeune homme, de me réjouir d'un bonheur fait avec le deuil d'une famille ! Mais Dieu sait que je n'eusse pas désiré ce bonheur ; il arrive, et je n'ai pas la force de m'en affliger : le brave capitaine Leclère est mort, mon père, et il est probable que, par la protection de M. Morrel, je vais avoir sa place. Comprenez-vous, mon père ? capitaine à vingt ans ! avec cent louis d'appointements et une part dans les bénéfices ! n'est-ce pas plus que ne pouvait vraiment l'espérer un pauvre matelot comme moi ?

– Oui, mon fils, oui, en effet, dit le vieillard, c'est heureux.

– Aussi je veux que du premier argent que je toucherai vous ayez une petite maison, avec un jardin pour planter vos clématites, vos capucines et vos chèvrefeuilles… Mais, qu'as-tu donc, père, on dirait que tu te trouves mal ?

– Patience, patience ! ce ne sera rien. »

Et, les forces manquant au vieillard, il se renversa en arrière.

« Voyons ! voyons ! dit le jeune homme, un verre de vin, mon père ; cela vous ranimera ; où mettez-vous votre vin ?

– Non, merci, ne cherche pas ; je n'en ai pas besoin, dit le vieillard essayant de retenir son fils.

– Si fait, si fait, père, indiquez-moi l'endroit. »

Et il ouvrit deux ou trois armoires.

« Inutile… dit le vieillard, il n'y a plus de vin.

– Comment, il n'y a plus de vin ! dit en pâlissant à son tour Dantès, regardant alternativement les joues creuses et blêmes du vieillard et les armoires vides, comment, il n'y a plus de vin ! Auriez-vous manqué d'argent, mon père ?

– Je n'ai manqué de rien, puisque te voilà, dit le vieillard.

– Cependant, balbutia Dantès en essuyant la sueur qui coulait de son front, cependant je vous avais laissé deux cents francs, il y a trois mois, en partant.

– Oui, oui, Edmond, c'est vrai ; mais tu avais oublié en partant une petite dette chez le voisin Caderousse ; il me l'a rappelée, en me disant que si je ne payais pas pour toi il irait se faire payer chez M. Morrel. Alors, tu comprends, de peur que cela te fît du tort…

– Eh bien ?

– Eh bien, j'ai payé, moi.

– Mais, s'écria Dantès, c'était cent quarante francs que je devais à Caderousse !

– Oui, balbutia le vieillard.

– Et vous les avez donnés sur les deux cent francs que je vous avais laissés ? »

Le vieillard fit un signe de tête.

« De sorte que vous avez vécu trois mois avec soixante francs ! murmura le jeune homme.

– Tu sais combien il me faut peu de chose, dit vieillard.

– Oh ! mon Dieu, mon Dieu, pardonnez-moi ! s'écria Edmond en se jetant à genoux devant le bonhomme.

– Que fais-tu donc ?

– Oh ! vous m'avez déchiré le cœur.

– Bah ! te voilà, dit le vieillard en souriant ; maintenant tout est oublié, car tout est bien.

– Oui, me voilà, dit le jeune homme, me voilà avec un bel avenir et un peu d'argent. Tenez, père, dit-il, prenez, prenez, et envoyez chercher tout de suite quelque chose. »

Et il vida sur la table ses poches, qui contenaient une douzaine de pièces d'or, cinq ou six écus de cinq francs et de la menue monnaie.

Le visage du vieux Dantès s'épanouit.

« À qui cela ? dit-il.

– Mais, à moi !… à toi !… à nous !… Prends, achète des provisions, sois heureux, demain il y en a d'autres.

– Doucement, doucement, dit le vieillard en souriant ; avec ta permission, j'userai modérément de la bourse : on croirait, si l'on me voyait acheter trop de choses à la fois, que j'ai été obligé d'attendre le retour pour les acheter.

– Fais comme tu voudras ; mais, avant toutes choses, prends une servante, père ; je ne veux pas que tu restes seul. J'ai du café de contrebande et d'excellent tabac dans un petit coffre de la cale, tu l'auras dès demain. Mais chut ! voici quelqu'un.

– C'est Caderousse qui aura appris ton arrivée, et qui vient sans doute te faire son compliment de bon retour.

– Bon, encore des lèvres qui disent une chose tandis que le cœur en pense une autre, murmura Edmond ; mais, n'importe, c'est un voisin qui nous a rendu service autrefois, qu'il soit le bienvenu. »

En effet, au moment où Edmond achevait la phrase à voix basse, on vit apparaître encadrée par la porte du palier, la tête noire et barbue de Caderousse. C'était un homme de vingt-cinq à vingt-six ans ; il tenait à sa main un morceau de drap, qu'en sa qualité de tailleur il s'apprêtait à changer en un revers d'habit.

« Eh ! te voilà donc revenu, Edmond ? dit-il avec un accent marseillais des plus prononcés et avec un large sourire qui découvrait ses dents blanches comme de l'ivoire.

– Comme vous voyez, voisin Caderousse, et prêt à vous être agréable en quelque chose que ce soit, répondit Dantès en dissimulant mal sa froideur sous cette offre de service.

– Merci, merci ; heureusement, je n'ai besoin de rien, et ce sont même quelquefois les autres qui ont besoin de moi. (Dantès fit un mouvement.) Je ne te dis pas cela pour toi, garçon ; je t'ai prêté de l'argent, tu me l'as rendu ; cela se fait entre bons voisins, et nous sommes quittes.

– On n'est jamais quitte envers ceux qui nous ont obligés, dit Dantès, car lorsqu'on ne leur doit plus l'argent, on leur doit la reconnaissance.

– À quoi bon parler de cela ! Ce qui est passé est passé. Parlons de ton heureux retour, garçon. J'étais donc allé comme cela sur le port pour rassortir du drap marron, lorsque je rencontrai l'ami Danglars.

« – Toi, à Marseille ?

« – Eh oui, tout de même, me répondit-il.

« – Je te croyais à Smyrne.

« – J'y pourrais être, car j'en reviens.

« – Et Edmond, où est-il donc, le petit ?

« – Mais chez son père, sans doute, répondit Danglars ; et alors je suis venu, continua Caderousse, pour avoir le plaisir de serrer la main à un ami.

– Ce bon Caderousse, dit le vieillard, il nous aime tant.

– Certainement que je vous aime, et que je vous estime encore, attendu que les honnêtes gens sont rares ! Mais il paraît que tu deviens riche, garçon ? » continua le tailleur en jetant un regard oblique sur la poignée d'or et d'argent que Dantès avait déposée sur la table.

Le jeune homme remarqua l'éclair de convoitise qui illumina les yeux noirs de son voisin.

« Eh ! mon Dieu ! dit-il négligemment, cet argent n'est point à moi ; je manifestais au père la crainte qu'il n'eût manqué de quelque chose en mon absence, et pour me rassurer, il a vidé sa bourse sur la table. Allons, père, continua Dantès, remettez cet argent dans votre tirelire ; à moins que le voisin Caderousse n'en ait besoin à son tour, auquel cas il est bien à son service.

– Non pas, garçon, dit Caderousse, je n'ai besoin de rien, et,

Dieu merci l'état nourrit son homme. Garde ton argent, garde : on n'en a jamais de trop ; ce qui n'empêche pas que je ne te sois obligé de ton offre comme si j'en profitais.

– C'était de bon cœur, dit Dantès.

– Je n'en doute pas. Eh bien, te voilà donc au mieux avec M. Morrel, câlin que tu es ?

– M. Morrel a toujours eu beaucoup de bonté pour moi, répondit Dantès.

– En ce cas, tu as tort de refuser son dîner.

– Comment, refuser son dîner ? reprit le vieux Dantès ; il t'avait donc invité à dîner ?

– Oui, mon père, reprit Edmond en souriant de l'étonnement que causait à son père l'excès de l'honneur dont il était l'objet.

– Et pourquoi donc as-tu refusé, fils ? demanda le vieillard.

– Pour revenir plus tôt près de vous, mon père, répondit le jeune homme ; j'avais hâte de vous voir.

– Cela l'aura contrarié, ce bon M. Morrel, reprit Caderousse ; et quand on vise à être capitaine, c'est un tort que de contrarier son armateur.

– Je lui ai expliqué la cause de mon refus, reprit Dantès, et il l'a comprise, je l'espère.

– Ah ! c'est que, pour être capitaine, il faut un peu flatter ses patrons.

– J'espère être capitaine sans cela, répondit Dantès.

– Tant mieux, tant mieux ! cela fera plaisir à tous les anciens amis, et je sais quelqu'un là-bas, derrière la citadelle de Saint-Nicolas, qui n'en sera pas fâché.

– Mercédès ? dit le vieillard.

– Oui, mon père, reprit Dantès, et, avec permission, maintenant que je vous ai vu, maintenant que je sais que vous vous portez bien et que vous avez tout ce qu'il vous faut, je vous demanderai la permission d'aller faire visite aux Catalans.

– Va, mon enfant, dit le vieux Dantès, et que Dieu te bénisse dans ta femme comme il m'a béni dans mon fils.

– Sa femme ! dit Caderousse ; comme vous y allez, père Dantès ! elle ne l'est pas encore, ce me semble !

– Non ; mais, selon toute probabilité, répondit Edmond, elle ne tardera pas à le devenir.

– N'importe, n'importe, dit Caderousse, tu as bien fait de te dépêcher, garçon.

– Pourquoi cela ?

– Parce que la Mercédès est une belle fille, et que les belles filles ne manquent pas d'amoureux ; celle-là surtout, ils la suivent par douzaines.

– Vraiment, dit Edmond avec un sourire sous lequel perçait une légère nuance d'inquiétude.

– Oh ! oui, reprit Caderousse, et de beaux partis même ; mais, tu comprends, tu vas être capitaine, on n'aura garde de te refuser, toi !

– Ce qui veut dire, reprit Dantès avec un sourire qui dissimulait mal son inquiétude, que si je n'étais pas capitaine…

– Eh ! eh ! fit Caderousse.

– Allons, allons, dit le jeune homme, j'ai meilleure opinion que vous des femmes en général, et de Mercédès en particulier, et, j'en suis convaincu, que je sois capitaine ou non, elle me restera fidèle.

– Tant mieux ! tant mieux ! dit Caderousse, c'est toujours, quand on va se marier, une bonne chose que d'avoir la foi, mais, n'importe ; crois-moi, garçon, ne perds pas de temps à aller lui annoncer ton arrivée et à lui faire part de tes espérances.

– J'y vais », dit Edmond.

Il embrassa son père, salua Caderousse d'un signe et sortit. Caderousse resta un instant encore ; puis, prenant congé du vieux Dantès, il descendit à son tour et alla rejoindre Danglars, qui l'attendait au coin de la rue Senac.

– Eh bien, dit Danglars, l'as-tu vu ?

– Je le quitte, dit Caderousse.

– Et t'a-t-il parlé de son espérance d'être capitaine ?

– Il en parle comme s'il l'était déjà.

– Patience ! dit Danglars, il se presse un peu trop, ce me semble.

– Dame ! il paraît que la chose lui est promise par M. Morrel.

– De sorte qu'il est bien joyeux ?

– C'est-à-dire qu'il en est insolent ; il m'a déjà fait ses offres de service comme si c'était un grand personnage ; il m'a offert de me prêter de l'argent comme s'il était un banquier.

— Et vous avez refusé ?

— Parfaitement ; quoique j'eusse bien pu accepter, attendu que c'est moi qui lui ai mis à la main les premières pièces blanches qu'il a maniées. Mais maintenant M. Dantès n'aura plus besoin de personne, il va être capitaine.

— Bah ! dit Danglars, il ne l'est pas encore.

— Ma foi, ce serait bien fait qu'il ne le fût pas, dit Caderousse, ou sans cela il n'y aura plus moyen de lui parler.

— Que si nous le voulons bien, dit Danglars, il restera ce qu'il est, et peut-être même deviendra moins qu'il n'est.

— Que dis-tu ?

— Rien, je me parle à moi-même. Et il est toujours amoureux de la belle Catalane ?

— Amoureux fou. Il y est allé ; mais ou je me trompe fort, ou il aura du désagrément de ce côté-là.

— Explique-toi.

— À quoi bon ?

— C'est plus important que tu ne crois. Tu n'aimes pas Dantès, hein ?

— Je n'aime pas les arrogants.

— Eh bien, alors ! dis-moi ce que tu sais relativement à la Catalane.

— Je ne sais rien de bien positif ; seulement j'ai vu des choses qui me font croire, comme je te l'ai dit, que le futur capitaine aura du désagrément aux environs du chemin des Vieilles-Infirmeries.

— Qu'as-tu vu ? allons, dis.

— Eh bien, j'ai vu que toutes les fois que Mercédès vient en ville, elle y vient accompagnée d'un grand gaillard de Catalan à l'œil noir, à la peau rouge, très brun, très ardent, et qu'elle appelle *mon* cousin.

— Ah ! vraiment ! et crois-tu que ce cousin lui fasse la cour ?

— Je le suppose : que diable peut faire un grand garçon de vingt et un ans à une belle fille de dix-sept ?

— Et tu dis que Dantès est allé aux Catalans ?

– Il est parti devant moi.

– Si nous allions du même côté, nous nous arrêterions à la Réserve, et, tout en buvant un verre de vin de La Malgue, nous attendrions des nouvelles.

– Et qui nous en donnera ?

– Nous serons sur la route, et nous verrons sur le visage de Dantès ce qui se sera passé.

– Allons, dit Caderousse ; mais c'est toi qui paies ?

– Certainement, » répondit Danglars.

Et tous deux s'acheminèrent d'un pas rapide vers l'endroit indiqué. Arrivés là, ils se firent apporter une bouteille et deux verres. Le père Pamphile venait de voir passer Dantès il n'y avait pas dix minutes. Certains que Dantès était aux Catalans, ils s'assirent sous le feuillage naissant des platanes et des sycomores, dans les branches desquels une bande joyeuse d'oiseaux chantaient un des premiers beaux jours de printemps.

III – Les Catalans.

À cent pas de l'endroit où les deux amis, les regards à l'horizon et l'oreille au guet, sablaient le vin pétillant de La Malgue, s'élevait, derrière une butte nue et rongée par le soleil et le mistral, le village des Catalans.

Un jour, une colonie mystérieuse partit de l'Espagne et vint aborder à la langue de terre où elle est encore aujourd'hui. Elle arrivait on ne savait d'où et parlait une langue inconnue. Un des chefs, qui entendait le provençal, demanda à la commune de Marseille de leur donner ce promontoire nu et aride, sur lequel ils venaient, comme les matelots antiques, de tirer leurs bâtiments. La demande lui fut accordée, et trois mois après, autour des douze ou quinze bâtiments qui avaient amené ces bohémiens de la mer, un petit village s'élevait.

Ce village construit d'une façon bizarre et pittoresque, moitié maure, moitié espagnol, est celui que l'on voit aujourd'hui habité par des descendants de ces hommes, qui parlent la langue de leurs pères. Depuis trois ou quatre siècles, ils sont encore demeurés fidèles à ce petit promontoire, sur lequel ils s'étaient abattus, pareils à une bande d'oiseaux de mer, sans se mêler en rien à la population marseillaise, se mariant entre eux, et ayant conservé les mœurs et le costume de leur mère patrie, comme ils en ont conservé le langage.

Il faut que nos lecteurs nous suivent à travers l'unique rue de ce petit village, et entrent avec nous dans une de ces maisons auxquelles le soleil a donné, au-dehors, cette belle couleur feuille morte particulière aux monuments du pays, et, au-dedans, une couche de badigeon, cette teinte blanche qui forme le seul ornement des posadas espagnoles.

Une belle jeune fille aux cheveux noirs comme le jais, aux yeux veloutés comme ceux de la gazelle, tenait debout, adossée à une cloison, et froissait entre ses doigts effilés et d'un dessin antique une bruyère innocente dont elle arrachait les fleurs, et dont les débris jonchaient déjà le sol ; en outre, ses bras nus jusqu'au coude, ses bras brunis, mais qui semblaient modelés sur ceux de la Vénus d'Arles, frémissaient d'une sorte d'impatience fébrile, et elle frappait la terre de son pied souple et cambré, de sorte que l'on entrevoyait la forme pure, fière et hardie de sa jambe, emprisonnée dans un bas de coton rouge à coins gris et bleus.

À trois pas d'elle, assis sur une chaise qu'il balançait d'un mouvement saccadé, appuyant son coude à un vieux meuble vermoulu, un grand garçon de vingt à vingt-deux ans la regardait d'un air où se combattaient l'inquiétude et le dépit ; ses yeux interrogeaient, mais le regard ferme et fixe de la jeune fille dominait son interlocuteur.

« Voyons, Mercédès, disait le jeune homme, voici Pâques qui va revenir, c'est le moment de faire une noce, répondez-moi !

– Je vous ai répondu cent fois, Fernand, et il faut en vérité que vous soyez bien ennemi de vous-même pour m'interroger encore !

– Eh bien, répétez-le encore, je vous en supplie, répétez-le encore pour que j'arrive à le croire. Dites-moi pour la centième fois que vous refusez mon amour, qu'approuvait votre mère ; faites-moi bien comprendre que vous vous jouez de mon bonheur, que ma vie et ma mort ne sont rien pour vous. Ah ! mon Dieu, mon Dieu ! avoir rêvé dix ans d'être votre époux, Mercédès, et perdre cet espoir qui était le seul but de ma vie !

– Ce n'est pas moi du moins qui vous ai jamais encouragé dans cet espoir, Fernand, répondit Mercédès ; vous n'avez pas une seule coquetterie à me reprocher à votre égard. Je vous ai toujours dit : « Je vous aime comme un frère, mais n'exigez jamais de moi autre chose que cette amitié fraternelle, car mon cœur est à un autre. » Vous ai-je toujours dit cela, Fernand ?

– Oui, je le sais bien, Mercédès, répondit le jeune homme ; oui, vous vous êtes donné, vis-à-vis de moi, le cruel mérite de la franchise ; mais oubliez-vous que c'est parmi les Catalans une loi sacrée de se marier entre eux ?

– Vous vous trompez, Fernand, ce n'est pas une loi, c'est une habitude, voilà tout ; et, croyez-moi, n'invoquez pas cette habitude en votre faveur. Vous êtes tombé à la conscription, Fernand ; la liberté qu'on vous laisse, c'est une simple tolérance ; d'un moment à l'autre vous pouvez être appelé sous les drapeaux. Une fois soldat, que ferez-vous de moi, c'est-à-dire d'une pauvre fille orpheline, triste, sans fortune, possédant pour tout bien une cabane presque en ruine, où pendent quelques filets usés, misérable héritage laissé par mon père à ma mère et par ma mère à moi ? Depuis un an qu'elle est morte, songez donc, Fernand, que je vis presque de la charité publique ! Quelquefois vous feignez que je vous suis utile, et cela pour avoir le droit de partager votre poche avec moi ; et j'accepte, Fernand, parce que vous êtes le fils d'un frère de mon père, parce que nous avons été élevés ensemble et plus encore parce que, par-dessus tout, cela vous ferait trop de peine si je vous refusais. Mais je sens bien que ce poisson que je vais vendre et dont je tire l'argent avec lequel j'achète le chanvre que je file, je sens bien, Fernand, que c'est une charité.

– Et qu'importe, Mercédès, si, pauvre et isolée que vous êtes, vous me convenez ainsi mieux que la fille du plus fier armateur ou du plus riche banquier de Marseille ! À nous autres, que nous faut-il ? Une honnête femme et une bonne ménagère. Où trouverais-je mieux que vous sous ces deux rapports ?

– Fernand, répondit Mercédès en secouant la tête, on devient mauvaise ménagère et on ne peut répondre de rester honnête femme lorsqu'on aime un autre homme que son mari. Contentez-vous de mon amitié, car, je vous le répète, c'est tout ce que je puis vous promettre, et je ne promets que ce que je suis sûre de pouvoir donner.

– Oui, je comprends, dit Fernand ; vous supportez patiemment votre misère, mais vous avez peur de la mienne. Eh bien, Mercédès, aimé de vous, je tenterai la fortune ; vous me porterez bonheur, et je deviendrai riche : je puis étendre mon état de pêcheur ; je puis entrer comme commis dans un comptoir ; je puis moi-même devenir marchand !

– Vous ne pouvez rien tenter de tout cela, Fernand ; vous êtes soldat, et si vous restez aux Catalans, c'est parce qu'il n'y a pas de guerre. Demeurez donc pêcheur ; ne faites point de rêves qui vous feraient paraître la réalité plus terrible encore, et contentez-vous de mon amitié, puisque je ne puis vous donner autre chose.

– Eh bien, vous avez raison, Mercédès, je serai marin ; j'aurai, au lieu du costume de nos pères que vous méprisez, un chapeau verni, une chemise rayée et une veste bleue avec des ancres sur les boutons. N'est-ce point ainsi qu'il faut être habillé pour vous plaire ?

– Que voulez-vous dire ? demanda Mercédès en lançant un regard impérieux, que voulez-vous dire ? Je ne vous comprends pas.

– Je veux dire, Mercédès, que vous n'êtes si dure et si cruelle pour moi que parce que vous attendez quelqu'un qui est ainsi vêtu. Mais celui que vous attendez est inconstant peut-être, et, s'il ne l'est pas, la mer l'est pour lui.

– Fernand, s'écria Mercédès, je vous croyais bon et je me trompais ! Fernand, vous êtes un mauvais cœur d'appeler à l'aide de votre jalousie les colères de Dieu ! Eh bien, oui, je ne m'en cache pas, j'attends et j'aime celui que vous dites, et s'il ne revient pas, au lieu d'accuser cette inconstance que vous invoquez, vous, je dirai qu'il est mort en m'aimant. »

Le jeune Catalan fit un geste de rage.

« Je vous comprends, Fernand : vous vous en prendrez à lui de ce que je ne vous aime pas ; vous croiserez votre couteau catalan contre son poignard ! À quoi cela vous avancera-t-il ? À perdre mon amitié si vous êtes vaincu, à voir mon amitié se changer en haine si vous êtes vainqueur. Croyez-moi, chercher querelle à un homme est un mauvais moyen de plaire à la femme qui aime cet homme. Non, Fernand, vous ne vous laisserez point aller ainsi à vos mauvaises pensées. Ne pouvant m'avoir pour femme, vous vous contenterez de m'avoir pour amie et pour sœur ; et d'ailleurs, ajouta-t-elle, les yeux troublés et mouillés de larmes, attendez, attendez, Fernand : vous l'avez dit tout à l'heure, la mer est perfide, et il y a déjà quatre mois qu'il est parti ; depuis quatre mois j'ai compté bien des tempêtes ! »

Fernand demeura impassible ; il ne chercha pas à essuyer les larmes qui roulaient sur les joues de Mercédès ; et cependant, pour chacune de ces larmes, il eût donné un verre de son sang ; mais ces larmes coulaient pour un autre.

Il se leva, fit un tour dans la cabane et revint, s'arrêta devant Mercédès, l'œil sombre et les poings crispés.

« Voyons, Mercédès, dit-il, encore une fois répondez : est-ce bien résolu ?

– J'aime Edmond Dantès, dit froidement la jeune fille, et nul autre qu'Edmond ne sera mon époux.

– Et vous l'aimerez toujours ?

– Tant que je vivrai. »

Fernand baissa la tête comme un homme découragé, poussa un soupir qui ressemblait à un gémissement ; puis tout à coup relevant le front, les dents serrées et les narines entrouvertes :

« Mais s'il est mort ?

– S'il est mort, je mourrai.

– Mais s'il vous oublie ?

– Mercédès ! cria une voix joyeuse au-dehors de la maison, Mercédès !

– Ah ! s'écria la jeune fille en rougissant de joie et en bondissant d'amour, tu vois bien qu'il ne m'a pas oubliée, puisque le voilà ! »

Et elle s'élança vers la porte, qu'elle ouvrit en s'écriant :

« À moi, Edmond ! me voici. »

Fernand, pâle et frémissant, recula en arrière comme fait un voyageur à la vue d'un serpent, et rencontrant sa chaise, il y retomba assis.

Edmond et Mercédès étaient dans les bras l'un de l'autre. Le soleil ardent de Marseille, qui pénétrait à travers l'ouverture de la porte, les inondait d'un flot de lumière. D'abord ils ne virent rien de ce qui les entourait. Un immense bonheur les isolait du monde, et ils ne parlaient que par ces mots entrecoupés qui sont les élans d'une joie si vive qu'ils semblent l'expression de la douleur.

Tout à coup Edmond aperçut la figure sombre de Fernand, qui se dessinait dans l'ombre, pâle et menaçante ; par un mouvement dont il ne se rendit pas compte lui-même, le jeune Catalan tenait la main sur le couteau passé à sa ceinture.

« Ah ! pardon, dit Dantès en fronçant le sourcil à son tour, je n'avais pas remarqué que nous étions trois. »

Puis, se tournant vers Mercédès :

« Qui est ce monsieur ? demanda-t-il.

— Monsieur sera votre meilleur ami, Dantès, car c'est mon ami à moi, c'est mon cousin, c'est mon frère ; c'est Fernand ; c'est-à-dire l'homme qu'après vous, Edmond, j'aime le plus au monde ; ne le reconnaissez-vous pas ?

— Ah ! si fait », dit Edmond.

Et, sans abandonner Mercédès, dont il tenait la main serrée dans une des siennes, il tendit avec un mouvement de cordialité son autre main au Catalan.

Mais Fernand, loin de répondre à ce geste amical, resta muet et immobile comme une statue.

Alors Edmond promena son regard investigateur de Mercédès, émue et tremblante, à Fernand, sombre et menaçant.

Ce seul regard lui apprit tout.

La colère monta à son front.

« Je ne savais pas venir avec tant de hâte chez vous Mercédès, pour y trouver un ennemi.

— Un ennemi ! s'écria Mercédès avec un regard de courroux à l'adresse de son cousin ; un ennemi chez moi, dis-tu, Edmond ! Si je croyais cela, je te prendrais sous le bras et je m'en irais à Marseille, quittant la maison pour n'y plus jamais rentrer. »

L'œil de Fernand lança un éclair.

« Et s'il t'arrivait malheur, mon Edmond, continua-t-elle avec ce même flegme implacable qui prouvait à Fernand que la jeune fille avait lu jusqu'au plus profond de sa sinistre pensée, s'il t'arrivait malheur, je monterais sur le cap de Morgion, et je me jetterais sur les rochers la tête la première. »

Fernand devint affreusement pâle.

« Mais tu t'es trompé, Edmond, poursuivit-elle, tu n'as point d'ennemi ici ; il n'y a que Fernand, mon frère, qui va te serrer la main comme à un ami dévoué. »

Et à ces mots, la jeune fille fixa son visage impérieux sur le Catalan, qui, comme s'il eût été fasciné par ce regard, s'approcha lentement d'Edmond et tendit la main.

Sa haine, pareille à une vague impuissante, quoique furieuse, venait se briser contre l'ascendant que cette femme exerçait sur lui.

Mais à peine eut-il touché la main d'Edmond, qu'il sentit qu'il avait fait tout ce qu'il pouvait faire, et qu'il s'élança hors de la maison.

« Oh ! s'écriait-il en courant comme un insensé en noyant ses mains dans ses cheveux, oh ! qui me délivrera donc de cet homme ? Malheur à moi ! malheur à moi !

– Eh ! le Catalan ! eh ! Fernand ! où cours-tu ? » dit une voix.

Le jeune homme s'arrêta tout court, regarda autour de lui, et aperçut Caderousse attablé avec Danglars sous un berceau de feuillage.

« Eh ! dit Caderousse, pourquoi ne viens-tu pas ? Es-tu donc si pressé que tu n'aies pas le temps de dire bonjour aux amis ?

– Surtout quand ils ont encore une bouteille presque pleine devant eux », ajouta Danglars.

Fernand regarda les deux hommes d'un air hébété, et ne répondit rien.

« Il semble tout penaud, dit Danglars, poussant du genou Caderousse : est-ce que nous nous serions trompés, et qu'au contraire de ce que nous avions prévu, Dantès triompherait ?

– Dame ! il faut voir », dit Caderousse.

Et se retournant vers le jeune homme :

« Eh bien, voyons, le Catalan, te décides-tu ? » dit-il.

Fernand essuya la sueur qui ruisselait de son front et entra lentement sous la tonnelle, dont l'ombrage sembla rendre un peu de calme à ses sens et la fraîcheur un peu de bien-être à son corps épuisé.

« Bonjour, dit-il, vous m'avez appelé, n'est-ce pas ? »

Et il tomba plutôt qu'il ne s'assit sur un des sièges qui entouraient la table.

« Je t'ai appelé parce que tu courais comme un fou, et que j'ai eu peur que tu n'allasses te jeter à la mer, dit en riant Caderousse. Que diable, quand on a des amis, c'est non seulement pour leur offrir un verre de vin, mais encore pour les empêcher de boire trois ou quatre pintes d'eau. »

Fernand poussa un gémissement qui ressemblait à un sanglot et laissa tomber sa tête sur ses deux poignets, posés en croix sur la table.

« Eh bien, veux-tu que je te dise, Fernand, reprit Caderousse, entamant l'entretien avec cette brutalité grossière des gens du peuple auxquels la curiosité fait oublier toute diplomatie ; eh bien, tu as l'air d'un amant déconfit ! »

Et il accompagna cette plaisanterie d'un gros rire.

« Bah ! répondit Danglars, un garçon taillé comme celui-là n'est pas fait pour être malheureux en amour ; tu te moques, Caderousse.

– Non pas, reprit celui-ci ; écoute plutôt comme il soupire. Allons, allons, Fernand, dit Caderousse, lève le nez et réponds-nous : ce n'est pas aimable de ne pas répondre aux amis qui nous demandent des nouvelles de notre santé.

– Ma santé va bien, dit Fernand crispant ses poings mais sans lever la tête.

– Ah ! vois-tu Danglars, dit Caderousse en faisant signe de l'œil à son ami, voici la chose : Fernand, que tu vois, et qui est un bon et brave Catalan, un des meilleurs pêcheurs de Marseille, est amoureux d'une belle fille qu'on appelle Mercédès ; mais malheureusement il paraît que la belle fille, de son coté, est amoureuse du second du *Pharaon* ; et, comme le *Pharaon* est entré aujourd'hui même dans le port, tu comprends ?

– Non, je ne comprends pas, dit Danglars.

– Le pauvre Fernand aura reçu son congé, continua Caderousse.

– Eh bien, après ? dit Fernand relevant la tête et regardant Caderousse, en homme qui cherche quelqu'un sur qui faire tomber sa colère ; Mercédès ne dépend de personne ? n'est-ce pas ? et elle est bien libre d'aimer qui elle veut.

– Ah ! si tu le prends ainsi, dit Caderousse, c'est autre chose ! Moi, je te croyais un Catalan ; et l'on m'avait dit que les Catalans n'étaient pas hommes à se laisser supplanter par un rival ; on avait même ajouté que Fernand surtout était terrible dans sa vengeance. »

Fernand sourit avec pitié.

« Un amoureux n'est jamais terrible, dit-il.

– Le pauvre garçon ! reprit Danglars feignant de plaindre le jeune homme du plus profond de son cœur. Que veux-tu ? il ne s'attendait pas à voir revenir ainsi Dantès tout à coup ; il le croyait peut-être mort, infidèle, qui sait ? Ces choses-là sont d'autant plus sensibles qu'elles nous arrivent tout à coup.

– Ah ! ma foi, dans tous les cas, dit Caderousse qui buvait tout en parlant et sur lequel le vin fumeux de La Malgue commençait à faire son effet, dans tous les cas, Fernand n'est pas le seul que l'heureuse arrivée de Dantès contrarie, n'est-ce pas, Danglars ?

– Non, tu dis vrai, et j'oserais presque dire que cela lui portera malheur.

– Mais n'importe, reprit Caderousse en versant un verre de vin à Fernand, et en remplissant pour la huitième ou dixième fois son propre verre tandis que Danglars avait à peine effleuré le sien ; n'importe, en attendant il épouse Mercédès, la belle Mercédès ; il revient pour cela, du moins. »

Pendant ce temps, Danglars enveloppait d'un regard perçant le jeune homme, sur le cœur duquel les paroles de Caderousse tombaient comme du plomb fondu.

« Et à quand la noce ? demanda-t-il.

– Oh ! elle n'est pas encore faite ! murmura Fernand.

– Non, mais elle se fera, dit Caderousse, aussi vrai que Dantès sera le capitaine du *Pharaon*, n'est-ce pas, Danglars ? »

Danglars tressaillit à cette atteinte inattendue, et se retourna vers Caderousse, dont à son tour il étudia le visage pour voir si le coup était prémédité ; mais il ne lut rien que l'envie sur ce visage déjà presque hébété par l'ivresse.

« Eh bien, dit-il en remplissant les verres, buvons donc au capitaine Edmond Dantès, mari de la belle Catalane ! »

Caderousse porta son verre à sa bouche d'une main alourdie et l'avala d'un trait. Fernand prit le sien et le brisa contre terre.

« Eh ! eh ! eh ! dit Caderousse, qu'aperçois-je donc là-bas, au haut de la butte, dans la direction des Catalans ? Regarde donc,

Fernand, tu as meilleure vue que moi ; je crois que je commence à voir trouble, et, tu le sais, le vin est un traître : on dirait deux amants qui marchent côte à côte et la main dans la main. Dieu me pardonne ! ils ne se doutent pas que nous les voyons, et les voilà qui s'embrassent ! »

Danglars ne perdait pas une des angoisses de Fernand, dont le visage se décomposait à vue d'œil.

« Les connaissez-vous, monsieur Fernand ? dit-il.

– Oui, répondit celui-ci d'une voix sourde, c'est M. Edmond et Mlle Mercédès.

– Ah ! voyez-vous ! dit Caderousse, et moi qui ne les reconnaissais pas ! Ohé ! Dantès ! ohé ! la belle fille ! venez par ici un peu, et dites-nous à quand la noce, car voici M. Fernand qui est si entêté qu'il ne veut pas nous le dire.

– Veux-tu te taire ! dit Danglars, affectant de retenir Caderousse, qui, avec la ténacité des ivrognes, penchait hors du berceau ; tâche de te tenir debout et laisse les amoureux s'aimer tranquillement. Tiens, regarde M. Fernand, et prends exemple : il est raisonnable, lui. »

Peut-être Fernand, poussé à bout, aiguillonné par Danglars comme le taureau par les banderilleros, allait-il enfin s'élancer, car il s'était déjà levé et semblait se ramasser sur lui-même pour bondir sur son rival ; mais Mercédès, riante et droite, leva sa belle tête et fit rayonner son clair regard ; alors Fernand se rappela la menace qu'elle avait faite, de mourir si Edmond mourait, et il retomba tout découragé sur son siège.

Danglars regarda successivement ces deux hommes : l'un abruti par l'ivresse, l'autre dominé par l'amour.

« Je ne tirerai rien de ces niais-là, murmura-t-il, et j'ai grand-peur d'être ici entre un ivrogne et un poltron : voici un envieux qui se grise avec du vin, tandis qu'il devrait s'enivrer de fiel ; voici un grand imbécile à qui on vient de prendre sa maîtresse sous son nez et qui se contente de pleurer et de se plaindre comme un enfant. Et cependant, cela vous a des yeux flamboyants comme ces Espagnols, ces Siciliens et ces Calabrais, qui se vengent si bien ; cela vous a des poings à écraser une tête de bœuf aussi sûrement que le ferait la masse d'un boucher. Décidément, le destin d'Edmond l'emporte ; il épousera la belle fille, il sera capitaine et se moquera de nous ; à moins que... un sourire livide se dessina sur les lèvres de Danglars – à moins que je ne m'en mêle, ajouta-t-il.

– Holà ! continuait de crier Caderousse à moitié levé et les poings sur la table, holà ! Edmond ! tu ne vois donc pas les amis, ou est-ce que tu es déjà trop fier pour leur parler ?

– Non, mon cher Caderousse, répondit Dantès, je ne suis pas fier, mais je suis heureux, et le bonheur aveugle, je crois, encore plus que la fierté.

– À la bonne heure ! voilà une explication, dit Caderousse. Eh ! bonjour, madame Dantès. »

Mercédès salua gravement.

« Ce n'est pas encore mon nom, dit-elle, et dans mon pays cela porte malheur, assure-t-on, d'appeler les filles du nom de leur fiancé avant que ce fiancé soit leur mari ; appelez-moi donc Mercédès, je vous prie.

– Il faut lui pardonner, à ce bon voisin Caderousse, dit Dantès, il se trompe de si peu de chose !

– Ainsi, la noce va avoir lieu incessamment monsieur Dantès ? dit Danglars en saluant les deux jeunes gens.

– Le plus tôt possible, monsieur Danglars ; aujourd'hui tous les accords chez le papa Dantès, et demain ou après-demain, au plus tard, le dîner des fiançailles, ici, à la Réserve. Les amis y seront, je l'espère ; c'est vous dire que vous êtes invité, monsieur Danglars ; c'est te dire que tu en es, Caderousse.

– Et Fernand, dit Caderousse en riant d'un rire pâteux, Fernand en est-il aussi ?

– Le frère de ma femme est mon frère, dit Edmond, et nous le verrions avec un profond regret, Mercédès et moi, s'écarter de nous dans un pareil moment. »

Fernand ouvrit la bouche pour répondre ; mais la voix expira dans sa gorge, et il ne put articuler un seul mot.

« Aujourd'hui les accords, demain ou après-demain les fiançailles... diable ! vous êtes bien pressé, capitaine.

– Danglars, reprit Edmond en souriant, je vous dirai comme Mercédès disait tout à l'heure à Caderousse : ne me donnez pas le titre qui ne me convient pas encore, cela me porterait malheur.

– Pardon, répondit Danglars ; je disais donc simplement que vous paraissiez bien pressé ; que diable ! nous avons le temps : le *Pharaon* ne se remettra guère en mer avant trois mois.

– On est toujours pressé d'être heureux, monsieur Danglars, car lorsqu'on a souffert longtemps on a grand-peine à croire au bonheur. Mais ce n'est pas l'égoïsme seul qui me fait agir : il faut que j'aille à Paris.

– Ah ! vraiment ! à Paris : et c'est la première fois que vous y allez, Dantès ?

– Oui.

– Vous y avez affaire ?

– Pas pour mon compte : une dernière commission de notre pauvre capitaine Leclère à remplir ; vous comprenez, Danglars, c'est sacré. D'ailleurs soyez tranquille, je ne prendrai que le temps d'aller et revenir.

– Oui, oui, je comprends », dit tout haut Danglars.

Puis tout bas :

« À Paris, pour remettre à son adresse sans doute la lettre que le grand maréchal lui a donnée. Pardieu ! cette lettre me fait pousser une idée, une excellente idée ! Ah ! Dantès, mon ami, tu n'es pas encore couché au registre du *Pharaon* sous le numéro 1. »

Puis se retournant vers Edmond, qui s'éloignait déjà :

« Bon voyage ! lui cria-t-il.

– Merci », répondit Edmond en retournant la tête et en accompagnant ce mouvement d'un geste amical.

Puis les deux amants continuèrent leur route, calmes et joyeux comme deux élus qui montent au ciel.

IV – Complot.

Danglars suivit Edmond et Mercédès des yeux jusqu'à ce que les deux amants eussent disparu à l'un des angles du fort Saint-Nicolas ; puis, se retournant alors, il aperçut Fernand, qui était retombé pâle et frémissant sur sa chaise, tandis que Caderousse balbutiait les paroles d'une chanson à boire.

« Ah çà ! mon cher monsieur, dit Danglars à Fernand, voilà un mariage qui ne me paraît pas faire le bonheur de tout le monde !

– Il me désespère, dit Fernand.

– Vous aimiez donc Mercédès ?

– Je l'adorais !

– Depuis longtemps ?

– Depuis que nous nous connaissons, je l'ai toujours aimée.

– Et vous êtes là à vous arracher les cheveux, au lieu de chercher remède à la chose ! Que diable ! je ne croyais pas que ce fût ainsi qu'agissaient les gens de votre nation.

– Que voulez-vous que je fasse ? demanda Fernand.

– Et que sais-je, moi ? Est-ce que cela me regarde ? Ce n'est pas moi, ce me semble, qui suis amoureux de Mlle Mercédès, mais vous. Cherchez, dit l'Évangile, et vous trouverez.

– J'avais trouvé déjà.

– Quoi ?

– Je voulais poignarder *l'homme*, mais la femme m'a dit que s'il arrivait malheur à son fiancé, elle se tuerait.

– Bah ! on dit ces choses-là, mais on ne les fait point.

– Vous ne connaissez point Mercédès, monsieur : du moment où elle a menacé, elle exécuterait.

– Imbécile ! murmura Danglars : qu'elle se tue ou non, que m'importe, pourvu que Dantès ne soit point capitaine.

– Et avant que Mercédès meure, reprit Fernand avec l'accent d'une immuable résolution, je mourrais moi-même.

– En voilà de l'amour ! dit Caderousse d'une voix de plus en plus avinée ; en voilà, ou je ne m'y connais plus !

– Voyons, dit Danglars, vous me paraissez un gentil garçon, et je voudrais, le diable m'emporte ! vous tirer de peine ; mais…

– Oui, dit Caderousse, voyons.

– Mon cher, reprit Danglars, tu es aux trois quarts ivre : achève la bouteille, et tu le seras tout à fait. Bois, et ne te mêle pas de ce que nous faisons : pour ce que nous faisons il faut avoir toute sa tête.

– Moi ivre ? dit Caderousse, allons donc ! J'en boirais encore quatre, de tes bouteilles, qui ne sont pas plus grandes que des bouteilles d'eau de Cologne ! Père Pamphile, du vin ! »

Et pour joindre la preuve à la proposition, Caderousse frappa avec son verre sur la table.

« Vous disiez donc, monsieur ? reprit Fernand, attendant avec avidité la suite de la phrase interrompue.

– Que disais-je ? Je ne me le rappelle plus. Cet ivrogne de Caderousse m'a fait perdre le fil de mes pensées.

– Ivrogne tant que tu le voudras ; tant pis pour ceux qui craignent le vin, c'est qu'ils ont quelque mauvaise pensée qu'ils craignent que le vin ne leur tire du cœur. »

Et Caderousse se mit à chanter les deux derniers vers d'une chanson fort en vogue à cette époque :

Tous les méchants sont buveurs d'eau,
C'est bien prouvé par le déluge.

« Vous disiez, monsieur, reprit Fernand, que vous voudriez me tirer de peine ; mais, ajoutiez-vous…

– Oui, mais, ajoutais-je… pour vous tirer de peine il suffit que Dantès n'épouse pas celle que vous aimez et le mariage peut très bien manquer, ce me semble, sans que Dantès meure.

– La mort seule les séparera, dit Fernand.

– Vous raisonnez comme un coquillage, mon ami, dit Caderousse, et voilà Danglars, qui est un finaud, un malin, un grec, qui va vous prouver que vous avez tort. Prouve, Danglars. J'ai répondu de toi. Dis-lui qu'il n'est pas besoin que Dantès meure ; d'ailleurs ce serait fâcheux qu'il mourût, Dantès. C'est un bon garçon, je l'aime, moi, Dantès. À ta santé, Dantès. »

Fernand se leva avec impatience.

« Laissez-le dire, reprit Danglars en retenant le jeune homme, et d'ailleurs, tout ivre qu'il est, il ne fait point si grande erreur. L'absence disjoint tout aussi bien que la mort ; et supposez qu'il y ait entre Edmond et Mercédès les murailles d'une prison, ils seront séparés ni plus ni moins que s'il y avait là la pierre d'une tombe.

– Oui, mais on sort de prison, dit Caderousse, qui avec les restes de son intelligence se cramponnait à la conversation, et quand on est sorti de prison et qu'on s'appelle Edmond Dantès, on se venge.

– Qu'importe ! murmura Fernand.

– D'ailleurs, reprit Caderousse, pourquoi mettrait-on Dantès en prison ? Il n'a ni volé, ni tué, ni assassiné.

– Tais-toi, dit Danglars.

– Je ne veux pas me taire, moi, dit Caderousse. Je veux qu'on me dise pourquoi on mettrait Dantès en prison. Moi, j'aime Dantès. À ta santé, Dantès ! »

Et il avala un nouveau verre de vin. Danglars suivit dans les yeux atones du tailleur les progrès de l'ivresse, et se tournant vers Fernand :

« Eh bien, comprenez-vous, dit-il, qu'il n'y a pas besoin de le tuer ?

– Non, certes, si, comme vous le disiez tout à l'heure, on avait le moyen de faire arrêter Dantès. Mais ce moyen, l'avez-vous ?

– En cherchant bien, dit Danglars, on pourrait le trouver. Mais continua-t-il, de quoi diable ! vais-je me mêler là ; est-ce que cela me regarde ?

– Je ne sais pas si cela vous regarde, dit Fernand en lui saisissant le bras ; mais ce que je sais, c'est que vous avez quelque motif de haine particulière contre Dantès : celui qui hait lui-même ne se trompe pas aux sentiments des autres.

– Moi, des motifs de haine contre Dantès ? Aucun, sur ma parole. Je vous ai vu malheureux et votre malheur m'a intéressé, voilà tout ; mais du moment où vous croyez que j'agis pour mon propre compte, adieu, mon cher ami, tirez-vous d'affaire comme vous pourrez. »

Et Danglars fit semblant de se lever à son tour.

« Non pas, dit Fernand en le retenant, restez ! Peu m'importe, au bout du compte, que vous en vouliez à Dantès, ou que vous ne lui en vouliez pas : je lui en veux, moi ; je l'avoue hautement. Trouvez le moyen et je l'exécute, pourvu qu'il n'y ait pas mort d'homme, car Mercédès a dit qu'elle se tuerait si l'on tuait Dantès. »

Caderousse, qui avait laissé tomber sa tête sur la table releva le front, et regardant Fernand et Danglars avec des yeux lourds et hébétés :

« Tuer Dantès ! dit-il, qui parle ici de tuer Dantès ? je ne veux pas qu'on le tue, moi : c'est mon ami ; il a offert ce matin de partager son argent avec moi, comme j'ai partagé le mien avec lui : je ne veux pas qu'on tue Dantès.

– Et qui te parle de le tuer, imbécile ! reprit Danglars ; il s'agit d'une simple plaisanterie ; bois à sa santé, ajouta-t-il en remplissant le verre de Caderousse, et laisse-nous tranquilles.

– Oui, oui, à la santé de Dantès ! dit Caderousse en vidant son verre, à sa santé !... à sa santé !... là !

– Mais le moyen, le moyen ? dit Fernand.

– Vous ne l'avez donc pas trouvé encore, vous ?

– Non, vous vous en êtes chargé.

– C'est vrai, reprit Danglars, les Français ont cette supériorité sur les Espagnols, que les Espagnols ruminent et que les Français inventent.

– Inventez donc alors, dit Fernand avec impatience.

– Garçon, dit Danglars, une plume, de l'encre et du papier !

– Une plume, de l'encre et du papier ! murmura Fernand.

– Oui, je suis agent comptable : la plume, l'encre et le papier sont mes instruments ; et sans mes instruments je ne sais rien faire.

– Une plume, de l'encre et du papier ! cria à son tour Fernand.

– Il y a ce que vous désirez là sur cette table, dit le garçon en montrant les objets demandés.

– Donnez-les-nous alors. »

Le garçon prit le papier, l'encre et la plume, et les déposa sur la table du berceau.

« Quand on pense, dit Caderousse en laissant tomber sa main sur le papier, qu'il y a là de quoi tuer un homme plus sûrement que si on l'attendait au coin d'un bois pour l'assassiner ! J'ai toujours eu plus peur d'une plume, d'une bouteille d'encre et d'une feuille de papier que d'une épée ou d'un pistolet.

– Le drôle n'est pas encore si ivre qu'il en a l'air, dit Danglars ; versez-lui donc à boire, Fernand. »

Fernand remplit le verre de Caderousse, et celui-ci en véritable buveur qu'il était, leva la main de dessus le papier et la porta à son verre.

Le Catalan suivit le mouvement jusqu'à ce que Caderousse, presque vaincu par cette nouvelle attaque, reposât ou plutôt laissât retomber son verre sur la table.

« Eh bien ? reprit le Catalan en voyant que le reste de la raison de Caderousse commençait à disparaître sous ce dernier verre de vin.

– Eh bien, je disais donc, par exemple, reprit Danglars, que si, après un voyage comme celui que vient de faire Dantès, et dans lequel il a touché à Naples et à l'île d'Elbe, quelqu'un le dénonçait au procureur du roi comme agent bonapartiste…

– Je le dénoncerai, moi ! dit vivement le jeune homme.

– Oui ; mais alors on vous fait signer votre déclaration, on vous confronte avec celui que vous avez dénoncé : je vous fournis de quoi soutenir votre accusation, je le sais bien ; mais Dantès ne peut rester éternellement en prison, un jour ou l'autre il en sort, et, ce jour où il en sort, malheur à celui qui l'y a fait entrer !

– Oh ! je ne demande qu'une chose, dit Fernand, c'est qu'il vienne me chercher une querelle !

– Oui, et Mercédès ! Mercédès, qui vous prend en haine si vous avez seulement le malheur d'écorcher l'épiderme à son bien-aimé Edmond !

– C'est juste, dit Fernand.

– Non, non, reprit Danglars, si on se décidait à une pareille chose, voyez-vous, il vaudrait bien mieux prendre tout bonnement comme je le fais, cette plume, la tremper dans l'encre, et écrire de la main gauche, pour que l'écriture ne fût pas reconnue, une petite dénonciation ainsi conçue. »

Et Danglars, joignant l'exemple au précepte, écrivit de la main gauche et d'une écriture renversée, qui n'avait aucune analogie avec son écriture habituelle, les lignes suivantes qu'il passa à Fernand, et que Fernand lut à demi-voix :

Monsieur le procureur du roi est prévenu, par un ami du trône et de la religion, que le nommé Edmond Dantès, second du navire le Pharaon, arrivé ce matin de Smyrne, après avoir touché à Naples et à Porto-Ferrajo, a été chargé, par Murat, d'une lettre pour l'usurpateur, et, par l'usurpateur, d'une lettre pour le comité bonapartiste de Paris.

On aura la preuve de son crime en l'arrêtant, car on trouvera cette lettre ou sur lui, ou chez son père, ou dans sa cabine à bord du Pharaon.

« À la bonne heure, continua Danglars ; ainsi votre vengeance aurait le sens commun, car d'aucune façon alors elle ne pourrait retomber sur vous, et la chose irait toute seule ; il n'y aurait plus qu'à plier cette lettre, comme je le fais, et à écrire dessus : « À Monsieur le Procureur royal. » Tout serait dit. »

Et Danglars écrivit l'adresse en se jouant.

« Oui, tout serait dit », s'écria Caderousse, qui par un dernier effort d'intelligence avait suivi la lecture, et qui comprenait d'instinct tout ce qu'une pareille dénonciation pourrait entraîner de malheur ; « oui, tout serait dit : seulement, ce serait une infamie. »

Et il allongea le bras pour prendre la lettre.

« Aussi, dit Danglars en la poussant hors de la portée de sa main, aussi, ce que je dis et ce que je dis et ce que je fais, c'est en plaisantant ; et, le premier, je serais bien fâché qu'il arrivât quelque chose à Dantès, ce bon Dantès ! Aussi, tiens... »

Il prit la lettre, la froissa dans ses mains et la jeta dans un coin de la tonnelle.

« À la bonne heure, dit Caderousse, Dantès est mon ami, et je ne veux pas qu'on lui fasse de mal.

— Eh ! qui diable y songe à lui faire du mal ! ce n'est ni moi ni Fernand ! dit Danglars en se levant et en regardant le jeune homme qui était demeuré assis, mais dont l'œil oblique couvait le papier dénonciateur jeté dans un coin.

— En ce cas, reprit Caderousse, qu'on nous donne du vin : je veux boire à la santé d'Edmond et de la belle Mercédès.

— Tu n'as déjà que trop bu, ivrogne, dit Danglars, et si tu continues tu seras obligé de coucher ici, attendu que tu ne pourras plus te tenir sur tes jambes.

— Moi, dit Caderousse en se levant avec la fatuité de l'homme ivre ; moi, ne pas pouvoir me tenir sur mes jambes ! Je parie que je monte au clocher des Accoules, et sans balancer encore !

— Eh bien, soit, dit Danglars, je parie, mais pour demain : aujourd'hui il est temps de rentrer ; donne-moi donc le bras et rentrons.

— Rentrons, dit Caderousse, mais je n'ai pas besoin de ton bras pour cela. Viens-tu, Fernand ? rentres-tu avec nous à Marseille ?

— Non, dit Fernand, je retourne aux Catalans, moi.

— Tu as tort, viens avec nous à Marseille, viens.

– Je n'ai point besoin à Marseille, et je n'y veux point aller.

– Comment as-tu dit cela ? Tu ne veux pas, mon bonhomme ! eh bien, à ton aise ! liberté pour tout le monde ! Viens, Danglars, et laissons monsieur rentrer aux Catalans, puisqu'il le veut. »

Danglars profita de ce moment de bonne volonté de Caderousse pour l'entraîner du côté de Marseille ; seulement, pour ouvrir un chemin plus court et plus facile à Fernand, au lieu de revenir par le quai de la Rive-Neuve, il revint par la porte Saint-Victor.

Caderousse le suivait, tout chancelant, accroché à son bras.

Lorsqu'il eut fait une vingtaine de pas, Danglars se retourna et vit Fernand se précipiter sur le papier, qu'il mit dans sa poche ; puis aussitôt, s'élançant hors de la tonnelle, le jeune homme tourna du côté du Pillon.

« Eh bien, que fait-il donc ? dit Caderousse, il nous a menti : il a dit qu'il allait aux Catalans, et il va à la ville ! Holà ! Fernand ! tu te trompes, mon garçon !

– C'est toi qui vois trouble, dit Danglars, il suit tout droit le chemin des Vieilles-Infirmeries.

– En vérité ! dit Caderousse, eh bien, j'aurais juré qu'il tournait à droite ; décidément le vin est un traître.

– Allons, allons, murmura Danglars, je crois que maintenant la chose est bien lancée, et qu'il n'y a plus qu'à la laisser marcher toute seule. »

V – Le repas des fiançailles.

Le lendemain fut un beau jour. Le soleil se leva pur et brillant, et les premiers rayons d'un rouge pourpre diaprèrent de leurs rubis les pointes écumeuses des vagues.

Le repas avait été préparé au premier étage de cette même Réserve, avec la tonnelle de laquelle nous avons déjà fait connaissance. C'était une grande salle éclairée par cinq ou six fenêtres, au-dessus de chacune desquelles (explique le phénomène qui pourra !) était écrit le nom d'une des grandes villes de France.

Une balustrade en bois, comme le reste du bâtiment, régnait tout le long de ces fenêtres.

Quoique le repas ne fût indiqué que pour midi, dès onze heures du matin, cette balustrade était chargée de promeneurs impatients. C'étaient les marins privilégiés du *Pharaon* et quelques soldats, amis de Dantès. Tous avaient, pour faire honneur aux fiancés, fait voir le jour à leurs plus belles toilettes.

Le bruit circulait, parmi les futurs convives, que les armateurs du *Pharaon* devaient honorer de leur présence le repas de noces de leur second ; mais c'était de leur part un si grand honneur accordé à Dantès que personne n'osait encore y croire.

Cependant Danglars, en arrivant avec Caderousse, confirma à son tour cette nouvelle. Il avait vu le matin M. Morrel lui-même, et M. Morrel lui avait dit qu'il viendrait dîner à la Réserve.

En effet, un instant après eux, M. Morrel fit à son tour son entrée dans la chambre et fut salué par les matelots du *Pharaon* d'un hourra unanime d'applaudissements. La présence de l'armateur était pour eux la confirmation du bruit qui courait déjà que Dantès serait nommé capitaine ; et comme Dantès était fort aimé à bord, ces braves gens remerciaient ainsi l'armateur de ce qu'une fois par hasard son choix était en harmonie avec leurs désirs. À peine M. Morrel fut-il entré qu'on dépêcha unanimement Danglars et Caderousse vers le fiancé : ils avaient mission de le prévenir de l'arrivée du personnage important dont la vue avait produit une si vive sensation, et de lui dire de se hâter.

Danglars et Caderousse partirent tout courant mais ils n'eurent pas fait cent pas, qu'à la hauteur du magasin à poudre ils aperçurent la petite troupe qui venait.

Cette petite troupe se composait de quatre jeunes filles amies de Mercédès et Catalanes comme elle, et qui accompagnaient la fiancée à laquelle Edmond donnait le bras. Près de la future marchait le père Dantès, et derrière eux venait Fernand avec son mauvais sourire.

Ni Mercédès ni Edmond ne voyaient ce mauvais sourire de Fernand. Les pauvres enfants étaient si heureux qu'ils ne voyaient qu'eux seuls et ce beau ciel pur qui les bénissait.

Danglars et Caderousse s'acquittèrent de leur mission d'ambassadeurs ; puis après avoir échangé une poignée de main bien vigoureuse et bien amicale avec Edmond, ils allèrent, Danglars prendre place près de Fernand, Caderousse se ranger aux côtés du père Dantès, centre de l'attention générale.

Ce vieillard était vêtu de son bel habit de taffetas épinglé, orné de larges boutons d'acier, taillés à facettes. Ses jambes grêles, mais nerveuses, s'épanouissaient dans de magnifiques bas de coton mouchetés, qui sentaient d'une lieue la contrebande anglaise. À son chapeau à trois cornes pendait un flot de rubans blancs et bleus.

Enfin, il s'appuyait sur un bâton de bois tordu et recourbé par le haut comme un pedum antique. On eût dit un de ces muscadins qui paradaient en 1796 dans les jardins nouvellement rouverts du Luxembourg et des Tuileries.

Près de lui, nous l'avons dit, s'était glissé Caderousse, Caderousse que l'espérance d'un bon repas avait achevé de réconcilier avec les Dantès, Caderousse à qui il restait dans la mémoire un vague souvenir de ce qui s'était passé la veille, comme en se réveillant le matin on trouve dans son esprit l'ombre du rêve qu'on a fait pendant le sommeil.

Danglars, en s'approchant de Fernand, avait jeté sur l'amant désappointé un regard profond. Fernand, marchant derrière les futurs époux, complètement oublié par Mercédès, qui dans cet égoïsme juvénile et charmant de l'amour n'avait d'yeux que pour son Edmond. Fernand était pâle, puis rouge par bouffées subites qui disparaissaient pour faire place chaque fois à une pâleur croissante. De temps en temps, il regardait du côté de Marseille, et alors un tremblement nerveux et involontaire faisait frissonner ses membres. Fernand semblait attendre ou tout au moins prévoir quelque grand événement.

Dantès était simplement vêtu. Appartenant à la marine marchande, il avait un habit qui tenait le milieu entre l'uniforme militaire et le costume civil ; et sous cet habit, sa bonne mine, que rehaussaient encore la joie et la beauté de sa fiancée, était parfaite.

Mercédès était belle comme une de ces Grecques de Chypre ou de Céos, aux yeux d'ébène et aux lèvres de corail. Elle marchait de ce pas libre et franc dont marchent les Arlésiennes et les Andalouses. Une fille des villes eût peut-être essayé de cacher sa joie sous un voile ou tout au moins sous le velours de ses paupières, mais Mercédès souriait et regardait tous ceux qui l'entouraient, et son sourire et son regard disaient aussi franchement qu'auraient pu le dire ses paroles : Si vous êtes mes amis, réjouissez-vous avec moi, car, en vérité, je suis bien heureuse !

Dès que les fiancés et ceux qui les accompagnaient furent en vue de la Réserve, M. Morrel descendit et s'avança à son tour au-devant d'eux, suivi des matelots et des soldats avec lesquels il était resté, et auxquels il avait renouvelé la promesse déjà faite à Dantès qu'il succéderait au capitaine Leclère. En le voyant venir, Edmond quitta le bras de sa fiancée et le passa sous celui de M. Morrel. L'armateur et la jeune fille donnèrent alors l'exemple en montant les premiers l'escalier de bois qui conduisait à la chambre où le dîner était servi, et qui cria pendant cinq minutes sous les pas pesants des convives.

« Mon père, dit Mercédès en s'arrêtant au milieu de la table, vous à ma droite, je vous prie ; quant à ma gauche, j'y mettrai celui qui m'a servi de frère », fit-elle avec une douceur qui pénétra au plus profond du cœur de Fernand comme un coup de poignard.

Ses lèvres blêmirent, et sous la teinte bistrée de son mâle visage on put voir encore une fois le sang se retirer peu à peu pour affluer au cœur.

Pendant ce temps, Dantès avait exécuté la même manœuvre ; à sa droite il avait mis M. Morrel, à sa gauche Danglars ; puis de la main il avait fait signe à chacun de se placer à sa fantaisie.

Déjà couraient autour de la table les saucissons d'Arles à la chair brune et au fumet accentué, les langoustes à la cuirasse éblouissante, les prayres à la coquille rosée, les oursins, qui semblent des châtaignes entourées de leur enveloppe piquante, les clovisses, qui ont la prétention de remplacer avec supériorité, pour les gourmets du Midi, les huîtres du Nord ; enfin tous ces hors-d'œuvre délicats que la vague roule sur sa rive sablonneuse, et que les pêcheurs reconnaissants désignent sous le nom générique de fruits de mer.

« Un beau silence ! dit le vieillard en savourant un verre de vin jaune comme la topaze, que le père Pamphile en personne venait d'apporter devant Mercédès. Dirait-on qu'il y a ici trente personnes qui ne demandent qu'à rire.

– Eh ! un mari n'est pas toujours gai, dit Caderousse.

– Le fait est, dit Dantès, que je suis trop heureux en ce moment pour être gai. Si c'est comme cela que vous l'entendez, voisin, vous avez raison ! La joie fait quelquefois un effet étrange, elle oppresse comme la douleur. »

Danglars observa Fernand, dont la nature impressionnable absorbait et renvoyait chaque émotion.

« Allons donc, dit-il, est-ce que vous craindriez quelque chose ? il me semble, au contraire, que tout va selon vos désirs !

– Et c'est justement cela qui m'épouvante, dit Dantès, il me semble que l'homme n'est pas fait pour être si facilement heureux ! Le bonheur est comme ces palais des îles enchantées dont les dragons gardent les portes. Il faut combattre pour le conquérir, et moi, en vérité, je ne sais en quoi j'ai mérité le bonheur d'être le mari de Mercédès.

– Le mari, le mari, dit Caderousse en riant, pas encore, mon capitaine ; essaie un peu de faire le mari, et tu verras comme tu seras reçu ! »

Mercédès rougit. Fernand se tourmentait sur sa chaise, tressaillait au moindre bruit, et de temps en temps essuyait de larges plaques de sueur qui perlaient sur son front, comme les premières gouttes d'une pluie d'orage.

« Ma foi, dit Dantès, voisin Caderousse, ce n'est point la peine de me démentir pour si peu. Mercédès n'est point encore ma femme, c'est vrai… (il tira sa montre). Mais, dans une heure et demie elle le sera ! »

Chacun poussa un cri de surprise, à l'exception du père Dantès, dont le large rire montra les dents encore belles. Mercédès sourit et ne rougit plus. Fernand saisit convulsivement le manche de son couteau.

« Dans une heure ! dit Danglars pâlissant lui-même ; et comment cela ?

– Oui, mes amis, répondit Dantès, grâce au crédit de M. Morrel, l'homme après mon père auquel je dois le plus au monde, toutes les difficultés sont aplanies. Nous avons acheté les bans, et à deux heures et demie le maire de Marseille nous attend à l'hôtel de ville. Or, comme une heure et un quart viennent de sonner, je ne crois pas me tromper de beaucoup en disant que dans une heure trente minutes Mercédès s'appellera Mme Dantès. »

Fernand ferma les yeux : un nuage de feu brûla ses paupières ; il s'appuya à la table pour ne pas défaillir, et, malgré tous ses efforts, ne put retenir un gémissement sourd qui se perdit dans le bruit des rires et des félicitations de l'assemblée.

« C'est bien agir, cela, hein, dit le père Dantès. Cela s'appelle-t-il perdre son temps, à votre avis ? Arrivé d'hier au matin, marié aujourd'hui à trois heures ! Parlez-moi des marins pour aller rondement en besogne.

– Mais les autres formalités, objecta timidement Danglars : le contrat, les écritures ?…

– Le contrat, dit Dantès en riant, le contrat est tout fait : Mercédès n'a rien, ni moi non plus ! Nous nous marions sous le régime de la communauté, et voilà ! Ça n'a pas été long à écrire et ce ne sera pas cher à payer. »

Cette plaisanterie excita une nouvelle explosion de joie et de bravos.

« Ainsi, ce que nous prenions pour un repas de fiançailles, dit Danglars, est tout bonnement un repas de noces.

– Non pas, dit Dantès ; vous n'y perdrez rien, soyez tranquilles. Demain matin, je pars pour Paris. Quatre jours pour aller, quatre jours pour revenir, un jour pour faire en conscience la commission dont je suis chargé, et le 1er mars je suis de retour ; au 2 mars donc le véritable repas de noces. »

Cette perspective d'un nouveau festin redoubla l'hilarité au point que le père Dantès, qui au commencement du dîner se plaignait du silence, faisait maintenant, au milieu de la conversation générale, de vains efforts pour placer son vœu de prospérité en faveur des futurs époux.

Dantès devina la pensée de son père et y répondit par un sourire plein d'amour. Mercédès commença de regarder l'heure au coucou de la salle et fit un petit signe à Edmond.

Il y avait autour de la table cette hilarité bruyante et cette liberté individuelle qui accompagnent, chez les gens de condition inférieure, la fin des repas. Ceux qui étaient mécontents de leur place s'étaient levés de table et avaient été chercher d'autres voisins. Tout le monde commençait à parler à la fois, et personne ne s'occupait de répondre à ce que son interlocuteur lui disait, mais seulement à ses propres pensées.

La pâleur de Fernand était presque passée sur les joues de Danglars ; quant à Fernand lui-même, il ne vivait plus et semblait un damné dans le lac de feu. Un des premiers, il s'était levé et se promenait de long en large dans la salle, essayant d'isoler son oreille du bruit des chansons et du choc des verres.

Caderousse s'approcha de lui au moment où Danglars, qu'il semblait fuir, venait de le rejoindre dans un angle de la salle.

« En vérité, dit Caderousse, à qui les bonnes façons de Dantès et surtout le bon vin du père Pamphile avaient enlevé tous les restes de la haine dont le bonheur inattendu de Dantès avait jeté les germes dans son âme, en vérité, Dantès est un gentil garçon ; et quand je le vois assis près de sa fiancée, je me dis que ç'eût été dommage de lui faire la mauvaise plaisanterie que vous complotiez hier.

– Aussi, dit Danglars, tu as vu que la chose n'a pas eu de suite ; ce pauvre M. Fernand était si bouleversé qu'il m'avait fait de la peine d'abord ; mais du moment qu'il en a pris son parti, au point de s'être fait le premier garçon de noces de son rival, il n'y a plus rien à dire. »

Caderousse regarda Fernand, il était livide.

« Le sacrifice est d'autant plus grand, continua Danglars, qu'en vérité la fille est belle. Peste ! l'heureux coquin que mon futur capitaine ; je voudrais m'appeler Dantès douze heures seulement.

– Partons-nous ? demanda la douce voix de Mercédès ; voici deux heures qui sonnent, et l'on nous attend à deux heures un quart.

– Oui, oui, partons ! dit Dantès en se levant vivement.

– Partons ! » répétèrent en chœur tous les convives.

Au même instant, Danglars, qui ne perdait pas de vue Fernand assis sur le rebord de la fenêtre, le vit ouvrir des yeux hagards, se lever comme par un mouvement convulsif, et retomber assis sur l'appui de cette croisée ; presque au même instant un bruit sourd retentit dans l'escalier ; le retentissement d'un pas pesant, une rumeur confuse de voix mêlées à un cliquetis d'armes couvrirent les exclamations des convives, si bruyantes qu'elles fussent, et attirèrent l'attention générale, qui se manifesta à l'instant même par un silence inquiet. Le bruit s'approcha : trois coups retentirent dans le panneau de la porte ;

chacun regarda son voisin d'un air étonné.

« Au nom de la loi ! » cria une voix vibrante, à laquelle aucune voix ne répondit.

Aussitôt la porte s'ouvrit, et un commissaire, ceint de son écharpe, entra dans la salle, suivi de quatre soldats armés, conduits par un caporal.

L'inquiétude fit place à la terreur.

« Qu'y a-t-il ? demanda l'armateur en s'avançant au-devant du commissaire qu'il connaissait ; bien certainement, monsieur, il y a méprise.

– S'il y a méprise, monsieur Morrel, répondit le commissaire croyez que la méprise sera promptement réparée ; en attendant, je suis porteur d'un mandat d'arrêt ; et quoique ce soit avec regret que je remplisse ma mission, il ne faut pas moins que je la remplisse : lequel de vous, messieurs, est Edmond Dantès ? »

Tous les regards se tournèrent vers le jeune homme qui, fort ému, mais conservant sa dignité, fit un pas en avant et dit :

« C'est moi, monsieur, que me voulez-vous ?

– Edmond Dantès, reprit le commissaire, au nom de la loi, je vous arrête !

– Vous m'arrêtez ! dit Edmond avec une légère pâleur, mais pourquoi m'arrêtez-vous ?

– Je l'ignore, monsieur, mais votre premier interrogatoire vous l'apprendra. »

M. Morrel comprit qu'il n'y avait rien à faire contre l'inflexibilité de la situation : un commissaire ceint de son écharpe n'est plus un homme, c'est la statue de la loi, froide, sourde, muette.

Le vieillard, au contraire, se précipita vers l'officier ; il y a des choses que le cœur d'un père ou d'une mère ne comprendra jamais.

Il pria et supplia : larmes et prières ne pouvaient rien ; cependant son désespoir était si grand, que le commissaire en fut touché.

« Monsieur, dit-il, tranquillisez-vous ; peut-être votre fils a-t-il négligé quelque formalité de douane ou de santé, et, selon toute probabilité, lorsqu'on aura reçu de lui les renseignements qu'on désire en tirer, il sera remis en liberté.

– Ah çà ! qu'est-ce que cela signifie ? demanda en fronçant le sourcil Caderousse à Danglars, qui jouait la surprise.

– Le sais-je, moi ? dit Danglars ; je suis comme toi : je vois ce qui se passe, je n'y comprends rien, et je reste confondu. »

Caderousse chercha des yeux Fernand : il avait disparu. Toute la scène de la veille se représenta alors à son esprit avec une effrayante lucidité. On eût dit que la catastrophe venait de tirer le voile que l'ivresse de la veille avait jeté entre lui et sa mémoire.

« Oh ! oh ! dit-il d'une voix rauque, serait-ce la suite de la plaisanterie dont vous parliez hier, Danglars ? En ce cas, malheur à celui qui l'aurait faite, car elle est bien triste.

– Pas du tout ! s'écria Danglars, tu sais bien, au contraire, que j'ai déchiré le papier.

– Tu ne l'as pas déchiré, dit Caderousse ; tu l'as jeté dans un coin, voilà tout.

– Tais-toi, tu n'as rien vu, tu étais ivre.

– Où est Fernand ? demanda Caderousse.

– Le sais-je, moi ! répondit Danglars, à ses affaires probablement : mais, au lieu de nous occuper de cela, allons donc porter du secours à ces pauvres affligés. »

En effet, pendant cette conversation, Dantès avait en souriant, serré la main à tous ses amis, et s'était constitué prisonnier en disant :

« Soyez tranquilles, l'erreur va s'expliquer, et probablement que je n'irai même pas jusqu'à la prison.

– Oh ! bien certainement, j'en répondrais », dit Danglars qui, en ce moment, s'approchait, comme nous l'avons dit, du groupe principal.

Dantès descendit l'escalier, précédé du commissaire de police et entouré par les soldats. Une voiture, dont la portière était tout ouverte, attendait à la porte, il y monta, deux soldats et le commissaire montèrent après lui ; la portière se referma, et la voiture reprit le chemin de Marseille.

« Adieu, Dantès ! adieu, Edmond ! » s'écria Mercédès en s'élançant sur la balustrade.

Le prisonnier entendit ce dernier cri, sorti comme un sanglot du cœur déchiré de sa fiancée ; il passa la tête par la portière, cria : « Au revoir, Mercédès ! » et disparut à l'un des angles du fort Saint-Nicolas.

« Attendez-moi ici, dit l'armateur, je prends la première voiture que je rencontre, je cours à Marseille, et je vous rapporte des nouvelles.

– Allez ! crièrent toutes les voix, allez ! et revenez bien vite ! »

Il y eut, après ce double départ, un moment de stupeur terrible parmi tous ceux qui étaient restés.

Le vieillard et Mercédès restèrent quelque temps isolés, chacun dans sa propre douleur ; mais enfin leurs yeux se rencontrèrent ; ils se reconnurent comme deux victimes frappées du même coup, et se jetèrent dans les bras l'un de l'autre.

Pendant ce temps, Fernand rentra, se versa un verre d'eau qu'il but, et alla s'asseoir sur une chaise.

Le hasard fit que ce fut sur une chaise voisine que vint tomber Mercédès en sortant des bras du vieillard.

Fernand, par un mouvement instinctif, recula sa chaise.

« C'est lui, dit à Danglars Caderousse, qui n'avait pas perdu de vue le Catalan.

– Je ne crois pas, répondit Danglars, il était trop bête ; en tout cas, que le coup retombe sur celui qui l'a fait.

– Tu ne me parles pas de celui qui l'a conseillé, dit Caderousse.

– Ah ! ma foi, dit Danglars, si l'on était responsable de tout ce que l'on dit en l'air !

– Oui, lorsque ce que l'on dit en l'air retombe par la pointe. »

Pendant ce temps, les groupes commentaient l'arrestation de toutes les manières.

« Et vous, Danglars, dit une voix, que pensez-vous de cet événement ?

– Moi, dit Danglars, je crois qu'il aura rapporté quelques ballots de marchandises prohibées.

– Mais si c'était cela, vous devriez le savoir, Danglars, vous qui étiez agent comptable.

– Oui, c'est vrai ; mais l'agent comptable ne connaît que les colis qu'on lui déclare : je sais que nous sommes chargés de coton, voilà tout ; que nous avons pris le chargement à Alexandrie, chez M. Pastret, et à Smyrne, chez M. Pascal ; ne m'en demandez pas davantage.

– Oh ! je me rappelle maintenant, murmura le pauvre père, se rattachant à ce débris, qu'il m'a dit hier qu'il avait pour moi une caisse de café et une caisse de tabac.

– Voyez-vous, dit Danglars, c'est cela : en notre absence, la douane aura fait une visite à bord du *Pharaon*, et elle aura découvert le pot aux roses. »

Mercédès ne croyait point à tout cela ; car, comprimée jusqu'à ce moment, sa douleur éclata tout à coup en sanglots.

« Allons, allons, espoir ! dit, sans trop savoir ce qu'il disait, le père Dantès.

– Espoir ! répéta Danglars.

– Espoir », essaya de murmurer Fernand.

Mais ce mot l'étouffait ; ses lèvres s'agitèrent, aucun son ne sortit de sa bouche.

« Messieurs, cria un des convives resté en vedette sur la balustrade ; messieurs, une voiture ! Ah ! c'est M. Morrel ! courage, courage ! sans doute qu'il nous apporte de bonnes nouvelles. »

Mercédès et le vieux père coururent au-devant de l'armateur, qu'ils rencontrèrent à la porte. M. Morrel était fort pâle.

« Eh bien ? s'écrièrent-ils d'une même voix.

– Eh bien, mes amis ! répondit l'armateur en secouant la tête, la chose est plus grave que nous ne le pensions.

– Oh ! monsieur, s'écria Mercédès, il est innocent !

– Je le crois, répondit M. Morrel, mais on l'accuse…

– De quoi donc ? demanda le vieux Dantès.

– D'être un agent bonapartiste. »

Ceux de mes lecteurs qui ont vécu dans l'époque où se passe cette histoire se rappelleront quelle terrible accusation c'était alors, que celle que venait de formuler M. Morrel. Mercédès poussa un cri ; le vieillard se laissa tomber sur une chaise.

« Ah ! murmura Caderousse, vous m'avez trompé, Danglars, et la plaisanterie a été faite ; mais je ne veux pas laisser mourir de douleur ce vieillard et cette jeune fille, et je vais tout leur dire.

– Tais-toi, malheureux ! s'écria Danglars en saisissant la main de Caderousse, ou je ne réponds pas de toi-même ; qui te dit que Dantès n'est pas véritablement coupable ? Le bâtiment a touché à l'île d'Elbe, il y est descendu, il est resté tout un jour à Porto-Ferrajo ; si l'on trouvait sur lui quelque lettre qui le compromette, ceux qui l'auraient soutenu passeraient pour ses complices. »

Caderousse, avec l'instinct rapide de l'égoïsme, comprit toute la solidité de ce raisonnement ; il regarda Danglars avec des yeux hébétés par la crainte et la douleur, et, pour un pas qu'il avait fait en avant, il en fit deux en arrière.

« Attendons, alors, murmura-t-il.

– Oui, attendons, dit Danglars ; s'il est innocent, on le mettra en liberté ; s'il est coupable, il est inutile de se compromettre pour un conspirateur.

– Alors, partons, je ne puis rester plus longtemps ici.

– Oui, viens, dit Danglars enchanté de trouver un compagnon de retraite, viens, et laissons-les se retirer de là comme ils pourront. »

Ils partirent : Fernand, redevenu l'appui de la jeune fille, prit Mercédès par la main et la ramena aux Catalans. Les amis de Dantès ramenèrent, de leur côté, aux allées de Meilhan, ce vieillard presque évanoui.

Bientôt cette rumeur, que Dantès venait d'être arrêté comme agent bonapartiste, se répandit par toute la ville.

« Eussiez-vous cru cela, mon cher Danglars ? dit M. Morrel en rejoignant son agent comptable et Caderousse, car il regagnait lui-même la ville en toute hâte pour avoir quelque nouvelle directe d'Edmond par le substitut du procureur du roi, M. de Villefort, qu'il connaissait un peu ; auriez-vous cru cela ?

– Dame, monsieur ! répondit Danglars, je vous avais dit que Dantès, sans aucun motif, avait relâché à l'île d'Elbe, et cette relâche, vous le savez, m'avait paru suspecte.

– Mais aviez-vous fait part de vos soupçons à d'autres qu'à moi ?

– Je m'en serais bien gardé, monsieur, ajouta tout bas Danglars ; vous savez bien qu'à cause de votre oncle, M. Policar Morrel, qui a servi sous l'autre et qui ne cache pas sa pensée, on vous soupçonne de regretter Napoléon ; j'aurais eu peur de faire tort à Edmond et ensuite à vous ; il y a de ces choses qu'il est du devoir d'un subordonné de dire à son armateur et de cacher sévèrement aux autres.

– Bien, Danglars, bien, dit l'armateur, vous êtes un brave garçon ; aussi j'avais d'avance pensé à vous, dans le cas où ce pauvre Dantès fût devenu le capitaine du *Pharaon*.

– Comment cela, monsieur ?

– Oui, j'avais d'avance demandé à Dantès ce qu'il pensait de vous, et s'il aurait quelque répugnance à vous garder à votre poste ; car, je ne sais pourquoi, j'avais cru remarquer qu'il y avait du froid entre vous.

– Et que vous a-t-il répondu ?

– Qu'il croyait effectivement avoir eu dans une circonstance qu'il ne m'a pas dite, quelques torts envers vous, mais que toute personne qui avait la confiance de l'armateur avait la sienne.

– L'hypocrite ! murmura Danglars.

– Pauvre Dantès ! dit Caderousse, c'est un fait qu'il était excellent garçon.

– Oui, mais en attendant, dit M. Morrel, voilà le *Pharaon* sans capitaine.

– Oh ! dit Danglars, il faut espérer, puisque nous ne pouvons repartir que dans trois mois, que d'ici à cette époque Dantès sera mis en liberté.

– Sans doute, mais jusque-là ?

– Eh bien, jusque-là me voici, monsieur Morrel, dit Danglars ; vous savez que je connais le maniement d'un navire aussi bien que le premier capitaine au long cours venu, cela vous offrira même un avantage, de vous servir de moi, car lorsque Edmond sortira de prison, vous n'aurez personne à remercier : il reprendra sa place et moi la mienne, voilà tout.

– Merci, Danglars, dit l'armateur ; voilà en effet qui concilie tout. Prenez donc le commandement, je vous y autorise, et surveillez le débarquement : il ne faut jamais, quelque catastrophe qui arrive aux individus, que les affaires souffrent.

– Soyez tranquille, monsieur ; mais pourra-t-on le voir au moins, ce bon Edmond ?

– Je vous dirai cela tout à l'heure, Danglars ; je vais tâcher de parler à M. de Villefort et d'intercéder près de lui en faveur du prisonnier. Je sais bien que c'est un royaliste enragé, mais, que diable !

tout royaliste et procureur du roi qu'il est, il est un homme aussi, et je ne le crois pas méchant.

— Non, dit Danglars, mais j'ai entendu dire qu'il était ambitieux, et cela se ressemble beaucoup.

— Enfin, dit M. Morrel avec un soupir, nous verrons ; allez à bord, je vous y rejoins. »

Et il quitta les deux amis pour prendre le chemin du palais de justice.

« Tu vois, dit Danglars à Caderousse, la tournure que prend l'affaire. As-tu encore envie d'aller soutenir Dantès maintenant ?

— Non, sans doute ; mais c'est cependant une terrible chose qu'une plaisanterie qui a de pareilles suites.

— Dame ! qui l'a faite ? ce n'est ni toi ni moi, n'est-ce pas ? c'est Fernand. Tu sais bien que quant à moi j'ai jeté le papier dans un coin : je croyais même l'avoir déchiré.

— Non, non, dit Caderousse. Oh ! quant à cela, j'en suis sûr ; je le vois au coin de la tonnelle, tout froissé, tout roulé, et je voudrais même bien qu'il fût encore où je le vois !

— Que veux-tu ? Fernand l'aura ramassé, Fernand l'aura copié ou fait copier, Fernand n'aura peut-être même pas pris cette peine ; et, j'y pense… mon Dieu ! il aura peut-être envoyé ma propre lettre ! Heureusement que j'avais déguisé mon écriture.

— Mais tu savais donc que Dantès conspirait ?

— Moi, je ne savais rien au monde. Comme je l'ai dit, j'ai cru faire une plaisanterie, pas autre chose. Il paraît que, comme Arlequin, j'ai dit la vérité en riant.

— C'est égal, reprit Caderousse, je donnerais bien des choses pour que toute cette affaire ne fût pas arrivée, ou du moins pour n'y être mêlé en rien. Tu verras qu'elle nous portera malheur, Danglars !

— Si elle doit porter malheur à quelqu'un, c'est au vrai coupable, et le vrai coupable c'est Fernand et non pas nous. Quel malheur veux-tu qu'il nous arrive à nous ? Nous n'avons qu'à nous tenir tranquilles, sans souffler le mot de tout cela, et l'orage passera sans que le tonnerre tombe.

— Amen ! dit Caderousse en faisant un signe d'adieu à Danglars et en se dirigeant vers les allées de Meilhan, tout en secouant la tête et en se parlant à lui-même, comme ont l'habitude de faire les gens fort préoccupés.

– Bon ! dit Danglars, les choses prennent la tournure que j'avais prévue : me voilà capitaine par intérim, et si cet imbécile de Caderousse peut se taire, capitaine tout de bon. Il n'y a donc que le cas où la justice relâcherait Dantès ? Oh ! mais, ajouta-t-il avec un sourire, la justice est la justice, et je m'en rapporte à elle. »

Et sur ce, il sauta dans une barque en donnant l'ordre au batelier de le conduire à bord du *Pharaon*, où l'armateur, on se le rappelle, lui avait donné rendez-vous.

VI – Le substitut du procureur du roi.

Rue du Grand-Cours, en face de la fontaine des Méduses, dans une de ces vieilles maisons à l'architecture aristocratique bâties par Puget, on célébrait aussi le même jour, à la même heure, un repas de fiançailles.

Seulement, au lieu que les acteurs de cette autre scène fussent des gens du peuple, des matelots et des soldats, ils appartenaient à la tête de la société marseillaise. C'étaient d'anciens magistrats qui avaient donné la démission de leur charge sous l'usurpateur ; de vieux officiers qui avaient déserté nos rangs pour passer dans ceux de l'armée de Condé ; des jeunes gens élevés par leur famille encore mal rassurée sur leur existence, malgré les quatre ou cinq remplaçants qu'elle avait payés, dans la haine de cet homme dont cinq ans d'exil devaient faire un martyr, et quinze ans de Restauration un dieu.

On était à table, et la conversation roulait, brûlante de toutes les passions, les passions de l'époque, passions d'autant plus terribles, vivantes et acharnées dans le Midi que depuis cinq cents ans les haines religieuses venaient en aide aux haines politiques.

L'Empereur, roi de l'île d'Elbe après avoir été souverain d'une partie du monde, régnant sur une population de cinq à six mille âmes, après avoir entendu crier : Vive Napoléon ! par cent vingt millions de sujets et en dix langues différentes, était traité là comme un homme perdu à tout jamais pour la France et pour le trône. Les magistrats relevaient les bévues politiques ; les militaires parlaient de Moscou et de Leipsick ; les femmes, de son divorce avec Joséphine. Il semblait à ce monde royaliste, tout joyeux et tout triomphant non pas de la chute de l'homme, mais de l'anéantissement du principe, que la vie recommençait pour lui, et qu'il sortait d'un rêve pénible.

Un vieillard, décoré de la croix de Saint-Louis, se leva et proposa la santé du roi Louis XVIII à ses convives ; c'était le marquis de Saint-Méran.

À ce toast, qui rappelait à la fois l'exilé de Hartwell et le roi pacificateur de la France, la rumeur fut grande, les verres se levèrent à la manière anglaise, les femmes détachèrent leurs bouquets et en jonchèrent la nappe. Ce fut un enthousiasme presque poétique.

« Ils en conviendraient s'ils étaient là, dit la marquise de Saint-Méran, femme à l'œil sec, aux lèvres minces, à la tournure aristocratique et encore élégante, malgré ses cinquante ans, tous ces révolutionnaires qui nous ont chassés et que nous laissons à notre tour bien tranquillement conspirer dans nos vieux châteaux qu'ils ont achetés pour un morceau de pain, sous la Terreur : ils en conviendraient, que le véritable dévouement était de notre côté, puisque nous nous attachions à la monarchie croulante, tandis qu'eux, au contraire, saluaient le soleil levant et faisaient leur fortune, pendant que, nous, nous perdions la nôtre ; ils en conviendraient que notre roi, à nous, était bien véritablement Louis le Bien-Aimé, tandis que leur usurpateur, à eux, n'a jamais été que Napoléon le Maudit ; n'est-ce pas, de Villefort ?

– Vous dites, madame la marquise ?... Pardonnez-moi, je n'étais pas à la conversation.

– Eh ! laissez ces enfants, marquise, reprit le vieillard qui avait porté le toast ; ces enfants vont s'épouser, et tout naturellement ils ont à parler d'autre chose que de politique.

– Je vous demande pardon, ma mère, dit une jeune et belle personne aux blonds cheveux, à l'œil de velours nageant dans un fluide nacré ; je vous rends M. de Villefort, que j'avais accaparé pour un instant. Monsieur de Villefort, ma mère vous parle.

– Je me tiens prêt à répondre à madame si elle veut bien renouveler sa question que j'ai mal entendue, dit M. de Villefort.

– On vous pardonne, Renée, dit la marquise avec un sourire de tendresse qu'on était étonné de voir fleurir sur cette sèche figure ; mais le cœur de la femme est ainsi fait, que si aride qu'il devienne au souffle des préjugés et aux exigences de l'étiquette, il y a toujours un coin fertile et riant : c'est celui que Dieu a consacré à l'amour maternel. On vous pardonne… Maintenant je disais, Villefort, que les bonapartistes n'avaient ni notre conviction, ni notre enthousiasme, ni notre dévouement.

– Oh ! madame, ils ont du moins quelque chose qui remplace tout cela : c'est le fanatisme. Napoléon est le Mahomet de l'Occident ; c'est pour tous ces hommes vulgaires, mais aux ambitions suprêmes, non seulement un législateur et un maître, mais encore c'est un type, le type de l'égalité.

– De l'égalité ! s'écria la marquise. Napoléon, le type de l'égalité ! et que ferez-vous donc de M. de Robespierre ? Il me semble que vous lui volez sa place pour la donner au Corse ; c'est cependant bien assez d'une usurpation, ce me semble.

– Non, madame, dit Villefort, je laisse chacun sur son piédestal : Robespierre, place Louis XV, sur son échafaud ; Napoléon, place Vendôme, sur sa colonne ; seulement l'un a fait de l'égalité qui abaisse, et l'autre de l'égalité qui élève ; l'un a ramené les rois au niveau de la guillotine, l'autre a élevé le peuple au niveau du trône. Cela ne veut pas dire, ajouta Villefort en riant, que tous deux ne soient pas d'infâmes révolutionnaires, et que le 9 thermidor et le 4 avril 1814 ne soient pas deux jours heureux pour la France, et dignes d'être également fêtés par les amis de l'ordre et de la monarchie ; mais cela explique aussi comment, tout tombé qu'il est pour ne se relever jamais, je l'espère, Napoléon a conservé ses séides. Que voulez-vous, marquise ? Cromwell, qui n'était que la moitié de tout ce qu'a été Napoléon, avait bien les siens !

– Savez-vous que ce que vous dites là, Villefort, sent la révolution d'une lieue ? Mais je vous pardonne : on ne peut pas être fils de girondin et ne pas conserver un goût de terroir. »

Une vive rougeur passa sur le front de Villefort.

« Mon père était girondin, madame, dit-il, c'est vrai ; mais mon père n'a pas voté la mort du roi ; mon père a été proscrit par cette même Terreur qui vous proscrivait, et peu s'en est fallu qu'il ne portât sa tête sur le même échafaud qui avait vu tomber la tête de votre père.

– Oui, dit la marquise, sans que ce souvenir sanglant amenât la moindre altération sur ses traits ; seulement c'était pour des principes diamétralement opposés qu'ils y fussent montés tous deux, et la preuve c'est que toute ma famille est restée attachée aux princes exilés, tandis que votre père a eu hâte de se rallier au nouveau gouvernement, et qu'après que le citoyen Noirtier a été girondin, le comte Noirtier est devenu sénateur.

– Ma mère, ma mère, dit Renée, vous savez qu'il était convenu qu'on ne parlerait plus de ces mauvais souvenirs.

– Madame, répondit Villefort, je me joindrai à Mlle de Saint-Méran pour vous demander bien humblement l'oubli du passé. À quoi bon récriminer sur des choses dans lesquelles la volonté de Dieu même est impuissante ? Dieu peut changer l'avenir ; il ne peut pas même modifier le passé. Ce que nous pouvons, nous autres hommes, c'est sinon le renier, du moins jeter un voile dessus. Eh bien, moi, je me suis séparé non seulement de l'opinion, mais encore du nom de mon père. Mon père a été ou est même peut-être encore bonapartiste et s'appelle Noirtier ; moi, je suis royaliste et m'appelle de Villefort. Laissez mourir dans le vieux tronc un reste de sève révolutionnaire, et ne voyez, madame, que le rejeton qui s'écarte de ce tronc, sans pouvoir, et je dirai presque sans vouloir s'en détacher tout à fait.

– Bravo, Villefort, dit le marquis, bravo, bien répondu ! Moi aussi, j'ai toujours prêché à la marquise l'oubli du passé, sans jamais avoir pu l'obtenir d'elle, vous serez plus heureux, je l'espère.

– Oui, c'est bien, dit la marquise, oublions le passé, je ne demande pas mieux, et c'est convenu ; mais qu'au moins Villefort soit inflexible pour l'avenir. N'oubliez pas, Villefort, que nous avons répondu de vous à Sa Majesté : que Sa Majesté, elle aussi, a bien voulu oublier, à notre recommandation (elle tendit la main), comme j'oublie à votre prière. Seulement s'il vous tombe quelque conspirateur entre les mains, songez qu'on a d'autant plus les yeux sur vous que l'on sait que vous êtes d'une famille qui peut-être est en rapport avec ces conspirateurs.

– Hélas ! madame, dit Villefort, ma profession et surtout le temps dans lequel nous vivons m'ordonnent d'être sévère. Je le serai.

J'ai déjà eu quelques accusations politiques à soutenir, et, sous ce rapport, j'ai fait mes preuves. Malheureusement, nous ne sommes pas au bout.

– Vous croyez ? dit la marquise.

– J'en ai peur. Napoléon à l'île d'Elbe est bien près de la France ; sa présence presque en vue de nos côtes entretient l'espérance de ses partisans. Marseille est pleine d'officiers à demi-solde, qui, tous les jours, sous un prétexte frivole, cherchent querelle aux royalistes ; de là des duels parmi les gens de classe élevée, de là des assassinats dans le peuple.

– Oui, dit le comte de Salvieux, vieil ami de M. de Saint-Méran et chambellan de M. le comte d'Artois, oui, mais vous savez que la Sainte-Alliance le déloge.

– Oui, il était question de cela lors de notre départ de Paris, dit M. de Saint-Méran. Et où l'envoie-t-on ?

– À Sainte-Hélène.

– À Sainte-Hélène ! Qu'est-ce que cela ? demanda la marquise.

– Une île située à deux mille lieues d'ici, au-delà de l'équateur, répondit le comte.

– À la bonne heure ! Comme le dit Villefort, c'est une grande folie que d'avoir laissé un pareil homme entre la Corse, où il est né, et Naples, où règne encore son beau-frère, et en face de cette Italie dont il voulait faire un royaume à son fils.

– Malheureusement, dit Villefort, nous avons les traités de 1814, et l'on ne peut toucher à Napoléon sans manquer à ces traités.

– Eh bien, on y manquera, dit M. de Salvieux. Y a-t-il regardé de si près, lui, lorsqu'il s'est agi de faire fusiller le malheureux duc d'Enghien ?

– Oui, dit la marquise, c'est convenu, la Sainte-Alliance débarrasse l'Europe de Napoléon, et Villefort débarrasse Marseille de ses partisans. Le roi règne ou ne règne pas : s'il règne, son gouvernement doit être fort et ses agents inflexibles ; c'est le moyen de prévenir le mal.

– Malheureusement, madame, dit en souriant Villefort, un substitut du procureur du roi arrive toujours quand le mal est fait.

– Alors, c'est à lui de le réparer.

– Je pourrais vous dire encore, madame, que nous ne réparons pas le mal, mais que nous le vengeons : voilà tout.

– Oh ! monsieur de Villefort, dit une jeune et jolie personne, fille du comte de Salvieux et amie de Mlle de Saint-Méran, tâchez donc d'avoir un beau procès, tandis que nous serons à Marseille. Je n'ai jamais vu une cour d'assises, et l'on dit que c'est fort curieux.

– Fort curieux, en effet, mademoiselle, dit le substitut ; car au lieu d'une tragédie factice, c'est un drame véritable ; au lieu de douleurs jouées ce sont des douleurs réelles. Cet homme qu'on voit là, au lieu, la toile baissée, de rentrer chez lui, de souper en famille et de se coucher tranquillement pour recommencer le lendemain, rentre dans la prison où il trouve le bourreau. Vous voyez bien que, pour les personnes nerveuses qui cherchent les émotions, il n'y a pas de spectacle qui vaille celui-là. Soyez tranquille, mademoiselle, si la circonstance se présente je vous le procurerai.

– Il nous fait frissonner… et il rit ! dit Renée toute pâlissante.

– Que voulez-vous… c'est un duel… J'ai déjà requis cinq ou six fois la peine de mort contre des accusés politiques ou autres… Eh bien, qui sait combien de poignards à cette heure s'aiguisent dans l'ombre, ou sont déjà dirigés contre moi ?

– Oh ! mon Dieu ! dit Renée en s'assombrissant de plus en plus, parlez-vous donc sérieusement, monsieur de Villefort ?

– On ne peut plus sérieusement, mademoiselle, reprit le jeune magistrat, le sourire sur les lèvres. Et avec ces beaux procès que désire mademoiselle pour satisfaire sa curiosité, et que je désire, moi, pour satisfaire mon ambition, la situation ne fera que s'aggraver. Tous ces soldats de Napoléon, habitués à aller en aveugles à l'ennemi, croyez-vous qu'ils réfléchissent en brûlant une cartouche ou en marchant à la baïonnette ? Eh bien, réfléchiront-ils davantage pour tuer un homme qu'ils croient leur ennemi personnel, que pour tuer un Russe, un Autrichien ou un Hongrois qu'ils n'ont jamais vu ? D'ailleurs il faut cela, voyez-vous ; sans quoi notre métier n'aurait point d'excuse. Moi-même, quand je vois luire dans l'œil de l'accusé l'éclair lumineux de la rage, je me sens tout encouragé, je m'exalte : ce n'est plus un procès, c'est un combat ; je lutte contre lui, il riposte, je redouble, et le combat finit, comme tous les combats, par une victoire ou une défaite. Voilà ce que c'est que de plaider ! c'est le danger qui fait l'éloquence. Un accusé qui me sourirait après ma réplique me ferait croire que j'ai parlé mal, que ce que j'ai dit est pâle, sans vigueur, insuffisant. Songez donc à la sensation d'orgueil qu'éprouve un procureur du roi, convaincu de la culpabilité de l'accusé, lorsqu'il voit blêmir et s'incliner son coupable sous le poids des preuves et sous les foudres de son éloquence ! Cette tête se baisse, elle tombera. »

Renée jeta un léger cri.

« Voilà qui est parler, dit un des convives.

— Voilà l'homme qu'il faut dans des temps comme les nôtres ! dit un second.

— Aussi, dit un troisième, dans votre dernière affaire vous avez été superbe, mon cher Villefort. Vous savez, cet homme qui avait assassiné son père ; eh bien, littéralement, vous l'aviez tué avant que le bourreau y touchât.

— Oh ! pour les parricides, dit Renée, oh ! peu m'importe, il n'y a pas de supplice assez grand pour de pareils hommes ; mais pour les malheureux accusés politiques !…

— Mais c'est pire encore, Renée, car le roi est le père de la nation, et vouloir renverser ou tuer le roi, c'est vouloir tuer le père de trente-deux millions d'hommes.

— Oh ! c'est égal, monsieur de Villefort, dit Renée, vous me promettez d'avoir de l'indulgence pour ceux que je vous recommanderai ?

— Soyez tranquille, dit Villefort avec son plus charmant sourire, nous ferons ensemble mes réquisitoires.

— Ma chère, dit la marquise, mêlez-vous de vos colibris, de vos épagneuls et de vos chiffons, et laissez votre futur époux faire son état. Aujourd'hui, les armes se reposent et la robe est en crédit ; il y a là-dessus un mot latin d'une grande profondeur.

— *Cedant arma togae*, dit en s'inclinant Villefort.

— Je n'osais point parler latin, répondit la marquise.

— Je crois que j'aimerais mieux que vous fussiez médecin, reprit Renée ; l'ange exterminateur, tout ange qu'il est, m'a toujours fort épouvantée.

— Bonne Renée ! murmura Villefort en couvant la jeune fille

d'un regard d'amour.

– Ma fille, dit le marquis, M. de Villefort sera le médecin moral et politique de cette province ; croyez-moi, c'est un beau rôle à jouer.

– Et ce sera un moyen de faire oublier celui qu'a joué son père, reprit l'incorrigible marquise.

– Madame, reprit Villefort avec un triste sourire, j'ai déjà eu l'honneur de vous dire que mon père avait, je l'espère du moins, abjuré les erreurs de son passé ; qu'il était devenu un ami zélé de la religion et de l'ordre, meilleur royaliste que moi peut-être ; car lui, c'était avec repentir, et, moi, je ne le suis qu'avec passion. »

Et après cette phrase arrondie, Villefort, pour juger de l'effet de sa faconde, regarda les convives, comme, après une phrase équivalente, il aurait au parquet regardé l'auditoire.

« Eh bien, mon cher Villefort, reprit le comte de Salvieux, c'est justement ce qu'aux Tuileries je répondais avant-hier au ministre de la maison du roi, qui me demandait un peu compte de cette singulière alliance entre le fils d'un girondin et la fille d'un officier de l'armée de Condé ; et le ministre a très bien compris. Ce système de fusion est celui de Louis XVIII. Aussi le roi, qui, sans que nous nous en doutassions, écoutait notre conversation, nous a-t-il interrompus en disant : « Villefort, remarquez que le roi n'a pas prononcé le nom de Noirtier, et au contraire a appuyé sur celui de Villefort ; Villefort, a donc dit le roi, fera un bon chemin ; c'est un jeune homme déjà mûr, et qui est de mon monde. J'ai vu avec plaisir que le marquis et la marquise de Saint-Méran le prissent pour gendre, et je leur eusse conseillé cette alliance s'ils n'étaient venus les premiers me demander permission de la contracter. »

– Le roi a dit cela, comte ? s'écria Villefort ravi.

– Je vous rapporte ses propres paroles, et si le marquis veut être franc, il avouera que ce que je vous rapporte à cette heure s'accorde parfaitement avec ce que le roi lui a dit à lui-même quand il lui a parlé, il y a six mois, d'un projet de mariage entre sa fille et vous.

– C'est vrai, dit le marquis.

– Oh ! mais je lui devrai donc tout, à ce digne prince. Aussi que ne ferais-je pas pour le servir !

– À la bonne heure, dit la marquise, voilà comme je vous aime :

vienne un conspirateur dans ce moment, et il sera le bienvenu.

– Et moi, ma mère, dit Renée, je prie Dieu qu'il ne vous écoute point, et qu'il n'envoie à M. de Villefort que de petits voleurs, de faibles banqueroutiers et de timides escrocs ; moyennant cela, je dormirai tranquille.

– C'est comme si, dit en riant Villefort, vous souhaitiez au médecin des migraines, des rougeoles et des piqûres de guêpe, toutes choses qui ne compromettent que l'épiderme. Si vous voulez me voir procureur du roi, au contraire, souhaitez-moi de ces terribles maladies dont la cure fait honneur au médecin. »

En ce moment, et comme si le hasard n'avait attendu que l'émission du souhait de Villefort pour que ce souhait fût exaucé, un valet de chambre entra et lui dit quelques mots à l'oreille. Villefort quitta alors la table en s'excusant, et revint quelques instants après, le visage ouvert et les lèvres souriantes.

Renée le regarda avec amour ; car, vu ainsi, avec ses yeux bleus, son teint mat et ses favoris noirs qui encadraient son visage, c'était véritablement un élégant et beau jeune homme ; aussi l'esprit tout entier de la jeune fille sembla-t-il suspendu à ses lèvres, en attendant qu'il expliquât la cause de sa disparition momentanée.

« Eh bien, dit Villefort, vous ambitionniez tout à l'heure, mademoiselle, d'avoir pour mari un médecin, j'ai au moins avec les disciples d'Esculape (on parlait encore ainsi en 1815) cette ressemblance, que jamais l'heure présente n'est à moi, et qu'on me vient déranger même à côté de vous, même au repas de mes fiançailles.

– Et pour quelle cause vous dérange-t-on, monsieur ? demanda la belle jeune fille avec une légère inquiétude.

– Hélas ! pour un malade qui serait, s'il faut en croire ce que l'on m'a dit, à toute extrémité : cette fois c'est un cas grave, et la maladie frise l'échafaud.

– Ô mon Dieu ! s'écria Renée en pâlissant.

– En vérité ! dit tout d'une voix l'assemblée.

– Il paraît qu'on vient tout simplement de découvrir un petit complot bonapartiste.

– Est-il possible ? dit la marquise.

– Voici la lettre de dénonciation. »

Et Villefort lut :

« Monsieur le procureur du roi est prévenu, par un ami du trône et de la religion, que le nommé Edmond Dantès, second du navire le Pharaon, *arrivé ce matin de Smyrne, après avoir touché à Naples et à Porto-Ferrajo, a été chargé, par Murat, d'une lettre pour l'usurpateur, et, par l'usurpateur d'une lettre pour le comité bonapartiste de Paris.*

On aura la preuve de son crime en l'arrêtant, car on trouvera cette lettre ou sur lui, ou chez son père, ou dans sa cabine à bord du Pharaon. »

– Mais, dit Renée, cette lettre, qui n'est qu'une lettre anonyme d'ailleurs, est adressée à M. le procureur du roi, et non à vous.

– Oui, mais le procureur du roi est absent ; en son absence, l'épître est parvenue à son secrétaire, qui avait mission d'ouvrir les lettres ; il a donc ouvert celle ci, m'a fait chercher, et, ne me trouvant pas, a donné des ordres pour l'arrestation.

– Ainsi, le coupable est arrêté, dit la marquise.

– C'est-à-dire l'accusé, reprit Renée.

– Oui, madame, dit Villefort, et, comme j'avais l'honneur de le dire tout à l'heure à Mlle Renée, si l'on trouve la lettre en question, le malade est bien malade.

– Et où est ce malheureux ? demanda Renée.

– Il est chez moi.

– Allez, mon ami, dit le marquis, ne manquez pas à vos devoirs pour demeurer avec nous, quand le service du roi vous attend ailleurs ; allez donc où le service du roi vous attend.

– Oh ! monsieur de Villefort, dit Renée en joignant les mains, soyez indulgent, c'est le jour de vos fiançailles ! »

Villefort fit le tour de la table, et, s'approchant de la chaise de la jeune fille, sur le dossier de laquelle il s'appuya :

« Pour vous épargner une inquiétude, dit-il, je ferai tout ce que je pourrai, chère Renée ; mais, si les indices sont sûrs, si l'accusation est vraie, il faudra bien couper cette mauvaise herbe bonapartiste. »

Renée frissonna à ce mot *couper*, car cette herbe qu'il s'agissait de couper avait une tête.

« Bah ! bah ! dit la marquise, n'écoutez pas cette petite fille,

Villefort, elle s'y fera. »

Et la marquise tendit à Villefort une main sèche qu'il baisa, tout en regardant Renée et en lui disant des yeux :

« C'est votre main que je baise, ou du moins que je voudrais baiser en ce moment.

– Tristes auspices ! murmura Renée.

– En vérité, mademoiselle, dit la marquise, vous êtes d'un enfantillage désespérant : je vous demande un peu ce que le destin de l'État peut avoir à faire avec vos fantaisies de sentiment et vos sensibleries de cœur.

– Oh ! ma mère ! murmura Renée.

– Grâce pour la mauvaise royaliste, madame la marquise, dit de Villefort, je vous promets de faire mon métier de substitut du procureur du roi en conscience, c'est-à-dire d'être horriblement sévère. »

Mais, en même temps que le magistrat adressait ces paroles à la marquise, le fiancé jetait à la dérobée un regard à sa fiancée, et ce regard disait :

« Soyez tranquille, Renée : en faveur de votre amour, je serai indulgent. »

Renée répondit à ce regard par son plus doux sourire, et Villefort sortit avec le paradis dans le cœur.

VII – L'interrogatoire.

À peine de Villefort fut-il hors de la salle à manger qu'il quitta son masque joyeux pour prendre l'air grave d'un homme appelé à cette suprême fonction de prononcer sur la vie de son semblable. Or, malgré la mobilité de sa physionomie, mobilité que le substitut avait, comme doit faire un habile acteur, plus d'une fois étudiée devant sa glace, ce fut cette fois un travail pour lui que de froncer son sourcil et d'assombrir ses traits. En effet, à part le souvenir de cette ligne politique suivie par son père, et qui pouvait, s'il ne s'en éloignait complètement, faire dévier son avenir, Gérard de Villefort était en ce moment aussi heureux qu'il est donné à un homme de le devenir ; déjà riche par lui-même, il occupait à vingt-sept ans une place élevée dans la magistrature, il épousait une jeune et belle personne qu'il aimait, non pas passionnément, mais avec raison, comme un substitut du procureur du roi peut aimer, et outre sa beauté, qui était remarquable, Mlle de Saint-Méran, sa fiancée, appartenait à une des familles les mieux en cour de l'époque ; et outre l'influence de son père et de sa mère, qui, n'ayant point d'autre enfant, pouvaient la conserver tout entière à leur gendre, elle apportait encore à son mari une dot de cinquante mille écus, qui, grâce aux espérances, ce mot atroce inventé par les entremetteurs de mariage, pouvait s'augmenter un jour d'un héritage d'un demi-million.

Tous ces éléments réunis composaient donc pour Villefort un total de félicité éblouissant, à ce point qu'il lui semblait voir des taches au soleil, quand il avait longtemps regardé sa vie intérieure avec la vue de l'âme.

À la porte, il trouva le commissaire de police qui l'attendait. La vue de l'homme noir le fit aussitôt retomber des hauteurs du troisième ciel sur la terre matérielle où nous marchons ; il composa son visage, comme nous l'avons dit, et s'approchant de l'officier de justice :

« Me voici, monsieur, lui dit-il ; j'ai lu la lettre, et vous avez bien fait d'arrêter cet homme ; maintenant donnez-moi sur lui et sur la conspiration tous les détails que vous avez recueillis.

– De la conspiration, monsieur, nous ne savons rien encore, tous les papiers saisis sur lui ont été enfermés en une seule liasse, et déposés cachetés sur votre bureau. Quant au prévenu, vous l'avez vu par la lettre même qui le dénonce, c'est un nommé Edmond Dantès, second à bord du trois-mâts le *Pharaon*, faisant le commerce de coton avec Alexandrie et Smyrne, et appartenant à la maison Morrel et fils, de Marseille.

– Avant de servir dans la marine marchande, avait-il servi dans la marine militaire ?

– Oh ! non, monsieur ; c'est un tout jeune homme.

– Quel âge ?

– Dix-neuf ou vingt ans au plus. »

En ce moment, et comme Villefort, en suivant la Grande-Rue, était arrivé au coin de la rue des Conseils, un homme qui semblait l'attendre au passage l'aborda : c'était M. Morrel.

« Ah ! monsieur de Villefort ! s'écria le brave homme en

apercevant le substitut, je suis bien heureux de vous rencontrer. Imaginez-vous qu'on vient de commettre la méprise la plus étrange, la plus inouïe : on vient d'arrêter le second de mon bâtiment, Edmond Dantès.

– Je le sais, monsieur, dit Villefort, et je viens pour l'interroger.

– Oh ! monsieur, continua M. Morrel, emporté par son amitié pour le jeune homme, vous ne connaissez pas celui qu'on accuse, et je le connais, moi : imaginez-vous l'homme le plus doux, l'homme le plus probe, et j'oserai presque dire l'homme qui sait le mieux son état de toute la marine marchande. Ô monsieur de Villefort ! je vous le recommande bien sincèrement et de tout mon cœur. »

Villefort, comme on a pu le voir, appartenait au parti noble de la ville, et Morrel au parti plébéien ; le premier était royaliste ultra, le second était soupçonné de sourd bonapartisme. Villefort regarda dédaigneusement Morrel, et lui répondit avec froideur :

« Vous savez, monsieur, qu'on peut être doux dans la vie privée, probe dans ses relations commerciales, savant dans son état, et n'en être pas moins un grand coupable, politiquement parlant ; vous le savez, n'est-ce pas, monsieur ? »

Et le magistrat appuya sur ces derniers mots, comme s'il en voulait faire l'application à l'armateur lui-même ; tandis que son regard scrutateur semblait vouloir pénétrer jusqu'au fond du cœur de cet homme assez hardi d'intercéder pour un autre, quand il devait savoir que lui-même avait besoin d'indulgence.

Morrel rougit, car il ne se sentait pas la conscience bien nette à l'endroit des opinions politiques ; et d'ailleurs la confidence que lui avait faite Dantès à l'endroit de son entrevue avec le grand maréchal et des quelques mots que lui avait adressés l'Empereur lui troublait quelque peu l'esprit. Il ajouta, toutefois, avec l'accent du plus profond intérêt :

« Je vous en supplie, monsieur de Villefort, soyez juste comme vous devez l'être, bon comme vous l'êtes toujours, et rendez-nous bien vite ce pauvre Dantès ! »

Le rendez-nous sonna révolutionnairement à l'oreille du substitut du procureur du roi.

« Eh ! eh ! se dit-il tout bas, rendez-nous... ce Dantès serait-il affilié à quelque secte de carbonari, pour que son protecteur emploie ainsi, sans y songer, la formule collective ? On l'a arrêté dans un cabaret, m'a dit, je crois, le commissaire ; en nombreuse compagnie, a-t-il ajouté : ce sera quelque vente. »

Puis tout haut :

« Monsieur, répondit-il, vous pouvez être parfaitement tranquille, et vous n'aurez pas fait un appel inutile à ma justice si le prévenu est innocent ; mais si, au contraire, il est coupable, nous vivons dans une époque difficile, monsieur, où l'impunité serait d'un fatal exemple : je serai donc forcé de faire mon devoir. »

Et sur ce, comme il était arrivé à la porte de sa maison adossée au palais de justice, il entra majestueusement, après avoir salué avec une politesse de glace le malheureux armateur, qui resta comme pétrifié à la place où l'avait quitté Villefort.

L'antichambre était pleine de gendarmes et d'agents de police ; au milieu d'eux, gardé à vue, enveloppé de regards flamboyants de haine, se tenait debout, calme et immobile, le prisonnier.

Villefort traversa l'antichambre, jeta un regard oblique sur Dantès, et, après avoir pris une liasse que lui remit un agent, disparut en disant :

« Qu'on amène le prisonnier. »

Si rapide qu'eût été ce regard, il avait suffi à Villefort pour se faire une idée de l'homme qu'il allait avoir à interroger : il avait reconnu l'intelligence dans ce front large et ouvert, le courage dans cet œil fixe et ce sourcil froncé, et la franchise dans ces lèvres épaisses et à demi ouvertes, qui laissaient voir une double rangée de dents blanches comme l'ivoire.

La première impression avait été favorable à Dantès ; mais Villefort avait entendu dire si souvent, comme un mot de profonde politique, qu'il fallait se défier de son premier mouvement, attendu que c'était le bon, qu'il appliqua la maxime à l'impression, sans tenir compte de la différence qu'il y a entre les deux mots.

Il étouffa donc les bons instincts qui voulaient envahir son cœur pour livrer de là assaut à son esprit, arrangea devant la glace sa figure des grands jours et s'assit, sombre et menaçant, devant son bureau.

Un instant après lui, Dantès entra.

Le jeune homme était toujours pâle, mais calme et souriant ; il salua son juge avec une politesse aisée, puis chercha des yeux un siège, comme s'il eût été dans le salon de l'armateur Morrel.

Ce fut alors seulement qu'il rencontra ce regard terne de Villefort, ce regard particulier aux hommes de palais, qui ne veulent pas qu'on lise dans leur pensée, et qui font de leur œil un verre dépoli. Ce regard lui apprit qu'il était devant la justice, figure aux sombres façons.

« Qui êtes-vous et comment vous nommez-vous ? demanda Villefort en feuilletant ces notes que l'agent lui avait remises en entrant, et qui depuis une heure étaient déjà devenues volumineuses, tant la corruption des espionnages s'attache vite à ce corps malheureux qu'on nomme les prévenus.

– Je m'appelle Edmond Dantès, monsieur, répondit le jeune homme d'une voix calme et sonore ; je suis second à bord du navire le *Pharaon*, qui appartient à MM. Morrel et fils.

– Votre âge ? continua Villefort.

– Dix-neuf ans, répondit Dantès.

– Que faisiez-vous au moment où vous avez été arrêté ?

– J'assistais au repas de mes propres fiançailles, monsieur », dit Dantès d'une voix légèrement émue, tant le contraste était douloureux de ces moments de joie avec la lugubre cérémonie qui s'accomplissait, tant le visage sombre de M. de Villefort faisait briller de toute sa lumière la rayonnante figure de Mercédès.

« Vous assistiez au repas de vos fiançailles ? dit le substitut en tressaillant malgré lui.

– Oui, monsieur, je suis sur le point d'épouser une femme que j'aime depuis trois ans. »

Villefort, tout impassible qu'il était d'ordinaire, fut cependant frappé de cette coïncidence, et cette voix émue de Dantès surpris au milieu de son bonheur alla éveiller une fibre sympathique au fond de son âme : lui aussi se mariait, lui aussi était heureux, et on venait troubler son bonheur pour qu'il contribuât à détruire la joie d'un homme qui, comme lui, touchait déjà au bonheur.

Ce rapprochement philosophique, pensa-t-il, fera grand effet à mon retour dans le salon de M. de Saint-Méran ; et il arrangea d'avance dans son esprit, et pendant que Dantès attendait de nouvelles questions, les mots antithétiques à l'aide desquels les orateurs construisent ces phrases ambitieuses d'applaudissements qui parfois font croire à une véritable éloquence.

Lorsque son petit speech intérieur fut arrangé, Villefort sourit à son effet, et revenant à Dantès :

« Continuez, monsieur, dit-il.

– Que voulez-vous que je continue ?

– D'éclairer la justice.

– Que la justice me dise sur quel point elle veut être éclairée, et je lui dirai tout ce que je sais ; seulement, ajouta-t-il à son tour avec un sourire, je la préviens que je ne sais pas grand-chose.

– Avez-vous servi sous l'usurpateur ?

– J'allais être incorporé dans la marine militaire lorsqu'il est tombé.

– On dit vos opinions politiques exagérées, dit Villefort, à qui l'on n'avait pas soufflé un mot de cela, mais qui n'était pas fâché de poser la demande comme on pose une accusation.

– Mes opinions politiques, à moi, monsieur ? Hélas ! c'est presque honteux à dire, mais je n'ai jamais eu ce qu'on appelle une opinion : j'ai dix-neuf ans à peine, comme j'ai eu l'honneur de vous le dire ; je ne sais rien, je ne suis destiné à jouer aucun rôle ; le peu que je suis et que je serai, si l'on m'accorde la place que j'ambitionne, c'est à M. Morrel que je le devrai. Aussi, toutes mes opinions, je ne dirai pas politiques, mais privées, se bornent-elles à ces trois sentiments : j'aime mon père, je respecte M. Morrel et j'adore Mercédès. Voilà, monsieur, tout ce que je puis dire à la justice ; vous voyez que c'est peu intéressant pour elle. »

À mesure que Dantès parlait, Villefort regardait son visage à la fois si doux et si ouvert, et se sentait revenir à la mémoire les paroles de Renée, qui, sans le connaître, lui avait demandé son indulgence pour le prévenu. Avec l'habitude qu'avait déjà le substitut du crime et des criminels, il voyait, à chaque parole de Dantès, surgir la preuve de son innocence. En effet, ce jeune homme, on pourrait presque dire cet enfant, simple, naturel, éloquent de cette éloquence du cœur qu'on ne trouve jamais quand on la cherche, plein d'affection pour tous, parce qu'il était heureux, et que le bonheur rend bons les méchants eux-mêmes, versait jusque sur son juge la douce affabilité qui débordait de son cœur, Edmond n'avait dans le regard, dans la voix, dans le geste, tout rude et tout sévère qu'avait été Villefort envers lui, que caresses et bonté pour celui qui l'interrogeait.

« Pardieu, se dit Villefort, voici un charmant garçon, et je n'aurai pas grand-peine, je l'espère, à me faire bien venir de Renée en accomplissant la première recommandation qu'elle m'a faite : cela me vaudra un bon serrement de main devant tout le monde et un charmant baiser dans un coin. »

Et à cette douce espérance la figure de Villefort s'épanouit ; de sorte que, lorsqu'il reporta ses regards de sa pensée à Dantès, Dantès, qui avait suivi tous les mouvements de physionomie de son juge, souriait comme sa pensée.

« Monsieur, dit Villefort, vous connaissez-vous quelques ennemis ?

– Des ennemis à moi, dit Dantès : j'ai le bonheur d'être trop peu de chose pour que ma position m'en ait fait. Quant à mon caractère, un peu vif peut-être, j'ai toujours essayé de l'adoucir envers mes subordonnés. J'ai dix ou douze matelots sous mes ordres : qu'on les interroge, monsieur, et ils vous diront qu'ils m'aiment et me respectent, non pas comme un père, je suis trop jeune pour cela, mais comme un frère aîné.

– Mais, à défaut d'ennemis, peut-être avez-vous des jaloux : vous allez être nommé capitaine à dix-neuf ans, ce qui est un poste élevé dans votre état ; vous allez épouser une jolie femme qui vous aime, ce qui est un bonheur rare dans tous les états de la terre ; ces deux préférences du destin ont pu vous faire des envieux.

– Oui, vous avez raison. Vous devez mieux connaître les hommes que moi, et c'est possible ; mais si ces envieux devaient être parmi mes amis, je vous avoue que j'aime mieux ne pas les connaître pour ne point être forcé de les haïr.

– Vous avez tort, monsieur. Il faut toujours, autant que possible, voir clair autour de soi ; et, en vérité vous me paraissez un si digne jeune homme, que je vais m'écarter pour vous des règles ordinaires de la justice et vous aider à faire jaillir la lumière en vous communiquant la dénonciation qui vous amène devant moi : voici le papier accusateur ; reconnaissez-vous l'écriture ? »

Et Villefort tira la lettre de sa poche et la présenta à Dantès. Dantès regarda et lut. Un nuage passa sur son front, et il dit :

« Non, monsieur, je ne connais pas cette écriture, elle est déguisée, et cependant elle est d'une forme assez franche. En tout cas, c'est une main habile qui l'a tracée. Je suis bien heureux, ajouta-t-il en regardant avec reconnaissance Villefort, d'avoir affaire à un homme tel que vous, car en effet mon envieux est un véritable ennemi. »

Et à l'éclair qui passa dans les yeux du jeune homme en prononçant ces paroles, Villefort put distinguer tout ce qu'il y avait de violente énergie cachée sous cette première douceur.

« Et maintenant, voyons, dit le substitut, répondez-moi franchement, monsieur, non pas comme un prévenu à son juge, mais comme un homme dans une fausse position répond à un autre homme qui s'intéresse à lui : qu'y a-t-il de vrai dans cette accusation anonyme ? »

Et Villefort jeta avec dégoût sur le bureau la lettre que Dantès venait de lui rendre.

« Tout et rien, monsieur, et voici la vérité pure, sur mon honneur de marin, sur mon amour pour Mercédès, sur la vie de mon père.

– Parlez, monsieur », dit tout haut Villefort.

Puis tout bas, il ajouta :

« Si Renée pouvait me voir, j'espère qu'elle serait contente de moi, et qu'elle ne m'appellerait plus un coupeur de tête !

– Eh bien, en quittant Naples, le capitaine Leclère tomba malade d'une fièvre cérébrale ; comme nous n'avions pas de médecin à bord et qu'il ne voulut relâcher sur aucun point de la côte, pressé qu'il était de se rendre à l'île d'Elbe, sa maladie empira au point que vers la fin du troisième jour, sentant qu'il allait mourir, il m'appela près de lui.

« – Mon cher Dantès, me dit-il, jurez-moi sur votre honneur de faire ce que je vais vous dire ; il y va des plus hauts intérêts.

« – Je vous le jure, capitaine, lui répondis-je.

« – Eh bien, comme après ma mort le commandement du navire vous appartient, en qualité de second, vous prendrez ce commandement, vous mettrez le cap sur l'île d'Elbe, vous débarquerez à Porto-Ferrajo, vous demanderez le grand maréchal, vous lui remettrez cette lettre : peut-être alors vous remettra-t-on une autre lettre et vous chargera-t-on de quelque mission. Cette mission qui m'était réservée, Dantès, vous l'accomplirez à ma place, et tout l'honneur en sera pour vous.

« – Je le ferai, capitaine, mais peut-être n'arrive-t-on pas si facilement que vous le pensez près du grand maréchal.

« – Voici une bague que vous lui ferez parvenir, dit le capitaine, et qui lèvera toutes les difficultés.

« Et à ces mots, il me remit une bague.

« Il était temps : deux heures après le délire le prit ; le lendemain il était mort.

– Et que fîtes-vous alors ?

– Ce que je devais faire, monsieur, ce que tout autre eût fait à ma place : en tout cas, les prières d'un mourant sont sacrées ; mais, chez les marins, les prières d'un supérieur sont des ordres que l'on doit accomplir. Je fis donc voile vers l'île d'Elbe, où j'arrivai le lendemain, je consignai tout le monde à bord et je descendis seul à terre. Comme je l'avais prévu, on fit quelques difficultés pour m'introduire près du grand maréchal ; mais je lui envoyai la bague qui devait me servir de signe de reconnaissance, et toutes les portes s'ouvrirent devant moi. Il me reçut, m'interrogea sur les dernières circonstances de la mort du malheureux Leclère, et, comme celui-ci l'avait prévu, il me remit une lettre qu'il me chargea de porter en personne à Paris. Je le lui promis, car c'était accomplir les dernières volontés de mon capitaine. Je descendis à terre, je réglai rapidement toutes les affaires de bord ; puis je courus voir ma fiancée, que je retrouvai plus belle et plus aimante que jamais. Grâce à M. Morrel, nous passâmes par-dessus toutes les difficultés ecclésiastiques ; enfin, monsieur, j'assistais, comme je vous l'ai dit, au repas de mes fiançailles, j'allais me marier dans une heure, et je comptais partir demain pour Paris, lorsque, sur cette dénonciation que vous paraissez maintenant mépriser autant que moi, je fus arrêté.

– Oui, oui, murmura Villefort, tout cela me paraît être la vérité, et, si vous êtes coupable, c'est par imprudence ; encore cette imprudence était-elle légitimée par les ordres de votre capitaine.

Rendez-nous cette lettre qu'on vous a remise à l'île d'Elbe, donnez-moi votre parole de vous représenter à la première réquisition, et allez rejoindre vos amis.

– Ainsi je suis libre, monsieur ! s'écria Dantès au comble de la joie.

– Oui, seulement donnez-moi cette lettre.

– Elle doit être devant vous, monsieur ; car on me l'a prise avec mes autres papiers, et j'en reconnais quelques-uns dans cette liasse.

– Attendez, dit le substitut à Dantès, qui prenait ses gants et son chapeau, attendez ; à qui est-elle adressée ?

– *À M. Noirtier, rue Coq-Héron, à Paris.* »

La foudre tombée sur Villefort ne l'eût point frappé d'un coup plus rapide et plus imprévu ; il retomba sur son fauteuil, d'où il s'était levé à demi pour atteindre la liasse de papiers saisis sur Dantès, et, la feuilletant précipitamment, il en tira la lettre fatale sur laquelle il jeta un regard empreint d'une indicible terreur.

« M. Noirtier, rue Coq-Héron, no 13, murmura-t-il en pâlissant de plus en plus.

– Oui, monsieur, répondit Dantès étonné, le connaissez-vous ?

– Non, répondit vivement Villefort : un fidèle serviteur du roi ne connaît pas les conspirateurs.

– Il s'agit donc d'une conspiration ? demanda Dantès, qui commençait, après s'être cru libre, à reprendre une terreur plus grande que la première. En tout cas, monsieur, je vous l'ai dit, j'ignorais complètement le contenu de la dépêche dont j'étais porteur.

– Oui, reprit Villefort d'une voix sourde ; mais vous savez le nom de celui à qui elle était adressée !

– Pour la lui remettre à lui-même, monsieur, il fallait bien que je le susse.

– Et vous n'avez montré cette lettre à personne ? dit Villefort tout en lisant et en pâlissant, à mesure qu'il lisait.

– À personne, monsieur, sur l'honneur !

– Tout le monde ignore que vous étiez porteur d'une lettre venant de l'île d'Elbe et adressée à M. Noirtier ?

– Tout le monde, monsieur, excepté celui qui me l'a remise.

– C'est trop, c'est encore trop ! » murmura Villefort.

Le front de Villefort s'obscurcissait de plus en plus à mesure qu'il avançait vers la fin ; ses lèvres blanches, ses mains tremblantes, ses yeux ardents faisaient passer dans l'esprit de Dantès les plus douloureuses appréhensions. Après cette lecture, Villefort laissa tomber sa tête dans ses mains, et demeura un instant accablé.

« Ô mon Dieu ! qu'y a-t-il donc, monsieur ? » demanda timidement Dantès.

Villefort ne répondit pas ; mais au bout de quelques instants, il releva sa tête pâle et décomposée, et relut une seconde fois la lettre.

« Et vous dites que vous ne savez pas ce que contenait cette lettre ? reprit Villefort.

– Sur l'honneur, je le répète, monsieur, dit Dantès, je l'ignore. Mais qu'avez-vous vous-même, mon Dieu ! vous allez vous trouver mal ; voulez-vous que je sonne, voulez-vous que j'appelle ?

– Non, monsieur, dit Villefort en se levant vivement, ne bougez pas, ne dites pas un mot : c'est à moi à donner des ordres ici, et non pas à vous.

– Monsieur, dit Dantès blessé, c'était pour venir à votre aide, voilà tout.

– Je n'ai besoin de rien ; un éblouissement passager, voilà tout : occupez-vous de vous et non de moi, répondez. »

Dantès attendit l'interrogatoire qu'annonçait cette demande, mais inutilement : Villefort retomba sur son fauteuil, passa une main glacée sur son front ruisselant de sueur, et pour la troisième fois se mit à relire la lettre.

« Oh ! s'il sait ce que contient cette lettre, murmura-t-il, et qu'il apprenne jamais que Noirtier est le père de Villefort, je suis perdu, perdu à jamais ! »

Et de temps en temps il regardait Edmond, comme si son regard eût pu briser cette barrière invisible qui enferme dans le cœur les secrets que garde la bouche.

« Oh ! n'en doutons plus ! s'écria-t-il tout à coup.

– Mais, au nom du Ciel, monsieur ! s'écria le malheureux jeune homme, si vous doutez de moi, si vous me soupçonnez, interrogez-moi, et je suis prêt à vous répondre. »

Villefort fit sur lui-même un effort violent, et d'un ton qu'il voulait rendre assuré :

« Monsieur, dit-il, les charges les plus graves résultent pour vous de votre interrogatoire, je ne suis donc pas le maître, comme je l'avais espéré d'abord, de vous rendre à l'instant même la liberté ; je dois, avant de prendre une pareille mesure, consulter le juge d'instruction. En attendant, vous avez vu de quelle façon j'en ai agi envers vous.

– Oh ! oui, monsieur, s'écria Dantès, et je vous remercie, car vous avez été pour moi bien plutôt un ami qu'un juge.

– Eh bien, monsieur, je vais vous retenir quelque temps encore prisonnier, le moins longtemps que je pourrai ; la principale charge qui existe contre vous c'est cette lettre, et vous voyez… »

Villefort s'approcha de la cheminée, la jeta dans le feu, et demeura jusqu'à ce qu'elle fût réduite en cendres.

« Et vous voyez, continua-t-il, je l'anéantis.

– Oh ! s'écria Dantès, monsieur, vous êtes plus que la justice, vous êtes la bonté !

– Mais ; écoutez-moi, poursuivit Villefort, après un pareil acte, vous comprenez que vous pouvez avoir confiance en moi, n'est-ce pas ?

– Ô monsieur ! ordonnez et je suivrai vos ordres.

– Non, dit Villefort en s'approchant du jeune homme, non, ce ne sont pas des ordres que je veux vous donner ; vous le comprenez, ce sont des conseils.

– Dites, et je m'y conformerai comme à des ordres.

– Je vais vous garder jusqu'au soir ici, au palais de justice ; peut-être qu'un autre que moi viendra vous interroger : dites tout ce que vous m'avez dit, mais pas un mot de cette lettre.

– Je vous le promets, monsieur. »

C'était Villefort qui semblait supplier, c'était le prévenu qui rassurait le juge.

« Vous comprenez, dit-il en jetant un regard sur les cendres, qui conservaient encore la forme du papier, et qui voltigeaient au-dessus des flammes : maintenant, cette lettre est anéantie, vous et moi savons seuls qu'elle a existé ; on ne vous la représentera point : niez-la donc si l'on vous en parle, niez-la hardiment et vous êtes sauvé.

– Je nierai, monsieur, soyez tranquille, dit Dantès.

– Bien, bien ! » dit Villefort en portant la main au cordon d'une sonnette.

Puis s'arrêtant au moment de sonner :

« C'était la seule lettre que vous eussiez ? dit-il.

– La seule.

– Faites-en serment. »

Dantès étendit la main.

« Je le jure », dit-il.

Villefort sonna.

Le commissaire de police entra.

Villefort s'approcha de l'officier public et lui dit quelques mots à l'oreille ; le commissaire répondit par un simple signe de tête.

« Suivez monsieur », dit Villefort à Dantès.

Dantès s'inclina, jeta un dernier regard de reconnaissance à Villefort et sortit.

À peine la porte fut-elle refermée derrière lui que les forces manquèrent à Villefort, et qu'il tomba presque évanoui sur un fauteuil.

Puis, au bout d'un instant :

« Ô mon Dieu ! murmura-t-il, à quoi tiennent la vie et la fortune !… Si le procureur du roi eût été à Marseille, si le juge d'instruction eût été appelé au lieu de moi, j'étais perdu ; et ce papier, ce papier maudit me précipitait dans l'abîme. Ah ! mon père, mon père, serez-vous donc toujours un obstacle à mon bonheur en ce monde, et dois-je lutter éternellement avec votre passé ! »

Puis, tout à coup, une lueur inattendue parut passer par son esprit et illumina son visage ; un sourire se dessina sur sa bouche encore crispée, ses yeux hagards devinrent fixes et parurent s'arrêter sur une pensée.

« C'est cela, dit-il ; oui, cette lettre qui devait me perdre fera ma fortune peut-être. Allons, Villefort, à l'œuvre ! »

Et après s'être assuré que le prévenu n'était plus dans l'antichambre, le substitut du procureur du roi sortit à son tour, et s'achemina vivement vers la maison de sa fiancée.

VIII – Le château d'If.

En traversant l'antichambre, le commissaire de police fit un signe à deux gendarmes, lesquels se placèrent, l'un à droite l'autre à gauche de Dantès ; on ouvrit une porte qui communiquait de l'appartement du procureur du roi au palais de justice, on suivit quelque temps un de ces grands corridors sombres qui font frissonner ceux-là qui y passent, quand même ils n'ont aucun motif de frissonner.

De même que l'appartement de Villefort communiquait au palais de justice, le palais de justice communiquait à la prison, sombre monument accolé au palais et que regarde curieusement, de toutes ses ouvertures béantes, le clocher des Accoules qui se dresse devant lui.

Après nombre de détours dans le corridor qu'il suivait, Dantès vit s'ouvrir une porte avec un guichet de fer ; le commissaire de police frappa, avec un marteau de fer, trois coups qui retentirent, pour Dantès, comme s'ils étaient frappés sur son cœur ; la porte s'ouvrit, les deux gendarmes poussèrent légèrement leur prisonnier, qui hésitait encore. Dantès franchit le seuil redoutable, et la porte se referma bruyamment derrière lui. Il respirait un autre air, un air méphitique et lourd : il était en prison.

On le conduisit dans une chambre assez propre, mais grillée et verrouillée ; il en résulta que l'aspect de sa demeure ne lui donna point trop de crainte : d'ailleurs, les paroles du substitut du procureur du roi, prononcées avec une voix qui avait paru à Dantès si pleine d'intérêt, résonnaient à son oreille comme une douce promesse d'espérance.

Il était déjà quatre heures lorsque Dantès avait été conduit dans sa chambre. On était, comme nous l'avons dit, au 1er mars, le prisonnier se trouva donc bientôt dans la nuit.

Alors, le sens de l'ouïe s'augmenta chez lui du sens de la vue qui venait de s'éteindre : au moindre bruit qui pénétrait jusqu'à lui, convaincu qu'on venait le mettre en liberté, il se levait vivement et faisait un pas vers la porte ; mais bientôt le bruit s'en allait mourant dans une autre direction, et Dantès retombait sur son escabeau.

Enfin, vers les dix heures du soir, au moment où Dantès commençait à perdre l'espoir, un nouveau bruit se fit entendre, qui lui parut, cette fois, se diriger vers sa chambre : en effet, des pas retentirent dans le corridor et s'arrêtèrent devant sa porte ; une clef tourna dans la serrure, les verrous grincèrent, et la massive barrière de chêne s'ouvrit, laissant voir, tout à coup dans la chambre sombre l'éblouissante lumière de deux torches.

À la lueur de ces deux torches, Dantès vit briller les sabres et les mousquetons de quatre gendarmes.

Il avait fait deux pas en avant, il demeura immobile à sa place en voyant ce surcroît de force.

« Venez-vous me chercher ? demanda Dantès.

– Oui répondit un des gendarmes.

– De la part de M. le substitut du procureur du roi ?

– Mais je le pense.

– Bien, dit Dantès, je suis prêt à vous suivre. »

La conviction qu'on venait le chercher de la part de M. de Villefort ôtait toute crainte au malheureux jeune homme : il s'avança donc, calme d'esprit, libre de démarche, et se plaça de lui-même au milieu de son escorte.

Une voiture attendait à la porte de la rue, le cocher était sur son siège, un exempt était assis près du cocher.

« Est-ce donc pour moi que cette voiture est là ? demanda Dantès.

– C'est pour vous, répondit un des gendarmes, montez. »

Dantès voulut faire quelques observations, mais la portière s'ouvrit, il sentit qu'on le poussait ; il n'avait ni la possibilité ni même l'intention de faire résistance, il se trouva en un instant assis au fond de la voiture, entre deux gendarmes ; les deux autres s'assirent sur la banquette de devant, et la pesante machine se mit à rouler avec un bruit sinistre.

Le prisonnier jeta les yeux sur les ouvertures, elles étaient grillées : il n'avait fait que changer de prison ; seulement celle-là roulait, et le transportait en roulant vers un but ignoré. À travers les barreaux serrés à pouvoir à peine y passer la main, Dantès reconnut cependant qu'on longeait la rue Caisserie, et que par la rue Saint-Laurent et la rue Taramis on descendait vers le quai. Bientôt, il vit, à travers ses barreaux, à lui, et les barreaux du monument près duquel il se trouvait, briller les lumières de la Consigne. La voiture s'arrêta, l'exempt descendit, s'approcha du corps de garde ; une douzaine de soldats en sortirent et se mirent en haie ; Dantès voyait, à la lueur des réverbères du quai, reluire leurs fusils.

« Serait-ce pour moi, se demanda-t-il, que l'on déploie une pareille force militaire ? »

L'exempt, en ouvrant la portière qui fermait à clef quoique sans prononcer une seule parole répondit à cette question, car Dantès vit, entre les deux haies de soldats, un chemin ménagé pour lui de la voiture au port.

Les deux gendarmes qui étaient assis sur la banquette de devant descendirent les premiers, puis on le fit descendre à son tour, puis ceux qui se tenaient à ses côtés le suivirent. On marcha vers un canot qu'un marinier de la douane maintenait près du quai par une chaîne. Les soldats regardèrent passer Dantès d'un air de curiosité hébétée. En un instant, il fut installé à la poupe du bateau, toujours entre ces quatre gendarmes, tandis que l'exempt se tenait à la proue. Une violente secousse éloigna le bateau du bord, quatre rameurs nagèrent vigoureusement vers le Pilon. À un cri poussé de la barque, la chaîne qui ferme le port s'abaissa, et Dantès se trouva dans ce qu'on appelle le Frioul c'est-à-dire hors du port. Le premier mouvement du prisonnier, en se trouvant en plein air, avait été un mouvement de joie.

L'air, c'est presque la liberté. Il respira donc à pleine poitrine cette brise vivace qui apporte sur ses ailes toutes ces senteurs inconnues de la nuit et de la mer. Bientôt, cependant, il poussa un soupir ; il passait devant cette Réserve où il avait été si heureux le matin même pendant l'heure qui avait précédé son arrestation, et, à travers l'ouverture ardente de deux fenêtres, le bruit joyeux d'un bal arrivait jusqu'à lui.

Dantès joignit ses mains, leva les yeux au ciel et pria.

La barque continuait son chemin ; elle avait dépassé la Tête de Mort, elle était en face de l'anse du Pharo ; elle allait doubler la batterie, c'était une manœuvre incompréhensible pour Dantès.

« Mais où donc me menez-vous ? demanda-t-il l'un des gendarmes.

– Vous le saurez tout à l'heure.

– Mais encore…

– Il nous est interdit de vous donner aucune explication. »

Dantès était à moitié soldat ; questionner des subordonnés

auxquels il était défendu de répondre lui parut une chose absurde, et il se tut. Alors les pensées les plus étranges passèrent par son esprit : comme on ne pouvait faire une longue route dans une pareille barque, comme il n'y avait aucun bâtiment à l'ancre du côté où l'on se rendait, il pensa qu'on allait le déposer sur un point éloigné de la côte et lui dire qu'il était libre ; il n'était point attaché, on n'avait fait aucune tentative pour lui mettre les menottes, cela lui paraissait d'un bon augure ; d'ailleurs le substitut, si excellent pour lui, ne lui avait-il pas dit que, pourvu qu'il ne prononçât point ce nom fatal de Noirtier, il n'avait rien à craindre ? Villefort n'avait-il pas, en sa présence, anéanti cette dangereuse lettre, seule preuve qu'il eût contre lui ? Il attendit donc, muet et pensif, et essayant de percer, avec cet œil du marin exercé aux ténèbres et accoutumé à l'espace, l'obscurité de la nuit. On avait laissé à droite l'île Ratonneau, où brûlait un phare, et tout en longeant presque la côte, on était arrivé à la hauteur de l'anse des Catalans. Là, les regards du prisonnier redoublèrent d'énergie : c'était là qu'était Mercédès, et il lui semblait à chaque instant voir se dessiner sur le rivage sombre la forme vague et indécise d'une femme.

Comment un pressentiment ne disait-il pas à Mercédès que son amant passait à trois cents pas d'elle ?

Une seule lumière brillait aux Catalans. En interrogeant la position de cette lumière, Dantès reconnut qu'elle éclairait la chambre de sa fiancée. Mercédès était la seule qui veillât dans toute la petite colonie. En poussant un grand cri le jeune homme pouvait être entendu de sa fiancée.

Une fausse honte le retint. Que diraient ces hommes qui le regardaient, en l'entendant crier comme un insensé ? Il resta donc muet et les yeux fixés sur cette lumière.

Pendant ce temps, la barque continuait son chemin ; mais le prisonnier ne pensait point à la barque il pensait à Mercédès.

Un accident de terrain fit disparaître la lumière. Dantès se retourna et s'aperçut que la barque gagnait le large.

Pendant qu'il regardait, absorbé dans sa propre pensée, on avait substitué les voiles aux rames, et la barque s'avançait maintenant, poussée par le vent.

Malgré la répugnance qu'éprouvait Dantès à adresser au

gendarme de nouvelles questions, il se rapprocha de lui, et lui prenant la main.

« Camarade, lui dit-il, au nom de votre conscience et de par votre qualité de soldat, je vous adjure d'avoir pitié de moi et de me répondre. Je suis le capitaine Dantès, bon et loyal Français, quoique accusé de je ne sais quelle trahison : où me menez-vous ? dites-le, et, foi de marin, je me rangerai à mon devoir et me résignerai à mon sort. »

Le gendarme se gratta l'oreille, regarda son camarade. Celui-ci fit un mouvement qui voulait dire à peu près : Il me semble qu'au point où nous en sommes il n'y a pas d'inconvénient, et le gendarme se retourna vers Dantès :

« Vous êtes Marseillais et marin, dit-il, et vous me demandez où nous allons ?

– Oui, car, sur mon honneur, je l'ignore.

– Ne vous en doutez-vous pas ?

– Aucunement.

– Ce n'est pas possible.

– Je vous le jure sur ce que j'ai de plus sacré monde. Répondez-moi donc, de grâce !

– Mais la consigne ?

– La consigne ne vous défend pas de m'apprendre ce que je saurai dans dix minutes, dans une demi heure, dans une heure peut-être. Seulement vous m'épargnez d'ici là des siècles d'incertitude. Je vous le demande, comme si vous étiez mon ami, regardez : je ne veux ni me révolter ni fuir ; d'ailleurs je ne le puis : où allons-nous ?

– À moins que vous n'ayez un bandeau sur les yeux, ou que vous ne soyez jamais sorti du port de Marseille, vous devez cependant deviner où vous allez ?

– Non.

– Regardez autour de vous alors. »

Dantès se leva, jeta naturellement les yeux sur le point où paraissait se diriger le bateau, et à cent toises devant lui il vit s'élever la roche noire et ardue sur laquelle monte, comme une superfétation du silex, le sombre château d'If.

Cette forme étrange, cette prison autour de laquelle règne une si profonde terreur, cette forteresse qui fait vivre depuis trois cents ans Marseille de ses lugubre traditions, apparaissant ainsi tout à coup à Dantès qui ne songeait point à elle, lui fit l'effet que fait au condamné à mort l'aspect de l'échafaud.

« Ah ! mon Dieu ! s'écria-t-il, le château d'If ! et qu'allons nous faire là ? »

Le gendarme sourit.

« Mais on ne me mène pas là pour être emprisonné ? continua Dantès. Le château d'If est une prison d'État, destinée seulement aux grands coupable politiques. Je n'ai commis aucun crime. Est-ce qu'il y a des juges d'instruction, des magistrats quelconque au château d'If ?

— Il n'y a, je suppose, dit le gendarme, qu'un gouverneur, des geôliers, une garnison et de bons murs. Allons, allons, l'ami, ne faites pas tant l'étonné ; car, en vérité, vous me feriez croire que vous reconnaissez ma complaisance en vous moquant de moi. »

Dantès serra la main du gendarme à la lui briser.

« Vous prétendez donc, dit-il, que l'on me conduit au château d'If pour m'y emprisonner ?

— C'est probable, dit le gendarme ; mais en tout cas, camarade, il est inutile de me serrer si fort.

— Sans autre information, sans autre formalité ? demanda le jeune homme.

— Les formalités sont remplies, l'information est faite.

— Ainsi, malgré la promesse de M. de Villefort ?…

— Je ne sais si M. de Villefort vous a fait une promesse, dit le gendarme, mais ce que je sais, c'est que nous allons au château d'If. Eh bien, que faites-vous donc ? Holà ! camarades, à moi ! »

Par un mouvement prompt comme l'éclair, qui cependant avait été prévu par l'œil exercé du gendarme, Dantès avait voulu s'élancer à la mer ; mais quatre poignets vigoureux le retinrent au moment où ses pieds quittaient le plancher du bateau.

Il retomba au fond de la barque en hurlant de rage.

« Bon ! s'écria le gendarme en lui mettant un genou sur la poitrine, bon ! voilà comme vous tenez votre parole de marin. Fiez-vous donc aux gens doucereux ! Eh bien, maintenant, mon cher ami, faites un mouvement, un seul, et je vous loge une balle dans la tête. J'ai manqué à ma première consigne, mais, je vous en réponds, je ne manquerai pas à la seconde. »

Et il abaissa effectivement sa carabine vers Dantès qui sentit s'appuyer le bout du canon contre sa tempe. Un instant, il eut l'idée de faire ce mouvement défendu et d'en finir ainsi violemment avec le malheur inattendu qui s'était abattu sur lui et l'avait pris tout à coup dans ses serres de vautour. Mais, justement parce que ce malheur était inattendu, Dantès songea qu'il ne pouvait être durable ; puis les promesses de M. de Villefort lui revinrent à l'esprit ; puis, s'il faut le dire enfin, cette mort au fond d'un bateau, venant de la main d'un gendarme, lui apparue laide et nue. Il retomba donc sur le plancher de la barque en poussant un hurlement de rage et en se rongeant les mains avec fureur. Presque au même instant, un choc violent ébranla le canot. Un des bateliers sauta sur le roc que la proue de la petite barque venait de toucher, une corde grinça en se déroulant autour d'une poulie, et Dantès comprit qu'on était arrivé et qu'on amarrait l'esquif.

En effet, ses gardiens, qui le tenaient à la fois par les bras et par le collet de son habit, le forcèrent de se relever, le contraignirent à descendre à terre, et le traînèrent vers les degrés qui montent à la porte de la citadelle, tandis que l'exempt, armé d'un mousqueton à baïonnette, le suivait par-derrière.

Dantès, au reste, ne fit point une résistance inutile ; sa lenteur venait plutôt d'inertie que d'opposition ; il était étourdi et chancelant comme un homme ivre. Il vit de nouveau des soldats qui s'échelonnaient sur les talus rapide, il sentit des escaliers qui le forçaient de lever les pieds, il s'aperçut qu'il passait sous une porte et que cette porte se refermait derrière lui, mais tout cela machinalement, comme à travers un brouillard, sans rien distinguer de positif. Il ne voyait même plus la mer, cette immense douleur des prisonniers, qui regardent l'espace avec le sentiment terrible qu'ils sont impuissants à le franchir.

Il y eut une halte d'un moment, pendant laquelle il essaya de recueillir ses esprits. Il regarda autour de lui : il était dans une cour carrée, formée par quatre hautes murailles ; on entendait le pas lent et régulier des sentinelles ; et chaque fois qu'elles passaient devant deux ou trois reflets que projetait sur les murailles la lueur de deux ou trois lumières qui brillaient dans l'intérieur du château, on voyait scintiller le canon de leurs fusils.

On attendit là dix minutes à peu près ; certains que Dantès ne pouvait plus fuir, les gendarmes l'avaient lâché. On semblait attendre des ordres, ces ordres arrivèrent.

« Où est le prisonnier ? demanda une voix.

– Le voici, répondirent les gendarmes.

– Qu'il me suive, je vais le conduire à son logement.

– Allez », dirent les gendarmes en poussant Dantès. Le prisonnier suivit son conducteur, qui le conduisit effectivement dans une salle presque souterraine, dont les murailles nues et suantes semblaient imprégnées d'une vapeur de larmes. Une espèce de lampion posé sur un escabeau, et dont la mèche nageait dans une graisse fétide, illuminait les parois lustrées de cet affreux séjour, et montrait à Dantès son conducteur, espèce de geôlier subalterne, mal vêtu et de basse mine.

« Voici votre chambre pour cette nuit, dit-il ; il est tard, et M. le gouverneur est couché. Demain, quand il se réveillera et qu'il aura pris connaissance des ordres qui vous concernent, peut-être vous changera-t-il de domicile ; en attendant, voici du pain, il y a de l'eau dans cette cruche, de la paille là-bas dans un coin : c'est tout ce qu'un prisonnier peut désirer. Bonsoir. »

Et avant que Dantès eût songé à ouvrir la bouche pour lui répondre, avant qu'il eût remarqué où le geôlier posait ce pain, avant qu'il se fût rendu compte de l'endroit où gisait cette cruche, avant qu'il eût tourné les yeux vers le coin où l'attendait cette paille destinée à lui servir de lit, le geôlier avait pris le lampion, et, refermant la porte, enlevé au prisonnier ce reflet blafard qui lui avait montré, comme à la lueur d'un éclair, les murs ruisselants de sa prison.

Alors il se trouva seul dans les ténèbres et dans le silence, aussi muet et aussi sombre que ces voûtes dont il sentait le froid glacial s'abaisser sur son front brûlant.

Quand les premiers rayons du jour eurent ramené un peu de clarté dans cet antre, le geôlier revint avec ordre de laisser le prisonnier où il était. Dantès n'avait point changé de place. Une main de fer semblait l'avoir cloué à l'endroit même où la veille il s'était arrêté :

seulement son œil profond se cachait sous une enflure causée par la vapeur humide de ses larmes. Il était immobile et regardait la terre.

Il avait ainsi passé toute la nuit debout, et sans dormir un instant.

Le geôlier s'approcha de lui, tourna autour de lui, mais Dantès ne parut pas le voir.

Il lui frappa sur l'épaule, Dantès tressaillit et secoua la tête.

« N'avez-vous donc pas dormi, demanda le geôlier.

– Je ne sais pas », répondit Dantès.

Le geôlier le regarda avec étonnement.

« N'avez-vous pas faim ? continua-t-il.

– Je ne sais pas, répondit encore Dantès.

– Voulez-vous quelque chose ?

– Je voudrais voir le gouverneur. »

Le geôlier haussa les épaules et sortit.

Dantès le suivit des yeux, tendit les mains vers la porte entrouverte, mais la porte se referma.

Alors sa poitrine sembla se déchirer dans un long sanglot. Les larmes qui gonflaient sa poitrine jaillirent comme deux ruisseaux, il se précipita le front contre terre et pria longtemps, repassant dans son esprit toute sa vie passée, et se demandant à lui-même quel crime il avait commis dans cette vie, jeune encore, qui méritât une si cruelle punition.

La journée se passa ainsi. À peine s'il mangea quelques bouchées de pain et but quelques gouttes d'eau. Tantôt il restait assis et absorbé dans ses pensées ; tantôt il tournait tout autour de sa prison comme fait un animal sauvage enfermé dans une cage de fer.

Une pensée surtout le faisait bondir : c'est que, pendant cette traversée, où, dans son ignorance du lieu où on le conduisait, il était resté si calme et si tranquille, il aurait pu dix fois, se jeter à la mer, et, une fois dans l'eau, grâce à son habileté à nager, grâce à cette habitude qui faisait de lui un des plus habiles plongeurs de Marseille, disparaître sous l'eau, échapper à ses gardiens, gagner la côte, fuir, se cacher dans quelque crique déserte, attendre un bâtiment génois ou catalan, gagner l'Italie ou l'Espagne et de là écrire à Mercédès de venir le rejoindre. Quant à sa vie, dans aucune contrée il n'en était inquiet : partout les bons marins sont rares ; il parlait l'italien comme un Toscan, l'espagnol comme un enfant de la Vieille-Castille ; il eût vécu libre, heureux avec Mercédès, son père, car son père fût venu le rejoindre ; tandis qu'il était prisonnier, enfermé au château d'If dans cette infranchissable prison, ne sachant pas ce que devenait son père, ce que devenait Mercédès, et tout cela parce qu'il avait cru à la parole de Villefort : c'était à en devenir fou ; aussi Dantès se roulait-il furieux sur la paille fraîche que lui avait apportée son geôlier.

Le lendemain, à la même heure, le geôlier entra.

« Eh bien, lui demanda le geôlier, êtes-vous plus raisonnable aujourd'hui qu'hier ? »

Dantès ne répondit point.

« Voyons donc, dit celui-ci, un peu de courage ! Désirez-vous quelque chose qui soit à ma disposition ? voyons, dites.

– Je désire parler au gouverneur.

– Eh ! dit le geôlier avec impatience, je vous ai déjà dit que c'est impossible.

– Pourquoi cela, impossible ?

– Parce que, par les règlements de la prison, il n'est point permis à un prisonnier de le demander.

– Qu'y a-t-il donc de permis ici ? demanda Dantès.

– Une meilleure nourriture en payant, la promenade, et quelquefois des livres.

– Je n'ai pas besoin de livres, je n'ai aucune envie de me promener et je trouve ma nourriture bonne ; ainsi je ne veux qu'une chose, voir le gouverneur.

– Si vous m'ennuyez à me répéter toujours la même chose, dit le geôlier, je ne vous apporterai plus à manger.

– Eh bien, dit Dantès, si tu ne m'apportes plus à manger, , voilà tout. »

L'accent avec lequel Dantès prononça ces mots prouva au geôlier que son prisonnier serait heureux de mourir ; aussi, comme tout prisonnier, de compte fait, rapporte dix sous à peu près par jour à son geôlier, celui de Dantès envisagea le déficit qui résulterait pour lui de sa mort, et reprit d'un ton plus radouci :

« Écoutez : ce que vous désirez là est impossible ; ne le

demandez donc pas davantage, car il est sans exemple que, sur sa demande, le gouverneur soit venu dans la chambre d'un prisonnier ; seulement, soyez bien sage, on vous permettra la promenade, et il est possible qu'un jour, pendant que vous vous promènerez, le gouverneur passera : alors vous l'interrogerez, et, s'il veut vous répondre, cela le regarde.

– Mais, dit Dantès, combien de temps puis-je attendre ainsi sans que ce hasard se présente ?

– Ah ! dame, dit le geôlier, un mois, trois mois, six mois, un an peut-être.

– C'est trop long, dit Dantès ; je veux le voir tout de suite.

– Ah ! dit le geôlier, ne vous absorbez pas ainsi dans un seul désir impossible, ou, avant quinze jours, vous serez fou.

– Ah ! tu crois ? dit Dantès.

– Oui, fou. C'est toujours ainsi que commence la folie; nous en avons un exemple ici : c'est en offrant sans cesse un million au gouverneur, si on voulait le mettre en liberté, que le cerveau de l'abbé qui habitait cette chambre avant vous s'est détraqué.

– Et combien y a-t-il qu'il a quitté cette chambre ?

– Deux ans.

– On l'a mis en liberté ?

– Non : on l'a mis au cachot.

– Écoute ! dit Dantès, je ne suis pas un abbé, je ne suis pas fou ; peut-être le deviendrai-je ; mais, malheureusement, à cette heure, j'ai encore tout mon bon sens : je vais te faire une autre proposition.

– Laquelle ?

– Je ne t'offrirai pas un million, moi, car je ne pourrais pas te le donner ; mais je t'offrirai cent écus si tu veux, la première fois que tu iras à Marseille, descendre jusqu'aux Catalans, et remettre une lettre à une jeune fille qu'on appelle Mercédès… pas même une lettre, deux lignes seulement.

– Si je portais ces deux lignes et que je fusse découvert, je perdrais ma place, qui est de mille livres par an, sans compter les bénéfices et la nourriture ; vous voyez donc bien que je serais un grand imbécile de risquer de perdre mille livres pour en gagner trois cents.

– Eh bien ! dit Dantès, écoute et retiens bien ceci : si tu refuses de prévenir le gouverneur que je désire lui parler; si tu refuses de porter deux lignes à Mercédès, ou tout au moins de la prévenir que je suis ici, un jour je t'attendrai derrière ma porte, et, au moment où tu entreras, je te briserai la tête avec cet escabeau.

– Des menaces ! s'écria le geôlier en faisant un pas en arrière et en se mettant sur la défensive ; décidément la tête vous tourne. L'abbé a commencé comme vous, et dans trois jours vous serez fou à lier, comme lui; heureusement que l'on a des cachots au château d'If. »

Dantès prit l'escabeau, et il le fit tournoyer autour de sa tête.

« C'est bien ! c'est bien ! dit le geôlier ; eh bien ! puisque vous le voulez absolument, on va prévenir le gouverneur.

– À la bonne heure ! » dit Dantès en reposant son escabeau sur le sol et en s'asseyant dessus, la tête basse et les yeux hagards, comme s'il devenait réellement insensé.

Le geôlier sortit, et, un instant après, rentra avec quatre soldats et un caporal.

« Par ordre du gouverneur, dit-il, descendez le prisonnier un étage au-dessous de celui-ci.

– Au cachot, alors ? dit le caporal.

– Au cachot. Il faut mettre les fous avec les fous. »

Les quatre soldats s'emparèrent de Dantès qui tomba dans une espèce d'atonie et les suivit sans résistance.

On lui fit descendre quinze marches, et on ouvrit la porte d'un cachot dans lequel il entra en murmurant :

« Il a raison, il faut mettre les fous avec les fous. »

La porte se referma, et Dantès alla devant lui, les mains étendues jusqu'à ce qu'il sentît le mur ; alors il s'assit dans un angle et resta immobile, tandis que ses yeux, s'habituant peu à peu à l'obscurité, commençaient à distinguer les objets.

Le geôlier avait raison, il s'en fallait de bien peu que Dantès ne fût fou.

IX – Le soir des fiançailles.

Villefort, comme nous l'avons dit, avait repris le chemin de la place du Grand-Cours, et en rentrant dans la maison de Mme de Saint-

Méran, il trouva les convives qu'il avait laissés à table passés au salon en prenant le café..

Renée l'attendait avec une impatience qui était partagée par tout le reste de la société. Aussi fut-il accueilli par une exclamation générale :

« Eh bien, trancheur de têtes, soutien de l'État, Brutus royaliste ! s'écria l'un, qu'y a-t-il ? voyons !

– Eh bien, sommes-nous menacés d'un nouveau régime de la Terreur ? demanda l'autre.

– L'ogre de Corse serait-il sorti de sa caverne ? demanda un troisième.

– Madame la marquise, dit Villefort s'approchant de sa future belle-mère, je viens vous prier de m'excuser si je suis forcé de vous quitter ainsi… Monsieur le marquis, pourrais-je avoir l'honneur de vous dire deux mots en particulier ?

– Ah ! mais c'est donc réellement grave ? demanda la marquise, en remarquant le nuage qui obscurcissait le front de Villefort.

– Si grave que je suis forcé de prendre congé de vous pour quelques jours ; ainsi, continua-t-il en se tournant vers Renée, voyez s'il faut que la chose soit grave.

– Vous partez, monsieur ? s'écria Renée, incapable de cacher l'émotion que lui causait cette nouvelle inattendue.

– Hélas ! oui, mademoiselle, répondit Villefort : il le faut.

– Et où allez-vous donc ? demanda la marquise.

– C'est le secret de la justice, madame ; cependant si quelqu'un d'ici a des commissions pour Paris, j'ai un de mes amis qui partira ce soir et qui s'en chargera avec plaisir. »

Tout le monde se regarda.

« Vous m'avez demandé un moment d'entretien ? dit le marquis.

– Oui, passons dans votre cabinet, s'il vous plaît. »

Le marquis prit le bras de Villefort et sortit avec lui.

« Eh bien, demanda celui-ci en arrivant dans son cabinet, que se passe-t-il donc ? parlez.

– Des choses que je crois de la plus haute gravité, et qui

nécessitent mon départ à l'instant même pour Paris. Maintenant, marquis, excusez l'indiscrète brutalité de la question, avez-vous des rentes sur l'État ?

– Toute ma fortune est en inscriptions ; six à sept cent mille francs à peu près.

– Eh bien, vendez, marquis, vendez, ou vous êtes ruiné.

– Mais, comment voulez-vous que je vende d'ici ?

– Vous avez un agent de change, n'est-ce pas ?

– Oui.

– Donnez-moi une lettre pour lui, et qu'il vende sans perdre une minute, sans perdre une seconde ; peut-être même arriverai-je trop tard.

– Diable ! dit le marquis, ne perdons pas de temps. »

Et il se mit à table et écrivit une lettre à son agent de change, dans laquelle il lui ordonnait de vendre à tout prix.

« Maintenant que j'ai cette lettre, dit Villefort en la serrant soigneusement dans son portefeuille, il m'en faut une autre.

– Pour qui ?

– Pour le roi.

– Pour le roi ?

– Oui.

– Mais je n'ose prendre sur moi d'écrire ainsi à Sa Majesté.

– Aussi, n'est-ce point à vous que je la demande, mais je vous charge de la demander à M. de Salvieux. Il faut qu'il me donne une lettre à l'aide de laquelle Je puisse pénétrer près de Sa Majesté, sans être soumis à toutes les formalités de demande d'audience, qui peuvent me faire perdre un temps précieux.

– Mais n'avez-vous pas le garde des Sceaux, qui a ses grandes entrées aux Tuileries, et par l'intermédiaire duquel vous pouvez jour et nuit parvenir jusqu'au roi ?

– Oui, sans doute, mais il est inutile que je partage avec un autre le mérite de la nouvelle que je porte. Comprenez-vous ? le garde des Sceaux me reléguerait tout naturellement au second rang et m'enlèverait tout le bénéfice de la chose. Je ne vous dis qu'une chose, marquis : ma carrière est assurée si j'arrive le premier aux Tuileries, car j'aurai rendu au roi un service qu'il ne lui sera pas permis d'oublier.

– En ce cas, mon cher, allez faire vos paquets ; moi, j'appelle de Salvieux, et je lui fais écrire la lettre qui doit vous servir de laissez-passer.

– Bien, ne perdez pas de temps, car dans un quart d'heure il faut que je sois en chaise de poste.

– Faites arrêter votre voiture devant la porte.

– Sans aucun doute ; vous m'excuserez auprès de la marquise, n'est-ce pas ? auprès de Mlle de Saint-Méran, que je quitte, dans un pareil jour, avec un bien profond regret.

– Vous les trouverez toutes deux dans mon cabinet, et vous pourrez leur faire vos adieux.

– Merci cent fois ; occupez-vous de ma lettre. »

Le marquis sonna ; un laquais parut.

« Dites au comte de Salvieux que je l'attends… Allez, maintenant, continua le marquis s'adressant à Villefort.

– Bon, je ne fais qu'aller et venir. »

Et Villefort sortit tout courant ; mais à la porte il songea qu'un substitut du procureur du roi qui serait vu marchant à pas précipités risquerait de troubler le repos de toute une ville ; il reprit donc son allure ordinaire, qui était toute magistrale.

À sa porte, il aperçut dans l'ombre comme un blanc fantôme qui l'attendait debout et immobile. C'était la belle fille catalane, qui, n'ayant pas de nouvelles d'Edmond, s'était échappée à la nuit tombante du Pharo pour venir savoir elle-même la cause de l'arrestation de son amant.

À l'approche de Villefort, elle se détacha de la muraille contre laquelle elle était appuyée et vint lui barrer le chemin.

Dantès avait parlé au substitut de sa fiancée, et Mercédès n'eut point besoin de se nommer pour que Villefort la reconnût. Il fut surpris de la beauté et de la dignité de cette femme, et lorsqu'elle lui demanda ce qu'était devenu son amant, il lui sembla que c'était lui l'accusé, et que c'était elle le juge.

« L'homme dont vous parlez, dit brusquement Villefort, est un grand coupable, et je ne puis rien faire pour lui, mademoiselle. »

Mercédès laissa échapper un sanglot, et, comme Villefort essayait de passer outre, elle l'arrêta une seconde fois.

« Mais où est-il du moins, demanda-t-elle, que je puisse m'informer s'il est mort ou vivant ?

– Je ne sais, il ne m'appartient plus », répondit Villefort.

Et, gêné par ce regard fin et cette suppliante attitude, il repoussa Mercédès et rentra, refermant vivement la porte, comme pour laisser dehors cette douleur qu'on lui apportait.

Mais la douleur ne se laisse pas repousser ainsi. Comme le trait mortel dont parle Virgile, l'homme blessé l'emporte avec lui. Villefort rentra, referma la porte, mais arrivé dans son salon les jambes lui manquèrent à son tour ; il poussa un soupir qui ressemblait à un sanglot, et se laissa tomber dans un fauteuil.

Alors, au fond de ce cœur malade naquit le premier germe d'un ulcère mortel. Cet homme qu'il sacrifiait à son ambition, cet innocent qui payait pour son père coupable, lui apparut pâle et menaçant, donnant la main à sa fiancée, pâle comme lui, et traînant après lui le remords, non pas celui qui fait bondir le malade comme les furieux de la fatalité antique, mais ce tintement sourd et douloureux qui, à de certains moments, frappe sur le cœur et le meurtrit au souvenir d'une action passée, meurtrissure dont les lancinantes douleurs creusent un mal qui va s'approfondissant jusqu'à la mort.

Alors il y eut dans l'âme de cet homme encore un instant d'hésitation. Déjà plusieurs fois il avait requis, et cela sans autre émotion que celle de la lutte du juge avec l'accusé, la peine de mort contre les prévenus ; et ces prévenus, exécutés grâce à son éloquence foudroyante qui avait entraîné ou les juges ou le jury, n'avaient pas même laissé un nuage sur son front, car ces prévenus étaient coupables, ou du moins Villefort les croyait tels.

Mais, cette fois, c'était bien autre chose : cette peine de la prison perpétuelle, il venait de l'appliquer à un innocent, un innocent qui allait être heureux, et dont il détruisait non seulement la liberté, mais le bonheur : cette fois, il n'était plus juge, il était bourreau.

En songeant à cela, il sentait ce battement sourd que nous avons décrit, et qui lui était inconnu jusqu'alors, retentissant au fond de son cœur et emplissant sa poitrine de vagues appréhensions. C'est ainsi que, par une violente souffrance instinctive, est averti le blessé, qui jamais n'approchera sans trembler le doigt de sa blessure ouverte et saignante avant que sa blessure soit fermée.

Mais la blessure qu'avait reçue Villefort était de celles qui ne se ferment pas, ou qui ne se ferment que pour se rouvrir plus sanglantes et plus douloureuses qu'auparavant.

Si, dans ce moment, la douce voix de Renée eût retenti à son oreille pour lui demander grâce ; si la belle Mercédès fût entrée et lui eût dit : « Au nom du Dieu qui nous regarde et qui nous juge, rendez-moi mon fiancé », oui, ce front à moitié plié sous la nécessité s'y fût courbé tout à fait, et de ses mains glacées eût sans doute, au risque de tout ce qui pouvait en résulter pour lui, signé l'ordre de mettre en liberté Dantès ; mais aucune voix ne murmura dans le silence, et la porte ne s'ouvrit que pour donner entrée au valet de chambre de Villefort, qui vint lui dire que les chevaux de poste étaient attelés à la calèche de voyage.

Villefort se leva, ou plutôt bondit, comme un homme qui triomphe d'une lutte intérieure, courut à son secrétaire, versa dans ses poches tout l'or qui se trouvait dans un des tiroirs, tourna un instant effaré dans la chambre, la main sur son front, et articulant des paroles sans suite ; puis enfin, sentant que son valet de chambre venait de lui poser son manteau sur les épaules, il sortit, s'élança en voiture, et ordonna d'une voix brève de toucher rue du Grand-Cours, chez M. de Saint-Méran.

Le malheureux Dantès était condamné.

Comme l'avait promis M. de Saint-Méran, Villefort trouva la marquise et Renée dans le cabinet. En apercevant Renée, le jeune homme tressaillit ; car il crut qu'elle allait lui demander de nouveau la liberté de Dantès. Mais, hélas ! il faut le dire à la honte de notre égoïsme, la belle jeune fille n'était préoccupée que d'une chose : du départ de Villefort.

Elle aimait Villefort, Villefort allait partir au moment de devenir son mari. Villefort ne pouvait dire quand il reviendrait, et Renée, au lieu de plaindre Dantès, maudit l'homme qui, par son crime, la séparait de son amant.

Que devait donc dire Mercédès !

La pauvre Mercédès avait retrouvé, au coin de la rue de la Loge, Fernand, qui l'avait suivie ; elle était rentrée aux Catalans, et mourante, désespérée, elle s'était jetée sur son lit. Devant ce lit, Fernand s'était mis à genoux, et pressant sa main glacée, que Mercédès ne songeait pas à retirer, il la couvrait de baisers brûlants que Mercédès ne sentait même pas.

Elle passa la nuit ainsi. La lampe s'éteignit quand il n'y eut plus d'huile : elle ne vit pas plus l'obscurité qu'elle n'avait vu la lumière, et le jour revint sans qu'elle vît le jour.

La douleur avait mis devant ses yeux un bandeau qui ne lui laissait voir qu'Edmond.

« Ah ! vous êtes là ! dit-elle enfin, en se retournant du côté de Fernand.

– Depuis hier je ne vous ai pas quittée », répondit Fernand avec un soupir douloureux.

M. Morrel ne s'était pas tenu pour battu : il avait appris qu'à la suite de son interrogatoire Dantès avait été conduit à la prison ; il avait alors couru chez tous ses amis, il s'était présenté chez les personnes de Marseille qui pouvaient avoir de l'influence, mais déjà le bruit s'était répandu que le jeune homme avait été arrêté comme agent bonapartiste, et comme, à cette époque, les plus hasardeux regardaient comme un rêve insensé toute tentative de Napoléon pour remonter sur le trône, il n'avait trouvé partout que froideur, crainte ou refus, et il était rentré chez lui désespéré, mais avouant cependant que la position était grave et que personne n'y pouvait rien.

De son côté, Caderousse était fort inquiet et fort tourmenté : au lieu de sortir comme l'avait fait M. Morrel, au lieu d'essayer quelque chose en faveur de Dantès, pour lequel d'ailleurs il ne pouvait rien, il s'était enfermé avec deux bouteilles de vin de cassis, et avait essayé de noyer son inquiétude dans l'ivresse. Mais, dans l'état d'esprit où il se trouvait, c'était trop peu de deux bouteilles pour éteindre son jugement ; il était donc demeuré, trop ivre pour aller chercher d'autre vin, pas assez ivre pour que l'ivresse eût éteint ses souvenirs, accoudé en face de ses deux bouteilles vides sur une table boiteuse, et voyant danser, au reflet de sa chandelle à la longue mèche, tous ces spectres, qu'Hoffmann a semés sur ses manuscrits humides de punch, comme une poussière noire et fantastique.

Danglars, seul, n'était ni tourmenté ni inquiet ; Danglars même était joyeux, car il s'était vengé d'un ennemi et avait assuré, à bord du *Pharaon*, sa place qu'il craignait de perdre ; Danglars était un de ces hommes de calcul qui naissent avec une plume derrière l'oreille et un encrier à la place du cœur ; tout était pour lui dans ce monde soustraction ou multiplication, et un chiffre lui paraissait bien plus précieux qu'un homme, quand ce chiffre pouvait augmenter le total que cet homme pouvait diminuer.

Danglars s'était donc couché à son heure ordinaire et dormait tranquillement.

Villefort, après avoir reçu la lettre de M. de Salvieux, embrassé Renée sur les deux joues, baisé la main de Mme de Saint-Méran, et serré celle du marquis, courait la poste sur la route d'Aix.

Le père Dantès se mourait de douleur et d'inquiétude.

Quant à Edmond, nous savons ce qu'il était devenu.

X – Le petit cabinet des Tuileries.

Abandonnons Villefort sur la route de Paris, où, grâce aux triples guides qu'il paie, il brûle le chemin et pénétrons à travers les deux ou trois salons qui le précèdent dans ce petit cabinet des Tuileries, à la fenêtre cintrée, si bien connu pour avoir été le cabinet favori de Napoléon et de Louis XVIII, et pour être aujourd'hui celui de Louis-Philippe.

Là, dans ce cabinet, assis devant une table de noyer qu'il avait rapportée d'Hartwell, et que, par une de ces manies familières aux grands personnages, il affectionnait tout particulièrement, le roi Louis XVIII écoutait assez légèrement un homme de cinquante à cinquante-deux ans, à cheveux gris, à la figure aristocratique et à la mise scrupuleuse, tout en notant à la marge un volume d'Horace, édition de Gryphias, assez incorrecte quoique estimée, et qui prêtait beaucoup aux sagaces observations philologiques de Sa Majesté.

« Vous dites donc, monsieur ? dit le roi.

– Que je suis on ne peut plus inquiet, Sire.

– Vraiment ? auriez-vous vu en songe sept vaches grasses et sept vaches maigres ?

– Non, Sire, car cela ne nous annoncerait que sept années de fertilité et sept années de disette, et, avec un roi aussi prévoyant que l'est Votre Majesté, la disette n'est pas à craindre.

– De quel autre fléau est-il donc question, mon cher Blacas ?

– Sire, je crois, j'ai tout lieu de croire qu'un orage se forme du côté du Midi.

– Eh bien, mon cher duc, répondit Louis XVIII, je vous crois mal renseigné, et je sais positivement, au contraire, qu'il fait très beau temps de ce côté-là. »

Tout homme d'esprit qu'il était, Louis XVIII aimait la plaisanterie facile.

« Sire dit M. de Blacas, ne fût-ce que pour rassurer un fidèle serviteur, Votre Majesté ne pourrait-elle pas envoyer dans le Languedoc, dans la Provence et dans le Dauphiné des hommes sûrs qui lui feraient un rapport sur l'esprit de ces trois provinces ?

– *Conimus surdis*, répondit le roi, tout en continuant d'annoter son Horace.

– Sire, répondit le courtisan en riant, pour avoir l'air de comprendre l'hémistiche du poète de Vénouse, Votre Majesté peut avoir parfaitement raison en comptant sur le bon esprit de la France ; mais je crois ne pas avoir tout à fait tort en craignant quelque tentative désespérée.

– De la part de qui ?

– De la part de Bonaparte, ou du moins de son parti.

– Mon cher Blacas, dit le roi, vous m'empêchez de travailler avec vos terreurs.

– Et moi, Sire, vous m'empêchez de dormir avec votre sécurité.

– Attendez, mon cher, attendez, je tiens une note très heureuse sur le *Pastor quum traheret* ; attendez et vous continuerez après. »

Il se fit un instant de silence, pendant lequel Louis XVIII inscrivit, d'une écriture qu'il faisait aussi menue que possible, une nouvelle note en marge de son Horace ; puis, cette note inscrite :

– Continuez, mon cher duc, dit-il en se relevant de l'air satisfait d'un homme qui croit avoir eu une idée lorsqu'il a commencé l'idée d'un autre. Continuez, je vous écoute.

– Sire, dit Blacas, qui avait eu un instant l'espoir de confisquer Villefort à son profit, je suis forcé de vous dire que ce ne sont point de simples bruits dénués de tout fondement, de simples nouvelles en l'air, qui m'inquiètent. C'est un homme bien-pensant méritant toute ma confiance, et chargé par moi de surveiller le Midi (le duc hésita en prononçant ces mots), qui arrive en poste pour me dire : Un grand péril menace le roi. Alors, je suis accouru Sire.

– *Mala ducis agi domum*, continua Louis XVIII en annotant.

– Votre Majesté m'ordonne-t-elle de ne plus insister sur ce sujet ?

– Non, mon cher duc, mais allongez la main.

– Laquelle ?

– Celle que vous voudrez, là-bas, à gauche.

– Ici, Sire ?

– Je vous dis à gauche et vous cherchez à droite ; c'est à ma gauche que je veux dire : là ; vous y êtes ; vous devez trouver le rapport du ministre de la police en date d'hier… Mais, tenez voici M. Dandré lui-même… n'est-ce pas, vous dites M. Dandré ? interrompit Louis XVIII, s'adressant à l'huissier qui venait en effet d'annoncer le ministre de la police.

– Oui, Sire, M. le baron Dandré, reprit l'huissier.

– C'est juste, baron, reprit Louis XVIII avec un imperceptible sourire ; entrez, baron, et racontez au duc ce que vous savez de plus récent sur M. de Bonaparte. Ne nous dissimulez rien de la situation, quelque grave qu'elle soit. Voyons, l'île d'Elbe est-elle un volcan, et allons-nous en voir sortir la guerre flamboyante et toute hérissée : *belle, horrida bella* ? »

M. Dandré se balança fort gracieusement sur le dos d'un fauteuil auquel il appuyait ses deux mains et dit :

« Votre Majesté a-t-elle bien voulu consulter le rapport d'hier ?

– Oui, oui, mais dites au duc lui-même, qui ne peut le trouver, ce que contenait le rapport ; détaillez-lui ce que fait l'usurpateur dans son île.

– Monsieur, dit le baron au duc, tous les serviteurs de Sa Majesté doivent s'applaudir des nouvelles récentes qui nous parviennent de l'île d'Elbe. Bonaparte… »

M. Dandré regarda Louis XVIII qui, occupé à écrire une note, ne leva pas même la tête.

« Bonaparte, continua le baron, s'ennuie mortellement ; il passe des journées entières à regarder travailler ses mineurs de Porto-Longone.

– Et il se gratte pour se distraire, dit le roi.

– Il se gratte ? demanda le duc ; que veut dire votre Majesté ?

– Eh oui, mon cher duc ; oubliez-vous donc que ce grand homme, ce héros, ce demi-dieu est atteint d'une maladie de peau qui le dévore, *prurigo ?*

– Il y a plus, monsieur le duc, continua le ministre de la police, nous sommes à peu près sûrs que dans peu de temps l'usurpateur sera fou.

– Fou ?

– Fou à lier : sa tête s'affaiblit, tantôt il pleure des larmes, tantôt il rit à gorge déployée ; d'autres fois, il passe des heures sur le rivage à jeter des cailloux dans l'eau, et lorsque le caillou a fait cinq ou six ricochets, il paraît aussi satisfait que s'il avait gagné un autre Marengo ou un nouvel Austerlitz. Voilà, vous en conviendrez, des signes de folie.

– Ou de sagesse, monsieur le baron, ou de sagesse, dit Louis XVIII en riant : c'était en jetant des cailloux à la mer que se récréaient les grands capitaines de l'Antiquité ; voyez Plutarque, à la vie de Scipion l'Africain. »

M. de Blacas demeura rêveur entre ces deux insouciances. Villefort, qui n'avait pas voulu tout lui dire pour qu'un autre ne lui enlevât point le bénéfice tout entier de son secret, lui en avait dit assez, cependant, pour lui donner de graves inquiétudes.

« Allons, allons, Dandré, dit Louis XVIII, Blacas n'est point encore convaincu, passez à la conversion de l'usurpateur. »

Le ministre de la police s'inclina.

« Conversion de l'usurpateur ! murmura le duc, regardant le roi et Dandré, qui alternaient comme deux bergers de Virgile. L'usurpateur est-il converti ?

– Absolument, mon cher duc.

– Aux bons principes ; expliquez cela, baron.

– Voici ce que c'est, monsieur le duc, dit le ministre avec le plus grand sérieux du monde : dernièrement Napoléon a passé une revue, et comme deux ou trois de ses vieux grognards, comme il les appelle, manifestaient le désir de revenir en France il leur a donné leur congé en les exhortant à servir leur bon roi ; ce furent ses propres paroles, monsieur le duc, j'en ai la certitude.

– Eh bien, Blacas, qu'en pensez-vous ? dit le roi triomphant, en cessant un instant de compulser le scoliaste volumineux ouvert devant lui.

– Je dis, Sire, que M. le ministre de la Police ou moi nous nous trompons ; mais comme il est impossible que ce soit le ministre de la Police, puisqu'il a en garde le salut et l'honneur de Votre Majesté, il est probable que c'est moi qui fais erreur. Cependant, Sire, à la place de Votre Majesté, je voudrais interroger la personne dont je lui ai parlé ; j'insisterai même pour que Votre Majesté lui fasse cet honneur.

– Volontiers, duc, sous vos auspices je recevrai qui vous voudrez ; mais je veux le recevoir les armes en main. Monsieur le ministre, avez-vous un rapport plus récent que celui-ci ! car celui-ci a déjà la date du 20 février, et nous sommes au 3 mars !

– Non, Sire, mais j'en attendais un d'heure en heure. Je suis sorti depuis le matin, et peut-être depuis mon absence est-il arrivé.

– Allez à la préfecture, et s'il n'y en a pas, eh bien, eh bien, continua riant Louis XVIII, faites-en un ; n'est-ce pas ainsi que cela se pratique ?

– Oh ! Sire ! dit le ministre, Dieu merci, sous ce rapport, il n'est besoin de rien inventer ; chaque jour encombre nos bureaux des dénonciations les plus circonstanciées, lesquelles proviennent d'une foule de pauvres hères qui espèrent un peu de reconnaissance pour des services qu'ils ne rendent pas, mais qu'ils voudraient rendre. Ils tablent sur le hasard, et ils espèrent qu'un jour quelque événement inattendu donnera une espèce de réalité à leurs prédictions.

– C'est bien ; allez, monsieur, dit Louis XVIII, et songez que je vous attends.

– Je ne fais qu'aller et venir, Sire ; dans dix minutes je suis de retour.

– Et moi, Sire, dit M. de Blacas, je vais chercher mon messager.

– Attendez donc, attendez donc, dit Louis XVIII. En vérité, Blacas, il faut que je vous change vos armes ; je vous donnerai un aigle aux ailes déployées, tenant entre ses serres une proie qui essaie vainement de lui échapper, avec cette devise : *Tenax.*

– Sire, j'écoute, dit M. de Blacas, se rongeant les poings d'impatience.

– Je voudrais vous consulter sur ce passage : *Molli fugiens anhelitu* ; vous savez, il s'agit du cerf qui fuit devant le loup. N'êtes-vous pas chasseur et grand louvetier ? Comment trouvez-vous, à ce double titre, le *molli anhelitu ?*

– Admirable, Sire ; mais mon messager est comme le cerf dont vous parlez, car il vient de faire 220 lieues en poste, et cela en trois jours à peine.

– C'est prendre bien de la fatigue et bien du souci, mon cher duc, quand nous avons le télégraphe qui ne met que trois ou quatre heures, et cela sans que son haleine en souffre le moins du monde.

– Ah ! Sire, vous récompensez bien mal ce pauvre jeune homme, qui arrive de si loin et avec tant d'ardeur pour donner à Votre Majesté un avis utile ; ne fût-ce que pour M. de Salvieux, qui me le recommande, recevez-le bien, je vous en supplie.

– M. de Salvieux, le chambellan de mon frère ?

– Lui-même.

– En effet, il est à Marseille.

– C'est de là qu'il m'écrit.

– Vous parle-t-il donc aussi de cette conspiration ?

– Non, mais il me recommande M. de Villefort, et me charge de l'introduire près de Votre Majesté.

– M. de Villefort ? s'écria le roi ; ce messager s'appelle-t-il donc M. de Villefort ?

– Oui, Sire.

– Et c'est lui qui vient de Marseille ?

– En personne.

– Que ne me disiez-vous son nom tout de suite ! reprit le roi, en laissant percer sur son visage un commencement d'inquiétude.

– Sire, je croyais ce nom inconnu de Votre Majesté.

– Non pas, non pas, Blacas ; c'est un esprit sérieux, élevé, ambitieux surtout ; et, pardieu, vous connaissez de nom son père.

– Son père ?

– Oui, Noirtier.

– Noirtier le girondin ? Noirtier le sénateur ?

– Oui, justement.

– Et Votre Majesté a employé le fils d'un pareil homme ?

– Blacas, mon ami, vous n'y entendez rien, je vous ai dit que Villefort était ambitieux : pour arriver, Villefort sacrifiera tout, même son père.

– Alors, Sire, je dois donc le faire entrer ?

– À l'instant même, duc. Où est-il ?

– Il doit m'attendre en bas, dans ma voiture.

– Allez me le chercher.

– J'y cours. »

Le duc sortit avec la vivacité d'un jeune homme ; l'ardeur de son royalisme sincère lui donnait vingt ans.

Louis XVIII resta seul, reportant les yeux sur son Horace entrouvert et murmurant :

Justum et tenacem propositi virum.

M. de Blacas remonta avec la même rapidité qu'il était descendu ; mais dans l'antichambre il fut forcé d'invoquer l'autorité du roi. L'habit poudreux de Villefort, son costume, où rien n'était conforme à la tenue de cour, avait excité la susceptibilité de M. de Brézé, qui fut tout étonné de trouver dans ce jeune homme la prétention de paraître ainsi vêtu devant le roi. Mais le duc leva toutes les difficultés avec un seul mot : Ordre de Sa Majesté ; et malgré les observations que continua de faire le maître des cérémonies, pour l'honneur du principe, Villefort fut introduit.

Le roi était assis à la même place où l'avait laissé le duc. En ouvrant la porte, Villefort se trouva juste en face de lui : le premier mouvement du jeune magistrat fut de s'arrêter.

« Entrez, monsieur de Villefort, dit le roi, entrez. »

Villefort salua et fit quelques pas en avant, attendant que le roi l'interrogeât.

« Monsieur de Villefort, continua Louis XVIII, voici le duc de Blacas, qui prétend que vous avez quelque chose d'important à nous dire.

– Sire, M. le duc a raison, et j'espère que Votre Majesté va le reconnaître elle-même.

– D'abord, et avant toutes choses, monsieur, le mal est-il aussi grand, à votre avis, que l'on veut me le faire croire ?

– Sire, je le crois pressant ; mais, grâce à la diligence que j'ai faite, il n'est pas irréparable, je l'espère.

– Parlez longuement si vous le voulez, monsieur, dit le roi, qui commençait à se laisser aller lui-même à l'émotion qui avait bouleversé le visage de M. de Blacas, et qui altérait la voix de Villefort ; parlez, et surtout commencez par le commencement : j'aime l'ordre en toutes choses.

– Sire, dit Villefort, je ferai à Votre Majesté un rapport fidèle, mais je la prierai cependant de m'excuser si le trouble où je suis jette quelque obscurité dans mes paroles. »

Un coup d'œil jeté sur le roi après cet exorde insinuant, assura Villefort de la bienveillance de son auguste auditeur, et il continua :

« Sire, je suis arrivé le plus rapidement possible à Paris pour apprendre à Votre Majesté que j'ai découvert dans le ressort de mes fonctions, non pas un de ces complots vulgaires et sans conséquence, comme il s'en trame tous les jours dans les derniers rangs du peuple et de l'armée, mais une conspiration véritable, une tempête qui ne menace rien de moins que le trône de Votre Majesté. Sire, l'usurpateur arme trois vaisseaux ; il médite quelque projet, insensé peut-être, mais peut-être aussi terrible, tout insensé qu'il est. À cette heure, il doit avoir quitté l'île d'Elbe pour aller où ? je l'ignore, mais à coup sûr pour tenter une descente soit à Naples, soit sur les côtes de Toscane, soit même en France. Votre Majesté n'ignore pas que le souverain de l'île d'Elbe a conservé des relations avec l'Italie et avec la France.

– Oui, monsieur, je le sais, dit le roi fort ému, et, dernièrement encore, on a eu avis que des réunions bonapartistes avaient lieu rue Saint-Jacques ; mais continuez, je vous prie ; comment avez-vous eu ces détails ?

– Sire, ils résultent d'un interrogatoire que j'ai fait subir à un homme de Marseille que depuis longtemps je surveillais et que j'ai fait arrêter le jour même de mon départ ; cet homme, marin turbulent et d'un bonapartisme qui m'était suspect, a été secrètement à l'île d'Elbe ; il y a vu le grand maréchal qui l'a chargé d'une mission verbale pour un bonapartiste de Paris, dont je n'ai jamais pu lui faire dire le nom ; mais cette mission était de charger ce bonapartiste de préparer les esprits à un retour (remarquez que c'est l'interrogatoire qui parle, Sire), à un retour qui ne peut manquer d'être prochain.

– Et où est cet homme ? demanda Louis XVIII.

– En prison, Sire.

– Et la chose vous a paru grave ?

– Si grave, Sire, que cet événement m'ayant surpris au milieu d'une fête de famille, le jour même de mes fiançailles, j'ai tout quitté, fiancée et amis, tout remis à un autre temps pour venir déposer aux pieds de Votre Majesté et les craintes dont j'étais atteint et l'assurance de mon dévouement.

– C'est vrai, dit Louis XVIII ; n'y avait-il pas un projet d'union entre vous et Mlle de Saint-Méran ?

– La fille d'un des plus fidèles serviteurs de Votre Majesté.

– Oui, oui ; mais revenons à ce complot, monsieur de Villefort.

– Sire, j'ai peur que ce soit plus qu'un complot, j'ai peur que ce soit une conspiration.

– Une conspiration dans ces temps-ci, dit le roi en souriant, est chose facile à méditer, mais plus difficile à conduire à son but, par cela même que, rétabli d'hier sur le trône de nos ancêtres, nous avons les yeux ouverts à la fois sur le passé, sur le présent et sur l'avenir ; depuis dix mois, mes ministres redoublent de surveillance pour que le littoral de la Méditerranée soit bien gardé. Si Bonaparte descendait à Naples, la coalition tout entière serait sur pied, avant seulement qu'il fût à Piombino ; s'il descendait en Toscane, il mettrait le pied en pays ennemi ; s'il descend en France, ce sera avec une poignée d'hommes, et nous en viendrons facilement à bout, exécré comme il l'est par la population. Rassurez-vous donc, monsieur ; mais ne comptez pas moins sur notre reconnaissance royale.

– Ah ! voici M. Dandré ! » s'écria le duc de Blacas.

En ce moment, parut en effet sur le seuil de la porte M. le ministre de la Police, pâle, tremblant, et dont le regard vacillait, comme s'il eût été frappé d'un éblouissement.

Villefort fit un pas pour se retirer ; mais un serrement de main de M. de Blacas le retint.

XI – L'Ogre de Corse.

Louis XVIII, à l'aspect de ce visage bouleversé, repoussa violemment la table devant laquelle il se trouvait.

« Qu'avez-vous donc, monsieur le baron ? s'écria-t-il, vous paraissez tout bouleversé : ce trouble, cette hésitation, ont-ils rapport à ce que disait M. de Blacas, et à ce que vient de me confirmer M. de Villefort ? »

De son côté, M. de Blacas s'approchait vivement du baron, mais la terreur du courtisan empêchait de triompher l'orgueil de l'homme d'État ; en effet, en pareille circonstance, il était bien autrement avantageux pour lui d'être humilié par le préfet de police que de l'humilier sur un pareil sujet.

« Sire… balbutia le baron.

– Eh bien, voyons ! » dit Louis XVIII.

Le ministre de la Police, cédant alors à un mouvement de désespoir, alla se précipiter aux pieds de Louis XVIII, qui recula d'un pas, en fronçant le sourcil.

« Parlerez-vous ? dit-il.

– Oh ! Sire, quel affreux malheur ! suis-je assez à plaindre ? je ne m'en consolerai jamais !

– Monsieur, dit Louis XVIII, je vous ordonne de parler.

– Eh bien, Sire, l'usurpateur a quitté l'île d'Elbe le 28 février et a débarqué le 1er mars.

– Où cela ? demanda vivement le roi.

– En France, Sire, dans un petit port ; près d'Antibes, au golfe Juan.

– L'usurpateur a débarqué en France, près d'Antibes, au golfe Juan, à deux cent cinquante lieues de Paris, le 1er mars, et vous apprenez cette nouvelle aujourd'hui seulement 3 mars !… Eh ! monsieur, ce que vous me dites là est impossible : on vous aura fait un faux rapport, ou vous êtes fou.

– Hélas ! Sire, ce n'est que trop vrai ! »

Louis XVIII fit un geste indicible de colère et d'effroi, et se dressa tout debout, comme si un coup imprévu l'avait frappé en même temps au cœur et au visage.

« En France ! s'écria-t-il, l'usurpateur en France ! Mais on ne veillait donc pas sur cet homme ? mais qui sait ? on était donc d'accord avec lui ?

– Oh ! Sire, s'écria le duc de Blacas, ce n'est pas un homme comme M. Dandré que l'on peut accuser de trahison. Sire, nous étions tous aveugles, et le ministre de la Police a partagé l'aveuglement général voilà tout.

– Mais… dit Villefort ; puis s'arrêtant tout à coup : Ah ! pardon, pardon, Sire, fit-il en s'inclinant, mon zèle m'emporte, que Votre Majesté daigne m'excuser.

– Parlez, monsieur, parlez hardiment, dit le roi ; vous seul nous avez prévenu du mal, aidez-nous à y chercher le remède.

– Sire, dit Villefort, l'usurpateur est déteste dans le Midi ; il me semble que s'il se hasarde dans le Midi, on peut facilement soulever contre lui la Provence et le Languedoc.

– Oui, sans doute, dit le ministre, mais il s'avance par Gap et Sisteron.

– Il s'avance, il s'avance, dit Louis XVIII ; il marche donc sur Paris ? »

Le ministre de la Police garda un silence qui équivalait au plus complet aveu.

« Et le Dauphiné, monsieur, demanda le roi à Villefort, croyez-vous qu'on puisse le soulever comme la Provence ?

– Sire, je suis fâché de dire à Votre Majesté une vérité cruelle ; mais l'esprit du Dauphiné est loin de valoir celui de la Provence et du Languedoc. Les montagnards sont bonapartistes, Sire.

– Allons, murmura Louis XVIII, il était bien renseigné. Et combien d'hommes a-t-il avec lui ?

– Sire, je ne sais, dit le ministre de la Police.

– Comment, vous ne savez ! Vous avez oublié de vous informer de cette circonstance ? Il est vrai qu'elle est de peu d'importance, ajouta-t-il avec un sourire écrasant.

– Sire, je ne pouvais m'en informer ; la dépêche portait simplement l'annonce du débarquement et de la route prise par l'usurpateur.

– Et comment donc vous est parvenue cette dépêche ? »

demanda le roi.

Le ministre baissa la tête, et une vive rougeur envahit son front.

« Par le télégraphe, Sire », balbutia-t-il.

Louis XVIII fait un pas en avant et croisa les bras comme eût fait Napoléon.

« Ainsi, dit-il, pâlissant de colère, sept armées coalisées auront renversé cet homme ; un miracle du ciel m'aura replacé sur le trône de mes pères après vingt-cinq ans d'exil ; j'aurai, pendant ces vingt-cinq ans étudié, sondé, analysé les hommes et les choses de cette France qui m'était promise, pour qu'arrivé au but de tous mes vœux, une force que je tenais entre mes mains éclate et me brise !

– Sire, c'est de la fatalité, murmura le ministre, sentant qu'un pareil poids, léger pour le destin, suffisait à écraser un homme.

– Mais ce que disaient de nous nos ennemis est donc vrai : Rien appris, rien oublié ? Si j'étais trahi comme lui, encore, je me consolerais ; mais être au milieu de gens élevés par moi aux dignités, qui devaient veiller sur moi plus précieusement que sur eux-mêmes, car ma fortune c'est la leur, avant moi ils n'étaient rien, après moi ils ne seront rien, et périr misérablement par incapacité, par ineptie ! Ah ! oui, monsieur, vous avez bien raison, c'est de la fatalité. »

Le ministre se tenait courbé sous cet effrayant anathème.

M. de Blacas essuyait son front couvert de sueur ; Villefort souriait intérieurement, car il sentait grandir son importance.

« Tomber, continuait Louis XVIII, qui du premier coup d'œil avait sondé le précipice où penchait la monarchie, tomber et apprendre sa chute par le télégraphe ! Oh ! j'aimerais mieux monter sur l'échafaud de mon frère Louis XVI, que de descendre ainsi l'escalier des Tuileries, chassé par le ridicule... Le ridicule, monsieur, vous ne savez pas ce que c'est, en France, et cependant vous devriez le savoir.

– Sire, Sire, murmura le ministre, par pitié !...

– Approchez, monsieur de Villefort, continua le roi s'adressant au jeune homme, qui, debout, immobile et en arrière, considérait la marche de cette conversation où flottait éperdu le destin d'un royaume, approchez et dites à monsieur qu'on pouvait savoir d'avance tout ce qu'il n'a pas su.

– Sire, il était matériellement impossible de deviner les projets que cet homme cachait à tout le monde.

– Matériellement impossible ! oui, voilà un grand mot, monsieur ; malheureusement, il en est des grands mots comme des grands hommes, je les ai mesurés. Matériellement impossible à un ministre, qui a une administration, des bureaux, des agents, des mouchards, des espions et quinze cent mille francs de fonds secrets, de savoir ce qui se passe à soixante lieues des côtes de France ! Eh bien, tenez, voici monsieur, qui n'avait aucune de ces ressources à sa disposition, voici monsieur, simple magistrat, qui en savait plus que vous avec toute votre police, et qui eût sauvé ma couronne s'il eût eu comme vous le droit de diriger un télégraphe. »

Le regard du ministre de la Police se tourna avec une expression de profond dépit sur Villefort, qui inclina la tête avec la modestie du triomphe.

« Je ne dis pas cela pour vous, Blacas, continua Louis XVIII, car si vous n'avez rien découvert, vous, au moins avez-vous eu le bon esprit de persévérer dans votre soupçon : un autre que vous eût peut-être considéré la révélation de M. de Villefort comme insignifiante, ou bien encore suggérée par une ambition vénale. »

Ces mots faisaient allusion à ceux que le ministre de la Police avait prononcés avec tant de confiance une heure auparavant.

Villefort comprit le jeu du roi. Un autre peut-être se serait laissé emporter par l'ivresse de la louange ; mais il craignit de se faire un ennemi mortel du ministre de la Police, bien qu'il sentît que celui-ci était irrévocablement perdu. En effet, le ministre qui n'avait pas, dans la plénitude de sa puissance, su deviner le secret de Napoléon, pouvait, dans les convulsions de son agonie, pénétrer celui de Villefort : il ne lui fallait, pour cela, qu'interroger Dantès. Il vint donc en aide au ministre au lieu de l'accabler.

« Sire, dit Villefort, la rapidité de l'événement doit prouver à Votre Majesté que Dieu seul pouvait l'empêcher en soulevant une tempête ; ce que Votre Majesté croit de ma part l'effet d'une profonde perspicacité est dû, purement et simplement, au hasard ; j'ai profité de ce hasard en serviteur dévoué, voilà tout. Ne m'accordez pas plus que je ne mérite, Sire, pour ne revenir jamais sur la première idée que vous aurez conçue de moi. »

Le ministre de la Police remercia le jeune homme par un regard éloquent, et Villefort comprit qu'il avait réussi dans son projet, c'est-à-dire que, sans rien perdre de la reconnaissance du roi, il venait de se faire un ami sur lequel, le cas échéant, il pouvait compter.

« C'est bien, dit le roi. Et maintenant, messieurs, continua-t-il en se retournant vers M. de Blacas et vers le ministre de la Police, je n'ai plus besoin de vous, et vous pouvez vous retirer : ce qui reste à faire est du ressort du ministre de la Guerre.

— Heureusement, Sire, dit M. de Blacas, que nous pouvons compter sur l'armée. Votre Majesté sait combien tous les rapports nous la peignent dévouée à votre gouvernement.

— Ne me parlez pas de rapports : maintenant, duc, je sais la confiance que l'on peut avoir en eux. Eh ! mais, à propos de rapports, monsieur le baron, qu'avez-vous appris de nouveau sur l'affaire de la rue Saint-Jacques ?

— Sur l'affaire de la rue Saint-Jacques ! » s'écria Villefort, ne pouvant retenir une exclamation.

Mais s'arrêtant tout à coup :

« Pardon, Sire, dit-il, mon dévouement à Votre Majesté me fait sans cesse oublier, non le respect que j'ai pour elle, ce respect est trop profondément gravé dans mon cœur, mais les règles de l'étiquette.

— Dites et faites, monsieur, reprit Louis XVIII ; vous avez acquis aujourd'hui le droit d'interroger.

— Sire, répondit le ministre de la Police, je venais justement aujourd'hui donner à Votre Majesté les nouveaux renseignements que j'avais recueillis sur cet événement, lorsque l'attention de Votre Majesté a été détournée par la terrible catastrophe du golfe ; maintenant, ces renseignements n'auraient plus aucun intérêt pour le roi.

— Au contraire, monsieur, au contraire, dit Louis XVIII, cette affaire me semble avoir un rapport direct avec celle qui nous occupe, et la mort du général Quesnel va peut-être nous mettre sur la voie d'un grand complot intérieur. »

À ce nom du général Quesnel, Villefort frissonna.

« En effet, Sire, reprit le ministre de la Police, tout porterait à croire que cette mort est le résultat, non pas d'un suicide, comme on l'avait cru d'abord, mais d'un assassinat : le général Quesnel sortait, à ce qu'il paraît, d'un club bonapartiste lorsqu'il a disparu. Un homme inconnu était venu le chercher le matin même, et lui avait donné rendez-vous rue Saint-Jacques ; malheureusement, le valet de chambre du général, qui le coiffait au moment où cet inconnu a été introduit dans le cabinet, a bien entendu qu'il désignait la rue Saint-Jacques, mais n'a pas retenu le numéro. »

À mesure que le ministre de la Police donnait au roi Louis XVIII ces renseignements, Villefort, qui semblait suspendu à ses lèvres, rougissait et pâlissait.

Le roi se retourna de son côté.

« N'est-ce pas votre avis, comme c'est le mien, monsieur de Villefort, que le général Quesnel, que l'on pouvait croire attaché à l'usurpateur, mais qui, réellement, était tout entier à moi, a péri victime d'un guet-apens bonapartiste ?

– C'est probable, Sire, répondit Villefort ; mais ne sait-on rien de plus ?

– On est sur les traces de l'homme qui avait donné le rendez-vous.

– On est sur ses traces ? répéta Villefort.

– Oui, le domestique a donné son signalement : c'est un homme de cinquante à cinquante-deux ans, brun, avec des yeux noirs couverts d'épais sourcils, et portant moustaches ; il était vêtu d'une redingote bleue, et portait à sa boutonnière une rosette d'officier de la Légion d'honneur. Hier on a suivi un individu dont le signalement répond exactement à celui que je viens de dire, et on l'a perdu au coin de la rue de la Jussienne et de la rue Coq-Héron. »

Villefort s'était appuyé au dossier d'un fauteuil car à mesure que le ministre de la Police parlait, il sentait ses jambes se dérober sous lui ; mais lorsqu'il vit que l'inconnu avait échappé aux recherches de l'agent qui le suivait, il respira.

« Vous chercherez cet homme, monsieur, dit le roi au ministre de la Police ; car, si, comme tout me porte à le croire, le général Quesnel, qui nous eût été si utile en ce moment, a été victime d'un meurtre, bonapartistes ou non, je veux que ses assassins soient cruellement punis. »

Villefort eut besoin de tout son sang-froid pour ne point trahir la terreur que lui inspirait cette recommandation du roi.

« Chose étrange ! continua le roi avec un mouvement d'humeur, la police croit avoir tout dit lorsqu'elle a dit : un meurtre a été commis, et tout fait lorsqu'elle a ajouté : on est sur la trace des coupables.

– Sire, Votre Majesté, sur ce point du moins, sera satisfaite, je l'espère.

– C'est bien, nous verrons ; je ne vous retiens pas plus longtemps, baron ; monsieur de Villefort, vous devez être fatigué de ce long voyage, allez vous reposer. Vous êtes sans doute descendu chez votre père ? »

Un éblouissement passa sur les yeux de Villefort.

« Non, Sire, dit-il, je suis descendu hôtel de Madrid, rue de Tournon.

– Mais vous l'avez vu ?

– Sire, je me suis fait tout d'abord conduire chez M. le duc de Blacas.

– Mais vous le verrez, du moins ?

– Je ne le pense pas, Sire.

– Ah ! c'est juste, dit Louis XVIII en souriant de manière à prouver que toutes ces questions réitérées n'avaient pas été faites sans intention, j'oubliais que vous êtes en froid avec M. Noirtier, et que c'est un nouveau sacrifice fait à la cause royale, et dont il faut que je vous dédommage.

– Sire, la bonté que me témoigne Votre Majesté est une récompense qui dépasse de si loin toutes mes ambitions, que je n'ai rien à demander de plus au roi.

– N'importe, monsieur, et nous ne vous oublierons pas, soyez tranquille ; en attendant (le roi détacha la croix de la Légion d'honneur qu'il portait d'ordinaire sur son habit bleu, près de la croix de Saint-Louis, au-dessus de la plaque de l'ordre de Notre-Dame du mont Carmel et de Saint-Lazare, et la donnant à Villefort), en attendant, dit-il, prenez toujours cette croix.

– Sire, dit Villefort, Votre Majesté, se trompe, cette croix est celle d'officier.

– Ma foi, monsieur, dit Louis XVIII, prenez-la telle qu'elle est ; je n'ai pas le temps d'en faire demander une autre. Blacas, vous veillerez à ce que le brevet soit délivré à M. de Villefort. »

Les yeux de Villefort se mouillèrent d'une larme d'orgueilleuse joie ; il prit la croix et la baisa.

« Et maintenant, demanda-t-il, quels sont les ordres que me fait l'honneur de me donner Votre Majesté ?

– Prenez le repos qui vous est nécessaire et songez que, sans force à Paris pour me servir, vous pouvez m'être à Marseille de la plus grande utilité.

– Sire, répondit Villefort en s'inclinant, dans une heure j'aurai quitté Paris.

– Allez, monsieur, dit le roi, et si je vous oubliais – la mémoire des rois est courte – ne craignez pas de vous rappeler à mon souvenir… Monsieur le baron, donnez l'ordre qu'on aille chercher le ministre de la Guerre. Blacas, restez.

– Ah ! monsieur, dit le ministre de la Police à Villefort en sortant des Tuileries, vous entrez par la bonne porte et votre fortune est faite.

– Sera-t-elle longue ? » murmura Villefort en saluant le ministre, dont la carrière était finie, et en cherchant des yeux une voiture pour rentrer chez lui.

Un fiacre passait sur le quai, Villefort lui fit un signe, le fiacre s'approcha ; Villefort donna son adresse et se jeta dans le fond de la voiture, se laissant aller à ses rêves d'ambition. Dix minutes après, Villefort était rentré chez lui ; il commanda ses chevaux pour dans deux heures, et ordonna qu'on lui servît à déjeuner.

Il allait se mettre à table lorsque le timbre de la sonnette retentit sous une main franche et ferme : le valet de chambre alla ouvrir, et Villefort entendit une voix qui prononçait son nom.

« Qui peut déjà savoir que je suis ici ? » se demanda le jeune homme.

En ce moment, le valet de chambre rentra.

« Eh bien, dit Villefort, qu'y a-t-il donc ? qui a sonné ? qui me demande ?

– Un étranger qui ne veut pas dire son nom.

– Comment ! un étranger qui ne veut pas dire son nom ? et que me veut cet étranger ?

– Il veut parler à monsieur.

– À moi ?

– Oui.

– Il m'a nommé ?

– Parfaitement.

– Et quelle apparence a cet étranger ?

– Mais, monsieur, c'est un homme d'une cinquantaine d'années.

– Petit ? grand ?

– De la taille de monsieur à peu près.

– Brun ou blond ?

– Brun, très brun : des cheveux noirs, des yeux noirs, des sourcils noirs.

– Et vêtu, demanda vivement Villefort, vêtu de quelle façon ?

– D'une grande lévite bleue boutonnée du haut en bas ; décoré de la Légion d'honneur.

– C'est lui, murmura Villefort en pâlissant.

– Eh pardieu ! dit en paraissant sur la porte l'individu dont nous avons déjà donné deux fois le signalement, voilà bien des façons ; est-ce l'habitude à Marseille que les fils fassent faire antichambre à leur père ?

– Mon père ! s'écria Villefort ; je ne m'étais donc pas trompé… et je me doutais que c'était vous.

– Alors, si tu te doutais que c'était moi, reprit le nouveau venu, en posant sa canne dans un coin et son chapeau sur une chaise, permets-moi de te dire, mon cher Gérard, que ce n'est guère aimable à toi de me faire attendre ainsi.

– Laissez-nous, Germain », dit Villefort.

Le domestique sortit en donnant des marques visibles d'étonnement.

XII – Le père et le fils.

M. Noirtier, car c'était en effet lui-même qui venait d'entrer, suivit des yeux le domestique jusqu'à ce qu'il eût refermé la porte ; puis, craignant sans doute qu'il n'écoutât dans l'antichambre, il alla rouvrir derrière lui : la précaution n'était pas inutile, et la rapidité avec laquelle maître Germain se retira prouva qu'il n'était point exempt du péché qui perdit nos premiers pères. M. Noirtier prit alors la peine d'aller fermer lui-même la porte de l'antichambre, revint fermer celle de la chambre à coucher, poussa les verrous, et revint tendre la main à Villefort, qui avait suivi tous ces mouvements avec une surprise dont il n'était pas encore revenu.

« Ah çà ! sais-tu bien, mon cher Gérard, dit-il au jeune homme en le regardant avec un sourire dont il était assez difficile de définir l'expression, que tu n'as pas l'air ravi de me voir ?

— Si fait, mon père, dit Villefort, je suis enchanté ; mais j'étais si loin de m'attendre à votre visite, qu'elle m'a quelque peu étourdi.

— Mais, mon cher ami, reprit M. Noirtier en s'asseyant, il me semble que je pourrais vous en dire autant. Comment ! vous m'annoncez vos fiançailles à Marseille pour le 28 février, et le 3 mars vous êtes à Paris ?

— Si j'y suis, mon père, dit Gérard en se rapprochant de M. Noirtier, ne vous en plaignez pas, car c'est pour vous que j'étais venu, et ce voyage vous sauvera peut-être.

— Ah ! vraiment, dit M. Noirtier en s'allongeant nonchalamment dans le fauteuil où il était assis ; vraiment ! contez-moi donc cela, monsieur le magistrat, ce doit être curieux.

— Mon père, vous avez entendu parler de certain club bonapartiste qui se tient rue Saint-Jacques ?

— No 53 ? Oui, j'en suis vice-président.

— Mon père, votre sang-froid me fait frémir.

— Que veux-tu, mon cher ? quand on a été proscrit par les montagnards, qu'on est sorti de Paris dans une charrette de foin, qu'on a été traqué dans les landes de Bordeaux par les limiers de Robespierre, cela vous a aguerri à bien des choses. Continue donc. Eh bien, que s'est-il passé à ce club de la rue Saint-Jacques ?

— Il s'y est passé qu'on y a fait venir le général Quesnel, et que le général Quesnel, sorti à neuf heures du soir de chez lui, a été retrouvé le surlendemain dans la Seine.

– Et qui vous a conté cette belle histoire ?

– Le roi lui-même, monsieur.

– Eh bien, moi, en échange de votre histoire, continua Noirtier, je vais vous apprendre une nouvelle.

– Mon père, je crois savoir déjà ce que vous allez me dire.

– Ah ! vous savez le débarquement de Sa Majesté l'Empereur ?

– Silence, mon père, je vous prie, pour vous d'abord, et puis ensuite pour moi. Oui, je savais cette nouvelle, et même je la savais avant vous, car depuis trois jours je brûle le pavé, de Marseille à Paris, avec la rage de ne pouvoir lancer à deux cents lieues en avant de moi la pensée qui me brûle le cerveau.

– Il y a trois jours ! êtes-vous fou ? Il y a trois jours, l'Empereur n'était pas embarqué.

– N'importe, je savais le projet.

– Et comment cela ?

– Par une lettre qui vous était adressée de l'île d'Elbe.

– À moi ?

– À vous, et que j'ai surprise dans le portefeuille du messager. Si cette lettre était tombée entre les mains d'un autre, à cette heure, mon père, vous seriez fusillé, peut-être. »

Le père de Villefort se mit à rire.

« Allons, allons, dit-il, il paraît que la Restauration a appris de l'Empire la façon d'expédier promptement les affaires… Fusillé ! mon cher, comme vous y allez ! et cette lettre, où est-elle ? Je vous connais trop pour craindre que vous l'ayez laissée traîner.

– Je l'ai brûlée, de peur qu'il n'en restât un seul fragment : car cette lettre, c'était votre condamnation.

– Et la perte de votre avenir, répondit froidement Noirtier ; oui, je comprends cela ; mais je n'ai rien à craindre puisque vous me protégez.

– Je fais mieux que cela, monsieur, je vous sauve.

– Ah ! diable ! ceci devient plus dramatique ; expliquez-vous.

– Monsieur, j'en reviens à ce club de la rue Saint-Jacques.

– Il paraît que ce club tient au cœur de messieurs de la police. Pourquoi n'ont-ils pas mieux cherché ? ils l'auraient trouvé.

– Ils ne l'ont pas trouvé, mais ils sont sur la trace.

– C'est le mot consacré, je le sais bien : quand la police est en défaut, elle dit qu'elle est sur la trace, et le gouvernement attend tranquillement le jour où elle vient dire, l'oreille basse, que cette trace est perdue.

– Oui, mais on a trouvé un cadavre : le général Quesnel a été tué, et dans tous les pays du monde cela s'appelle un meurtre.

– Un meurtre, dites-vous ? mais rien ne prouve que le général ait été victime d'un meurtre : on trouve tous les jours des gens dans la Seine, qui s'y sont jetés de désespoir, qui s'y sont noyés ne sachant pas nager.

– Mon père, vous savez très bien que le général ne s'est pas noyé par désespoir, et qu'on ne se baigne pas dans la Seine au mois de janvier. Non, non, ne vous abusez pas, cette mort est bien qualifiée de meurtre.

– Et qui l'a qualifiée ainsi ?

– Le roi lui-même.

– Le roi ! Je le croyais assez philosophe pour comprendre qu'il n'y a pas de meurtre en politique. En politique, mon cher, vous le savez comme moi, il n'y a pas d'hommes, mais des idées ; pas de sentiments, mais des intérêts ; en politique, on ne tue pas un homme : on supprime un obstacle, voilà tout. Voulez-vous savoir comment les choses se sont passées ? eh bien, moi, je vais vous le dire. On croyait pouvoir compter sur le général Quesnel : on nous l'avait recommandé de l'île d'Elbe, l'un de nous va chez lui, l'invite à se rendre rue Saint-Jacques à une assemblée où il trouvera des amis ; il y vient, et là on lui déroule tout le plan, le départ de l'île d'Elbe, le débarquement projeté ; puis, quand il a tout écouté tout entendu, qu'il ne reste plus rien à lui apprendre, il répond qu'il est royaliste : alors chacun se regarde ; on lui fait faire serment, il le fait, mais de si mauvaise grâce vraiment, que c'était tenter Dieu que de jurer ainsi ; eh bien, malgré tout cela, on a laissé le général sortir libre, parfaitement libre. Il n'est pas rentré chez lui, que voulez-vous, mon cher ? Il est sorti de chez nous : il se sera trompé de chemin, voilà tout. Un meurtre ! en vérité vous me surprenez, Villefort, vous, substitut du procureur du roi, de bâtir une accusation sur de si mauvaises preuves. Est-ce que jamais je me suis avisé de vous dire à vous, quand vous exercez votre métier de royaliste, et que vous faites couper la tête à l'un des miens : « Mon fils, vous avez commis un meurtre ! » Non, j'ai dit : « Très bien, monsieur, vous avez combattu victorieusement ; à demain la revanche. »

– Mais, mon père, prenez garde, cette revanche sera terrible quand nous la prendrons.

– Je ne vous comprends pas.

– Vous comptez sur le retour de l'usurpateur ?

– Je l'avoue.

– Vous vous trompez, mon père, il ne fera pas dix lieues dans l'intérieur de la France sans être poursuivi, traqué, pris comme une bête fauve.

– Mon cher ami, l'Empereur est, en ce moment, sur la route de Grenoble, le 10 ou le 12 il sera à Lyon, et le 20 ou le 25 à Paris.

– Les populations vont se soulever...

– Pour aller au-devant de lui.

– Il n'a avec lui que quelques hommes, et l'on enverra contre lui des armées.

– Qui lui feront escorte pour rentrer dans la capitale. En vérité, mon cher Gérard, vous n'êtes encore qu'un enfant ; vous vous croyez bien informé parce qu'un télégraphe vous dit, trois jours après le débarquement : « L'usurpateur est débarqué à Cannes avec quelques hommes ; on est à sa poursuite. » Mais où est-il ? que fait-il ? vous n'en savez rien : on le poursuit, voilà tout ce que vous savez. Eh bien, on le poursuivra ainsi jusqu'à Paris, sans brûler une amorce.

– Grenoble et Lyon sont des villes fidèles, et qui lui opposeront une barrière infranchissable.

– Grenoble lui ouvrira ses portes avec enthousiasme, Lyon tout entier ira au-devant de lui. Croyez-moi, nous sommes aussi bien informés que vous, et notre police vaut bien la vôtre : en voulez-vous une preuve ? c'est que vous vouliez me cacher votre voyage, et que cependant j'ai su votre arrivée une demi-heure après que vous avez eu passé la barrière ; vous n'avez donné votre adresse à personne qu'à votre postillon, eh bien, je connais votre adresse, et la preuve en est que j'arrive chez vous juste au moment où vous allez vous mettre à table ; sonnez donc, et demandez un second couvert ; nous dînerons ensemble.

– En effet, répondit Villefort, regardant son père avec étonnement, en effet, vous me paraissez bien instruit.

– Eh ! mon Dieu, la chose est toute simple ; vous autres, qui tenez le pouvoir, vous n'avez que les moyens que donne l'argent ; nous autres, qui l'attendons, nous avons ceux que donne le dévouement.

– Le dévouement ? dit Villefort en riant.

– Oui, le dévouement ; c'est ainsi qu'on appelle en termes honnêtes, l'ambition qui espère. »

Et le père de Villefort étendit lui-même la main vers le cordon de la sonnette pour appeler le domestique que n'appelait pas son fils. Villefort lui arrêta le bras.

« Attendez, mon père, dit le jeune homme, encore un mot.

– Dites.

– Si mal faite que soit la police royaliste, elle sait cependant une chose terrible.

– Laquelle ?

– C'est le signalement de l'homme qui, le matin du jour où a disparu le général Quesnel, s'est présenté chez lui.

– Ah ! elle sait cela, cette bonne police ? et ce signalement, quel est-il ?

– Teint brun, cheveux, favoris et yeux noirs redingote bleue boutonnée jusqu'au menton, rosette d'officier de la Légion d'honneur à la boutonnière, chapeau à larges bords et canne de jonc.

– Ah ! ah ! elle sait cela ? dit Noirtier, et pourquoi donc, en ce cas, n'a-t-elle pas mis la main sur cet homme ?

– Parce qu'elle l'a perdu, hier ou avant-hier, au coin de la rue Coq-Héron.

– Quand je vous disais que votre police était une sotte ?

– Oui, mais d'un moment à l'autre elle peut le trouver.

– Oui, dit Noirtier en regardant insoucieusement autour de lui, oui, si cet homme n'est pas averti, mais il l'est ; et, ajouta-t-il en souriant, il va changer de visage et de costume »

À ces mots, il se leva, mit bas sa redingote et sa cravate, alla vers une table sur laquelle étaient préparées toutes les pièces du nécessaire de toilette de son fils, prit un rasoir, se savonna le visage, et d'une main parfaitement ferme abattit ces favoris compromettants qui donnaient à la police un document si précieux.

Villefort le regardait faire avec une terreur qui n'était pas exempte d'admiration.

Ses favoris coupés, Noirtier donna un autre tour à ses cheveux : prit, au lieu de sa cravate noire, une cravate de couleur qui se présentait à la surface d'une malle ouverte ; endossa, au lieu de sa redingote bleue et boutonnante, une redingote de Villefort, de couleur marron et de forme évasée ; essaya devant la glace le chapeau à bords retroussés du jeune homme parut satisfait de la manière dont il lui allait, et, laissant la canne de jonc dans le coin de la cheminée où il l'avait posée, il fit siffler dans sa main nerveuse une petite badine de bambou avec laquelle l'élégant substitut donnait à sa démarche la désinvolture qui en était une des principales qualités.

« Eh bien, dit-il, se retournant vers son fils stupéfait, lorsque cette espèce de changement à vue fut opéré, eh bien, crois-tu que ta police me reconnaisse maintenant ?

– Non, mon père, balbutia Villefort ; je l'espère, du moins.

– Maintenant, mon cher Gérard, continua Noirtier, je m'en rapporte à ta prudence pour faire disparaître tous les objets que je laisse à ta garde.

– Oh ! soyez tranquille, mon père, dit Villefort.

– Oui, oui ! et maintenant je crois que tu as raison, et que tu pourrais bien, en effet, m'avoir sauvé la vie ; mais, sois tranquille, je te rendrai cela prochainement. »

Villefort hocha la tête.

« Tu n'es pas convaincu ?

– J'espère, du moins, que vous vous trompez.

– Reverras-tu le roi ?

– Peut-être.

– Veux-tu passer à ses yeux pour un prophète ?

– Les prophètes de malheur sont mal venus à la cour, mon père.

– Oui, mais, un jour ou l'autre, on leur rend justice ; et suppose une seconde Restauration, alors tu passeras pour un grand homme.

– Enfin, que dois-je dire au roi ?

– Dis-lui ceci : « Sire, on vous trompe sur les dispositions de la France, sur l'opinion des villes, sur l'esprit de l'armée ; celui que vous appelez à Paris l'ogre de Corse, qui s'appelle encore l'usurpateur à Nevers, s'appelle déjà Bonaparte à Lyon, et l'Empereur à Grenoble. Vous le croyez traqué, poursuivi, en fuite ; il marche, rapide comme l'aigle qu'il rapporte. Les soldats, que vous croyez mourants de faim, écrasés de fatigue, prêts à déserter, s'augmentent comme les atomes de neige autour de la boule qui se précipite. Sire, partez ; abandonnez la France à son véritable maître, à celui qui ne l'a pas achetée, mais conquise ; partez, Sire, non pas que vous couriez quelque danger, votre adversaire est assez fort pour faire grâce, mais parce qu'il serait humiliant pour un petit-fils de saint Louis de devoir la vie à l'homme d'Arcole, de Marengo et d'Austerlitz. » Dis-lui cela, Gérard ; ou plutôt, va, ne lui dis rien ; dissimule ton voyage ; ne te vante pas de ce que tu es venu faire et de ce que tu as fait à Paris ; reprends la poste ; si tu as brûlé le chemin pour venir, dévore l'espace pour retourner ; rentre à Marseille de nuit ; pénètre chez toi par une porte de derrière, et là reste bien doux, bien humble, bien secret, bien inoffensif surtout, car cette fois, je te le jure, nous agirons en gens vigoureux et qui connaissent leurs ennemis. Allez, mon fils, allez, mon cher Gérard, et moyennant cette obéissance aux ordres paternels, ou, si vous l'aimez mieux, cette déférence pour les conseils d'un ami, nous vous maintiendrons dans votre place. Ce sera, ajouta Noirtier en souriant, un moyen pour vous de me sauver une seconde fois, si la bascule politique vous remet un jour en haut et moi en bas. Adieu, mon cher Gérard ; à votre prochain voyage, descendez chez moi. »

Et Noirtier sortit à ces mots, avec la tranquillité qui ne l'avait pas quitté un instant pendant la durée de cet entretien si difficile.

Villefort, pâle et agité, courut à la fenêtre, entrouvrit le rideau, et le vit passer, calme et impassible, au milieu de deux ou trois hommes de mauvaise mine, embusqués au coin des bornes et à l'angle rues, qui étaient peut-être là pour arrêter l'homme aux favoris noirs, à la redingote bleue et au chapeau à larges bords.

Villefort demeura ainsi, debout et haletant, jusqu'à ce que son père eût disparu au carrefour Bussy. Alors il s'élança vers les objets abandonnés par lui, mit au plus profond de sa malle la cravate noire et la redingote bleue, tordit le chapeau qu'il fourra dans le bas d'une armoire, brisa la canne de jonc en trois morceaux qu'il jeta au feu, mit une casquette de voyage, appela son valet de chambre, lui interdit d'un regard les mille questions qu'il avait envie de faire, régla son compte avec l'hôtel, sauta dans sa voiture qui l'attendait tout attelée, apprit à Lyon que Bonaparte venait d'entrer à Grenoble, et, au milieu de l'agitation qui régnait tout le long de la route, arriva à Marseille, en proie à toutes les transes qui entrent dans le cœur de l'homme avec l'ambition et les premiers honneurs.

XIII – Les Cent-Jours.

M. Noirtier était un bon prophète, et les choses marchèrent vite, comme il l'avait dit. Chacun connaît ce retour de l'île d'Elbe, retour étrange, miraculeux, qui, sans exemple dans le passé, restera probablement sans imitation dans l'avenir.

Louis XVIII n'essaya que faiblement de parer ce coup si rude : son peu de confiance dans les hommes lui ôtait sa confiance dans les événements. La royauté, ou plutôt la monarchie, à peine reconstituée par lui, trembla sur sa base encore incertaine, et un seul geste de l'Empereur fit crouler tout cet édifice mélange informe de vieux préjugés et d'idées nouvelles. Villefort n'eut donc de son roi qu'une reconnaissance non seulement inutile pour le moment, mais même dangereuse, et cette croix d'officier de la Légion d'honneur, qu'il eut la prudence de ne pas montrer, quoique M. de Blacas, comme le lui avait recommandé le roi, lui en eût fait soigneusement expédier le brevet.

Napoléon eût, certes, destitué Villefort sans la protection de Noirtier, devenu tout-puissant à la cour des Cent-Jours, et par les périls qu'il avait affrontés et par les services qu'il avait rendus. Ainsi, comme il le lui avait promis, le girondin de 93 et le sénateur de 1806 protégea celui qui l'avait protégé la veille.

Toute la puissance de Villefort se borna donc, pendant cette évocation de l'empire, dont, au reste, il fut bien facile de prévoir la seconde chute, à étouffer le secret que Dantès avait été sur le point de divulguer.

Le procureur du roi seul fut destitué, soupçonné qu'il était de tiédeur en bonapartisme.

Cependant, à peine le pouvoir impérial fut-il rétabli, c'està-dire à peine l'empereur habita-t-il ces Tuileries que Louis XVIII venait de quitter, et eut-il lancé ses ordres nombreux et divergents de ce petit cabinet où nous avons, à la suite de Villefort, introduit nos lecteurs, et sur la table de noyer duquel il retrouva, encore tout ouverte et à moitié pleine, la tabatière de Louis XVIII, que Marseille, malgré l'attitude de ses magistrats, commença à sentir fermenter en elle ces brandons de guerre civile toujours mal éteints dans le Midi ; peu s'en fallut alors que les représailles n'allassent au-delà de quelques charivaris dont on assiégea les royalistes enfermés chez eux, et des affronts publics dont on poursuivit ceux qui se hasardaient à sortir.

Par un revirement tout naturel, le digne armateur, que nous avons désigné comme appartenant au parti populaire, se trouva à son tour en ce moment, nous ne dirons pas tout-puissant, car M. Morrel était un homme prudent et légèrement timide, comme tous ceux qui ont fait une lente et laborieuse fortune commerciale, mais en mesure, tout dépassé qu'il était par les zélés bonapartistes qui le traitaient de modéré, en mesure, dis-je, d'élever la voix pour faire entendre une réclamation ; cette réclamation, comme on le devine facilement, avait trait à Dantès.

Villefort était demeuré debout, malgré la chute de son supérieur, et son mariage, en restant décidé, était cependant remis à des temps plus heureux. Si l'empereur gardait le trône, c'était une autre alliance qu'il fallait à Gérard, et son père se chargerait de la lui trouver ; si une seconde Restauration ramenait Louis XVIII en France, l'influence de M. de Saint-Méran doublait, ainsi que la sienne, et l'union redevenait plus sortable que jamais.

Le substitut du procureur du roi était donc momentanément le premier magistrat de Marseille, lorsqu'un matin sa porte s'ouvrit, et on lui annonça M. Morrel.

Un autre se fût empressé d'aller au-devant de l'armateur, et, par cet empressement, eût indiqué sa faiblesse ; mais Villefort était un homme supérieur qui avait, sinon la pratique, du moins l'instinct de toutes choses. Il fit faire antichambre à Morrel, comme il eût fait sous la Restauration, quoiqu'il n'eût personne près de lui, mais par la simple raison qu'il est d'habitude qu'un substitut du procureur du roi fasse faire antichambre ; puis, après un quart d'heure qu'il employa à lire deux ou trois journaux de nuances différentes, il ordonna que l'armateur fût introduit.

M. Morrel s'attendait à trouver Villefort abattu : il le trouva comme il l'avait vu six semaines auparavant, c'est-à-dire calme, ferme et plein de cette froide politesse, la plus infranchissable de toutes les barrières qui séparent l'homme élevé de l'homme vulgaire.

Il avait pénétré dans le cabinet de Villefort, convaincu que le magistrat allait trembler à sa vue, et c'était lui, tout au contraire, qui se trouvait tout frissonnant et tout ému devant ce personnage interrogateur, qui l'attendait le coude appuyé sur son bureau.

Il s'arrêta à la porte. Villefort le regarda, comme s'il avait quelque peine à le reconnaître. Enfin, après quelques secondes d'examen et de silence, pendant lesquelles le digne armateur tournait et retournait son chapeau entre ses mains :

« Monsieur Morrel, je crois ? dit Villefort.

– Oui, monsieur, moi-même, répondit l'armateur.

– Approchez-vous donc, continua le magistrat, en faisant de la main un signe protecteur, et dites-moi à quelle circonstance je dois l'honneur de votre visite.

– Ne vous en doutez-vous point, monsieur ? demanda Morrel.

– Non, pas le moins du monde ; ce qui n'empêche pas que je ne sois tout disposé à vous être agréable, si la chose était en mon pouvoir.

– La chose dépend entièrement de vous, monsieur, dit Morrel.

– Expliquez-vous donc, alors.

– Monsieur, continua l'armateur, reprenant son assurance à mesure qu'il parlait, et affermi d'ailleurs par la justice de sa cause et la netteté de sa position, vous vous rappelez que, quelques jours avant qu'on apprit le débarquement de Sa Majesté l'empereur, j'étais venu réclamer votre indulgence pour un malheureux jeune homme, un marin, second à bord de mon brick ; il était accusé, si vous vous le rappelez de relations avec l'île d'Elbe : ces relations, qui étaient un crime à cette époque, sont aujourd'hui des titres de faveur. Vous serviez Louis XVIII alors, et ne l'avez pas ménagé, monsieur ; c'était votre devoir. Aujourd'hui, vous servez Napoléon, et vous devez le protéger ; c'est votre devoir encore. Je viens donc vous demander ce qu'il est devenu. »

Villefort fit un violent effort sur lui même.

« Le nom de cet homme ? demanda-t-il : ayez la bonté de me dire son nom.

– Edmond Dantès. »

Évidemment, Villefort eût autant aimé, dans un duel, essuyer le feu de son adversaire à vingt-cinq pas, que d'entendre prononcer ainsi ce nom à bout portant ; cependant il ne sourcilla point. « De cette façon, se dit en lui-même Villefort, on ne pourra point m'accuser d'avoir fait de l'arrestation de ce jeune homme une question purement personnelle. »

« Dantès ? répéta-t-il, Edmond Dantès, dites-vous ?

– Oui, monsieur. »

Villefort ouvrit alors un gros registre placé dans un casier voisin, recourut à une table, de la table passa à des dossiers, et, se retournant vers l'armateur :

« Êtes-vous bien sûr de ne pas vous tromper, monsieur ? » lui dit-il de l'air le plus naturel.

Si Morrel eût été un homme plus fin ou mieux éclairé sur cette affaire, il eût trouvé bizarre que le substitut du procureur du roi daignât lui répondre sur ces matières complètement étrangères à son ressort ; et il se fût demandé pourquoi Villefort ne le renvoyait point aux registres d'écrou, aux gouverneurs de prison, au préfet du département. Mais Morrel, cherchant en vain la crainte dans Villefort, n'y vit plus, du moment où toute crainte paraissait absente, que la condescendance : Villefort avait rencontré juste.

« Non, monsieur, dit Morrel, je ne me trompe pas ; d'ailleurs, je connais le pauvre garçon depuis dix ans, et il est à mon service depuis quatre. Je vins, vous en souvenez-vous ? il y a six semaines, vous prier d'être clément, comme je viens aujourd'hui vous prier d'être juste pour le pauvre garçon ; vous me reçûtes même assez mal et me répondîtes en homme mécontent. Ah ! c'est que les royalistes étaient durs aux bonapartistes en ce temps-là !

– Monsieur, répondit Villefort arrivant à la parade avec sa prestesse et son sang-froid ordinaires, j'étais royaliste alors que je croyais les Bourbons non seulement les héritiers légitimes du trône, mais encore les élus de la nation ; mais le retour miraculeux dont nous venons d'être témoins m'a prouvé que je me trompais. Le génie de Napoléon a vaincu : le monarque légitime est le monarque aimé.

– À la bonne heure ! s'écria Morrel avec sa bonne grosse franchise, vous me faites plaisir de me parler ainsi, et j'en augure bien pour le sort d'Edmond.

– Attendez donc, reprit Villefort en feuilletant un nouveau registre, j'y suis : c'est un marin, n'est-ce pas, qui épousait une Catalane ? Oui, oui ; oh ! je me rappelle maintenant : la chose était très grave.

– Comment cela ?

– Vous savez qu'en sortant de chez moi il avait été conduit aux prisons du palais de justice.

– Oui, eh bien ?

– Eh bien, j'ai fait mon rapport à Paris, j'ai envoyé les papiers trouvés sur lui. C'était mon devoir que voulez-vous… et huit jours après son arrestation le prisonnier fut enlevé.

– Enlevé ! s'écria Morrel ; mais qu'a-t-on pu faire du pauvre garçon ?

– Oh ! rassurez-vous. Il aura été transporté à Fenestrelle, à Pignerol, aux Îles Sainte-Marguerite, ce que l'on appelle dépaysé, en termes d'administration ; et un beau matin vous allez le voir revenir prendre le commandement de son navire.

– Qu'il vienne quand il voudra, sa place lui sera gardée. Mais comment n'est-il pas déjà revenu ? Il me semble que le premier soin de la justice bonapartiste eût dû être de mettre dehors ceux qu'avait incarcérés la justice royaliste.

– N'accusez pas témérairement, mon cher monsieur Morrel, répondit Villefort ; il faut, en toutes choses, procéder légalement. L'ordre d'incarcération était venu d'en haut, il faut que d'en haut aussi vienne l'ordre de liberté. Or, Napoléon est rentré depuis quinze jours à peine ; à peine aussi les lettres d'abolition doivent-elles être expédiées.

– Mais, demanda Morrel, n'y a-t-il pas moyen de presser les formalités, maintenant que nous triomphons ? J'ai quelques amis, quelque influence, je puis obtenir mainlevée de l'arrêt.

– Il n'y a pas eu d'arrêt.

– De l'écrou, alors.

– En matière politique, il n'y a pas de registre d'écrou ; parfois les gouvernements ont intérêt à faire disparaître un homme sans qu'il laisse trace de son passage : des notes d'écrou guideraient les recherches.

– C'était comme cela sous les Bourbons peut-être, mais maintenant…

– C'est comme cela dans tous les temps, mon cher monsieur Morrel ; les gouvernements se suivent et se ressemblent ; la machine pénitentiaire montée sous Louis XIV va encore aujourd'hui, à la Bastille près. L'Empereur a toujours été plus strict pour le règlement de ses prisons que ne l'a été le Grand Roi lui-même ; et le nombre des incarcérés dont les registres ne gardent aucune trace est incalculable. »

Tant de bienveillance eût détourné des certitudes, et Morrel n'avait pas même de soupçons.

« Mais enfin, monsieur de Villefort, dit-il, quel conseil me donneriez-vous qui hâtât le retour du pauvre Dantès ?

– Un seul, monsieur : faites une pétition au ministre de la Justice.

– Oh ! monsieur, nous savons ce que c'est que les pétitions : le ministre en reçoit deux cents par jour et n'en lit point quatre.

– Oui, reprit Villefort, mais il lira une pétition envoyée par moi, apostillée par moi, adressée directement par moi.

– Et vous vous chargeriez de faire parvenir cette pétition, monsieur ?

– Avec le plus grand plaisir. Dantès pouvait être coupable alors ; mais il est innocent aujourd'hui, et il est de mon devoir de faire rendre la liberté à celui qu'il a été de mon devoir de faire mettre en prison. »

Villefort prévenait ainsi le danger d'une enquête peu probable, mais possible, enquête qui le perdait sans ressource.

« Mais comment écrit-on au ministre ?

– Mettez-vous là, monsieur Morrel, dit Villefort, en cédant sa place à l'armateur ; je vais vous dicter.

– Vous auriez cette bonté ?

– Sans doute. Ne perdons pas de temps, nous n'en avons déjà que trop perdu.

– Oui, monsieur, songeons que le pauvre garçon attend, souffre et se désespère peut-être. »

Villefort frissonna à l'idée de ce prisonnier le maudissant dans le silence et l'obscurité ; mais il était engagé trop avant pour reculer : Dantès devait être brisé entre les rouages de son ambition.

« J'attends, monsieur », dit l'armateur assis dans le fauteuil de Villefort et une plume à la main.

Villefort alors dicta une demande dans laquelle, dans un but excellent, il n'y avait point à en douter, il exagérait le patriotisme de Dantès et les services rendus par lui à la cause bonapartiste ; dans cette demande, Dantès était devenu un des agents les plus actifs du retour de Napoléon ; il était évident qu'en voyant une pareille pièce, le ministre devait faire justice à l'instant même, si justice n'était point faite déjà.

La pétition terminée, Villefort la relut à haute voix.

« C'est cela, dit-il, et maintenant reposez-vous sur moi.

– Et la pétition partira bientôt, monsieur ?

– Aujourd'hui même.

– Apostillée par vous ?

– La meilleure apostille que je puisse mettre, monsieur, est de certifier véritable tout ce que vous dites dans cette demande. »

Et Villefort s'assit à son tour, et sur un coin de la pétition appliqua son certificat.

« Maintenant, monsieur, que faut-il faire ? demanda Morrel.

– Attendre, reprit Villefort ; je réponds de tout. »

Cette assurance rendit l'espoir à Morrel : il quitta le substitut du procureur du roi enchanté de lui, et alla annoncer au vieux père de Dantès qu'il ne tarderait pas à revoir son fils.

Quand à Villefort, au lieu de l'envoyer à Paris, il conserva précieusement entre ses mains cette demande qui, pour sauver Dantès dans le présent, le compromettait si effroyablement dans l'avenir, en supposant une chose que l'aspect de l'Europe et la tournure des événements permettaient déjà de supposer, c'est-à-dire une seconde Restauration.

Dantès demeura donc prisonnier : perdu dans les profondeurs de son cachot, il n'entendit point le bruit formidable de la chute du trône de Louis XVIII et celui, plus épouvantable encore, de l'écroulement de l'empire.

Mais Villefort, lui, avait tout suivi d'un œil vigilant, tout écouté d'une oreille attentive. Deux fois, pendant cette courte apparition impériale que l'on appela les Cent-Jours, Morrel était revenu à la charge, insistant toujours pour la liberté de Dantès, et chaque fois Villefort l'avait calmé par des promesses et des espérances ; enfin, Waterloo arriva. Morrel ne reparut pas chez Villefort : l'armateur avait fait pour son jeune ami tout ce qu'il était humainement possible de faire ; essayer de nouvelles tentatives sous cette seconde Restauration était se compromettre inutilement.

Louis XVIII remonta sur le trône. Villefort, pour qui Marseille était plein de souvenirs devenus pour lui des remords, demanda et obtint la place de procureur du roi vacante à Toulouse ; quinze jours après son installation dans sa nouvelle résidence, il épousa Mlle Renée de Saint-Méran, dont le père était mieux en cour que jamais.

Voilà comment Dantès, pendant les Cent-Jours et après Waterloo, demeura sous les verrous, oublié, sinon des hommes, au moins de Dieu.

Danglars comprit toute la portée du coup dont il avait frappé Dantès, en voyant revenir Napoléon en France : sa dénonciation avait touché juste, et, comme tous les hommes d'une certaine portée pour le crime et d'une moyenne intelligence pour la vie ordinaire, il appela cette coïncidence bizarre un *décret de la Providence.*

Mais quand Napoléon fut de retour à Paris et que sa voix retentit de nouveau, impérieuse et puissante, Danglars eut peur ; à chaque instant, il s'attendit à voir reparaître Dantès, Dantès sachant tout, Dantès menaçant et fort pour toutes les vengeances ; alors il manifesta à M. Morrel le désir de quitter le service de mer, et se fit recommander par lui à un négociant espagnol, chez lequel il entra comme commis d'ordre vers la fin de mars, c'est-à-dire dix ou douze jours après la rentrée de Napoléon aux Tuileries ; il partit donc pour Madrid, et l'on n'entendit plus parler de lui.

Fernand, lui, ne comprit rien. Dantès était absent, c'était tout ce qu'il lui fallait. Qu'était-il devenu ? il ne chercha point à le savoir. Seulement, pendant tout le répit que lui donnait son absence, il s'ingénia, partie à abuser Mercédès sur les motifs de cette absence, partie à méditer des plans d'émigration et d'enlèvement ; de temps en temps aussi, et c'étaient les heures sombres de sa vie, il s'asseyait sur la pointe du cap Pharo, de cet endroit où l'on distingue à la fois Marseille et le village des Catalans, regardant, triste et immobile comme un oiseau de proie, s'il ne verrait point, par l'une de ces deux routes, revenir le beau jeune homme à la démarche libre, à la tête haute qui, pour lui aussi, était devenu messager d'une rude vengeance. Alors, le dessein de Fernand était arrêté : il cassait la tête de Dantès d'un coup de fusil et se tuait après, se disait-il à lui-même, pour colorer son assassinat. Mais Fernand s'abusait : cet homme-là ne se fût jamais tué, car il espérait toujours.

Sur ces entrefaites, et parmi tant de fluctuations douloureuses, l'empire appela un dernier ban de soldats, et tout ce qu'il y avait d'hommes en état de porter les armes s'élança hors de France, à la voix retentissante de l'empereur. Fernand partit comme les autres, quittant sa cabane et Mercédès, et rongé de cette sombre et terrible pensée que, derrière lui peut-être, son rival allait revenir et épouser celle qu'il aimait.

Si Fernand avait jamais dû se tuer, c'était en quittant Mercédès qu'il l'eût fait.

Ses attentions pour Mercédès, la pitié qu'il paraissait donner à son malheur, le soin qu'il prenait d'aller au-devant de ses moindres désirs, avaient produit l'effet que produisent toujours sur les cœurs généreux les apparences du dévouement : Mercédès avait toujours aimé Fernand d'amitié ; son amitié s'augmenta pour lui d'un nouveau sentiment, la reconnaissance.

« Mon frère, dit-elle en attachant le sac du conscrit sur les épaules du Catalan, mon frère, mon seul ami, ne vous faites pas tuer, ne me laissez pas seule dans ce monde, où je pleure et où je serai seule dès que vous n'y serez plus. »

Ces paroles, dites au moment du départ, rendirent quelque espoir à Fernand. Si Dantès ne revenait pas, Mercédès pourrait donc un jour être à lui.

Mercédès resta seule sur cette terre nue, qui ne lui avait jamais paru si aride, et avec la mer immense pour horizon. Toute baignée de pleurs, comme cette folle dont on nous raconte la douloureuse histoire, on la voyait errer sans cesse autour du petit village des Catalans : tantôt s'arrêtant sous le soleil ardent du Midi, debout, immobile, muette comme une statue, et regardant Marseille ; tantôt assise au bord du rivage, écoutant ce gémissement de la mer, éternel comme sa douleur, et se demandant sans cesse s'il ne valait pas mieux se pencher en avant, se laisser aller à son propre poids, ouvrir l'abîme et s'y engloutir, que de souffrir ainsi toutes ces cruelles alternatives d'une attente sans espérance.

Ce ne fut pas le courage qui manqua à Mercédès pour accomplir ce projet, ce fut la religion qui lui vint en aide et qui la sauva du suicide.

Caderousse fut appelé, comme Fernand ; seulement, comme il avait huit ans de plus que le Catalan, et qu'il était marié, il ne fit partie que du troisième ban, et fut envoyé sur les côtes.

Le vieux Dantès, qui n'était plus soutenu que par l'espoir, perdit l'espoir à la chute de l'empereur.

Cinq mois, jour pour jour, après avoir été séparé de son fils, et presque à la même heure où il avait été arrêté, il rendit le dernier soupir entre les bras de Mercédès.

M. Morrel pourvut à tous les frais de son enterrement, et paya les pauvres petites dettes que le vieillard avait faites pendant sa maladie.

Il y avait plus que de la bienfaisance à agir ainsi, il y avait du courage. Le Midi était en feu, et secourir même à son lit de mort, le père d'un bonapartiste aussi dangereux que Dantès était un crime.

XIV – Le prisonnier furieux et le prisonnier fou.

Un an environ après le retour de Louis XVIII, il y eut visite de M. l'inspecteur général des prisons.

Dantès entendit rouler et grincer du fond de son cachot tous ces préparatifs, qui faisaient en haut beaucoup de fracas, mais qui, en bas, eussent été des bruits inappréciables pour toute autre oreille que pour celle d'un prisonnier, accoutumé à écouter, dans le silence de la nuit, l'araignée qui tisse sa toile, et la chute périodique de la goutte d'eau qui met une heure à se former au plafond de son cachot.

Il devina qu'il se passait chez les vivants quelque chose d'inaccoutumé : il habitait depuis si longtemps une tombe qu'il pouvait bien se regarder comme mort.

En effet, l'inspecteur visitait, l'un après l'autre, chambres, cellules et cachots. Plusieurs prisonniers furent interrogés : c'étaient ceux que leur douceur ou leur stupidité recommandait à la bienveillance de l'administration ; l'inspecteur leur demanda comment ils étaient nourris, et quelles étaient les réclamations qu'ils avaient à faire.

Ils répondirent unanimement que la nourriture était détestable et qu'ils réclamaient leur liberté.

L'inspecteur leur demanda alors s'ils n'avaient pas autre chose à lui dire.

Ils secouèrent la tête. Quel autre bien que la liberté peuvent réclamer des prisonniers ?

L'inspecteur se tourna en souriant, et dit au gouverneur :

« Je ne sais pas pourquoi on nous fait faire ces tournées inutiles. Qui voit un prisonnier en voit cent ; qui entend un prisonnier en entend mille ; c'est toujours la même chose : mal nourris et innocents. En avez-vous d'autres ?

– Oui, nous avons les prisonniers dangereux ou fous, que nous gardons au cachot.

– Voyons, dit l'inspecteur avec un air de profonde lassitude, faisons notre métier jusqu'au bout ; descendons dans les cachots.

– Attendez, dit le gouverneur, que l'on aille au moins chercher deux hommes ; les prisonniers commettent parfois, ne fût-ce que par dégoût de la vie et pour se faire condamner à mort, des actes de désespoir inutiles : vous pourriez être victime de l'un de ces actes.

– Prenez donc vos précautions », dit l'inspecteur.

En effet, on envoya chercher deux soldats et l'on commença de descendre par un escalier si puant, si infect, si moisi, que rien que le passage dans un pareil endroit affectait désagréablement à la fois la vue, l'odorat et la respiration.

« Oh ! fit l'inspecteur en s'arrêtant à moitié de la descente, qui diable peut loger là ?

– Un conspirateur des plus dangereux, et qui nous est

particulièrement recommandé comme un homme capable de tout.

– Il est seul ?

– Certainement.

– Depuis combien de temps est-il là ?

– Depuis un an à peu près.

– Et il a été mis dans ce cachot dès son entrée.

– Non, monsieur, mais après avoir voulu tuer le porte-clefs chargé de lui porter sa nourriture.

– Il a voulu tuer le porte-clefs ?

– Oui, monsieur, celui-là même qui nous éclaire, n'est-il pas vrai, Antoine ? demanda le gouverneur.

– Il a voulu me tuer tout de même, répondit le porte-clefs.

– Ah çà ! mais c'est donc un fou que cet homme ?

– C'est pire que cela, dit le porte-clefs, c'est un démon.

– Voulez-vous qu'on s'en plaigne ? demanda l'inspecteur au gouverneur.

– Inutile, monsieur, il est assez puni comme cela, d'ailleurs, à présent, il touche presque à la folie, et, selon l'expérience que nous donnent nos observations, avant une autre année d'ici il sera complètement aliéné.

– Ma foi, tant mieux pour lui, dit l'inspecteur ; une fois fou tout à fait, il souffrira moins. »

C'était, comme on le voit, un homme plein d'humanité que cet inspecteur, et bien digne des fonctions philanthropiques qu'il remplissait.

« Vous avez raison, monsieur, dit le gouverneur, et votre réflexion prouve que vous avez profondément étudié la matière. Ainsi, nous avons dans un cachot, qui n'est séparé de celui-ci que par une vingtaine de pieds, et dans lequel on descend par un autre escalier, un vieil abbé, ancien chef de parti en Italie, qui est ici depuis 1811, auquel la tête a tourné vers la fin de 1813, et qui, depuis ce moment, n'est pas physiquement reconnaissable : il pleurait, il rit ; il maigrissait, il engraisse. Voulez-vous le voir plutôt que celui-ci ? Sa folie est divertissante et ne vous attristera point.

– Je les verrai l'un et l'autre, répondit l'inspecteur ; il faut faire son état en conscience. »

L'inspecteur en était à sa première tournée et voulait donner bonne idée de lui à l'autorité.

« Entrons donc chez celui-ci d'abord, ajouta-t-il.

– Volontiers », répondit le gouverneur.

Et il fit signe au porte-clefs, qui ouvrit la porte.

Au grincement des massives serrures, au cri des gonds rouillés tournant sur leurs pivots, Dantès, accroupi dans un angle de son cachot, où il recevait avec un bonheur indicible le mince rayon du jour qui filtrait à travers un étroit soupirail grillé, releva la tête. À la vue d'un homme inconnu, éclairé par deux porte-clefs tenant des torches, et auquel le gouverneur parlait le chapeau à la main, accompagné par deux soldats, Dantès devina ce dont il s'agissait, et, voyant enfin se présenter une occasion d'implorer une autorité supérieure, bondit en avant les mains jointes.

Les soldats croisèrent aussitôt la baïonnette, car ils crurent que le prisonnier s'élançait vers l'inspecteur avec de mauvaises intentions.

L'inspecteur lui-même fit un pas en arrière.

Dantès vit qu'on l'avait présenté comme homme à craindre.

Alors, il réunit dans son regard tout ce que le cœur de l'homme peut contenir de mansuétude et d'humilité, et s'exprimant avec une sorte d'éloquence pieuse qui étonna les assistants, il essaya de toucher l'âme de son visiteur.

L'inspecteur écouta le discours de Dantès, jusqu'au bout, puis se tournant vers le gouverneur :

« Il tournera à la dévotion, dit-il à mi-voix ; il est déjà disposé à des sentiments plus doux. Voyez, la peur fait son effet sur lui ; il a reculé devant les baïonnettes ; or, un fou ne recule devant rien : j'ai fait sur ce sujet des observations bien curieuses à Charenton. »

Puis, se retournant vers le prisonnier :

« En résumé, dit-il, que demandez-vous ?

– Je demande quel crime j'ai commis ; je demande que l'on me donne des juges ; je demande que mon procès soit instruit ; je demande enfin que l'on me fusille si je suis coupable, mais aussi qu'on me mette en liberté si je suis innocent.

– Êtes-vous bien nourri ? demanda l'inspecteur.

– Oui, je le crois, je n'en sais rien. Mais cela importe peu ; ce qui doit importer, non seulement à moi, malheureux prisonnier, mais encore à tous les fonctionnaires rendant la justice, mais encore au roi qui nous gouverne, c'est qu'un innocent ne soit pas victime d'une dénonciation infâme et ne meure pas sous les verrous en maudissant ses bourreaux.

– Vous êtes bien humble aujourd'hui, dit le gouverneur ; vous n'avez pas toujours été comme cela. Vous parliez tout autrement, mon cher ami, le jour où vous vouliez assommer votre gardien.

– C'est vrai, monsieur, dit Dantès, et j'en demande bien humblement pardon à cet homme qui a toujours été bon pour moi... Mais, que voulez-vous ? j'étais fou, j'étais furieux.

– Et vous ne l'êtes plus ?

– Non, monsieur, car la captivité m'a plié, brisé, anéanti... Il y a si longtemps que je suis ici !

– Si longtemps ?... et à quelle époque avez-vous été arrêté ? demanda l'inspecteur.

– Le 28 février 1815, à deux heures de l'après-midi. »

L'inspecteur calcula.

« Nous sommes au 30 juillet 1816 ; que dites-vous donc ? il n'y a que dix-sept mois que vous êtes prisonnier.

– Que dix-sept mois ! reprit Dantès. Ah ! monsieur, vous ne savez pas ce que c'est que dix-sept mois de prison : dix-sept années, dix-sept siècles ; surtout pour un homme qui, comme moi, touchait au bonheur, pour un homme qui, comme moi, allait épouser une femme aimée, pour un homme qui voyait s'ouvrir devant lui une carrière honorable, et à qui tout manque à l'instant ; qui, du milieu du jour le plus beau, tombe dans la nuit la plus profonde, qui voit sa carrière détruite, qui ne sait si celle qui l'aimait l'aime toujours, qui ignore si son vieux père est mort ou vivant. Dix-sept mois de prison, pour un homme habitué à l'air de la mer, à l'indépendance du marin, à l'espace, à l'immensité, à l'infini ! Monsieur, dix-sept mois de prison, c'est plus que ne le méritent tous les crimes que désigne par les noms les plus odieux la langue humaine. Ayez donc pitié de moi, monsieur, et demandez pour moi, non pas l'indulgence, mais la rigueur ; non pas une grâce, mais un jugement ; des juges, monsieur, je ne demande que des juges ; on ne peut pas refuser des juges à un accusé.

– C'est bien, dit l'inspecteur, on verra. »

Puis, se retournant vers le gouverneur :

« En vérité, dit-il, le pauvre diable me fait de la peine. En remontant, vous me montrerez son livre d'écrou.

– Certainement, dit le gouverneur ; mais je crois que vous trouverez contre lui des notes terribles.

– Monsieur, continua Dantès, je sais que vous ne pouvez pas me faire sortir d'ici de votre propre décision ; mais vous pouvez transmettre ma demande à l'autorité, vous pouvez provoquer une enquête, vous pouvez, enfin, me faire mettre en jugement : un jugement, c'est tout ce que je demande ; que je sache quel crime j'ai commis, et à quelle peine je suis condamné ; car, voyez-vous, l'incertitude, c'est le pire de tous les supplices.

– Éclairez-moi, dit l'inspecteur.

– Monsieur, s'écria Dantès, je comprends, au son de votre voix, que vous êtes ému. Monsieur, dites-moi d'espérer.

– Je ne puis vous dire cela, répondit l'inspecteur, je puis seulement vous promettre d'examiner votre dossier.

– Oh ! alors, monsieur, je suis libre, je suis sauvé.

– Qui vous a fait arrêter ? demanda l'inspecteur.

– M. de Villefort, répondit Dantès. Voyez-le et entendez-vous avec lui.

– M. de Villefort n'est plus à Marseille depuis un an, mais à Toulouse.

– Ah ! cela ne m'étonne plus, murmura Dantès : mon seul protecteur est éloigné.

– M. de Villefort avait-il quelque motif de haine contre vous ? demanda l'inspecteur.

– Aucun, monsieur ; et même il a été bienveillant pour moi.

– Je pourrai donc me fier aux notes qu'il a laissées sur vous ou qu'il me donnera ?

– Entièrement, monsieur.

– C'est bien, attendez. »

Dantès tomba à genoux, levant les mains vers le ciel, et murmurant une prière dans laquelle il recommandait à Dieu cet homme qui était descendu dans sa prison, pareil au Sauveur allant délivrer les âmes de l'enfer.

La porte se referma ; mais l'espoir descendu avec l'inspecteur était resté enfermé dans le cachot de Dantès.

« Voulez-vous voir le registre d'écrou tout de suite, demanda le gouverneur, ou passer au cachot de l'abbé ?

– Finissons-en avec les cachots tout d'un coup, répondit l'inspecteur. Si je remontais au jour, je n'aurais peut-être plus le courage de continuer ma triste mission.

– Ah ! celui-là n'est point un prisonnier comme l'autre, et sa folie, à lui, est moins attristante que la raison de son voisin.

– Et quelle est sa folie ?

– Oh ! une folie étrange : il se croit possesseur d'un trésor immense. La première année de sa captivité, il a fait offrir au gouvernement un million, si le gouvernement le voulait mettre en liberté ; la seconde année, deux millions, la troisième, trois millions, et ainsi progressivement. Il en est à sa cinquième année de captivité : il va vous demander de vous parler en secret, et vous offrira cinq millions.

– Ah ! ah ! c'est curieux en effet, dit l'inspecteur ; et comment appelez-vous ce millionnaire ?

– L'abbé Faria.

– No 27 ! dit l'inspecteur.

– C'est ici. Ouvrez, Antoine. »

Le porte-clefs obéit, et le regard curieux de l'inspecteur plongea dans le cachot de l'*abbé fou*.

C'est ainsi que l'on nommait généralement le prisonnier.

Au milieu de la chambre, dans un cercle tracé sur la terre avec un morceau de plâtre détaché du mur, était couché un homme presque nu, tant ses vêtements étaient tombés en lambeaux. Il dessinait dans ce cercle des lignes géométriques fort nettes, et paraissait aussi occupé de résoudre son problème qu'Archimède l'était lorsqu'il fut tué par un soldat de Marcellus. Aussi ne bougea-t-il pas même au bruit que fit la porte du cachot en s'ouvrant, et ne sembla-t-il se réveiller que lorsque la lumière des torches éclaira d'un éclat inaccoutumé le sol humide sur lequel il travaillait. Alors il se retourna et vit avec étonnement la nombreuse compagnie qui venait de descendre dans son cachot.

Aussitôt, il se leva vivement, prit une couverture jetée sur le pied de son lit misérable, et se drapa précipitamment pour paraître dans un état plus décent aux yeux des étrangers.

« Que demandez-vous ? dit l'inspecteur sans varier sa formule.

— Moi, monsieur ! dit l'abbé d'un air étonné ; je ne demande rien.

— Vous ne comprenez pas, reprit l'inspecteur : je suis agent du gouvernement, j'ai mission de descendre dans les prisons et d'écouter les réclamations des prisonniers.

— Oh ! alors, monsieur, c'est autre chose, s'écria vivement l'abbé, et j'espère que nous allons nous entendre.

— Voyez, dit tout bas le gouverneur, cela ne commence-t-il pas comme je vous l'avais annoncé ?

— Monsieur, continua le prisonnier, je suis l'abbé Faria, né à Rome, j'ai été vingt ans secrétaire du cardinal Rospigliosi ; j'ai été arrêté, je ne sais trop pourquoi, vers le commencement de l'année 1811, depuis ce moment, je réclame ma liberté des autorités italiennes et françaises.

— Pourquoi près des autorités françaises ? demanda le gouverneur.

— Parce que j'ai été arrêté à Piombino et que je présume que, comme Milan et Florence, Piombino est devenu le chef-lieu de quelque département français. »

L'inspecteur et le gouverneur se regardèrent en riant.

« Diable, mon cher, dit l'inspecteur, vos nouvelles de l'Italie ne sont pas fraîches.

— Elles datent du jour où j'ai été arrêté, monsieur, dit l'abbé Faria ; et comme Sa Majesté l'Empereur avait créé la royauté de Rome pour le fils que le ciel venait de lui envoyer, je présume que, poursuivant le cours de ses conquêtes, il a accompli le rêve de Machiavel et de César Borgia, qui était de faire de toute l'Italie un seul et unique royaume.

— Monsieur, dit l'inspecteur, la Providence a heureusement apporté quelque changement à ce plan gigantesque dont vous me paraissez assez chaud partisan.

— C'est le seul moyen de faire de l'Italie un État fort, indépendant et heureux, répondit l'abbé.

– Cela est possible, répondit l'inspecteur, mais je ne suis pas venu ici pour faire avec vous un cours de politique ultramontaine, mais pour vous demander ce que j'ai déjà fait, si vous avez quelques réclamations à faire sur la manière dont vous êtes nourri et logé.

– La nourriture est ce qu'elle est dans toutes les prisons, répondit l'abbé, c'est-à-dire fort mauvaise ; quant au logement, vous le voyez, il est humide et malsain, mais néanmoins assez convenable pour un cachot. Maintenant, ce n'est pas de cela qu'il s'agit mais bien de révélations de la plus haute importance et du plus haut intérêt que j'ai à faire au gouvernement.

– Nous y voici, dit tout bas le gouverneur à l'inspecteur.

– Voilà pourquoi je suis si heureux de vous voir, continua l'abbé, quoique vous m'ayez dérangé dans un calcul fort important, et qui, s'il réussit, changera peut-être le système de Newton. Pouvez-vous m'accorder la faveur d'un entretien particulier ?

– Hein ! que disais-je ! fit le gouverneur à l'inspecteur.

– Vous connaissez votre personne », répondit ce dernier souriant. Puis, se retournant vers Faria :

« Monsieur, dit-il, ce que vous me demandez est impossible.

– Cependant, monsieur, reprit l'abbé, s'il s'agissait de faire gagner au gouvernement une somme énorme, une somme de cinq millions, par exemple ?

– Ma foi, dit l'inspecteur en se retournant à son tour vers le gouverneur, vous aviez prédit jusqu'au chiffre.

– Voyons, reprit l'abbé, s'apercevant que l'inspecteur faisait un mouvement pour se retirer, il n'est pas nécessaire que nous soyons absolument seuls ; M. le gouverneur pourra assister à notre entretien.

– Mon cher monsieur, dit le gouverneur, malheureusement nous savons d'avance et par cœur ce que vous direz. Il s'agit de vos trésors, n'est-ce pas ? »

Faria regarda cet homme railleur avec des yeux où un observateur désintéressé eût vu, certes, luire l'éclair de la raison et de la vérité.

« Sans doute, dit-il ; de quoi voulez-vous que je parle, sinon de cela ?

– Monsieur l'inspecteur, continua le gouverneur, je puis vous raconter cette histoire aussi bien que l'abbé, car il y a quatre ou cinq ans que j'en ai les oreilles rebattues.

– Cela prouve, monsieur le gouverneur, dit l'abbé, que vous êtes comme ces gens dont parle l'Écriture, qui ont des yeux et qui ne voient pas, qui ont des oreilles et qui n'entendent pas.

– Mon cher monsieur, dit l'inspecteur, le gouvernement est riche et n'a, Dieu merci, pas besoin de votre argent ; gardez-le donc pour le jour où vous sortirez de prison »

L'œil de l'abbé se dilata ; il saisit la main de l'inspecteur.

« Mais si je n'en sors pas de prison, dit-il, si, contre toute justice, on me retient dans ce cachot, si j'y meurs sans avoir légué mon secret à personne, ce trésor sera donc perdu ! Ne vaut-il pas mieux que le gouvernement en profite, et moi aussi ? J'irai jusqu'à six millions, monsieur ; oui, j'abandonnerai six millions, et je me contenterai du reste si l'on veut me rendre la liberté.

– Sur ma parole, dit l'inspecteur à demi-voix, si l'on ne savait que cet homme est fou, il parle avec un accent si convaincu qu'on croirait qu'il dit la vérité.

– Je ne suis pas fou, monsieur, et je dis bien la vérité, reprit Faria qui, avec cette finesse d'ouïe particulière aux prisonniers, n'avait pas perdu une seule des paroles de l'inspecteur. Ce trésor dont je vous parle existe bien réellement, et j'offre de signer un traité avec vous, en vertu duquel vous me conduirez à l'endroit désigné par moi ; on fouillera la terre sous nos yeux, et si je mens, si l'on ne trouve rien, si je suis un fou, comme vous le dites, eh bien ! vous me ramènerez dans ce même cachot, où je resterai éternellement, et où je mourrai sans plus rien demander ni à vous ni à personne. »

Le gouverneur se mit à rire.

« Est-ce bien loin votre trésor ? demanda-t-il.

– À cent lieues d'ici à peu près, dit Faria.

– La chose n'est pas mal imaginée, dit le gouverneur ; si tous les prisonniers voulaient s'amuser à promener leurs gardiens pendant cent lieues, et si les gardiens consentaient à faire une pareille promenade, ce serait une excellente chance que les prisonniers se ménageraient de prendre la clef des champs dès qu'ils en trouveraient l'occasion, et pendant un pareil voyage l'occasion se présenterait certainement.

– C'est un moyen connu, dit l'inspecteur, et monsieur n'a pas même le mérite de l'invention. Puis, se retournant vers l'abbé.

« Je vous ai demandé si vous étiez bien nourri ? dit-il.

– Monsieur, répondit Faria, jurez-moi sur le Christ de me délivrer si je vous ai dit vrai, et je vous indiquerai l'endroit où le trésor est enfoui.

– Êtes-vous bien nourri ? répéta l'inspecteur.

– Monsieur, vous ne risquez rien ainsi, et vous voyez bien que ce n'est pas pour me ménager une chance pour me sauver, puisque je resterai en prison tandis qu'on fera le voyage.

– Vous ne répondez pas à ma question, reprit avec impatience l'inspecteur.

– Ni vous à ma demande ! s'écria l'abbé. Soyez donc maudit comme les autres insensés qui n'ont pas voulu me croire ! Vous ne voulez pas de mon or, je le garderai ; vous me refusez la liberté, Dieu me l'enverra. Allez, je n'ai plus rien à dire. »

Et l'abbé, rejetant sa couverture, ramassa son morceau de plâtre, et alla s'asseoir de nouveau au milieu de son cercle, où il continua ses lignes et ses calculs.

« Que fait-il là ? dit l'inspecteur se retirant.

– Il compte ses trésors », reprit le gouverneur. Faria répondit à ce sarcasme par un coup d'œil empreint du plus suprême mépris.

Ils sortirent. Le geôlier ferma la porte derrière eux.

« Il aura, en effet, possédé quelques trésors, dit l'inspecteur en remontant l'escalier.

– Ou il aura rêvé qu'il les possédait, répondit le gouverneur, et le lendemain il se sera réveillé fou.

– En effet, dit l'inspecteur avec la naïveté de la corruption ; s'il eût été réellement riche, il ne serait pas en prison. »

Ainsi finit l'aventure pour l'abbé Faria. Il demeura prisonnier, et, à la suite de cette visite, sa réputation de fou réjouissant s'augmenta encore.

Caligula ou Néron, ces grands chercheurs de trésors, ces désireurs de l'impossible, eussent prêté l'oreille aux paroles de ce pauvre homme et lui eussent accordé l'air qu'il désirait, l'espace qu'il estimait à un si haut prix, et la liberté qu'il offrait de payer si cher. Mais les rois de nos jours, maintenus dans la limite du probable, n'ont plus l'audace de la volonté ; ils craignent l'oreille qui écoute les ordres qu'ils donnent, l'œil qui scrute leurs actions ; ils ne sentent plus la supériorité de leur essence divine ; ils sont des hommes couronnés, voilà tout. Jadis, ils se croyaient, ou du moins se disaient fils de Jupiter, et retenaient quelque chose des façons du dieu leur père : on ne contrôle pas facilement ce qui se passe au-delà des nuages ; aujourd'hui, les rois se laissent aisément rejoindre. Or, comme il a toujours répugné au gouvernement despotique de montrer au grand jour les effets de la prison et de la torture ; comme il y a peu d'exemples qu'une victime des inquisitions ait pu reparaître avec ses os broyés et ses plaies saignantes, de même la folie, cet ulcère né dans la fange des cachots à la suite des tortures morales, se cache presque toujours avec soin dans le lieu où elle est née, ou, si elle en sort, elle va s'ensevelir dans quelque hôpital sombre, où les médecins ne reconnaissent ni l'homme ni la pensée dans le débris informe que leur transmet le geôlier fatigué.

L'abbé Faria, devenu fou en prison, était condamné, par sa folie même, à une prison perpétuelle.

Quant à Dantès, l'inspecteur lui tint parole. En remontant chez le gouverneur, il se fit présenter le registre d'écrou. La note concernant le prisonnier était ainsi conçue :

Edmond Dantès : Bonapartiste enragé : a pris une part active au retour de l'île d'Elbe.

À tenir au plus grand secret et sous la plus stricte surveillance.

Cette note était d'une autre écriture et d'une encre différente que le reste du registre ce qui prouvait qu'elle avait été ajoutée depuis l'incarcération de Dantès.

L'accusation était trop positive pour essayer de la combattre. L'inspecteur écrivit donc au-dessous de l'accolade :

« Rien à faire. »

Cette visite avait, pour ainsi dire, ravivé Dantès depuis qu'il était entré en prison, il avait oublié de compter les jours, mais l'inspecteur lui avait donné une nouvelle date et Dantès ne l'avait pas oubliée. Derrière lui, il écrivit sur le mur, avec un morceau de plâtre détaché de son plafond, 30 juillet 1816, et, à partir de ce moment, il fit un cran chaque jour pour que la mesure du temps ne lui échappât plus.

Les jours s'écoulèrent, puis les semaines, puis les mois : Dantès attendait toujours, il avait commencé par fixer à sa liberté un terme de quinze jours. En mettant à suivre son affaire la moitié de l'intérêt qu'il avait paru éprouver, l'inspecteur devait avoir assez de quinze jours. Ces quinze jours écoulés, il se dit qu'il était absurde à lui de croire que l'inspecteur se serait occupé de lui avant son retour à Paris ; or, son retour à Paris ne pouvait avoir lieu que lorsque sa tournée serait finie, et sa tournée pouvait durer un mois ou deux ; il se donna donc trois mois au lieu de quinze jours. Les trois mois écoulés, un autre raisonnement vint à son aide, qui fit qu'il s'accorda six mois, mais ces six mois écoulés, en mettant les jours au bout les uns des autres, il se trouvait qu'il avait attendu dix mois et demi. Pendant ces dix mois, rien n'avait été changé au régime de sa prison ; aucune nouvelle consolante ne lui était parvenue ; le geôlier interrogé était muet, comme d'habitude. Dantès commença à douter de ses sens, à croire que ce qu'il prenait pour un souvenir de sa mémoire n'était rien autre chose qu'une hallucination de son cerveau, et que cet ange consolateur qui était apparu dans sa prison y était descendu sur l'aile d'un rêve.

Au bout d'un an, le gouverneur fut changé, il avait obtenu la direction du fort de Ham ; il emmena avec lui plusieurs de ses subordonnés et, entre autres, le geôlier de Dantès. Un nouveau gouverneur arriva ; il eût été trop long pour lui d'apprendre les noms de ses prisonniers, il se fit représenter seulement leurs numéros. Cet horrible hôtel garni se composait de cinquante chambres ; leurs habitants furent appelés du numéro de la chambre qu'ils occupaient, et le malheureux jeune homme cessa de s'appeler de son prénom d'Edmond ou de son nom de Dantès, il s'appela le n 34

XV – Le numéro 34 et le numéro 27.

Dantès passa tous les degrés du malheur que subissent les prisonniers oubliés dans une prison.

Il commença par l'orgueil, qui est une suite de l'espoir et une conscience de l'innocence ; puis il en vint à douter de son innocence, ce qui ne justifiait pas mal les idées du gouverneur sur l'aliénation mentale ; enfin il tomba du haut de son orgueil, il pria, non pas encore Dieu, mais les hommes ; Dieu est le dernier recours. Le malheureux, qui devrait commencer par le Seigneur, n'en arrive à espérer en lui qu'après avoir épuisé toutes les autres espérances.

Dantès pria donc qu'on voulût bien le tirer de son cachot pour le mettre dans un autre, fût-il plus noir et plus profond. Un changement, même désavantageux, était toujours un changement, et procurerait à Dantès une distraction de quelques jours. Il pria qu'on lui accordât la promenade, l'air, des livres, des instruments. Rien de tout cela ne lui fut accordé ; mais n'importe, il demandait toujours. Il s'était habitué à parler à son nouveau geôlier, quoiqu'il fût encore, s'il était possible, plus muet que l'ancien ; mais parler à un homme, même à un muet, était encore un plaisir. Dantès parlait pour entendre le son de sa propre voix : il avait essayé de parler lorsqu'il était seul, mais alors il se faisait peur.

Souvent, du temps qu'il était en liberté, Dantès s'était fait un épouvantail de ces chambrées de prisonniers, composées de vagabonds, de bandits et d'assassins, dont la joie ignoble met en commun des orgies inintelligibles et des amitiés effrayantes. Il en vint à souhaiter d'être jeté dans quelqu'un de ces bouges, afin de voir d'autres visages que celui de ce geôlier impassible qui ne voulait point parler ; il regrettait le bagne avec son costume infamant, sa chaîne au pied, sa flétrissure sur l'épaule. Au moins, les galériens étaient dans la société de leurs semblables, ils respiraient l'air, ils voyaient le ciel ; les galériens étaient bien heureux.

Il supplia un jour le geôlier de demander pour lui un compagnon, quel qu'il fût, ce compagnon dût-il être cet abbé fou dont il avait entendu parler. Sous l'écorce du geôlier, si rude qu'elle soit, il reste toujours un peu de l'homme. Celui-ci avait souvent, du fond du cœur, et quoique son visage n'en eût rien dit, plaint ce malheureux jeune homme, à qui la captivité était si dure ; il transmit la demande du numéro 34 au gouverneur ; mais celui-ci, prudent comme s'il eût été un homme politique, se figura que Dantès voulait ameuter les prisonniers, tramer quelque complot, s'aider d'un ami dans quelque tentative d'évasion, et il refusa.

Dantès avait épuisé le cercle des ressources humaines. Comme nous avons dit que cela devait arriver, il se tourna alors vers Dieu.

Toutes les idées pieuses éparses dans le monde, et que glanent les malheureux courbés par la destinée, vinrent alors rafraîchir son esprit ; il se rappela les prières que lui avait apprises sa mère, et leur trouva un sens jadis ignoré de lui ; car, pour l'homme heureux, la prière demeure un assemblage monotone et vide de sens, jusqu'au jour où la douleur vient expliquer à l'infortuné ce langage sublime à l'aide duquel il parle à Dieu.

Il pria donc, non pas avec ferveur, mais avec rage. En priant tout haut, il ne s'effrayait plus de ses paroles ; alors il tombait dans des espèces d'extases ; il voyait Dieu éclatant à chaque mot qu'il prononçait ; toutes les actions de sa vie humble et perdue, il les rapportait à la volonté de ce Dieu puissant, s'en faisait des leçons, se proposait des tâches à accomplir, et, à la fin de chaque prière, glissait le vœu intéressé que les hommes trouvent bien plus souvent moyen d'adresser aux hommes qu'à Dieu : Et pardonnez-nous nos offenses, comme nous les pardonnons à ceux qui nous ont offensés.

Malgré ses prières ferventes, Dantès demeura prisonnier.

Alors son esprit devint sombre, un nuage s'épaissit devant ses yeux. Dantès était un homme simple et sans éducation ; le passé était resté pour lui couvert de ce voile sombre que soulève la science. Il ne pouvait, dans la solitude de son cachot et dans le désert de sa pensée, reconstruire les âges révolus, ramener les peuples éteints, rebâtir les villes antiques, que l'imagination grandit et poétise, et qui passent devant les yeux, gigantesques et éclairées par le feu du ciel, comme les tableaux babyloniens de Martinn ; lui n'avait que son passé si court, son présent si sombre son avenir si douteux : dix-neuf ans de lumière à méditer peut-être dans une éternelle nuit ! Aucune distraction ne pouvait donc lui venir en aide : son esprit énergique, et qui n'eût pas mieux aimé que de prendre son vol à travers les âges, était forcé de rester prisonnier comme un aigle dans une cage. Il se cramponnait alors à une idée, à celle de son bonheur détruit sans cause apparente et par une fatalité inouïe ; il s'acharnait sur cette idée, la tournant, la retournant sur toutes les faces, et la dévorant pour ainsi dire à belles dents, comme dans l'enfer de Dante l'impitoyable Ugolin dévore le crâne de l'archevêque Roger. Dantès n'avait eu qu'une foi passagère, basée sur la puissance ; il la perdit comme d'autres la perdent après le succès. Seulement, il n'avait pas profité.

La rage succéda à l'ascétisme. Edmond lançait des blasphèmes qui faisaient reculer d'horreur le geôlier ; il brisait son corps contre les murs de sa prison ; il s'en prenait avec fureur à tout ce qui l'entourait, et surtout à lui-même, de la moindre contrariété que lui faisait éprouver un grain de sable, un fétu de paille, un souffle d'air. Alors cette lettre dénonciatrice qu'il avait vue, que lui avait montrée Villefort, qu'il avait touchée, lui revenait à l'esprit, chaque ligne flamboyait sur la muraille comme le *Mane, Thecel, Pharès* de Balthazar. Il se disait que c'était la haine des hommes et non la vengeance de Dieu qui l'avait plongé dans l'abîme où il était ; il vouait ces hommes inconnus à tous les supplices dont son ardente imagination lui fournissait l'idée, et il trouvait encore que les plus terribles étaient trop doux et surtout trop courts pour eux ; car après le supplice venait la mort ; et dans la mort était, sinon le repos, du moins l'insensibilité qui lui ressemble.

À force de se dire à lui-même, à propos de ses ennemis, que le calme était la mort, et qu'à celui qui veut punir cruellement il faut d'autres moyens que la mort, il tomba dans l'immobilité morne des idées de suicide ; malheur à celui qui, sur la pente du malheur, s'arrête à ces sombres idées ! C'est une de ces mers mortes qui s'étendent comme l'azur des flots purs, mais dans lesquelles le nageur sent de plus en plus s'engluer ses pieds dans une vase bitumineuse qui l'attire à elle, l'aspire, l'engloutit. Une fois pris ainsi, si le secours divin ne vient point à son aide, tout est fini, et chaque effort qu'il tente l'enfonce plus avant dans la mort.

Cependant cet état d'agonie morale est moins terrible que la souffrance qui l'a précédé et que le châtiment qui le suivra peut-être ; c'est une espèce de consolation vertigineuse qui vous montre le gouffre béant, mais au fond du gouffre le néant. Arrivé là, Edmond trouva quelque consolation dans cette idée ; toutes ses douleurs, toutes ses souffrances, ce cortège de spectres qu'elles tramaient à leur suite, parurent s'envoler de ce coin de sa prison où l'ange de la mort pouvait poser son pied silencieux. Dantès regarda avec calme sa vie passée, avec terreur sa vie future, et choisit ce point milieu qui lui paraissait être un lieu d'asile.

« Quelquefois, se disait-il alors, dans mes courses lointaines, quand j'étais encore un homme, et quand cet homme, libre et puissant, jetait à d'autres hommes des commandements qui étaient exécutés, j'ai vu le ciel se couvrir, la mer frémir et gronder, l'orage naître dans un coin du ciel, et comme un aigle gigantesque battre les deux horizons de ses deux ailes ; alors je sentais que mon vaisseau n'était plus qu'un refuge impuissant, car mon vaisseau, léger comme une plume à la main d'un géant, tremblait et frissonnait lui-même. Bientôt, au bruit effroyable des lames, l'aspect des rochers tranchants m'annonçait la mort, et la mort m'épouvantait ; je faisais tous mes efforts pour y échapper, et je réunissais toutes les forces de l'homme et toute l'intelligence du marin pour lutter avec Dieu !... C'est que j'étais heureux alors, c'est que revenir à la vie, c'était revenir au bonheur ; c'est que cette mort, je ne l'avais pas appelée, je ne l'avais pas choisie ; c'est que le sommeil enfin me paraissait dur sur ce lit d'algues et de cailloux ; c'est que je m'indignais, moi qui me croyais une créature faite à l'image de Dieu de servir, après ma mort, de pâture aux goélands et aux vautours. Mais aujourd'hui c'est autre chose : j'ai perdu tout ce qui pouvait me faire aimer la vie, aujourd'hui la mort me sourit comme une nourrice à l'enfant qu'elle va bercer ; mais aujourd'hui je meurs à ma guise, et je m'endors las et brisé, comme je m'endormais après un de ces soirs de désespoir et de rage pendant lesquels j'avais compté trois mille tours dans ma chambre, c'est-à-dire trente mille pas, c'est-à-dire à peu près dix lieues. »

Dès que cette pensée eut germé dans l'esprit du jeune homme, il devint plus doux, plus souriant ; il s'arrangea mieux de son lit dur et de son pain noir, mangea moins, ne dormit plus, et trouva à peu près supportable ce reste d'existence qu'il était sûr de laisser là quand il voudrait, comme on laisse un vêtement usé.

Il y avait deux moyens de mourir : l'un était simple, il s'agissait d'attacher son mouchoir à un barreau de la fenêtre et de se pendre ; l'autre consistait à faire semblant de manger et à se laisser mourir de faim. Le premier répugna fort à Dantès. Il avait été élevé dans l'horreur des pirates, gens que l'on pend aux vergues des bâtiments ; la pendaison était donc pour lui une espèce de supplice infamant qu'il ne voulait pas s'appliquer à lui-même ; il adopta donc le deuxième, et en commença l'exécution le jour même.

Près de quatre années s'étaient écoulées dans les alternatives que nous avons racontées. À la fin de la deuxième, Dantès avait cessé de compter les jours et était retombé dans cette ignorance du temps dont autrefois l'avait tiré l'inspecteur.

Dantès avait dit : « Je veux mourir » et s'était choisi son genre de mort ; alors il l'avait bien envisagé, et de peur de revenir sur sa décision, il s'était fait serment à lui-même de mourir ainsi. Quand on me servira mon repas du matin et mon repas du soir, avait-il pensé, je jetterai les aliments par la fenêtre et j'aurai l'air de les avoir mangés.

Il le fit comme il s'était promis de le faire. Deux fois le jour, par la petite ouverture grillée qui ne lui laissait apercevoir que le ciel, il jetait ses vivres, d'abord gaiement, puis avec réflexion, puis avec regret ; il lui fallut le souvenir du serment qu'il s'était fait pour avoir la force de poursuivre ce terrible dessein. Ces aliments, qui lui répugnaient autrefois, la faim, aux dents aiguës, les lui faisait paraître appétissants à l'œil et exquis à l'odorat ; quelquefois, il tenait pendant une heure à sa main le plat qui le contenait, l'œil fixé sur ce morceau de viande pourrie ou sur ce poisson infect, et sur ce pain noir et moisi. C'étaient les derniers instincts de la vie qui luttaient encore en lui et qui de temps en temps terrassaient sa résolution. Alors son cachot ne lui paraissait plus aussi sombre, son état lui semblait moins désespéré ; il était jeune encore ; il devait avoir vingt-cinq ou vingt-six ans, il lui restait cinquante ans à vivre à peu près, c'est-à-dire deux fois ce qu'il avait vécu. Pendant ce laps de temps immense, que d'événements pouvaient forcer les portes, renverser les murailles du château d'If et le rendre à la liberté ! Alors, il approchait ses dents du repas que, Tantale volontaire, il éloignait lui-même de sa bouche ; mais alors le souvenir de son serment lui revenait à l'esprit, et cette généreuse nature avait trop peur de se mépriser soi-même pour manquer à son serment. Il usa donc, rigoureux et impitoyable, le peu d'existence qui lui restait, et un jour vint où il n'eut plus la force de se lever pour jeter par la lucarne le souper qu'on lui apportait.

Le lendemain il ne voyait plus, il entendait à peine. Le geôlier croyait à une maladie grave ; Edmond espérait dans une mort prochaine.

La journée s'écoula ainsi : Edmond sentait un vague engourdissement, qui ne manquait pas d'un certain bien-être, le gagner. Les tiraillements nerveux de son estomac s'étaient assoupis ; les ardeurs de sa soif s'étaient calmées ; lorsqu'il fermait les yeux, il voyait une foule de lueurs brillantes pareilles à ces feux follets qui courent la nuit sur les terrains fangeux : c'était le crépuscule de ce pays inconnu qu'on appelle la mort. Tout à coup le soir, vers neuf heures il entendit un bruit sourd à la paroi du mur contre lequel il était couché.

Tant d'animaux immondes étaient venus faire leur bruit dans cette prison que, peu à peu, Edmond avait habitué son sommeil à ne pas se troubler de si peu de chose ; mais cette fois, soit que ses sens fussent exaltés par l'abstinence, soit que réellement le bruit fût plus fort que de coutume, soit que dans ce moment suprême tout acquît de l'importance, Edmond souleva sa tête pour mieux entendre.

C'était un grattement égal qui semblait accuser, soit une griffe énorme, soit une dent puissante, soit enfin la pression d'un instrument quelconque sur des pierres.

Bien qu'affaibli, le cerveau du jeune homme fut frappé par cette idée banale constamment présente à l'esprit des prisonniers : la liberté. Ce bruit arrivait si juste au moment où tout bruit allait cesser pour lui, qu'il lui semblait que Dieu se montrait enfin pitoyable à ses souffrances et lui envoyait ce bruit pour l'avertir de s'arrêter au bord de la tombe où chancelait déjà son pied. Qui pouvait savoir si un de ses amis, un de ces êtres bien-aimés auxquels il avait songé si souvent qu'il y avait usé sa pensée, ne s'occupait pas de lui en ce moment et ne cherchait pas à rapprocher la distance qui les séparait ?

Mais non, sans doute Edmond se trompait, et c'était un de ces rêves qui flottent à la porte de la mort.

Cependant, Edmond écoutait toujours ce bruit. Ce bruit dura trois heures à peu près, puis Edmond entendit une sorte de croulement, après quoi le bruit cessa.

Quelques heures après, il reprit plus fort et plus rapproché. Déjà Edmond s'intéressait à ce travail qui lui faisait société ; tout à coup le geôlier entra.

Depuis huit jours à peu près qu'il avait résolu de mourir, quatre jours qu'il avait commencé de mettre ce projet à exécution, Edmond n'avait point adressé la parole à cet homme, ne lui répondant pas quand il lui avait parlé pour lui demander de quelle maladie il croyait être atteint, et se retournant du côté du mur quand il en était regardé trop attentivement. Mais aujourd'hui, le geôlier pouvait entendre ce bruissement sourd, s'en alarmer, y mettre fin, et déranger ainsi peut-être ce je ne sais quoi d'espérance, dont l'idée seule charmait les derniers moments de Dantès.

Le geôlier apportait à déjeuner.

Dantès se souleva sur son lit, et, enflant sa voix, se mit à parler sur tous les sujets possibles, sur la mauvaise qualité des vivres qu'il apportait, sur le froid dont on souffrait dans ce cachot, murmurant et grondant pour avoir le droit de crier plus fort, et lassant la patience du geôlier, qui justement ce jour-là avait sollicité pour le prisonnier malade un bouillon et du pain frais, et qui lui apportait ce bouillon et ce pain.

Heureusement, il crut que Dantès avait le délire ; il posa les vivres sur la mauvaise table boiteuse sur laquelle il avait l'habitude de les poser, et se retira.

Libre alors, Edmond se remit à écouter avec joie.

Le bruit devenait si distinct que, maintenant, le jeune homme l'entendait sans efforts.

« Plus de doute, se dit-il à lui-même, puisque ce bruit continue, malgré le jour, c'est quelque malheureux prisonnier comme moi qui travaille à sa délivrance. Oh ! si j'étais près de lui, comme je l'aiderais ! »

Puis, tout à coup, un nuage sombre passa sur cette aurore d'espérance dans ce cerveau habitué au malheur et qui ne pouvait se reprendre que difficilement aux joies humaines ; cette idée surgit aussitôt, que ce bruit avait pour cause le travail de quelques ouvriers que le gouverneur employait aux réparations d'une chambre voisine.

Il était facile de s'en assurer ; mais comment risquer une question ? Certes, il était tout simple d'attendre l'arrivée du geôlier, de lui faire écouter ce bruit, et de voir la mine qu'il ferait en l'écoutant ; mais se donner une pareille satisfaction, n'était-ce pas trahir des intérêts bien précieux pour une satisfaction bien courte ?

Malheureusement, la tête d'Edmond, cloche vide, était assourdie par le bourdonnement d'une idée ; il était si faible que son esprit flottait comme une vapeur, et ne pouvait se condenser autour d'une pensée. Edmond ne vit qu'un moyen de rendre la netteté à sa réflexion et la lucidité à son jugement ; il tourna les yeux vers le bouillon fumant encore que le geôlier venait de déposer sur la table, se leva, alla en chancelant jusqu'à lui, prit la tasse, la porta à ses lèvres, et avala le breuvage qu'elle contenait avec une indicible sensation de bien-être.

Alors il eut le courage d'en rester là : il avait entendu dire que de malheureux naufragés recueillis, exténués par la faim, étaient morts pour avoir gloutonnement dévoré une nourriture trop substantielle. Edmond posa sur la table le pain qu'il tenait déjà presque à portée de sa bouche, et alla se recoucher. Edmond ne voulait plus mourir.

Bientôt, il sentit que le jour rentrait dans son cerveau ; toutes ses idées, vagues et presque insaisissables, reprenaient leur place dans cet échiquier merveilleux, où une case de plus peut-être suffit pour établir la supériorité de l'homme sur les animaux. Il put penser et fortifier sa pensée avec le raisonnement.

Alors il se dit :

« Il faut tenter l'épreuve, mais sans compromettre personne. Si le travailleur est un ouvrier ordinaire, je n'ai qu'à frapper contre mon mur, aussitôt il cessera sa besogne pour tâcher de deviner quel est celui qui frappe et dans quel but il frappe. Mais comme son travail sera non seulement licite, mais encore commandé, il reprendra bientôt son travail. Si au contraire c'est un prisonnier, le bruit que je ferai l'effrayera ; il craindra d'être découvert ; il cessera son travail et ne le reprendra que ce soir, quand il croira tout le monde couché et endormi. »

Aussitôt, Edmond se leva de nouveau. Cette fois, ses jambes ne vacillaient plus et ses yeux étaient sans éblouissements. Il alla vers un angle de sa prison, détacha une pierre minée par l'humidité, et revint frapper le mur à l'endroit même où le retentissement était le plus sensible.

Il frappa trois coups.

Dès le premier, le bruit avait cessé, comme par enchantement.

Edmond écouta de toute son âme. Une heure s'écoula, deux

heures s'écoulèrent, aucun bruit nouveau ne se fit entendre ; Edmond avait fait naître de l'autre côté de la muraille un silence absolu.

Plein d'espoir, Edmond mangea quelques bouchées de son pain, avala quelques gorgées d'eau, et, grâce à la constitution puissante dont la nature l'avait doué, se retrouva à peu près comme auparavant.

La journée s'écoula, le silence durait toujours.

La nuit vint sans que le bruit eût recommencé.

« C'est un prisonnier », se dit Edmond avec une indicible joie.

Dès lors sa tête s'embrasa, la vie lui revint violente à force d'être active.

La nuit se passa sans que le moindre bruit se fît entendre.

Edmond ne ferma pas les yeux de cette nuit.

Le jour revint ; le geôlier rentra apportant les provisions. Edmond avait déjà dévoré les anciennes ; il dévora les nouvelles, écoutant sans cesse ce bruit qui ne revenait pas, tremblant qu'il eût cessé pour toujours, faisant dix ou douze lieues dans son cachot, ébranlant pendant des heures entières les barreaux de fer de son soupirail, rendant l'élasticité et la vigueur à ses membres par un exercice désappris depuis longtemps, se disposant enfin à reprendre corps à corps sa destinée à venir, comme fait, en étendant ses bras, et en frottant son corps d'huile, le lutteur qui va entrer dans l'arène. Puis, dans les intervalles de cette activité fiévreuse il écoutait si le bruit ne revenait pas, s'impatientant de la prudence de ce prisonnier qui ne devinait point qu'il avait été distrait dans son œuvre de liberté par un autre prisonnier, qui avait au moins aussi grande hâte d'être libre que lui.

Trois jours s'écoulèrent, soixante-douze mortelles heures comptées minute par minute !

Enfin un soir, comme le geôlier venait de faire sa dernière visite, comme pour la centième fois Dantès collait son oreille à la muraille, il lui sembla qu'un ébranlement imperceptible répondait sourdement dans sa tête, mise en rapport avec les pierres silencieuses.

Dantès se recula pour bien rasseoir son cerveau ébranlé, fit quelques tours dans la chambre, et replaça son oreille au même endroit.

Il n'y avait plus de doute, il se faisait quelque chose de l'autre côté ; le prisonnier avait reconnu le danger de sa manœuvre et en avait adopté quelque autre, et, sans doute pour continuer son œuvre avec plus de sécurité, il avait substitué le levier au ciseau.

Enhardi par cette découverte, Edmond résolut de venir en aide à l'infatigable travailleur. Il commença par déplacer son lit, derrière lequel il lui semblait que l'œuvre de délivrance s'accomplissait, et chercha des yeux un objet avec lequel il pût entamer la muraille, faire tomber le ciment humide, desceller une pierre enfin.

Rien ne se présenta à sa vue. Il n'avait ni couteau ni instrument tranchant ; du fer à ses barreaux seulement, et il s'était assuré si souvent que ses barreaux étaient bien scellés, que ce n'était plus même la peine d'essayer à les ébranler.

Pour tout ameublement, un lit, une chaise, une table, un seau, une cruche.

À ce lit il y avait bien des tenons de fer, mais ces tenons étaient scellés au bois par des vis. Il eût fallu un tournevis pour tirer ces vis et arracher ces tenons.

À la table et à la chaise, rien ; au seau, il y avait eu autrefois une anse, mais cette anse avait été enlevée.

Il n'y avait plus, pour Dantès, qu'une ressource, c'était de briser sa cruche et, avec un des morceaux de grès taillés en angle, de se mettre à la besogne.

Il laissa tomber la cruche sur un pavé, et la cruche vola en éclats.

Dantès choisit deux ou trois éclats aigus, les cacha dans sa paillasse, et laissa les autres épars sur la terre. La rupture de sa cruche était un accident trop naturel pour que l'on s'en inquiétât.

Edmond avait toute la nuit pour travailler ; mais dans l'obscurité, la besogne allait mal, car il lui fallait travailler à tâtons, et il sentit bientôt qu'il émoussait l'instrument informe contre un grès plus dur. Il repoussa donc son lit et attendit le jour. Avec l'espoir, la patience lui était revenue.

Toute la nuit il écouta et entendit le mineur inconnu qui continuait son œuvre souterraine.

Le jour vint, le geôlier entra. Dantès lui dit qu'en buvant la veille à même la cruche, elle avait échappé à sa main et s'était brisée en tombant. Le geôlier alla en grommelant chercher une cruche neuve,

149

sans même prendre la peine d'emporter les morceaux de la vieille.

Il revint un instant après, recommanda plus d'adresse au prisonnier et sortit.

Dantès écouta avec une joie indicible le grincement de la serrure qui, chaque fois qu'elle se refermait jadis, lui serrait le cœur. Il écouta s'éloigner le bruit des pas, puis quand ce bruit se fut éteint, il bondit vers sa couchette qu'il déplaça, et, à la lueur du faible rayon de jour qui pénétrait dans son cachot, put voir la besogne inutile qu'il avait faite la nuit précédente, en s'adressant au corps de la pierre au lieu de s'adresser au plâtre qui entourait ses extrémités.

L'humidité avait rendu ce plâtre friable.

Dantès vit avec un battement de cœur joyeux que ce plâtre se détachait par fragments ; ces fragments étaient presque des atomes, c'est vrai ; mais au bout d'une demi-heure, cependant, Dantès en avait détaché une poignée à peu près. Un mathématicien eût pu calculer qu'avec deux années à peu près de ce travail, en supposant qu'on ne rencontrât point le roc, on pouvait se creuser un passage de deux pieds carrés et de vingt pieds de profondeur.

Le prisonnier se reprocha alors de ne pas avoir employé à ce travail ces longues heures successivement écoulées, toujours plus lentes, et qu'il avait perdues dans l'espérance, dans la prière et dans le désespoir.

Depuis six ans à peu près qu'il était enfermé dans ce cachot, quel travail, si lent qu'il fût, n'eût-il pas achevé !

Et cette idée lui donna une nouvelle ardeur.

En trois jours, il parvint, avec des précautions inouïes, à enlever tout le ciment et à mettre à nu la pierre : la muraille était faite de moellons au milieu desquels, pour ajouter à la solidité, avait pris place de temps en temps, une pierre de taille. C'était une de ces pierres de taille qu'il avait presque déchaussée, et qu'il s'agissait maintenant d'ébranler dans son alvéole.

Dantès essaya avec ses ongles, mais ses ongles étaient insuffisants pour cela.

Les morceaux de la cruche introduits dans les intervalles se brisaient lorsque Dantès voulait s'en servir en manière de levier.

Après une heure de tentatives inutiles, Dantès se releva, la sueur et l'angoisse sur le front.

Allait-il donc être arrêté ainsi dès le début, et lui faudrait-il attendre, inerte et inutile, que son voisin qui de son côté se lasserait peut-être, eût tout fait !

Alors une idée lui passa par l'esprit ; il demeura debout et souriant ; son front humide de sueur se sécha tout seul.

Le geôlier apportait tous les jours la soupe de Dantès dans une casserole de fer-blanc. Cette casserole contenait sa soupe et celle d'un second prisonnier, car Dantès avait remarqué que cette casserole était ou entièrement pleine, ou à moitié vide, selon que le porte-clefs commençait la distribution des vivres par lui ou par son compagnon.

Cette casserole avait un manche de fer ; c'était ce manche de fer qu'ambitionnait Dantès et qu'il eût payé, si on les lui avait demandées en échange, de dix années de sa vie.

Le geôlier versa le contenu de cette casserole dans l'assiette de Dantès. Après avoir mangé sa soupe avec une cuiller de bois, Dantès lavait cette assiette qui servait ainsi chaque jour.

Le soir Dantès posa son assiette à terre, à mi-chemin de la porte à la table ; le geôlier en entrant mit le pied sur l'assiette et la brisa en mille morceaux.

Cette fois, il n'y avait rien à dire contre Dantès : il avait eu le tort de laisser son assiette à terre, c'est vrai, mais le geôlier avait eu celui de ne pas regarder à ses pieds.

Le geôlier se contenta donc de grommeler.

Puis il regarda autour de lui dans quoi il pouvait verser la soupe ; le mobilier de Dantès se bornait à cette seule assiette, il n'y avait pas de choix.

« Laissez la casserole, dit Dantès, vous la reprendrez en m'apportant demain mon déjeuner. »

Ce conseil flattait la paresse du geôlier, qui n'avait pas besoin ainsi de remonter, de redescendre et de remonter encore.

Il laissa la casserole.

Dantès frémit de joie.

Cette fois, il mangea vivement la soupe et la viande que, selon l'habitude des prisons, on mettait avec la soupe. Puis, après avoir attendu une heure, pour être certain que le geôlier ne se raviserait point, il dérangea son lit, prit sa casserole, introduisit le bout du manche entre la pierre de taille dénuée de son ciment et les moellons voisins, et commença de faire le levier.

Une légère oscillation prouva à Dantès que la besogne venait à bien.

En effet, au bout d'une heure, la pierre était tirée du mur, où elle faisait une excavation de plus d'un pied et demi de diamètre.

Dantès ramassa avec soin tout le plâtre, le porta dans les angles de sa prison, gratta la terre grisâtre avec un des fragments de sa cruche et recouvrit le plâtre de terre.

Puis, voulant mettre à profit cette nuit où le hasard, ou plutôt la savante combinaison qu'il avait imaginée, avait remis entre ses mains un instrument si précieux, il continua de creuser avec acharnement.

À l'aube du jour, il replaça la pierre dans son trou, repoussa son lit contre la muraille et se coucha.

Le déjeuner consistait en un morceau de pain ; le geôlier entra et posa ce morceau de pain sur la table.

« Eh bien, vous ne m'apportez pas une autre assiette ? demanda Dantès.

– Non, dit le porte-clefs ; vous êtes un brise-tout, vous avez détruit votre cruche, et vous êtes cause que j'ai cassé votre assiette ; si tous les prisonniers faisaient autant de dégâts, le gouvernement n'y pourrait pas tenir. On vous laisse la casserole, on vous versera votre soupe dedans ; de cette façon, vous ne casserez pas votre ménage, peut-être. »

Dantès leva les yeux au ciel et joignit ses mains sous sa couverture. Ce morceau de fer qui lui restait faisait naître dans son cœur un élan de reconnaissance plus vif vers le ciel que ne lui avaient jamais causé, dans sa vie passée, les plus grands biens qui lui étaient survenus.

Seulement, il avait remarqué que, depuis qu'il avait commencé à travailler, lui, le prisonnier ne travaillait plus.

N'importe, ce n'était pas une raison pour cesser sa tâche ; si son voisin ne venait pas à lui, c'était lui qui irait à son voisin.

Toute la journée il travailla sans relâche ; le soir, il avait, grâce à son nouvel instrument, tiré de la muraille plus de dix poignées de débris de moellons, de plâtre et de ciment.

Lorsque l'heure de la visite arriva, il redressa de son mieux le manche tordu de sa casserole et remit le récipient à sa place accoutumée. Le porte-clefs y versa la ration ordinaire de soupe et de viande, ou plutôt de soupe et de poisson, car ce jour-là était un jour maigre, et trois fois par semaine on faisait faire maigre aux prisonniers. Ç'eût été encore un moyen de calculer le temps, si depuis longtemps Dantès n'avait pas abandonné ce calcul.

Puis, la soupe versée, le porte-clefs se retira. Cette fois, Dantès voulut s'assurer si son voisin avait bien réellement cessé de travailler.

Il écouta.

Tout était silencieux comme pendant ces trois jours où les travaux avaient été interrompus.

Dantès soupira ; il était évident que son voisin se défiait de lui.

Cependant, il ne se découragea point et continua de travailler toute la nuit ; mais après deux ou trois heures de labeur, il rencontra un obstacle. Le fer ne mordait plus et glissait sur une surface plane.

Dantès toucha l'obstacle avec ses mains et reconnut qu'il avait atteint une poutre.

Cette poutre traversait ou plutôt barrait entièrement le trou qu'avait commencé Dantès.

Maintenant, il fallait creuser dessus ou dessous.

Le malheureux jeune homme n'avait point songé à cet obstacle.

« Oh ! mon Dieu, mon Dieu ! s'écria-t-il, je vous avais cependant tant prié, que j'espérais que vous m'aviez entendu. Mon Dieu ! après m'avoir ôté la liberté de la vie, mon Dieu ! après m'avoir ôté le calme de la mort, mon Dieu ! qui m'avez rappelé à l'existence, mon Dieu ! ayez pitié de moi, ne me laissez pas mourir dans le désespoir !

– Qui parle de Dieu et de désespoir en même temps ? » articula une voix qui semblait venir de dessous terre et qui, assourdie par l'opacité, parvenait au jeune homme avec un accent sépulcral.

Edmond sentit se dresser ses cheveux sur sa tête, et il recula sur ses genoux.

« Ah ! murmura-t-il, j'entends parler un homme. »

Il y avait quatre ou cinq ans qu'Edmond n'avait entendu parler que son geôlier, et pour le prisonnier le geôlier n'est pas un homme : c'est une porte vivante ajoutée à sa porte de chêne ; c'est un barreau de chair ajouté à ses barreaux de fer.

« Au nom du Ciel ! s'écria Dantès, vous qui avez parlé, parlez encore, quoique votre voix m'ait épouvanté ; qui êtes-vous ?

– Qui êtes-vous vous-même ? demanda la voix.

– Un malheureux prisonnier, reprit Dantès qui ne faisait, lui, aucune difficulté de répondre.

– De quel pays ?

– Français.

– Votre nom ?

– Edmond Dantès.

– Votre profession ?

– Marin.

– Depuis combien de temps êtes-vous ici ?

– Depuis le 28 février 1815.

– Votre crime ?

– Je suis innocent.

– Mais de quoi vous accuse-t-on ?

– D'avoir conspiré pour le retour de l'Empereur.

– Comment ! pour le retour de l'Empereur ! l'Empereur n'est donc plus sur le trône ?

– Il a abdiqué à Fontainebleau en 1814 et a été relégué à l'île d'Elbe. Mais vous-même, depuis quel temps êtes-vous donc ici, que vous ignorez tout cela ?

– Depuis 1811. »

Dantès frissonna ; cet homme avait quatre ans de prison de plus que lui.

« C'est bien, ne creusez plus, dit la voix en parlant fort vite ; seulement dites-moi à quelle hauteur se trouve l'excavation que vous avez faite ?

– Au ras de la terre.

– Comment est-elle cachée ?

– Derrière mon lit.

– A-t-on dérangé votre lit depuis que vous êtes en prison ?

– Jamais.

– Sur quoi donne votre chambre ?

– Sur un corridor.

– Et le corridor ?

– Aboutit à la cour.

– Hélas ! murmura la voix.

– Oh ! mon Dieu ! qu'y a-t-il donc ? s'écria Dantès.

– Il y a que je me suis trompé, que l'imperfection de mes dessins m'a abusé, que le défaut d'un compas m'a perdu, qu'une ligne d'erreur sur mon plan a équivalu à quinze pieds en réalité, et que j'ai pris le mur que vous creusez pour celui de la citadelle !

– Mais alors vous aboutissiez à la mer ?

– C'était ce que je voulais.

– Et si vous aviez réussi !

– Je me jetais à la nage, je gagnais une des îles qui environnent le château d'If, soit l'île de Daume, soit l'île de Tiboulen, soit même la côte, et alors j'étais sauvé.

– Auriez-vous donc pu nager jusque-là ?

– Dieu m'eût donné la force ; et maintenant tout est perdu.

– Tout ?

– Oui. Rebouchez votre trou avec précaution, ne travaillez plus, ne vous occupez de rien, et attendez de mes nouvelles.

– Qui êtes-vous au moins… dites-moi qui vous êtes ?

– Je suis… je suis… le no 27.

– Vous défiez-vous donc de moi ? » demanda Dantès.

Edmond crut entendre comme un rire amer percer la voûte et monter jusqu'à lui.

« Oh ! je suis bon chrétien, s'écria-t-il, devinant instinctivement que cet homme songeait à l'abandonner ; je vous jure sur le Christ que je me ferai tuer plutôt que de laisser entrevoir à vos bourreaux et aux miens l'ombre de la vérité ; mais, au nom du Ciel, ne me privez pas de votre présence, ne me privez pas de votre voix, ou, je vous le jure, car je suis au bout de ma force, je me brise la tête contre la muraille, et vous aurez ma mort à vous reprocher.

– Quel âge avez-vous ? votre voix semble être celle d'un jeune homme.

– Je ne sais pas mon âge, car je n'ai pas mesuré le temps depuis que je suis ici. Ce que je sais, c'est que j'allais avoir dix-neuf ans lorsque j'ai été arrêté, le 18 février 1815.

– Pas tout à fait vingt-six ans, murmura la voix. Allons, à cet âge on n'est pas encore un traître.

– Oh ! non ! non ! je vous le jure, répéta Dantès. Je vous l'ai déjà dit et je vous le redis, je me ferai couper en morceaux plutôt que de vous trahir.

– Vous avez bien fait de me parler ; vous avez bien fait de me prier, car j'allais former un autre plan et m'éloigner de vous. Mais votre âge me rassure, je vous rejoindrai, attendez-moi.

– Quand cela ?

– Il faut que je calcule nos chances ; laissez-moi vous donner le signal.

– Mais vous ne m'abandonnerez pas, vous ne me laisserez pas seul, vous viendrez à moi, ou vous me permettrez d'aller à vous ? Nous fuirons ensemble, et si nous ne pouvons fuir, nous parlerons, vous des gens que vous aimez, moi des gens que j'aime. Vous devez aimer quelqu'un ?

– Je suis seul au monde.

– Alors vous m'aimerez, moi : si vous êtes jeune, je serai votre camarade ; si vous êtes vieux je serai votre fils. J'ai un père qui doit avoir soixante-dix ans, s'il vit encore ; je n'aimais que lui et une jeune fille qu'on appelait Mercédès. Mon père ne m'a pas oublié, j'en suis sûr ; mais elle Dieu sait si elle pense encore à moi. Je vous aimerai comme j'aimais mon père.

– C'est bien, dit le prisonnier, à demain. »

Ce peu de paroles furent dites avec un accent qui convainquit Dantès ; il n'en demanda pas davantage, se releva, prit les mêmes précautions pour les débris tirés du mur qu'il avait déjà prises, et repoussa son lit contre la muraille.

Dès lors, Dantès se laissa aller tout entier à son bonheur ; il n'allait plus être seul certainement, peut-être même allait-il être libre ; le pis aller, s'il restait prisonnier, était d'avoir un compagnon ; or la captivité partagée n'est plus qu'une demi-captivité. Les plaintes qu'on met en commun sont presque des prières ; des prières qu'on fait à deux sont presque des actions de grâces.

Toute la journée, Dantès alla et vint dans son cachot, le cœur bondissant de joie. De temps en temps, cette joie l'étouffait : il s'asseyait sur son lit, pressant sa poitrine avec sa main. Au moindre bruit qu'il entendait dans le corridor, il bondissait vers la porte. Une fois ou deux, cette crainte qu'on le séparât de cet homme qu'il ne connaissait point, et que cependant il aimait déjà comme un ami, lui passa par le cerveau. Alors il était décidé : au moment où le geôlier écarterait son lit, baisserait la tête pour examiner l'ouverture, il lui briserait la tête avec le pavé sur lequel était posée sa cruche.

On le condamnerait à mort, il le savait bien ; mais n'allaitil pas mourir d'ennui et de désespoir au moment où ce bruit miraculeux l'avait rendu à la vie ?

Le soir le geôlier vint ; Dantès était sur son lit, de là il lui semblait qu'il gardait mieux l'ouverture inachevée. Sans doute il regarda le visiteur importun d'un œil étrange, car celui-ci lui dit :

« Voyons, allez-vous redevenir encore fou ? »

Dantès ne répondit rien, il craignait que l'émotion de sa voix ne le trahît.

Le geôlier se retira en secouant la tête.

La nuit arrivée, Dantès crut que son voisin profiterait du silence et de l'obscurité pour renouer la conversation avec lui, mais il se trompait ; la nuit s'écoula sans qu'aucun bruit répondît à sa fiévreuse attente. Mais le lendemain, après la visite du matin, et comme il venait d'écarter son lit de la muraille, il entendit frapper trois coups à intervalles égaux ; il se précipita à genoux.

« Est-ce vous ? dit-il ; me voilà !

– Votre geôlier est-il parti ? demanda la voix.

– Oui, répondit Dantès, il ne reviendra que ce soir, nous avons douze heures de liberté.

– Je puis donc agir ? dit la voix.

– Oh ! oui, oui, sans retard, à l'instant même, je vous en supplie. »

Aussitôt, la portion de terre sur laquelle Dantès, à moitié perdu dans l'ouverture, appuyait ses deux mains sembla céder sous lui ; il se rejeta en arrière, tandis qu'une masse de terre et de pierres détachées se précipitait dans un trou qui venait de s'ouvrir au-dessous de l'ouverture que lui-même avait faite ; alors, au fond de ce trou sombre et dont il ne pouvait mesurer la profondeur, il vit paraître une tête, des épaules et enfin un homme tout entier qui sortit avec assez d'agilité de l'excavation pratiquée.

XVI – Un savant italien.

Dantès prit dans ses bras ce nouvel ami, si longtemps et si impatiemment attendu, et l'attira vers sa fenêtre, afin que le peu de jour qui pénétrait dans le cachot l'éclairât tout entier.

C'était un personnage de petite taille, aux cheveux blanchis par la peine plutôt que par l'âge, à l'œil pénétrant caché sous d'épais sourcils qui grisonnaient, à la barbe encore noire et descendant jusque sur sa poitrine : la maigreur de son visage creusé par des rides profondes, la ligne hardie de ses traits caractéristiques, révélaient un homme plus habitué à exercer ses facultés morales que ses forces physiques. Le front du nouveau venu était couvert de sueur.

Quand à son vêtement, il était impossible d'en distinguer la forme primitive, car il tombait en lambeaux.

Il paraissait avoir soixante-cinq ans au moins, quoiqu'une certaine vigueur dans les mouvements annonçât qu'il avait moins d'années peut-être que n'en accusait une longue captivité.

Il accueillit avec une sorte de plaisir les protestations enthousiastes du jeune homme ; son âme glacée sembla, pour un instant, se réchauffer et se fondre au contact de cette âme ardente. Il le remercia de sa cordialité avec une certaine chaleur, quoique sa déception eût été grande de trouver un second cachot où il croyait rencontrer la liberté.

« Voyons d'abord, dit-il, s'il y a moyen de faire disparaître aux yeux de vos geôliers les traces de mon passage. Toute notre tranquillité à venir est dans leur ignorance de ce qui s'est passé. »

Alors il se pencha vers l'ouverture, prit la pierre, qu'il souleva facilement malgré son poids, et la fit entrer dans le trou.

« Cette pierre a été descellée bien négligemment, dit-il en hochant la tête : vous n'avez donc pas d'outils ?

– Et vous, demanda Dantès avec étonnement, en avez-vous

donc ?

– Je m'en suis fait quelques-uns. Excepté une lime, j'ai tout ce qu'il me faut, ciseau, pince, levier.

– Oh ! je serais curieux de voir ces produits de votre patience et de votre industrie, dit Dantès.

– Tenez, voici d'abord un ciseau. »

Et il lui montra une lame forte et aiguë emmanchée dans un morceau de bois de hêtre.

« Avec quoi avez-vous fait cela ? dit Dantès.

– Avec une des fiches de mon lit. C'est avec cet instrument que je me suis creusé tout le chemin qui m'a conduit jusqu'ici ; cinquante pieds à peu près.

– Cinquante pieds ! s'écria Dantès avec une espèce de terreur.

– Parlez plus bas, jeune homme, parlez plus bas ; souvent il arrive qu'on écoute aux portes des prisonniers.

– On me sait seul.

– N'importe.

– Et vous dites que vous avez percé cinquante pieds pour arriver jusqu'ici ?

– Oui, telle est à peu près la distance qui sépare ma chambre de la vôtre ; seulement j'ai mal calculé ma courbe, faute d'instrument de géométrie pour dresser mon échelle de proportion ; au lieu de quarante pieds d'ellipse, il s'en est rencontré cinquante ; je croyais, ainsi que je vous l'ai dit, arriver jusqu'au mur extérieur, percer ce mur et me jeter à la mer. J'ai longé le corridor, contre lequel donne votre chambre, au lieu de passer dessous ; tout mon travail est perdu, car ce corridor donne sur une cour pleine de gardes.

– C'est vrai, dit Dantès ; mais ce corridor ne longe qu'une face de ma chambre, et ma chambre en a quatre.

– Oui, sans doute, mais en voici d'abord une dont le rocher fait la muraille ; il faudrait dix années de travail à dix mineurs munis de tous leurs outils pour percer le rocher ; cette autre doit être adossée aux fondations de l'appartement du gouverneur ; nous tomberions dans les caves qui ferment évidemment à la clef et nous serions pris ; l'autre face donne, attendez donc, où donne l'autre face ?

Cette face était celle où était percée la meurtrière à travers laquelle venait le jour : cette meurtrière, qui allait toujours en se rétrécissant jusqu'au moment où elle donnait entrée au jour, et par laquelle un enfant n'aurait certes pas pu passer, était en outre garnie par trois rangs de barreaux de fer qui pouvaient rassurer sur la crainte d'une évasion par ce moyen le geôlier le plus soupçonneux.

Et le nouveau venu, en faisant cette question, traîna la table au-dessous de la fenêtre.

« Montez sur cette table » dit-il à Dantès.

Dantès obéit, monta sur la table, et, devinant les intentions de son compagnon, appuya le dos au mur et lui présenta les deux mains.

Celui qui s'était donné le nom du numéro de sa chambre, et dont Dantès ignorait encore le véritable nom, monta alors plus lestement que n'eût pu le faire présager son âge, avec une habileté de chat ou de lézard, sur la table d'abord, puis de la table sur les mains de Dantès, puis de ses mains sur ses épaules ; ainsi courbé en deux, car la voûte du cachot l'empêchait de se redresser, il glissa sa tête entre le premier rang de barreaux, et put plonger alors de haut en bas.

Un instant après, il retira vivement la tête.

« Oh ! oh ! dit-il, je m'en étais douté. »

Et il se laissa glisser le long du corps de Dantès sur la table, et de la table sauta à terre.

« De quoi vous étiez-vous douté ? » demanda le jeune homme anxieux, en sautant à son tour auprès de lui.

Le vieux prisonnier méditait.

« Oui, dit-il, c'est cela ; la quatrième face de votre cachot donne sur une galerie extérieure, espèce de chemin de ronde où passent les patrouilles et où veillent des sentinelles.

– Vous en êtes sûr ?

– J'ai vu le shako du soldat et le bout de son fusil et je ne me suis retiré si vivement que de peur qu'il ne m'aperçût moi-même.

– Eh bien ? dit Dantès.

– Vous voyez bien qu'il est impossible de fuir par votre cachot.

– Alors ? continua le jeune homme avec un accent interrogateur.

– Alors, dit le vieux prisonnier, que la volonté de Dieu soit faite ! »

Et une teinte de profonde résignation s'étendit sur les traits du vieillard.

Dantès regarda cet homme qui renonçait ainsi et avec tant de philosophie à une espérance nourrie depuis si longtemps, avec un étonnement mêlé d'admiration.

« Maintenant, voulez-vous me dire qui vous êtes ? demanda Dantès.

– Oh ! mon Dieu, oui, si cela peut encore vous intéresser, maintenant que je ne puis plus vous être bon à rien.

– Vous pouvez être bon à me consoler et à me soutenir, car vous me semblez fort parmi les forts. »

L'abbé sourit tristement.

« Je suis l'abbé Faria, dit-il, prisonnier depuis 1811, comme vous le savez, au château d'If ; mais j'étais depuis trois ans renfermé dans la forteresse de Fenestrelle. En 1811, on m'a transféré du Piémont en France. C'est alors que j'ai appris que la destinée, qui, à cette époque, lui semblait soumise, avait donné un fils à Napoléon, et que ce fils au berceau avait été nommé roi de Rome. J'étais loin de me douter alors de ce que vous m'avez dit tout à l'heure : c'est que, quatre ans plus tard, le colosse serait renversé. Qui règne donc en France ? Est-ce Napoléon II ?

– Non, c'est Louis XVIII.

– Louis XVIII, le frère de Louis XVI, les décrets du ciel sont étranges et mystérieux. Quelle a donc été l'intention de la Providence en abaissant l'homme qu'elle avait élevé et en élevant celui qu'elle avait abaissé ? »

Dantès suivait des yeux cet homme qui oubliait un instant sa propre destinée pour se préoccuper ainsi des destinées du monde.

« Oui, oui, continua-t-il, c'est comme en Angleterre : après Charles Ier, Cromwell, après Cromwell, Charles II, et peut-être après Jacques II, quelque gendre, quelque parent, quelque prince d'Orange ; un stathouder qui se fera roi ; et alors de nouvelles concessions au peuple, alors une constitution alors la liberté ! Vous verrez cela, jeune homme, dit-il en se retournant vers Dantès, et en le regardant avec des yeux brillants et profonds, comme en devaient avoir les prophètes. Vous êtes encore d'âge à le voir, vous *verrez* cela.

– Oui, si je sors d'ici.

– Ah c'est juste, dit l'abbé Faria. Nous sommes prisonniers ; il y a des moments où je l'oublie, et où, parce que mes yeux percent les murailles qui m'enferment, je me crois en liberté.

– Mais pourquoi êtes-vous enfermé, vous ?

– Moi ? parce que j'ai rêvé en 1807 le projet que Napoléon a voulu réaliser en 1811 ; parce que, comme Machiavel, au milieu de tous ces principicules qui faisaient de l'Italie un nid de petits royaumes tyranniques et faibles, j'ai voulu un grand et seul empire, compact et fort : parce que j'ai cru trouver mon César Borgia dans un niais couronné qui a fait semblant de me comprendre pour me mieux trahir. C'était le projet d'Alexandre VI et de Clément VII ; il échouera toujours, puisqu'ils l'ont entrepris inutilement et que Napoléon n'a pu l'achever ; décidément l'Italie est maudite ! »

Et le vieillard baissa la tête.

Dantès ne comprenait pas comment un homme pouvait risquer sa vie pour de pareils intérêts ; il est vrai que s'il connaissait Napoléon pour l'avoir vu et lui avoir parlé, il ignorait complètement, en revanche, ce que c'étaient que Clément VII et Alexandre VI.

« N'êtes-vous pas, dit Dantès, commençant à partager l'opinion de son geôlier, qui était l'opinion générale au château d'If, le prêtre que l'on croit… malade ?

– Que l'on croit fou, vous voulez dire, n'est-ce pas ?

– Je n'osais, dit Dantès en souriant.

– Oui, oui, continua Faria avec un rire amer ; oui, c'est moi qui passe pour fou ; c'est moi qui divertis depuis si longtemps les hôtes de cette prison, et qui réjouirais les petits enfants, s'il y avait des enfants dans le séjour de la douleur sans espoir. »

Dantès demeura un instant immobile et muet.

« Ainsi, vous renoncez à fuir ? lui dit-il.

– Je vois la fuite impossible ; c'est se révolter contre Dieu que de tenter ce que Dieu ne veut pas qui s'accomplisse.

– Pourquoi vous décourager ? ce serait trop demander aussi à la Providence que de vouloir réussir du premier coup. Ne pouvez-vous pas recommencer dans un autre sens ce que vous avez fait dans celui-ci ?

– Mais savez-vous ce que j'ai fait, pour parler ainsi de recommencer ? Savez-vous qu'il m'a fallu quatre ans pour faire les outils que je possède ? Savez-vous que depuis deux ans je gratte et creuse une terre dure comme le granit ? Savez-vous qu'il m'a fallu déchausser des pierres qu'autrefois je n'aurais pas cru pouvoir remuer, que des journées tout entières se sont passées dans ce labeur titanique et que parfois, le soir, j'étais heureux quand j'avais enlevé un pouce carré de ce vieux ciment, devenu aussi dur que la pierre elle-même ? Savez-vous, savez-vous que pour loger toute cette terre et toutes ces pierres que j'enterrais, il m'a fallu percer la voûte d'un escalier, dans le tambour duquel tous ces décombres ont été tour à tour ensevelis, si bien qu'aujourd'hui le tambour est plein, et que je ne saurais plus où mettre une poignée de poussière ? Savez-vous, enfin, que je croyais toucher au but de tous mes travaux, que je me sentais juste la force d'accomplir cette tâche, et que voilà que Dieu non seulement recule ce but, mais le transporte je ne sais où ? Ah ! je vous le dis, je vous le répète, je ne ferai plus rien désormais pour essayer de reconquérir ma liberté, puisque la volonté de Dieu est qu'elle soit perdue à tout jamais. »

Edmond baissa la tête pour ne pas avouer à cet homme que la joie d'avoir un compagnon l'empêchait de compatir, comme il eût dû, à la douleur qu'éprouvait le prisonnier de n'avoir pu se sauver.

L'abbé Faria se laissa aller sur le lit d'Edmond, et Edmond resta debout.

Le jeune homme n'avait jamais songé à la fuite. Il y a de ces choses qui semblent tellement impossibles qu'on n'a pas même l'idée de les tenter et qu'on les évite d'instinct. Creuser cinquante pieds sous la terre, consacrer à cette opération un travail de trois ans pour arriver, si on réussit, à un précipice donnant à pic sur la mer ; se précipiter de cinquante, de soixante, de cent pieds peut-être, pour s'écraser, en tombant, la tête sur quelque rocher, si la balle des sentinelles ne vous a point déjà tué auparavant ; être obligé, si l'on échappe à tous ces dangers, de faire en nageant une lieue, c'en était trop pour qu'on ne se résignât point, et nous avons vu que Dantès avait failli pousser cette résignation jusqu'à la mort.

Mais maintenant que le jeune homme avait vu un vieillard se

cramponner à la vie avec tant d'énergie et lui donner l'exemple des résolutions désespérées, il se mit à réfléchir et à mesurer son courage. Un autre avait tenté ce qu'il n'avait pas même eu l'idée de faire ; un autre, moins jeune, moins fort, moins adroit que lui, s'était procuré, à force d'adresse et de patience, tous les instruments dont il avait besoin pour cette incroyable opération, qu'une mesure mal prise avait pu seule faire échouer : un autre avait fait tout cela, rien n'était donc impossible à Dantès : Faria avait percé cinquante pieds, il en percerait cent, Faria, à cinquante ans, avait mis trois ans à son œuvre ; il n'avait que la moitié de l'âge de Faria, lui, il en mettrait six ; Faria, abbé, savant, homme d'Église, n'avait pas craint de risquer la traversée du château d'If à l'île de Daume, de Ratonneau ou de Lemaire ; lui, Edmond le marin, lui, Dantès le hardi plongeur, qui avait été si souvent chercher une branche de corail au fond de la mer, hésiterait-il donc à faire une lieue en nageant ? que fallait-il pour faire une lieue en nageant ? une heure ? Eh bien, n'était-il donc pas resté des heures entières à la mer sans reprendre pied sur le rivage ! Non, non, Dantès n'avait besoin que d'être encouragé par un exemple. Tout ce qu'un autre a fait ou aurait pu faire, Dantès le fera.

Le jeune homme réfléchit un instant.

« J'ai trouvé ce que vous cherchiez », dit-il au vieillard.

Faria tressaillit.

« Vous ? dit-il, et en relevant la tête d'un air qui indiquait que si Dantès disait la vérité, le découragement de son compagnon ne serait pas de longue durée ; vous, voyons, qu'avez-vous trouvé ?

– Le corridor que vous avez percé pour venir de chez vous ici s'étend dans le même sens que la galerie extérieure, n'est-ce pas ?

– Oui.

– Il doit n'en être éloigné que d'une quinzaine de pas ?

– Tout au plus.

– Eh bien, vers le milieu du corridor nous perçons un chemin formant comme la branche d'une croix. Cette fois, vous prenez mieux vos mesures. Nous débouchons sur la galerie extérieure. Nous tuons la sentinelle et nous nous évadons. Il ne faut, pour que ce plan réussisse, que du courage, vous en avez ; que de la vigueur, je n'en manque pas. Je ne parle pas de la patience, vous avez fait vos preuves et je ferai les miennes.

– Un instant, répondit l'abbé ; vous n'avez pas su, mon cher compagnon, de quelle espèce est mon courage, et quel emploi je compte faire de ma force. Quand à la patience, je crois avoir été assez patient en recommençant chaque matin la tâche de la nuit, et chaque nuit la tâche du jour. Mais alors écoutez-moi bien, jeune homme, c'est qu'il me semblait que je servais Dieu, en délivrant une de ses créatures qui, étant innocente, n'avait pu être condamnée.

– Eh bien, demanda Dantès, la chose n'en est-elle pas au même point, et vous êtes-vous reconnu coupable depuis que vous m'avez rencontré, dites ?

– Non, mais je ne veux pas le devenir. Jusqu'ici je croyais n'avoir affaire qu'aux choses, voilà que vous me proposez d'avoir affaire aux hommes. J'ai pu percer un mur et détruire un escalier, mais je ne percerai pas une poitrine et ne détruirai pas une existence. »

Dantès fit un léger mouvement de surprise.

« Comment, dit-il, pouvant être libre, vous seriez retenu par un semblable scrupule ?

– Mais, vous-même, dit Faria, pourquoi n'avez-vous pas un soir assommé votre geôlier avec le pied de votre table, revêtu ses habits et essayé de fuir ?

– C'est que l'idée ne m'en est pas venue, dit Dantès.

– C'est que vous avez une telle horreur instinctive pour un pareil crime, une telle horreur que vous n'y avez pas même songé, reprit le vieillard ; car dans les choses simples et permises nos appétits naturels nous avertissent que nous ne dévions pas de la ligne de notre droit. Le tigre, qui verse le sang par nature, dont c'est l'état, la destination, n'a besoin que d'une chose, c'est que son odorat l'avertisse qu'il a une proie à sa portée. Aussitôt, il bondit vers cette proie, tombe dessus et la déchire. C'est son instinct, et il y obéit. Mais l'homme, au contraire, répugne au sang ; ce ne sont point les lois sociales qui répugnent au meurtre, ce sont les lois naturelles. »

Dantès resta confondu : c'était, en effet, l'explication de ce qui s'était passé à son insu dans son esprit ou plutôt dans son âme, car il y a des pensées qui viennent de la tête, et d'autres qui viennent du cœur.

« Et puis, continua Faria, depuis tantôt douze ans que je suis en prison, j'ai repassé dans mon esprit toutes les évasions célèbres. Je n'ai vu réussir que rarement les évasions. Les évasions heureuses, les évasions couronnées d'un plein succès, sont les évasions méditées avec soin et lentement préparées ; c'est ainsi que le duc de Beaufort s'est échappé du château de Vincennes ; l'abbé Dubuquoi du Fort-l'Évêque, et Latude de la Bastille. Il y a encore celles que le hasard peut offrir : celles-là sont les meilleures ; attendons une occasion, croyez-moi, et si cette occasion se présente, profitons-en.

– Vous avez pu attendre, vous, dit Dantès en soupirant ; ce long travail vous faisait une occupation de tous les instants, et quand vous n'aviez pas votre travail pour vous distraire, vous aviez vos espérances pour vous consoler.

– Puis, dit l'abbé, je ne m'occupais point qu'à cela.

– Que faisiez-vous donc ?

– J'écrivais ou j'étudiais.

– On vous donne donc du papier, des plumes, de l'encre ?

– Non, dit l'abbé, mais je m'en fais.

– Vous vous faites du papier, des plumes et de l'encre ? s'écria Dantès.

– Oui. »

Dantès regarda cet homme avec admiration ; seulement, il avait encore peine à croire ce qu'il disait. Faria s'aperçut de ce léger doute.

« Quand vous viendrez chez moi, lui dit-il, je vous montrerai un ouvrage entier, résultat des pensées, des recherches et des réflexions de toute ma vie, que j'avais médité à l'ombre du Colisée à Rome, au pied de la colonne Saint-Marc à Venise, sur les bords de l'Arno à Florence, et que je ne me doutais guère qu'un jour mes geôliers me laisseraient le loisir d'exécuter entre les quatre murs du château d'If. C'est un *Traité sur la possibilité d'une monarchie générale en Italie*. Ce fera un grand volume in-quarto.

– Et vous l'avez écrit ?

– Sur deux chemises. J'ai inventé une préparation qui rend le linge lisse et uni comme le parchemin.

– Vous êtes donc chimiste.

– Un peu. J'ai connu Lavoisier et je suis lié avec Cabanis.

– Mais, pour un pareil ouvrage, il vous a fallu faire des

recherches historiques. Vous aviez donc des livres ?

– À Rome, j'avais à peu près cinq mille volumes dans ma bibliothèque. À force de les lire et de les relire, j'ai découvert qu'avec cent cinquante ouvrages bien choisis on a, sinon le résumé complet des connaissances humaines, du moins tout ce qu'il est utile à un homme de savoir. J'ai consacré trois années de ma vie à lire et à relire ces cent cinquante volumes, de sorte que je les savais à peu près par cœur lorsque j'ai été arrêté. Dans ma prison, avec un léger effort de mémoire, je me les suis rappelés tout à fait. Ainsi pourrais-je vous réciter Thucydide, Xénophon, Plutarque, Tite-Live, Tacite, Strada, Jornandès, Dante, Montaigne, Shakespeare, Spinosa, Machiavel et Bossuet. Je ne vous cite que les plus importants.

– Mais vous savez donc plusieurs langues ?

– Je parle cinq langues vivantes, l'allemand, le français, l'italien, l'anglais et l'espagnol ; à l'aide du grec ancien je comprends le grec moderne ; seulement je le parle mal, mais je l'étudie en ce moment.

– Vous l'étudiez ? dit Dantès.

– Oui, je me suis fait un vocabulaire des mots que je sais, je les ai arrangés, combinés, tournés et retournés, de façon qu'ils puissent me suffire pour exprimer ma pensée. Je sais à peu près mille mots, c'est tout ce qu'il me faut à la rigueur, quoiqu'il y en ait cent mille, je crois, dans les dictionnaires. Seulement, je ne serai pas éloquent, mais je me ferai comprendre à merveille et cela me suffit. »

De plus en plus émerveillé, Edmond commençait à trouver presque surnaturelles les facultés de cet homme étrange ; il voulut le trouver en défaut sur un point quelconque, il continua :

« Mais si l'on ne vous a pas donné de plumes, dit-il avec quoi avez-vous pu écrire ce traité si volumineux ?

– Je m'en suis fait d'excellentes, et que l'on préférerait aux plumes ordinaires si la matière était connue, avec les cartilages des têtes de ces énormes merlans que l'on nous sert quelquefois pendant les jours maigres. Aussi vois-je toujours arriver les mercredis, les vendredis et les samedis avec grand plaisir, car ils me donnent l'espérance d'augmenter ma provision de plumes, et mes travaux historiques sont, je l'avoue, ma plus douce occupation. En descendant dans le passé, j'oublie le présent ; en marchant libre et indépendant dans l'histoire, je ne me souviens plus que je suis prisonnier.

– Mais de l'encre ? dit Dantès, avec quoi vous êtes-vous fait de l'encre ?

– Il y avait autrefois une cheminée dans mon cachot, dit Faria ; cette cheminée a été bouchée quelque temps avant mon arrivée, sans doute, mais pendant de longues années on y avait fait du feu : tout l'intérieur en est donc tapissé de suie. Je fais dissoudre cette suie dans une portion du vin qu'on me donne tous les dimanches, cela me fournit de l'encre excellente. Pour les notes particulières, et qui ont besoin d'attirer les yeux, je me pique les doigts et j'écris avec mon sang.

– Et quand pourrai-je voir tout cela ? demanda Dantès.

– Quand vous voudrez, répondit Faria.

– Oh ! tout de suite ! s'écria le jeune homme.

– Suivez-moi donc », dit l'abbé.

Et il rentra dans le corridor souterrain où il disparut. Dantès le suivit.

XVII – La chambre de l'abbé.

Après avoir passé en se courbant, mais cependant avec assez de facilité, par le passage souterrain, Dantès arriva à l'extrémité opposée du corridor qui donnait dans la chambre de l'abbé. Là, le passage se rétrécissait et offrait à peine l'espace suffisant pour qu'un homme pût se glisser en rampant. La chambre de l'abbé était dallée ; c'était en soulevant une de ces dalles placée dans le coin le plus obscur qu'il avait commencé la laborieuse opération dont Dantès avait vu la fin.

À peine entré et debout, le jeune homme examina cette chambre avec grande attention. Au premier aspect, elle ne présentait rien de particulier.

« Bon, dit l'abbé, il n'est que midi un quart, et nous avons encore quelques heures devant nous. »

Dantès regarda autour de lui, cherchant à quelle horloge l'abbé avait pu lire l'heure d'une façon si précise.

« Regardez ce rayon du jour qui vient par ma fenêtre, dit l'abbé, et regardez sur le mur les lignes que j'ai tracées. Grâce à ces lignes, qui sont combinées avec le double mouvement de la terre et l'ellipse qu'elle décrit autour du soleil, je sais plus exactement l'heure que si j'avais une montre, car une montre se dérange, tandis que le soleil et la terre ne se dérangent jamais. »

Dantès n'avait rien compris à cette explication, il avait toujours cru, en voyant le soleil se lever derrière les montagnes et se coucher dans la Méditerranée que c'était lui qui marchait et non la terre. Ce double mouvement du globe qu'il habitait, et dont cependant il ne s'apercevait pas, lui semblait presque impossible ; dans chacune des paroles de son interlocuteur, il voyait des mystères de science aussi admirables à creuser que ces mines d'or et de diamants qu'il avait visitées dans un voyage qu'il avait fait presque enfant encore à Guzarate et à Golconde.

« Voyons, dit-il à l'abbé, j'ai hâte d'examiner vos trésors. »

L'abbé alla vers la cheminée, déplaça avec le ciseau qu'il tenait toujours à la main la pierre qui formait autrefois l'âtre et qui cachait une cavité assez profonde ; c'était dans cette cavité qu'étaient renfermés tous les objets dont il avait parlé à Dantès.

« Que voulez-vous voir d'abord ? lui demanda-t-il.

– Montrez-moi votre grand ouvrage sur la royauté en Italie. »

Faria tira de l'armoire précieuse trois ou quatre rouleaux de linge tournés sur eux-mêmes, comme des feuilles de papyrus : c'étaient des bandes de toile, larges de quatre pouces à peu près et longues de dix-huit. Ces bandes, numérotées, étaient couvertes d'une écriture que Dantès put lire, car elles étaient écrites dans la langue maternelle de l'abbé, c'est-à-dire en italien, idiome qu'en sa qualité de Provençal Dantès comprenait parfaitement.

« Voyez, lui dit-il, tout est là ; il y a huit jours à peu près que j'ai écrit le mot Fin au bas de la soixante-huitième bande. Deux de mes chemises et tout ce que j'avais de mouchoirs y sont passé ; si jamais je redeviens libre et qu'il se trouve dans toute l'Italie un imprimeur qui ose m'imprimer, ma réputation est faite.

– Oui, répondit Dantès, je vois bien. Et maintenant, montrez-moi donc, je vous prie, les plumes avec lesquelles a été écrit cet ouvrage.

– Voyez », dit Faria. Et il montra au jeune homme un petit

bâton long de six pouces, gros comme le manche d'un pinceau, au bout et autour duquel était lié par un fil un de ces cartilages, encore taché par l'encre, dont l'abbé avait parlé à Dantès ; il était allongé en bec et fendu comme une plume ordinaire. Dantès l'examina, cherchant des yeux l'instrument avec lequel il avait pu être taillé d'une façon si correcte.

« Ah ! oui, dit Faria, le canif, n'est-ce pas ? C'est mon chef-d'œuvre ; je l'ai fait, ainsi que le couteau que voici, avec un vieux chandelier de fer. »

Le canif coupait comme un rasoir. Quant au couteau, il avait cet avantage qu'il pouvait servir tout à la fois de couteau et de poignard. Dantès examina ces différents objets avec la même attention que, dans les boutiques de curiosités de Marseille, il avait examiné parfois ces instruments exécutés par des sauvages et rapportés des mers du Sud par les capitaines au long cours.

« Quant à l'encre, dit Faria, vous savez comment je procède ; je la fais à mesure que j'en ai besoin.

– Maintenant, je m'étonne d'une chose, dit Dantès, c'est que les jours vous aient suffi pour toute cette besogne.

– J'avais les nuits, répondit Faria.

– Les nuits ! êtes-vous donc de la nature des chats et voyez-vous clair pendant la nuit ?

– Non ; mais Dieu a donné à l'homme l'intelligence pour venir en aide à la pauvreté de ses sens : je me suis procuré de la lumière.

– Comment cela ?

– De la viande qu'on m'apporte je sépare la graisse, je la fais fondre et j'en tire une espèce d'huile compacte. Tenez, voilà ma bougie. »

Et l'abbé montra à Dantès une espèce de lampion, pareil à ceux qui servent dans les illuminations publiques.

« Mais du feu ?

– Voici deux cailloux et du linge brûlé.

– Mais des allumettes ?

– J'ai feint une maladie de peau, et j'ai demandé du souffre, que l'on m'a accordé. »

Dantès posa les objets qu'il tenait sur la table et baissa la tête, écrasé sous la persévérance et la force de cet esprit.

« Ce n'est pas tout, continua Faria ; car il ne faut pas mettre tous ses trésors dans une seule cachette ; refermons celle-ci. »

Ils posèrent la dalle à sa place ; l'abbé sema un peu de poussière dessus, y passa son pied pour faire disparaître toute trace de solution de continuité, s'avança vers son lit et le déplaça.

Derrière le chevet, caché par une pierre qui le refermait avec une herméticité presque parfaite, était un trou, et dans ce trou une échelle de corde longue de vingt-cinq à trente pieds.

Dantès l'examina : elle était d'une solidité à toute épreuve.

« Qui vous a fourni la corde nécessaire à ce merveilleux ouvrage ? demanda Dantès.

– D'abord quelques chemises que j'avais, puis les draps de mon lit que, pendant trois ans de captivité à Fenestrelle, j'ai effilés. Quand on m'a transporté au château d'If, j'ai trouvé moyen d'emporter avec moi cet effilé ; ici, j'ai continué la besogne.

– Mais ne s'apercevait-on pas que les draps de votre lit n'avaient plus d'ourlet ?

– Je les recousais.

– Avec quoi ?

– Avec cette aiguille. »

Et l'abbé, ouvrant un lambeau de ses vêtements, montra à Dantès une arête longue, aiguë et encore enfilée, qu'il portait sur lui.

« Oui, continua Faria, j'avais d'abord songé à desceller ces barreaux et à fuir par cette fenêtre, qui est un peu plus large que la vôtre, comme vous voyez, et que j'eusse élargie encore au moment de mon évasion ; mais je me suis aperçu que cette fenêtre donnait sur une cour intérieure, et j'ai renoncé à mon projet comme trop chanceux. Cependant, j'ai conservé l'échelle pour une circonstance imprévue, pour une de ces évasions dont je vous parlais, et que le hasard procure. »

Dantès tout en ayant l'air d'examiner l'échelle, pensait cette fois à autre chose ; une idée avait traversé son esprit. C'est que cet homme, si intelligent, si ingénieux, si profond, verrait peut-être clair dans l'obscurité de son propre malheur, où jamais lui-même n'avait rien pu distinguer.

« À quoi songez-vous ? demanda l'abbé en souriant, et prenant l'absorbement de Dantès pour une admiration portée au plus haut degré.

– Je pense à une chose d'abord, c'est à la somme énorme d'intelligence qu'il vous a fallu dépenser pour arriver au but où vous êtes parvenu ; qu'eussiez-vous donc fait libre ?

– Rien, peut-être : ce trop-plein de mon cerveau se fût évaporé en futilités. Il faut le malheur pour creuser certaines mines mystérieuses cachées dans l'intelligence humaine ; il faut la pression pour faire éclater la poudre. La captivité a réuni sur un seul point toutes mes facultés flottantes çà et là ; elles se sont heurtées dans un espace étroit ; et, vous le savez, du choc des nuages résulte l'électricité, de l'électricité l'éclair, de l'éclair la lumière.

– Non, je ne sais rien, dit Dantès, abattu par son ignorance ; une partie des mots que vous prononcez sont pour moi des mots vides de sens ; vous êtes bien heureux d'être si savant, vous ! »

L'abbé sourit.

« Vous pensiez à deux choses, disiez-vous tout à l'heure ?

– Oui.

– Et vous ne m'avez fait connaître que la première ; quelle est la seconde ?

– La seconde est que vous m'avez raconté votre vie, et que vous ne connaissez pas la mienne.

– Votre vie, jeune homme, est bien courte pour renfermer des événements de quelque importance.

– Elle renferme un immense malheur, dit Dantès ; un malheur que je n'ai pas mérité ; et je voudrais, pour ne plus blasphémer Dieu comme je l'ai fait quelquefois, pouvoir m'en prendre aux hommes de mon malheur.

– Alors, vous vous prétendez innocent du fait qu'on vous impute ?

– Complètement innocent, sur la tête des deux seules personnes qui me sont chères, sur la tête de mon père et de Mercédès.

– Voyons, dit l'abbé en refermant sa cachette et en repoussant son lit à sa place, racontez-moi donc votre histoire. »

Dantès alors raconta ce qu'il appelait son histoire, et qui se bornait à un voyage dans l'Inde et à deux où trois voyages dans le Levant ; enfin, il en arriva à sa dernière traversée, à la mort du capitaine Leclère au paquet remis par lui pour le grand maréchal, à l'entrevue du grand maréchal, à la lettre remise par lui et adressée à un M. Noirtier ; enfin à son arrivée à Marseille, à son entrevue avec son père, à ses amours avec Mercédès, au repas de ses fiançailles, à son arrestation, à son interrogatoire, à sa prison provisoire au palais de justice, enfin à sa prison définitive au château d'If. Arrivé là, Dantès ne savait plus rien, pas même le temps qu'il y était resté prisonnier.

Le récit achevé, l'abbé réfléchit profondément.

« Il y a, dit-il au bout d'un instant, un axiome de droit d'une grande profondeur, et qui en revient à ce que je vous disais tout à l'heure, c'est qu'à moins que la pensée mauvaise ne naisse avec une organisation faussée, la nature humaine répugne au crime. Cependant, la civilisation nous a donné des besoins, des vices, des appétits factices qui ont parfois l'influence de nous faire étouffer nos bons instincts et qui nous conduisent au mal. De là cette maxime : Si vous voulez découvrir le coupable, cherchez d'abord celui à qui le crime commis peut être utile ! À qui votre disparition pouvait-elle être utile ?

– À personne, mon Dieu ! j'étais si peu de chose.

– Ne répondez pas ainsi, car la réponse manque à la fois de logique et de philosophie ; tout est relatif, mon cher ami, depuis le roi qui gêne son futur successeur, jusqu'à l'employé qui gêne le surnuméraire : si le roi meurt, le successeur hérite une couronne ; si l'employé meurt, le surnuméraire hérite douze cents livres d'appointements. Ces douze cents livres d'appointements, c'est sa liste civile à lui ; ils lui sont aussi nécessaires pour vivre que les douze millions d'un roi. Chaque individu, depuis le plus bas jusqu'au plus haut degré de l'échelle sociale, groupe autour de lui tout un petit monde d'intérêts, ayant ses tourbillons et ses atomes crochus, comme les mondes de Descartes. Seulement, ces mondes vont toujours s'élargissant à mesure qu'ils montent. C'est une spirale renversée et qui se tient sur la pointe par un jeu d'équilibre. Revenons-en donc à votre monde à vous. Vous alliez être nommé capitaine du *Pharaon* ?

– Oui.

– Vous alliez épouser une belle jeune fille ?

– Oui.

– Quelqu'un avait-il intérêt à ce que vous ne devinssiez pas capitaine du *Pharaon* ? Quelqu'un avait-il intérêt à ce que vous n'épousassiez pas Mercédès ? Répondez d'abord à la première question, l'ordre est la clef de tous les problèmes. Quelqu'un avait-il intérêt à ce que vous ne devinssiez pas capitaine du *Pharaon* ?

– Non ; j'étais fort aimé à bord. Si les matelots avaient pu élire un chef, je suis sûr qu'ils m'eussent élu. Un seul homme avait quelque motif de m'en vouloir : j'avais eu, quelque temps auparavant, une querelle avec lui, et je lui avais proposé un duel qu'il avait refusé.

– Allons donc ? Cet homme, comment se nomma-t-il ?

– Danglars.

– Qu'était-il à bord ?

– Agent comptable.

– Si vous fussiez devenu capitaine, l'eussiez-vous conservé dans son poste ?

– Non, si la chose eût dépendu de moi, car j'avais cru remarquer quelques infidélités dans ses comptes.

– Bien. Maintenant quelqu'un a-t-il assisté à votre dernier entretien avec le capitaine Leclère ?

– Non, nous étions seuls.

– Quelqu'un a-t-il pu entendre votre conversation ?

– Oui, car la porte était ouverte ; et même… attendez… oui, oui Danglars est passé juste au moment où le capitaine Leclère me remettait le paquet destiné au grand maréchal.

– Bon, fit l'abbé, nous sommes sur la voie. Avez-vous amené quelqu'un avec vous à terre quand vous avez relâché à l'île d'Elbe ?

– Personne.

– On vous a remis une lettre ?

– Oui, le grand maréchal.

– Cette lettre, qu'en avez-vous fait ?

– Je l'ai mise dans mon portefeuille.

– Vous aviez donc votre portefeuille sur vous ? Comment un portefeuille devant contenir une lettre officielle pouvait-il tenir dans la poche d'un marin ?

– Vous avez raison, mon portefeuille était à bord.

– Ce n'est donc qu'à bord que vous avez enfermé la lettre dans le portefeuille ?

– Oui.

– De Porto-Ferrajo à bord qu'avez-vous fait de cette lettre ?

– Je l'ai tenue à la main.

– Quand vous êtes remonté sur le *Pharaon*, chacun a donc pu voir que vous teniez une lettre ?

– Oui.

– Danglars comme les autres ?

– Danglars comme les autres.

– Maintenant, écoutez bien ; réunissez tous vos souvenirs : vous rappelez-vous dans quels termes était rédigée la dénonciation ?

– Oh ! oui, je l'ai relue trois fois, et chaque parole en est restée dans ma mémoire.

– Répétez-la-moi. »

Dantès se recueillit un instant.

« La voici, dit-il, textuellement :

« *M. le procureur du roi est prévenu par un ami du trône et de la religion que le nommé Edmond Dantès, second du navire le* Pharaon, *arrivé ce matin de Smyrne, après avoir touché à Naples et à Porto-Ferrajo, a été chargé par Murat d'un paquet pour l'usurpateur, et par l'usurpateur d'une lettre pour le comité bonapartiste de Paris.*

« *On aura la preuve de son crime en l'arrêtant, car on retrouvera cette lettre sur lui, ou chez son père, ou dans sa cabine à bord du* Pharaon. *»*

L'abbé haussa les épaules.

« C'est clair comme le jour, dit-il, il faut que vous ayez eu le cœur bien naïf et bien bon pour n'avoir pas deviné la chose tout d'abord.

– Vous croyez ? s'écria Dantès. Ah ! ce serait bien infâme !

– Quelle était l'écriture ordinaire de Danglars ?

– Une belle cursive.

– Quelle était l'écriture de la lettre anonyme.

– Une écriture renversée. »

L'abbé sourit.

« Contrefaite, n'est-ce pas ?

– Bien hardie pour être contrefaite.

– Attendez », dit-il.

Il prit sa plume, ou plutôt ce qu'il appelait ainsi, la trempa dans l'encre et écrivit de la main gauche, sur un linge préparé à cet effet, les deux ou trois premières lignes de la dénonciation.

Dantès recula et regarda presque avec terreur l'abbé.

« Oh ! c'est étonnant, s'écria-t-il, comme cette écriture ressemblait à celle-ci.

– C'est que la dénonciation avait été écrite de la main gauche. J'ai observé une chose, continua l'abbé.

– Laquelle ?

– C'est que toutes les écritures tracées de la main droite sont variées, c'est que toutes les écritures tracées de la main gauche se ressemblent.

– Vous avez donc tout vu, tout observé ?

– Continuons.

– Oh ! oui, oui.

– Passons à la seconde question.

– J'écoute.

– Quelqu'un avait il intérêt à ce que vous n'épousassiez pas Mercédès ?

– Oui ! un jeune homme qui l'aimait.

– Son nom ?

– Fernand.

– C'est un nom espagnol ?

– Il était Catalan.

– Croyez-vous que celui-ci était capable d'écrire la lettre ?

– Non ! celui-ci m'eût donné un coup de couteau. Voilà tout.

– Oui, c'est dans la nature espagnole : un assassinat, oui, une lâcheté, non.

– D'ailleurs, continua Dantès, il ignorait tous les détails consignés dans la dénonciation.

– Vous ne les aviez donnés à personne ? Pas même à votre maîtresse ?

– Pas même à ma fiancée.

– C'est Danglars.

– Oh ! maintenant j'en suis sûr.

– Attendez… Danglars connaissait-il Fernand ?

– Non… si… Je me rappelle…

– Quoi ?

– La surveille de mon mariage je les ai vu attablés ensemble sous la tonnelle du père Pamphile. Danglars était amical et railleur, Fernand était pâle et troublé.

– Ils étaient seuls ?

– Non, ils avaient avec eux un troisième compagnon, bien connu de moi, qui sans doute leur avait fait faire connaissance, un tailleur nommé Caderousse ; mais celui-ci était déjà ivre. Attendez… attendez… Comment ne me suis-je pas rappelé cela ? Près de la table où ils buvaient étaient un encrier, du papier, des plumes. (Dantès porta la main à son front). Oh ! les infâmes ! les infâmes !

– Voulez-vous encore savoir autre chose ? dit l'abbé en riant.

– Oui, oui, puisque vous approfondissez, tout, puisque vous voyez clair en toutes choses, je veux savoir pourquoi je n'ai été interrogé qu'une fois, pourquoi on ne m'a pas donné des juges, et comment je suis condamné sans arrêt.

– Oh ! ceci dit l'abbé, c'est un peu plus grave ; la justice a des allures sombres et mystérieuses qu'il est difficile de pénétrer. Ce que nous avons fait jusqu'ici pour vos deux amis était un jeu d'enfant ; il va falloir, sur ce sujet, me donner les indications les plus précises.

– Voyons, interrogez-moi, car en vérité vous voyez plus clair dans ma vie que moi-même.

– Qui vous a interrogé ? est-ce le procureur du roi, le substitut, le juge d'instruction ?

– C'était le substitut.

– Jeune, ou vieux ?

– Jeune : vingt-sept ou vingt-huit ans.

– Bien ! pas corrompu encore, mais ambitieux déjà, dit l'abbé. Quelles furent ses manières avec vous ?

– Douces plutôt que sévères.

– Lui avez-vous tout raconté ?

– Tout.

– Et ses manières ont-elles changé dans le courant de

l'interrogatoire ?

– Un instant, elles ont été altérées, lorsqu'il eut lu la lettre qui me compromettait ; il parut comme accablé de mon malheur.

– De votre malheur ?

– Oui.

– Et vous êtes bien sûr que c'était votre malheur qu'il plaignait ?

– Il m'a donné une grande preuve de sa sympathie, du moins.

– Laquelle ?

– Il a brûlé la seule pièce qui pouvait me compromettre.

– Laquelle ? la dénonciation ?

– Non, la lettre.

– Vous en êtes sûr ?

– Cela s'est passé devant moi.

– C'est autre chose ; cet homme pourrait être un plus profond scélérat que vous ne croyez.

– Vous me faites frissonner, sur mon honneur ! dit Dantès, le monde est-il donc peuplé de tigres et de crocodiles ?

– Oui ; seulement, les tigres et les crocodiles à deux pieds sont plus dangereux que les autres.

– Continuons, continuons.

– Volontiers ; il a brûlé la lettre, dites-vous ?

– Oui, en me disant : « Vous voyez, il n'existe que cette preuve-là contre vous, et je l'anéantis. »

– Cette conduite est trop sublime pour être naturelle.

– Vous croyez ?

– J'en suis sûr. À qui cette lettre était-elle adressée ?

– À M. Noirtier, rue Coq-Héron, no 13, à Paris.

– Pouvez-vous présumer que votre substitut eût quelque intérêt à ce que cette lettre disparût ?

– Peut-être ; car il m'a fait promettre deux ou trois fois, dans mon intérêt, disait-il, de ne parler à personne de cette lettre, et il m'a fait jurer de ne pas prononcer le nom qui était inscrit sur l'adresse.

– Noirtier ? répéta l'abbé… Noirtier ? j'ai connu un Noirtier à la cour de l'ancienne reine d'Étrurie, un Noirtier qui avait été girondin sous la révolution. Comment s'appelait votre substitut, à vous ?

– De Villefort. »

L'abbé éclata de rire.

Dantès le regarda avec stupéfaction.

« Qu'avez-vous ? dit-il.

– Voyez-vous ce rayon du jour ? demanda l'abbé.

– Oui.

– Eh bien, tout est plus clair pour moi maintenant que ce rayon transparent et lumineux. Pauvre enfant, pauvre jeune homme ! et ce magistrat a été bon pour vous.

– Oui.

– Ce digne substitut a brûlé, anéanti la lettre ?

– Oui.

– Cet honnête pourvoyeur du bourreau vous a fait jurer de ne jamais prononcer de nom de Noirtier ?

– Oui.

– Ce Noirtier, pauvre aveugle que vous êtes, savez-vous ce que c'était que ce Noirtier ? « Ce Noirtier, c'était son père ! »

La foudre, tombée aux pieds de Dantès et lui creusant un abîme au fond duquel s'ouvrait l'enfer, lui eût produit un effet moins prompt, moins électrique, moins écrasant, que ces paroles inattendues ; il se leva, saisissant sa tête à deux mains comme pour l'empêcher d'éclater.

« Son père ! son père ! s'écria-t-il.

– Oui, son père, qui s'appelle Noirtier de Villefort », reprit l'abbé.

Alors une lumière fulgurante traversa le cerveau du prisonnier, tout ce qui lui était demeuré obscur fut à l'instant même éclairé d'un jour éclatant. Ces tergiversations de Villefort pendant l'interrogatoire, cette lettre détruite, ce serment exigé, cette voix presque suppliante du magistrat qui, au lieu de menacer, semblait implorer, tout lui revint à la mémoire ; il jeta un cri, chancela un instant comme un homme ivre ; puis, s'élançant par l'ouverture qui conduisait de la cellule de l'abbé à la sienne :

« Oh ! dit-il, il faut que je sois seul pour penser à tout cela. »

Et, en arrivant dans son cachot, il tomba sur son lit, où le porte-clefs le retrouva le soir, assis, les yeux fixes, les traits contractés, mais immobile et muet comme une statue.

Pendant ces heures de méditation, qui s'étaient écoulées comme des secondes, il avait pris une terrible résolution et fait un formidable serment.

Une voix tira Dantès de cette rêverie, c'était celle de l'abbé Faria, qui, ayant reçu à son tour la visite de son geôlier, venait inviter Dantès à souper avec lui. Sa qualité de fou reconnu, et surtout de fou divertissant, valait au vieux prisonnier quelques privilèges, comme celui d'avoir du pain un peu plus blanc et un petit flacon de vin le dimanche. Or, on était justement arrivé au dimanche, et l'abbé venait inviter son jeune compagnon à partager son pain et son vin.

Dantès le suivit : toutes les lignes de son visage s'étaient remises et avaient repris leur place accoutumée, mais avec une raideur et une fermeté, si l'on peut le dire, qui accusaient une résolution prise. L'abbé le regarda fixement.

« Je suis fâché de vous avoir aidé dans vos recherches et de vous avoir dit ce que je vous ai dit, fit-il.

– Pourquoi cela ? demanda Dantès.

– Parce que je vous ai infiltré dans le cœur un sentiment qui n'y était point : la vengeance. »

Dantès sourit.

« Parlons d'autre chose », dit-il.

L'abbé le regarda encore un instant et hocha tristement la tête ; puis, comme l'en avait prié Dantès, il parla d'autre chose.

Le vieux prisonnier était un de ces hommes dont la conversation, comme celle des gens qui ont beaucoup souffert, contient des enseignements nombreux et renferme un intérêt soutenu ; mais elle n'était pas égoïste, et ce malheureux ne parlait jamais de ses malheurs.

Dantès écoutait chacune de ses paroles avec admiration : les unes correspondaient à des idées qu'il avait déjà et à des connaissances qui étaient du ressort de son état de marin, les autres touchaient à des choses inconnues, et, comme ces aurores boréales qui éclairent les navigateurs dans les latitudes australes, montraient au jeune homme des paysages et des horizons nouveaux, illuminés de lueurs fantastiques. Dantès comprit le bonheur qu'il y aurait pour une organisation intelligente à suivre cet esprit élevé sur les hauteurs morales, philosophiques ou sociales sur lesquelles il avait l'habitude de se jouer.

« Vous devriez m'apprendre un peu de ce que vous savez, dit Dantès, ne fût-ce que pour ne pas vous ennuyer avec moi. Il me semble maintenant que vous devez préférer la solitude à un compagnon sans éducation et sans portée comme moi. Si vous consentez à ce que je vous demande, je m'engage à ne plus vous parler de fuir. »

L'abbé sourit.

« Hélas ! mon enfant, dit-il, la science humaine est bien bornée, et quand je vous aurai appris les mathématiques, la physique, l'histoire et les trois ou quatre langues vivantes que je parle, vous saurez ce que je sais : or, toute cette science, je serai deux ans à peine à la verser de mon esprit dans le vôtre.

– Deux ans ! dit Dantès, vous croyez que je pourrais apprendre toutes ces choses en deux ans ?

– Dans leur application, non ; dans leurs principes, oui : apprendre n'est pas savoir ; il y a les sachants et les savants : c'est la mémoire qui fait les uns, c'est la philosophie qui fait les autres.

– Mais ne peut-on apprendre la philosophie ?

– La philosophie ne s'apprend pas ; la philosophie est la réunion des sciences acquises au génie qui les applique : la philosophie, c'est le nuage éclatant sur lequel le Christ a posé le pied pour remonter au ciel.

– Voyons, dit Dantès, que m'apprenez-vous d'abord ? J'ai hâte de commencer, j'ai soif de science.

– Tout ! » dit l'abbé.

En effet, dès le soir, les deux prisonniers arrêtèrent un plan d'éducation qui commença de s'exécuter le lendemain. Dantès avait une mémoire prodigieuses une facilité de conception extrême : la disposition mathématique de son esprit le rendait apte à tout comprendre par le calcul, tandis que la poésie du marin corrigeait tout ce que pouvait avoir de trop matériel la démonstration réduite à la sécheresse des chiffres ou à la rectitude des lignes ; il savait déjà, d'ailleurs, l'italien et un peu de romaïque, qu'il avait appris dans ses voyages d'Orient. Avec ces deux langues, il comprit bientôt le mécanisme de toutes les autres, et, au bout de six mois, il commençait à parler l'espagnol, l'anglais et l'allemand. Comme il l'avait dit à l'abbé Faria, soit que la distraction que lui donnait l'étude lui tînt lieu de liberté, soit qu'il fût, comme nous l'avons vu déjà, rigide observateur de sa parole, il ne parlait plus de fuir, et les journées s'écoulaient pour lui rapides et instructives. Au bout d'un an, c'était un autre homme.

Quant à l'abbé Faria, Dantès remarqua que, malgré la distraction que sa présence avait apportée à sa captivité, il s'assombrissait tous les jours. Une pensée incessante et éternelle paraissait assiéger son esprit ; il tombait dans de profondes rêveries, soupirait involontairement, se levait tout à coup, croisait les bras et se promenait sombre autour de sa prison.

Un jour, il s'arrêta tout à coup au milieu d'un de ces cercles cent fois répétés qu'il décrivait autour de sa chambre, et s'écria :

« Ah ! s'il n'y avait pas de sentinelle !

– Il n'y aura de sentinelle qu'autant que vous le voudrez bien, reprit Dantès qui avait suivi sa pensée à travers la boîte de son cerveau comme à travers un cristal.

– Ah ! je vous l'ai dit, reprit l'abbé, je répugne à un meurtre.

– Et cependant ce meurtre, s'il est commis, le sera par l'instinct de notre conservation, par un sentiment de défense personnelle.

– N'importe, je ne saurais.

– Vous y pensez, cependant ?

– Sans cesse, sans cesse, murmura l'abbé.

– Et vous avez trouvé un moyen, n'est-ce pas ? dit vivement Dantès.

– Oui, s'il arrivait qu'on pût mettre sur la galerie une sentinelle aveugle et sourde.

– Elle sera aveugle, elle sera sourde, répondit le jeune homme avec un accent de résolution qui épouvanta l'abbé.

– Non, non ! s'écria-t-il ; impossible. »

Dantès voulut le retenir sur ce sujet, mais l'abbé secoua la tête et refusa de répondre davantage.

Trois mois s'écoulèrent.

« Êtes-vous fort ? » demanda un jour l'abbé à Dantès.

Dantès, sans répondre, prit le ciseau, le tordit comme un fer à cheval et le redressa.

« Vous engageriez-vous à ne tuer la sentinelle qu'à la dernière extrémité ?

– Oui, sur l'honneur.

– Alors, dit l'abbé, nous pourrons exécuter notre dessein.

– Et combien nous faudra-t-il de temps pour l'exécuter ?

– Un an, au moins.

– Mais nous pourrions nous mettre au travail ?

– Tout de suite.

– Oh ! voyez donc, nous avons perdu un an, s'écria Dantès.

– Trouvez-vous que nous l'ayons perdu ? dit l'abbé.

– Oh ! pardon, pardon, s'écria Edmond rougissant.

– Chut ! dit l'abbé, l'homme n'est jamais qu'un homme ; et vous êtes encore un des meilleurs que j'aie connus. Tenez, voici mon plan. »

L'abbé montra alors à Dantès un dessin qu'il avait tracé : c'était le plan de sa chambre, de celle de Dantès et du corridor qui joignait l'une à l'autre. Au milieu de cette galerie, il établissait un boyau pareil à celui qu'on pratique dans les mines. Ce boyau menait les deux prisonniers sous la galerie où se promenait la sentinelle ; une fois arrivés là, ils pratiquaient une large excavation, descellaient une des dalles qui formaient le plancher de la galerie ; la dalle, à un moment donné, s'enfonçait sous le poids du soldat, qui disparaissait englouti dans l'excavation ; Dantès se précipitait sur lui au moment où, tout étourdi de sa chute, il ne pouvait se défendre, le liait, le bâillonnait, et tous deux alors, passant par une des fenêtres de cette galerie, descendaient le long de la muraille extérieure à l'aide de l'échelle de corde et se sauvaient.

Dantès battit des mains et ses yeux étincelèrent de joie ; ce plan était si simple qu'il devait réussir.

Le même jour, les mineurs se mirent à l'ouvrage avec d'autant plus d'ardeur que ce travail succédait à un long repos, et ne faisait, selon toute probabilité que continuer la pensée intime et secrète de chacun d'eux.

Rien ne les interrompait que l'heure à laquelle chacun d'eux était forcé de rentrer chez soi pour recevoir la visite du geôlier. Ils avaient, au reste, pris l'habitude de distinguer, au bruit imperceptible des pas, le moment où cet homme descendait, et jamais ni l'un ni l'autre ne fut pris à l'improviste. La terre qu'ils extrayaient de la nouvelle galerie, et qui eût fini par combler l'ancien corridor, était jetée petit à petit, et avec des précautions inouïes, par l'une ou l'autre des deux fenêtres du cachot de Dantès ou du cachot de Faria : on la pulvérisait avec soin, et le vent de la nuit l'emportait au loin sans qu'elle laissât de traces.

Plus d'un an se passa à ce travail exécuté avec un ciseau, un couteau et un levier de bois pour tous instruments ; pendant cette année, et tout en travaillant, Faria continuait d'instruire Dantès, lui parlant tantôt une langue, tantôt une autre, lui apprenant l'histoire des nations et des grands hommes qui laissent de temps en temps derrière eux une de ces traces lumineuses qu'on appelle la gloire. L'abbé, homme du monde et du grand monde, avait en outre, dans ses manières, une sorte de majesté mélancolique dont Dantès, grâce à l'esprit d'assimilation dont la nature l'avait doué, sut extraire cette politesse élégante qui lui manquait et ces façons aristocratiques que l'on n'acquiert d'habitude que par le frottement des classes élevées ou la société des hommes supérieurs.

Au bout de quinze mois, le trou était achevé ; l'excavation était faite sous la galerie ; on entendait passer et repasser la sentinelle, et les deux ouvriers, qui étaient forcés d'attendre une nuit obscure et sans lune pour rendre leur évasion plus certaine encore, n'avaient plus qu'une crainte : c'était de voir le sol trop hâtif s'effondrer de lui-même sous les pieds du soldat. On obvia à cet inconvénient en plaçant une espèce de petite poutre, qu'on avait trouvée dans les fondations comme un support. Dantès était occupé à la placer, lorsqu'il entendit tout à coup l'abbé Faria, resté dans la chambre du jeune homme, où il s'occupait de son côté à aiguiser une cheville destinée à maintenir l'échelle de corde, qui l'appelait avec un accent de détresse. Dantès rentra vivement, et aperçut l'abbé, debout au milieu de la chambre, pâle, la sueur au front et les mains crispées.

« Oh ! mon Dieu ! s'écria Dantès, qu'y a-t-il, et qu'avez-vous donc ?

– Vite, vite ! dit l'abbé, écoutez-moi. »

Dantès regarda le visage livide de Faria, ses yeux cernés d'un

184

cercle bleuâtre, ses lèvres blanches, ses cheveux hérissés ; et, d'épouvante, il laissa tomber à terre le ciseau qu'il tenait à la main.

« Mais qu'y a-t-il donc ? s'écria Edmond.

– Je suis perdu ! dit l'abbé écoutez-moi. Un mal terrible, mortel peut-être, va me saisir ; l'accès arrive, je le sens : déjà j'en fus atteint l'année qui précéda mon incarcération. À ce mal il n'est qu'un remède, je vais vous le dire : courez vite chez moi, levez le pied du lit ; ce pied est creux, vous y trouverez un petit flacon à moitié plein d'une liqueur rouge, apportez-le ; ou plutôt, non, non, je pourrais être surpris ici ; aidez-moi à rentrer chez moi pendant que j'ai encore quelques forces. Qui sait ce qui va arriver le temps que durera l'accès ?

Dantès, sans perdre la tête, bien que le malheur qui le frappait fût immense, descendit dans le corridor, traînant son malheureux compagnon après lui, et le conduisant, avec une peine infinie, jusqu'à l'extrémité opposée, se retrouva dans la chambre de l'abbé qu'il déposa sur son lit.

« Merci, dit l'abbé, frissonnant de tous ses membres comme s'il sortait d'une eau glacée. Voici le mal qui vient, je vais tomber en catalepsie ; peut-être ne ferai-je pas un mouvement, peut-être ne jetterai-je pas une plainte ; mais peut-être aussi j'écumerai, je me raidirai, je crierai ; tâchez que l'on n'entende pas mes cris, c'est l'important, car alors peut-être me changerait-on de chambre, et nous serions séparés à tout jamais. Quand vous me verrez immobile, froid et mort, pour ainsi dire, seulement à cet instant, entendez-vous bien, desserrez-moi les dents avec le couteau, faites couler dans ma bouche huit à dix gouttes de cette liqueur, et peut-être reviendrai-je.

– Peut-être ? s'écria douloureusement Dantès.

– À moi ! à moi ! s'écria l'abbé, je me… je me m… »

L'accès fut si subit et si violent que le malheureux prisonnier ne put même achever le mot commencé ; un nuage passa sur son front, rapide et sombre comme les tempêtes de la mer ; la crise dilata ses yeux, tordit sa bouche, empourpra ses joues ; il s'agita, écuma, rugit ; mais ainsi qu'il l'avait recommandé lui-même, Dantès étouffa ses cris sous sa couverture. Cela dura deux heures. Alors, plus inerte qu'une masse, plus pâle et plus froid que le marbre, plus brisé qu'un roseau foulé aux pieds, il tomba, se raidit encore dans une dernière convulsion et devint livide. Edmond attendit que cette mort apparente eût envahi le corps et glacé jusqu'au cœur ; alors il prit le couteau, introduisit la lame entre les dents, desserra avec une peine infinie les mâchoires crispées, compta l'une après l'autre dix gouttes de la liqueur rouge, et attendit. Une heure s'écoula sans que le vieillard fît le moindre mouvement. Dantès craignait d'avoir attendu trop tard, et le regardait, les deux mains enfoncées dans ses cheveux. Enfin une légère coloration parut sur ses joues ; ses yeux, constamment restés ouverts et atones, reprirent leur regard, un faible soupir s'échappa de sa bouche, il fit un mouvement.

« Sauvé ! sauvé ! » s'écria Dantès.

Le malade ne pouvait point parler encore, mais il étendit avec une anxiété visible la main vers la porte. Dantès écouta, et entendit les pas du geôlier : il allait être sept heures et Dantès n'avait pas eu le loisir de mesurer le temps.

Le jeune homme bondit vers l'ouverture, s'y enfonça, replaça la dalle au-dessus de sa tête, et rentra chez lui.

Un instant après, sa porte s'ouvrit à son tour, et le geôlier, comme d'habitude, trouva le prisonnier assis sur son lit.

À peine eut-il le dos tourné, à peine le bruit des pas se fut-il perdu dans le corridor, que Dantès, dévoré d'inquiétude, reprit sans songer à manger, le chemin qu'il venait de faire, et, soulevant la dalle avec sa tête, et rentra dans la chambre de l'abbé.

Celui-ci avait repris connaissance, mais il était toujours étendu, inerte et sans force, sur son lit.

« Je ne comptais plus vous revoir, dit-il à Dantès.

— Pourquoi cela ? demanda le jeune homme ; comptiez-vous donc mourir ?

— Non ; mais tout est prêt pour votre fuite, et je comptais que vous fuiriez. »

La rougeur de l'indignation colora les joues de Dantès.

« Sans vous ! s'écria-t-il ; m'avez-vous véritablement cru capable de cela ?

— À présent, je vois que je m'étais trompé, dit le malade. Ah ! je suis bien faible, bien brisé, bien anéanti.

— Courage, vos forces reviendront », dit Dantès, s'asseyant près du lit de Faria et lui prenant les mains. L'abbé secoua la tête.

« La dernière fois, dit-il, l'accès dura une demi-heure, après quoi j'eus faim et me relevai seul ; aujourd'hui, je ne puis remuer ni ma jambe ni mon bras droit ; ma tête est embarrassée, ce qui prouve un épanchement au cerveau. La troisième fois, j'en resterai paralysé entièrement ou je mourrai sur le coup.

– Non, non, rassurez-vous, vous ne mourrez pas ; ce troisième accès, s'il vous prend, vous trouvera libre. Nous vous sauverons comme cette fois, et mieux que cette fois, car nous aurons tous les secours nécessaires.

– Mon ami, dit le vieillard, ne vous abusez pas, la crise qui vient de se passer m'a condamné à une prison perpétuelle : pour fuir, il faut pouvoir marcher.

– Eh bien, nous attendrons huit jours, un mois, deux mois, s'il le faut ; dans cet intervalle, vos forces reviendront ; tout est préparé pour notre fuite, et nous avons la liberté d'en choisir l'heure et le moment. Le jour où vous vous sentirez assez de forces pour nager, eh bien, ce jour-là, nous mettrons notre projet à exécution.

– Je ne nagerai plus, dit Faria, ce bras est paralysé, non pas pour un jour, mais à jamais. Soulevez-le vous-même, et voyez ce qu'il pèse. »

Le jeune homme souleva le bras, qui retomba insensible. Il poussa un soupir.

« Vous êtes convaincu, maintenant, n'est-ce pas, Edmond ? dit Faria ; croyez-moi, je sais ce que je dis : depuis la première attaque que j'aie eue de ce mal, je n'ai pas cessé d'y réfléchir. Je l'attendais, car c'est un héritage de famille ; mon père est mort à la troisième crise, mon aïeul aussi. Le médecin qui m'a composé cette liqueur, et qui n'est autre que le fameux Cabanis, m'a prédit le même sort.

– Le médecin se trompe, s'écria Dantès ; quant à votre paralysie, elle ne me gêne pas, je vous prendrai sur mes épaules et je nagerai en vous soutenant.

– Enfant, dit l'abbé, vous êtes marin, vous êtes nageur, vous devez par conséquent savoir qu'un homme chargé d'un fardeau pareil ne ferait pas cinquante brasses dans la mer. Cessez de vous laisser abuser par des chimères dont votre excellent cœur n'est pas même la dupe : je resterai donc ici jusqu'à ce que sonne l'heure de ma délivrance, qui ne peut plus être maintenant que celle de la mort. Quant à vous, fuyez, partez ! Vous êtes jeune, adroit et fort, ne vous inquiétez pas de moi, je vous rends votre parole.

– C'est bien, dit Dantès. Eh bien, alors, moi aussi, je resterai. »

Puis, se levant et étendant une main solennelle sur le vieillard :

« Par le sang du Christ, je jure de ne vous quitter qu'à votre mort ! »

Faria considéra ce jeune homme si noble, si simple, si élevé, et lut sur ses traits, animés par l'expression du dévouement le plus pur, la sincérité de son affection et la loyauté de son serment.

« Allons dit le malade, j'accepte, merci. »

Puis, lui tendant la main :

« Vous serez peut-être récompensé de ce dévouement si désintéressé, lui dit-il ; mais comme je ne puis et que vous ne voulez pas partir, il importe que nous bouchions le souterrain fait sous la galerie : le soldat peut découvrir en marchant la sonorité de l'endroit miné, appeler l'attention d'un inspecteur, et alors nous serions découverts et séparés. Allez faire cette besogne, dans laquelle je ne puis plus malheureusement vous aider ; employez-y toute la nuit, s'il le faut, et ne revenez que demain matin après la visite du geôlier, j'aurai quelque chose d'important à vous dire. »

Dantès prit la main de l'abbé, qui le rassura par un sourire, et sortit avec cette obéissance et ce respect qu'il avait voués à son vieil ami.

XVIII – Le trésor.

Lorsque Dantès rentra le lendemain matin dans la chambre de son compagnon de captivité, il trouva Faria assis, le visage calme.

Sous le rayon qui glissait à travers l'étroite fenêtre de sa cellule, il tenait ouvert dans sa main gauche, la seule, on se le rappelle, dont l'usage lui fût resté, un morceau de papier, auquel l'habitude d'être roulé en un mince volume avait imprimé la forme d'un cylindre rebelle à s'étendre.

Il montra sans rien dire le papier à Dantès.

« Qu'est-ce cela ? demanda celui-ci.

– Regardez bien, dit l'abbé en souriant.

– Je regarde de tous mes yeux, dit Dantès, et je ne vois rien qu'un papier à demi brûlé, et sur lequel sont tracés des caractères gothiques avec une encre singulière.

– Ce papier, mon ami, dit Faria, est, je puis vous tout avouer maintenant, puisque je vous ai éprouvé, ce papier, c'est mon trésor, dont à compter d'aujourd'hui la moitié vous appartient. »

Une sueur froide passa sur le front de Dantès. Jusqu'à ce jour, et pendant quel espace de temps ! il avait évité de parler avec Faria de ce trésor, source de l'accusation de folie qui pesait sur le pauvre abbé ; avec sa délicatesse instinctive, Edmond avait préféré ne pas toucher cette corde douloureusement vibrante ; et, de son côté, Faria s'était tu. Il avait pris le silence du vieillard pour un retour à la raison ; aujourd'hui, ces quelques mots, échappés à Faria après une crise si pénible, semblaient annoncer une grave rechute d'aliénation mentale.

« Votre trésor ? » balbutia Dantès.

Faria sourit.

« Oui, dit-il ; en tout point vous êtes un noble cœur, Edmond, et je comprends, à votre pâleur et à votre frisson, ce qui se passe en vous en ce moment. Non, soyez tranquille, je ne suis pas fou. Ce trésor existe, Dantès, et s'il ne m'a pas été donné de le posséder, vous le posséderez, vous : personne n'a voulu m'écouter ni me croire parce qu'on me jugeait fou ; mais vous, qui devez savoir que je ne le suis pas, écoutez-moi, et vous me croirez après si vous voulez.

– Hélas ! murmura Edmond en lui-même, le voilà retombé ! ce malheur me manquait. »

Puis tout haut :

« Mon ami, dit-il à Faria, votre accès vous a peut-être fatigué, ne voulez-vous pas prendre un peu de repos ? Demain, si vous le désirez, j'entendrai votre histoire, mais aujourd'hui je veux vous soigner, voilà tout. D'ailleurs, continua-t-il en souriant, un trésor, est-ce bien pressé pour nous ?

– Fort pressé, Edmond ! répondit le vieillard. Qui sait si demain, après-demain peut-être, n'arrivera pas le troisième accès ? Songez que tout serait fini alors ! Oui, c'est vrai, souvent j'ai pensé avec un amer plaisir à ces richesses, qui feraient la fortune de dix familles, perdues pour ces hommes qui me persécutaient : cette idée me servait de vengeance, et je la savourais lentement dans la nuit de mon cachot et dans le désespoir de ma captivité. Mais à présent que j'ai pardonné au monde pour l'amour de vous, maintenant que je vous vois jeune et plein d'avenir, maintenant que je songe à tout ce qui peut résulter pour vous de bonheur à la suite d'une pareille révélation, je frémis du retard, et je tremble de ne pas assurer à un propriétaire si digne que vous l'êtes la possession de tant de richesses enfouies. »

Edmond détourna la tête en soupirant.

« Vous persistez dans votre incrédulité, Edmond, poursuivit Faria, ma voix ne vous a point convaincu ? Je vois qu'il vous faut des preuves. Eh bien, lisez ce papier que je n'ai montré à personne.

– Demain, mon ami, dit Edmond répugnant à se prêter à la folie du vieillard ; je croyais qu'il était convenu que nous ne parlerions de cela que demain.

– Nous n'en parlerons que demain, mais lisez ce papier aujourd'hui.

– Ne l'irritons point », pensa Edmond.

Et, prenant ce papier, dont la moitié manquait, consumée qu'elle avait été sans doute par quelque accident, il lut.

Ce trésor qui peut monter à deux
d'écus romains dans l'angle le plus él
de la seconde ouverture, lequel
déclare lui appartenir en toute pro
tier
25 avril 149

« Eh bien, dit Faria quand le jeune homme eut fini sa lecture.

– Mais répondit Dantès, je ne vois là que des lignes tronquées, des mots sans suite ; les caractères sont interrompus par l'action du feu et restent inintelligibles.

– Pour vous, mon ami, qui les lisez pour la première fois, mais pas pour moi qui ai pâli dessus pendant bien des nuits, qui ai reconstruit chaque phrase, complété chaque pensée.

– Et vous croyez avoir trouvé ce sens suspendu ?

– J'en suis sûr, vous en jugerez vous-même ; mais d'abord

écoutez l'histoire de ce papier.

– Silence ! s'écria Dantès… Des pas !… On approche… je pars… Adieu ! »

Et Dantès, heureux d'échapper à l'histoire et à l'explication qui n'eussent pas manqué de lui confirmer le malheur de son ami, se glissa comme une couleuvre par l'étroit couloir, tandis que Faria rendu à une sorte d'activité par la terreur, repoussait du pied la dalle qu'il recouvrait d'une natte afin de cacher aux yeux la solution de continuité qu'il n'avait pas eu le temps de faire disparaître.

C'était le gouverneur qui, ayant appris par le geôlier l'accident de Faria, venait s'assurer par lui-même de sa gravité.

Faria le reçut assis, évita tout geste compromettant, et parvint à cacher au gouverneur la paralysie qui avait déjà frappé de mort la moitié de sa personne. Sa crainte était que le gouverneur, touché de pitié pour lui, ne le voulût mettre dans une prison plus saine et ne le séparât ainsi de son jeune compagnon ; mais il n'en fut heureusement pas ainsi, et le gouverneur se retira convaincu que son pauvre fou, pour lequel il ressentait au fond du cœur une certaine affection, n'était atteint que d'une indisposition légère.

Pendant ce temps, Edmond, assis sur son lit et la tête dans ses mains, essayait de rassembler ses pensées ; tout était si raisonné, si grand et si logique dans Faria depuis qu'il le connaissait, qu'il ne pouvait comprendre cette suprême sagesse sur tous les points alliée à la déraison sur un seul : était-ce Faria qui se trompait sur son trésor, était-ce tout le monde qui se trompait sur Faria ?

Dantès resta chez lui toute la journée, n'osant retourner chez son ami. Il essayait de reculer ainsi le moment où il acquerrait la certitude que l'abbé était fou. Cette conviction devait être effroyable pour lui.

Mais vers le soir, après l'heure de la visite ordinaire, Faria, ne voyant pas revenir le jeune homme, essaya de franchir l'espace qui le séparait de lui. Edmond frissonna en entendant les efforts douloureux que faisait le vieillard pour se traîner : sa jambe était inerte, et il ne pouvait plus s'aider de son bras. Edmond fut obligé de l'attirer à lui, car il n'eût jamais pu sortir seul par l'étroite ouverture qui donnait dans la chambre de Dantès.

« Me voici impitoyablement acharné à votre poursuite, dit-il avec un sourire rayonnant de bienveillance. Vous aviez cru pouvoir échapper à ma magnificence, mais il n'en sera rien. Écoutez donc. »

Edmond vit qu'il ne pouvait reculer ; il fit asseoir le vieillard sur son lit, et se plaça près de lui sur son escabeau.

« Vous savez, dit l'abbé, que j'étais le secrétaire, le familier, l'ami du cardinal Spada, le dernier des princes de ce nom. Je dois à ce digne seigneur tout ce que j'ai goûté de bonheur en cette vie. Il n'était pas riche bien que les richesses de sa famille fussent proverbiales et que j'aie entendu dire souvent : Riche comme un Spada. Mais lui, comme le bruit public, vivait sur cette réputation d'opulence. Son palais fut mon paradis. J'instruisis ses neveux, qui sont morts, et lorsqu'il fut seul au monde, je lui rendis, par un dévouement absolu à ses volontés, tout ce qu'il avait fait pour moi depuis dix ans.

« La maison du cardinal n'eut bientôt plus de secrets pour moi ; j'avais vu souvent Monseigneur travailler à compulser des livres antiques et fouiller avidement dans la poussière des manuscrits de famille. Un jour que je lui reprochais ses inutiles veilles et l'espèce d'abattement qui les suivait, il me regarda en souriant amèrement et m'ouvrit un livre qui est l'histoire de la ville de Rome. Là, au vingtième chapitre de la Vie du pape Alexandre VI, il y avait les lignes suivantes, que je n'ai pu jamais oublier :

« Les grandes guerres de la Romagne étaient terminées. César Borgia, qui avait achevé sa conquête, avait besoin d'argent pour acheter l'Italie tout entière. Le pape avait également besoin d'argent pour en finir avec Louis XII, roi de France, encore terrible malgré ses derniers revers. Il s'agissait donc de faire une bonne spéculation, ce qui devenait difficile dans cette pauvre Italie épuisée.

« Sa Sainteté eut une idée. Elle résolut de faire deux cardinaux.

« En choisissant deux des grands personnages de Rome, deux riches surtout, voici ce qui revenait au Saint-Père de la spéculation : d'abord il avait à vendre les grandes charges et les emplois magnifiques dont ces deux cardinaux étaient en possession ; en outre, il pouvait compter sur un prix très brillant de la vente de ces deux chapeaux.

« Il restait une troisième part de spéculation, qui va apparaître bientôt.

« Le pape et César Borgia trouvèrent d'abord les deux cardinaux futurs : c'était Jean Rospigliosi, qui tenait à lui seul quatre des plus hautes dignités du Saint-Siège, puis César Spada, l'un des plus nobles et des plus riches Romains. L'un et l'autre sentaient le prix d'une pareille faveur du pape. Ils étaient ambitieux. Ceux-là trouvés, César trouva bientôt des acquéreurs pour leurs charges.

« Il résulta que Rospigliosi et Spada payèrent pour être cardinaux, et que huit autres payèrent pour être ce qu'étaient auparavant les deux cardinaux de création nouvelle. Il entra huit cent mille écus dans les coffres des spéculateurs.

« Passons à la dernière partie de la spéculation, il est temps. Le pape ayant comblé de caresses Rospigliosi et Spada, leur ayant conféré les insignes du cardinalat, sûr qu'ils avaient dû, pour acquitter la dette non fictive de leur reconnaissance, rapprocher et réaliser leur fortune pour se fixer à Rome, le pape et César Borgia invitèrent à dîner ces deux cardinaux.

« Ce fut le sujet d'une contestation entre le Saint-Père et son fils : César pensait qu'on pouvait user de l'un de ces moyens qu'il tenait toujours à la disposition de ses amis intimes, savoir : d'abord, de la fameuse clef avec laquelle on priait certaines gens d'aller ouvrir certaine armoire. Cette clef était garnie d'une petite pointe de fer, négligence de l'ouvrier. Lorsqu'on forçait pour ouvrir l'armoire, dont la serrure était difficile, on se piquait avec cette petite pointe, et l'on en mourait le lendemain. Il y avait aussi la bague à tête de lion, que César passait à son doigt lorsqu'il donnait de certaines poignées de main. Le lion mordait l'épiderme de ces mains favorisées, et la morsure était mortelle au bout de vingt-quatre heures.

« César proposa donc à son père, soit d'envoyer les cardinaux ouvrir l'armoire, soit de leur donner à chacun une cordiale poignée de main, mais Alexandre VI lui répondit :

« – Ne regardons pas à un dîner quand il s'agit de ces excellents cardinaux Spada et Rospigliosi. Quelque chose me dit que nous regagnerons cet argent-là. D'ailleurs, vous oubliez, César, qu'une indigestion se déclare tout de suite, tandis qu'une piqûre ou une morsure n'aboutissent qu'après un jour ou deux.

« César se rendit à ce raisonnement. Voilà pourquoi les cardinaux furent invités à ce dîner.

« On dressa le couvert dans la vigne que possédait le pape près de Saint-Pierre-ès-Liens, charmante habitation que les cardinaux connaissaient bien de réputation.

« Rospigliosi, tout étourdi de sa dignité nouvelle, apprêta son estomac et sa meilleure mine. Spada, homme prudent et qui aimait uniquement son neveu, jeune capitaine de la plus belle espérance, prit du papier, une plume, et fit son testament.

« Il fit dire ensuite à ce neveu de l'attendre aux environs de la vigne, mais il paraît que le serviteur ne le trouva pas.

« Spada connaissait la coutume des invitations. Depuis que le christianisme, éminemment civilisateur, avait apporté ses progrès dans Rome, ce n'était plus un centurion qui arrivait de la part du tyran vous dire : « César veut que tu meures » ; mais c'était un légat *a latere*, qui venait, la bouche souriante, vous dire de la part du pape : « Sa Sainteté veut que vous dîniez avec elle. »

« Spada partit vers les deux heures pour la vigne de Saint-Pierre-ès-Liens ; le pape l'y attendait. La première figure qui frappa les yeux de Spada fut celle de son neveu tout paré, tout gracieux, auquel César Borgia prodiguait les caresses. Spada pâlit ; et César, qui lui décocha un regard plein d'ironie, laissa voir qu'il avait tout prévu, que le piège était bien dressé.

« On dîna. Spada n'avait pu que demander à son neveu : « Avez-vous reçu mon message ? » Le neveu répondit que non et comprit parfaitement la valeur de cette question : il était trop tard, car il venait de boire un verre d'excellent vin mis à part pour lui par le sommelier du pape. Spada vit au même moment approcher une autre bouteille dont on lui offrit libéralement. Une heure après, un médecin les déclarait tous deux empoisonnés par des morilles vénéneuses, Spada mourait sur le seuil de la vigne, le neveu expirait à sa porte en faisant un signe que sa femme ne comprit pas.

« Aussitôt César et le pape s'empressèrent d'envahir l'héritage, sous prétexte de rechercher les papiers des défunts. Mais l'héritage consistait en ceci : un morceau de papier sur lequel Spada avait écrit :

« Je lègue à mon neveu bien-aimé mes coffres, mes livres,

parmi lesquels mon beau bréviaire à coins d'or, désirant qu'il garde ce souvenir de son oncle affectionné.

« Les héritiers cherchèrent partout, admirèrent le bréviaire, firent main basse sur les meubles et s'étonnèrent que Spada, l'homme riche, fût effectivement le plus misérable des oncles ; de trésors, aucun : si ce n'est des trésors de science renfermés dans la bibliothèque et les laboratoires.

« Ce fut tout. César et son pore cherchèrent, fouillèrent et espionnèrent, on ne trouva rien, ou du moins très peu de chose : pour un millier d'écus, peut-être, d'orfèvrerie, et pour autant à peu près d'argent monnayé ; mais le neveu avait eu le temps de dire en rentrant à sa femme :

« Cherchez parmi les papiers de mon oncle, il y a un *testament réel.*

« On chercha plus activement encore peut-être que n'avaient fait les augustes héritiers. Ce fut en vain : il resta deux palais et une vigne derrière le Palatin. Mais à cette époque les biens immobiliers avaient une valeur médiocre ; les deux palais et la vigne restèrent à la famille, comme indignes de la rapacité du pape et de son fils.

« Les mois et les années s'écoulèrent. Alexandre VI mourut empoisonné, vous savez par quelle méprise ; César, empoisonné en même temps que lui, en fut quitte pour changer de peau comme un serpent, et revêtir une nouvelle enveloppe où le poison avait laissé des taches pareilles à celles que l'on voit sur la fourrure du tigre ; enfin, forcé de quitter Rome, il alla se faire tuer obscurément dans une escarmouche nocturne et presque oubliée par l'histoire.

« Après la mort du pape, après l'exil de son fils, on s'attendait généralement à voir reprendre à la famille le train princier qu'elle menait du temps du cardinal Spada ; mais il n'en fut pas ainsi. Les Spada restèrent dans une aisance douteuse, un mystère éternel pesa sur cette sombre affaire, et le bruit public fut que César, meilleur politique que son père, avait enlevé au pape la fortune des deux cardinaux ; je dis des deux, parce que le cardinal Rospigliosi, qui n'avait pris aucune précaution, fut dépouillé complètement.

« Jusqu'à présent, interrompit Faria en souriant, cela ne vous semble pas trop insensé, n'est-ce pas ?

– Ô mon ami, dit Dantès, il me semble que je lis, au contraire, une chronique pleine d'intérêt. Continuez, je vous prie.

– Je continue :

« La famille s'accoutuma à cette obscurité. Les années s'écoulèrent ; parmi les descendants les uns furent soldats, les autres diplomates ; ceux-ci gens d'Église, ceux-là banquiers ; les uns s'enrichirent, les autres achevèrent de se ruiner. J'arrive au dernier de la famille, à celui-là dont je fus le secrétaire, au comte de Spada.

« Je l'avais bien souvent entendu se plaindre de la disproportion de sa fortune avec son rang, aussi lui avais-je donné le conseil de placer le peu de biens qui lui restait en rentes viagères ; il suivit ce conseil, et doubla ainsi son revenu.

« Le fameux bréviaire était resté dans la famille, et c'était le comte de Spada qui le possédait : on l'avait conservé de père en fils, car la clause bizarre du seul testament qu'on eût retrouvé en avait fait une véritable relique gardée avec une superstitieuse vénération dans la famille ; c'était un livre enluminé des plus belles figures gothiques, et si pesant d'or, qu'un domestique le portait toujours devant le cardinal dans les jours de grande solennité.

« À la vue des papiers de toutes sortes, titres, contrats, parchemins, qu'on gardait dans les archives de la famille et qui tous venaient du cardinal empoisonné, je me mis à mon tour, comme vingt serviteurs, vingt intendants, vingt secrétaires qui m'avaient précédé, à compulser les liasses formidables : malgré l'activité et la religion de mes recherches, je ne retrouvai absolument rien. Cependant j'avais lu, j'avais même écrit une histoire exacte et presque éphéméridique de la famille des Borgia, dans le seul but de m'assurer si un supplément de fortune était survenu à ces princes à la mort de mon cardinal César Spada, et je n'y avais remarqué que l'addition des biens du cardinal Rospigliosi, son compagnon d'infortune.

« J'étais donc à peu près sûr que l'héritage n'avait profité ni aux Borgia ni à la famille, mais était resté sans maître, comme ces trésors des contes arabes qui dorment au sein de la terre sous les regards d'un génie. Je fouillai, je comptai, je supputai mille et mille fois les revenus et les dépenses de la famille depuis trois cents ans : tout fut inutile, je restai dans mon ignorance, et le comte de Spada dans sa misère.

« Mon patron mourut. De sa rente en viager il avait excepté ses papiers de famille, sa bibliothèque, composée de cinq mille volumes, et son fameux bréviaire. Il me légua tout cela, avec un millier d'écus romains qu'il possédait en argent comptant, à la condition que je ferais dire des messes anniversaires et que je dresserais un arbre généalogique et une histoire de sa maison, ce que je fis fort exactement…

« Tranquillisez-vous, mon cher Edmond, nous approchons de la fin.

« En 1807, un mois avant mon arrestation et quinze jours après la mort du comte de Spada, le 25 du mois de décembre, vous allez comprendre tout à l'heure comment la date de ce jour mémorable est restée dans mon souvenir, je relisais pour la millième fois ces papiers que je coordonnais, car, le palais appartenant désormais à un étranger, j'allais quitter Rome pour aller m'établir à Florence, en emportant une douzaine de mille livres que je possédais, ma bibliothèque et mon fameux bréviaire, lorsque, fatigué de cette étude assidue, mal disposé par un dîner assez lourd quel j'avais fait, je laissai tomber ma tête sur mes deux mains et m'endormis : il était trois heures de l'après-midi.

« Je me réveillai comme la pendule sonnait six heures.

« Je levai la tête, j'étais dans l'obscurité la plus profonde. Je sonnai pour qu'on m'apportât de la lumière, personne ne vint ; je résolus alors de me servir moi-même. C'était d'ailleurs une habitude de philosophe qu'il allait me falloir prendre. Je pris d'une main une bougie toute préparée, et de l'autre je cherchai, à défaut des allumettes absentes de leur boîte, un papier que je comptais allumer à un dernier reste de flamme au-dessus du foyer ; mais, craignant dans l'obscurité de prendre un papier précieux à la place d'un papier inutile, j'hésitais, lorsque je me rappelai avoir vu, dans le fameux bréviaire qui était posé sur la table à côté de moi, un vieux papier tout jaune par le haut, qui avait l'air de servir de signet, et qui avait traversé les siècles maintenu à sa place par la vénération des héritiers. Je cherchai, en tâtonnant, cette feuille inutile, je la trouvai, je la tordis, et, la présentant à la flamme mourante, je l'allumai.

« Mais, sous mes doigts, comme par magie, à mesure que le feu montait, je vis des caractères jaunâtres sortir du papier blanc et apparaître sur la feuille ; alors la terreur me prit : je serrai dans mes mains le papier, j'étouffai le feu, j'allumai directement la bougie au foyer, je rouvris avec une indicible émotion la lettre froissée, et je reconnus qu'une encre mystérieuse et sympathique avait tracé ces lettres apparentes seulement au contact de la vive chaleur. Un peu plus du tiers du papier avait été consumé par la flamme : c'est ce papier que vous avez lu ce matin ; relisez-le, Dantès ; puis quand vous l'aurez relu, je vous compléterai, moi, les phrases interrompues et le sens incomplet. »

Et Faria, interrompant, offrit le papier à Dantès qui, cette fois, relut avidement les mots suivants tracés avec une encre rousse, pareille à la rouille :

Cejourd'hui 25 avril 1498, ay
Alexandre VI, et craignant que, non
il ne veuille hériter de moi et ne me ré
et Bentivoglio, morts empoisonnés,
mon légataire universel, que j'ai enf
pour l'avoir visité avec moi, c'est-à-dire dans
île de Monte-Cristo, tout ce que je pos
reries, diamants, bijoux ; que seul
peut monter à peu près à deux mil
trouvera ayant levé la vingtième roch
crique de l'Est en droite ligne. Deux ouvertu
dans ces grottes : le trésor est dans l'angle le plus é
lequel trésor je lui lègue et cède en tou
seul héritier.
25 avril 1498
CES

« Maintenant, reprit l'abbé, lisez cet autre papier. » Et il présenta à Dantès une seconde feuille avec d'autres fragments de lignes. Dantès prit et lut :

ant été invité à dîner par Sa Sainteté
content de m'avoir fait payer le chapeau,
serve le sort des cardinaux Crapara
je déclare à mon neveu Guido Spada,

oui dans un endroit qu'il connaît
les grottes de la petite
sédais de lingots, d'or monnayé, de pier
je connais l'existence de ce trésor, qui
lions d'écus romains, et qu'il
e, à partir de la petite
res ont été pratiquées
loigné de la deuxième,
te propriété comme à mon
AR † SPADA
Faria le suivait d'un œil ardent.

« Et maintenant, dit-il, lorsqu'il eut vu que Dantès en était arrivé à la dernière ligne, rapprochez les deux fragments, et jugez vous-même. »

Dantès obéit ; les deux fragments rapprochés donnaient l'ensemble suivant :

« Cejourd'hui 25 avril 1498, ay… ant été invité à dîner par Sa Sainteté Alexandre VI, et craignant que, non… content de m'avoir fait payer le chapeau, il ne veuille hériter de moi et ne me ré… serve le sort des cardinaux Crapara et Bentivoglio, morts empoisonnés, … je déclare à mon neveu Guido Spada, mon légataire universel, que j'ai en… foui dans un endroit qu'il connaît pour l'avoir visité avec moi, c'est-à-dire dans… les grottes de la petite île de Monte-Cristo, tout ce que je pos… sédais de lingots, d'or monnayé, pierreries, diamants bijoux ; que seul… je connais l'existence de ce trésor qui peut monter à peu près à deux mil… lions d'écus romains, et qu'il trouvera ayant levé la vingtième roch… e à partir de la petite crique de l'Est en droite ligne. Deux ouvertu… res ont été pratiquées dans ces grottes : le trésor est dans l'angle le plus é… loigné de la deuxième, lequel trésor je lui lègue et cède en tou… te propriété, comme à mon seul héritier.

« 25 avril 1498

« CESAR… SPADA. »

« Eh bien, comprenez-vous enfin ? dit Faria.

– C'était la déclaration du cardinal Spada et le testament que l'on cherchait depuis si longtemps ? dit Edmond encore incrédule.

– Oui, mille fois oui.

– Qui l'a reconstruite ainsi ?

– Moi, qui, à l'aide du fragment restant, ai deviné le reste en mesurant la longueur des lignes par celle du papier et en pénétrant dans le sens caché au moyen du sens visible, comme on se guide dans un souterrain par un reste de lumière qui vient d'en haut.

– Et qu'avez-vous fait quand vous avez cru avoir acquis cette conviction ?

– J'ai voulu partir et je suis parti à l'instant même, emportant avec moi le commencement de mon grand travail sur l'unité d'un royaume d'Italie ; mais depuis longtemps la police impériale, qui, dans ce temps, au contraire de ce que Napoléon a voulu depuis, quand un fils lui fut né, voulait la division des provinces, avait les yeux sur moi : mon départ précipité, dont elle était loin de deviner la cause, éveilla ses soupçons, et au moment où je m'embarquais à Piombino je fus arrêté.

« Maintenant, continua Faria en regardant Dantès avec une expression presque paternelle, maintenant, mon ami, vous en savez autant que moi : si nous nous sauvons jamais ensemble, la moitié de mon trésor est à vous ; et si je meurs ici et que vous vous sauviez seul, il vous appartient en totalité.

– Mais, demanda Dantès hésitant, ce trésor n'a-t-il pas dans ce monde quelque plus légitime possesseur que nous ?

– Mais non, rassurez-vous, la famille est éteinte complètement ; le dernier comte de Spada, d'ailleurs, m'a fait son héritier ; en me léguant ce bréviaire symbolique il m'a légué ce qu'il contenait ; non, non, tranquillisez-vous : si nous mettons la main sur cette fortune, nous pourrons en jouir sans remords.

– Et vous dites que ce trésor renferme…

– Deux millions d'écus romains, treize millions à peu près de notre monnaie.

– Impossible ! dit Dantès effrayé par l'énormité de la somme.

– Impossible ! et pourquoi ? reprit le vieillard. La famille Spada était une des plus vieilles et des plus puissantes familles du quinzième siècle. D'ailleurs, dans ces temps où toute spéculation et toute industrie étaient absentes, ces agglomérations d'or et de bijoux ne sont pas rares, il y a encore aujourd'hui des familles romaines qui meurent de faim près d'un million en diamants et en pierreries transmis par majorat, et auquel elles ne peuvent toucher. »

Edmond croyait rêver : il flottait entre l'incrédulité et la joie.

« Je n'ai gardé si longtemps le secret avec vous, continua Faria, d'abord que pour vous éprouver, et ensuite pour vous surprendre ; si nous nous fussions évadés avant mon accès de catalepsie, je vous conduisais à Monte-Cristo ; maintenant, ajouta-t-il avec un soupir, c'est vous qui m'y conduirez. Eh bien, Dantès, vous ne me remerciez pas ?

– Ce trésor vous appartient, mon ami, dit Dantès, il appartient à vous seul, et je n'y ai aucun droit : je ne suis point votre parent.

– Vous êtes mon fils, Dantès ! s'écria le vieillard, vous êtes l'enfant de ma captivité ; mon état me condamnait au célibat : Dieu vous a envoyé à moi pour consoler à la fois l'homme qui ne pouvait être père et le prisonnier qui ne pouvait être libre. »

Et Faria tendit le bras qui lui restait au jeune homme qui se jeta à son cou en pleurant.

XIX – Le troisième accès.

Maintenant que ce trésor, qui avait été si longtemps l'objet des méditations de l'abbé, pouvait assurer le bonheur à venir de celui que Faria aimait véritablement comme son fils, il avait encore doublé de valeur à ses yeux ; tous les jours il s'appesantissait sur la quotité de ce trésor, expliquant à Dantès tout ce qu'avec treize ou quatorze millions de fortune un homme dans nos temps modernes pouvait faire de bien à ses amis ; et alors le visage de Dantès se rembrunissait, car le serment de vengeance qu'il avait fait se représentait à sa pensée, et il songeait lui, combien dans nos temps modernes aussi un homme avec treize ou quatorze millions de fortune pouvait faire de mal à ses ennemis.

L'abbé ne connaissait pas l'île de Monte-Cristo mais Dantès la connaissait : il avait souvent passé devant cette île, située à vingt-cinq milles de la Pianosa, entre la Corse et l'île d'Elbe, et une fois même il y avait relâché. Cette île était, avait toujours été et est encore complètement déserte ; c'est un rocher de forme presque conique, qui semble avoir été poussé par quelque cataclysme volcanique du fond de l'abîme à la surface de la mer.

Dantès faisait le plan de l'île à Faria, et Faria donnait des conseils à Dantès sur les moyens à employer pour retrouver le trésor.

Mais Dantès était loin d'être aussi enthousiaste et surtout aussi confiant que le vieillard. Certes, il était bien certain maintenant que Faria n'était pas fou, et la façon dont il était arrivé à la découverte qui avait fait croire à sa folie redoublait encore son admiration pour lui ; mais aussi il ne pouvait croire que ce dépôt en supposant qu'il eût existé, existât encore, et, quand il ne regardait pas le trésor comme chimérique, il le regardait du moins comme absent.

Cependant, comme si le destin eût voulu ôter aux prisonniers leur dernière espérance et leur faire comprendre qu'ils étaient condamnés à une prison perpétuelle, un nouveau malheur les atteignit : la galerie du bord de la mer, qui depuis longtemps menaçait ruine, avait été reconstruite ; on avait réparé les assises et bouché avec d'énormes quartiers de roc le trou déjà à demi comblé par Dantès. Sans cette précaution, qui avait été suggérée, on se le rappelle, au jeune homme par l'abbé, leur malheur était bien plus grand encore, car on découvrait leur tentative d'évasion, et on les séparait indubitablement : une nouvelle porte, plus forte, plus inexorable que les autres, s'était donc encore refermée sur eux.

« Vous voyez bien, disait le jeune homme avec une douce tristesse à Faria, que Dieu veut m'ôter jusqu'au mérite de ce que vous appelez mon dévouement pour vous. Je vous ai promis de rester éternellement avec vous, et je ne suis plus libre maintenant de ne pas tenir ma promesse ; je n'aurai pas plus le trésor que vous, et nous ne sortirons d'ici ni l'un ni l'autre. Au reste, mon véritable trésor, voyez-vous, mon ami, n'est pas celui qui m'attendait sous les sombres roches de Monte-Cristo, c'est votre présence, c'est notre cohabitation de cinq ou six heures par jour, malgré nos geôliers ; ce sont ces rayons d'intelligence que vous avez versés dans mon cerveau, ces langues que vous avez implantées dans ma mémoire et qui y poussent avec toutes leurs ramifications philologiques. Ces sciences diverses que vous m'avez rendues si faciles par la profondeur de la connaissance que vous en avez et la netteté des principes où vous les avez réduites, voilà mon trésor, ami, voilà en quoi vous m'avez fait riche et heureux. Croyez-moi et consolez-vous, cela vaut mieux pour moi que des tonnes d'or et des caisses de diamants, ne fussent-elles pas problématiques, comme ces nuages que l'on voit le matin flotter sur la mer, que l'on prend pour des terres fermes, et qui s'évaporent, se volatilisent et s'évanouissent à mesure qu'on s'en approche. Vous avoir près de moi le plus longtemps possible, écouter votre voix éloquente orner mon esprit, retremper mon âme, faire toute mon organisation capable de grandes et terribles choses si jamais je suis libre, les emplir si bien que le désespoir auquel j'étais prêt à me laisser aller quand je vous ai connu n'y trouve plus de place, voilà ma fortune, à moi : celle-là n'est point chimérique ; je vous la dois bien véritable, et tous les souverains de la terre, fussent-ils des César Borgia, ne viendraient pas à bout de me l'enlever. »

Ainsi, ce furent pour les deux infortunés, sinon d'heureux jours, du moins des jours assez promptement écoulés que les jours qui suivirent. Faria, qui pendant de si longues années avait gardé le silence sur le trésor, en reparlait maintenant à toute occasion. Comme il l'avait prévu, il était resté paralysé du bras droit et de la jambe gauche, et avait à peu près perdu tout espoir d'en jouir lui-même ; mais il rêvait toujours pour son jeune compagnon une délivrance ou une évasion, et il en jouissait pour lui. De peur que la lettre ne fût un jour égarée ou perdue, il avait forcé Dantès de l'apprendre par cœur, et Dantès la savait depuis le premier jusqu'au dernier mot. Alors il avait détruit la seconde partie, certain qu'on pouvait retrouver et saisir la première sans en deviner le véritable sens. Quelquefois, des heures entières se passèrent pour Faria à donner des instructions à Dantès, instructions qui devaient lui servir au jour de sa liberté. Alors, une fois libre, du jour, de l'heure, du moment où il serait libre, il ne devait plus avoir qu'une seule et unique pensée, gagner Monte-Cristo par un moyen quelconque, y rester seul sous un prétexte qui ne donnât point de soupçons, et, une fois là, une fois seul, tâcher de retrouver les grottes merveilleuses et fouiller l'endroit indiqué. L'endroit indiqué, on se le rappelle, c'est l'angle le plus éloigné de la seconde ouverture.

En attendant, les heures passaient, sinon rapides, du moins supportables. Faria, comme nous l'avons dit, sans avoir retrouvé l'usage de sa main et de son pied, avait reconquis toute la netteté de son intelligence, et avait peu à peu, outre les connaissances morales que nous avons détaillées, appris à son jeune compagnon ce métier patient et sublime du prisonnier, qui de rien sait faire quelque chose. Ils s'occupaient donc éternellement, Faria de peur de se voir vieillir, Dantès de peur de se rappeler son passé presque éteint, et qui ne flottait plus au plus profond de sa mémoire que comme une lumière lointaine égarée dans la nuit ; tout allait ainsi, comme dans ces existences où le malheur n'a rien dérangé et qui s'écoulent machinales et calmes sous l'œil de la Providence.

Mais, sous ce calme superficiel, il y avait dans le cœur du jeune homme, et dans celui du vieillard peut-être, bien des élans retenus, bien des soupirs étouffés, qui se faisaient jour lorsque Faria était resté seul et qu'Edmond était rentré chez lui.

Une nuit, Edmond se réveilla en sursaut, croyant s'être entendu appeler.

Il ouvrit les yeux et essaya de percer les épaisseurs de l'obscurité.

Son nom, ou plutôt une voix plaintive qui essayait d'articuler son nom, arriva jusqu'à lui.

Il se leva sur son lit, la sueur de l'angoisse au front, et écouta. Plus de doute, la plainte venait du cachot de son compagnon.

« Grand Dieu ! murmura Dantès ; serait-ce… ? »

Et il déplaça son lit, tira la pierre, s'élança dans le corridor et parvint à l'extrémité opposée ; la dalle était levée.

À la lueur de cette lampe informe et vacillante dont nous avons parlé, Edmond vit le vieillard pâle, debout encore et se cramponnant au bois de son lit. Ses traits étaient bouleversés par ces horribles symptômes qu'il connaissait déjà et qui l'avaient tant épouvanté lorsqu'ils étaient apparus pour la première fois.

« Eh bien, mon ami dit Faria résigné, vous comprenez, n'est-ce pas ? et je n'ai besoin de vous rien apprendre ! »

Edmond poussa un cri douloureux, et perdant complètement la tête, il s'élança vers la porte en criant :

« Au secours ! au secours ! »

Faria eut encore la force de l'arrêter par le bras.

« Silence ! dit-il, ou vous êtes perdu. Ne songeons plus qu'à vous mon ami, à vous rendre votre captivité supportable ou votre fuite possible. Il vous faudrait des années pour refaire seul tout ce que j'ai fait ici, et qui serait détruit à l'instant même par la connaissance que nos surveillants auraient de notre intelligence. D'ailleurs, soyez tranquille, mon ami, le cachot que je vais quitter ne restera pas longtemps vide : un autre malheureux viendra prendre ma place. À cet autre, vous apparaîtrez comme un ange sauveur. Celui-là sera peut-être jeune, fort et patient comme vous, celui-là pourra vous aider dans votre fuite, tandis que je l'empêchais. Vous n'aurez plus une moitié de cadavre liée à vous pour vous paralyser tous vos mouvements. Décidément, Dieu fait enfin quelque chose pour vous : il vous rend plus qu'il ne vous ôte, et il est bien temps que je meure. »

Edmond ne put que joindre les mains et s'écrier :

« Oh ! mon ami, mon ami, taisez-vous ! »

Puis reprenant sa force un instant ébranlée par ce coup imprévu et son courage plié par les paroles du vieillard :

« Oh ! dit-il, je vous ai déjà sauvé une fois, je vous sauverai bien une seconde ! »

Et il souleva le pied du lit et en tira le flacon encore au tiers plein de la liqueur rouge.

« Tenez, dit-il ; il en reste encore, de ce breuvage sauveur. Vite, vite, dites-moi ce qu'il faut que je fasse cette fois ; y a-til des instructions nouvelles ? Parlez, mon ami, j'écoute.

– Il n'y a pas d'espoir, répondit Faria en secouant la tête ; mais n'importe ; Dieu veut que l'homme qu'il a créé, et dans le cœur duquel il a si profondément enraciné l'amour de la vie, fasse tout ce qu'il pourra pour conserver cette existence si pénible parfois, si chère toujours.

– Oh ! oui, oui, s'écria Dantès, et je vous sauverai, vous dis-je !

– Eh bien, essayez donc ! le froid me gagne ; je sens le sang qui afflue à mon cerveau ; cet horrible tremblement qui fait claquer mes dents et semble disjoindre mes os commence à secouer tout mon corps ; dans cinq minutes le mal éclatera, dans un quart d'heure il ne restera plus de moi qu'un cadavre.

– Oh ! s'écria Dantès le cœur navré de douleur.

– Vous ferez comme la première fois, seulement vous n'attendrez pas si longtemps. Tous les ressorts de la vie sont bien usés à cette heure, et la mort, continua-t-il en montrant son bras et sa jambe paralysés, n'aura plus que la moitié de la besogne à faire. Si après m'avoir versé douze gouttes dans la bouche, au lieu de dix, vous voyez que je ne reviens pas, alors vous verserez le reste. Maintenant, portez-moi sur mon lit, car je ne puis plus me tenir debout. »

Edmond prit le vieillard dans ses bras et le déposa sur le lit.

« Maintenant ami, dit Faria, seule consolation de ma vie misérable, vous que le ciel m'a donné un peu tard, mais enfin qu'il m'a donné, présent inappréciable et dont je le remercie ; au moment de me séparer de vous pour jamais, je vous souhaite tout le bonheur, toute la prospérité que vous méritez : mon fils je vous bénis ! »

Le jeune homme se jeta à genoux, appuyant sa tête contre le lit du vieillard.

« Mais surtout, écoutez bien ce que je vous dis à ce moment suprême : le trésor des Spada existe ; Dieu permet qu'il n'y ait plus pour moi ni distance ni obstacle. Je le vois au fond de la seconde grotte ; mes yeux percent les profondeurs de la terre et sont éblouis de tant de richesses. Si vous parvenez à fuir, rappelez-vous que le pauvre abbé que tout le monde croyait fou ne l'était pas. Courez à Monte-Cristo, profitez de notre fortune, profitez-en, vous avez assez souffert. »

Une secousse violente interrompit le vieillard ; Dantès releva la tête, il vit les yeux qui s'injectaient de rouge : on eût dit qu'une vague de sang venait de monter de sa poitrine à son front.

« Adieu ! adieu ! murmura le vieillard en pressant convulsivement la main du jeune homme, adieu !

– Oh ! pas encore, pas encore ! s'écria celui-ci ; ne nous abandonnez pas, ô mon Dieu ! secourez-le… à l'aide… à moi…

– Silence ! silence ! murmura le moribond, qu'on ne nous sépare pas si vous me sauvez !

– Vous avez raison. Oh ! oui, oui, soyez tranquille, je vous sauverai ! D'ailleurs, quoique vous souffriez beaucoup, vous paraissez souffrir moins que la première fois.

– Oh ! détrompez-vous ! je souffre moins, parce qu'il y a en moi moins de force pour souffrir. À votre âge on a foi dans la vie, c'est le privilège de la jeunesse de croire et d'espérer, mais les vieillards voient plus clairement la mort. Oh ! la voilà… elle vient… c'est fini…

ma vue se perd… ma raison s'enfuit… Votre main, Dantès !… adieu !… adieu ! »

Et se relevant par un dernier effort dans lequel il rassembla toutes ses facultés.

« Monte-Cristo ! dit-il, n'oubliez pas Monte-Cristo ! »

Et il retomba sur son lit. La crise fut terrible : des membres tordus, des paupières gonflées, une écume sanglante, un corps sans mouvement, voilà ce qui resta sur ce lit de douleur à la place de l'être intelligent qui s'y était couché un instant auparavant.

Dantès prit la lampe, la posa au chevet du lit sur une pierre qui faisait saillie et d'où sa lueur tremblante éclairait d'un reflet étrange et fantastique ce visage décomposé et ce corps inerte et raidi.

Les yeux fixés, il attendit intrépidement le moment d'administrer le remède sauveur.

Lorsqu'il crut le moment arrivé, il prit le couteau, desserra les dents, qui offrirent moins de résistance que la première fois, compta l'une après l'autre dix gouttes et attendit ; la fiole contenait le double encore à peu près de ce qu'il avait versé.

Il attendit dix minutes, un quart d'heure, une demi-heure, rien ne bougea. Tremblant, les cheveux roidis, le front glacé de sueur, il comptait les secondes par les battements de son cœur.

Alors il pensa qu'il était temps d'essayer la dernière épreuve : il approcha la fiole des lèvres violettes de Faria, et, sans avoir besoin de desserrer les mâchoires restées ouvertes, il versa toute la liqueur qu'elle contenait.

Le remède produisit un effet galvanique, un violent tremblement secoua les membres du vieillard, ses yeux se rouvrirent effrayants à voir, il poussa un soupir qui ressemblait à un cri, puis tout ce corps frissonnant rentra peu à peu dans son immobilité.

Les yeux seuls restèrent ouverts.

Une demi-heure, une heure, une heure et demie s'écoulèrent. Pendant cette heure et demie d'angoisse, Edmond, penché sur son ami, la main appliquée à son cœur, sentit successivement ce corps se refroidir et ce cœur éteindre son battement de plus en plus sourd et profond.

Enfin rien ne survécut ; le dernier frémissement du cœur cessa, la face devint livide, les yeux restèrent ouverts, mais le regard se ternit.

Il était six heures du matin, le jour commençait à paraître, et son rayon blafard, envahissant le cachot, faisait pâlir la lumière mourante de la lampe. Des reflets étranges passaient sur le visage du cadavre, lui donnant de temps en temps des apparences de vie. Tant que dura cette lutte du jour et de la nuit, Dantès put douter encore ; mais dès que le jour eut vaincu, il comprit qu'il était seul avec un cadavre.

Alors une terreur profonde et invincible s'empara de lui ; il n'osa plus presser cette main qui pendait hors du lit, il n'osa plus arrêter ses yeux sur ces yeux fixes et blancs qu'il essaya plusieurs fois mais inutilement de fermer, et qui se rouvraient toujours. Il éteignit la lampe, la cacha soigneusement et s'enfuit, replaçant de son mieux la dalle au-dessus de sa tête.

D'ailleurs, il était temps, le geôlier allait venir.

Cette fois, il commença sa visite par Dantès ; en sortant de son cachot, il allait passer dans celui de Faria, auquel il portait à déjeuner et du linge.

Rien d'ailleurs n'indiquait chez cet homme qu'il eût connaissance de l'accident arrivé. Il sortit.

Dantès fut alors pris d'une indicible impatience de savoir ce qui allait se passer dans le cachot de son malheureux ami ; il rentra donc dans la galerie souterraine et arriva à temps pour entendre les exclamations du porte-clefs, qui appelait à l'aide.

Bientôt les autres porte-clefs entrèrent ; puis on entendit ce pas lourd et régulier habituel aux soldats, même hors de leur service. Derrière les soldats arriva le gouverneur.

Edmond entendit le bruit du lit sur lequel on agitait le cadavre ; il entendit la voix du gouverneur, qui ordonnait de lui jeter de l'eau au visage, et qui voyant que, malgré cette immersion, le prisonnier ne revenait pas, envoya chercher le médecin.

Le gouverneur sortit ; et quelques paroles de compassion parvinrent aux oreilles de Dantès, mêlées à des rires de moquerie.

« Allons, allons, disait l'un, le fou a été rejoindre ses trésors, bon voyage !

– Il n'aura pas, avec tous ses millions, de quoi payer son

linceul, disait l'autre.

– Oh ! reprit une troisième voix, les linceuls du château d'If ne coûtent pas cher.

– Peut-être, dit un des premiers interlocuteurs, comme c'est un homme d'Église, on fera quelques frais en sa faveur.

– Alors il aura les honneurs du sac. »

Edmond écoutait, ne perdait pas une parole, mais ne comprenait pas grand-chose à tout cela. Bientôt les voix s'éteignirent, et il lui sembla que les assistants quittaient la chambre. Cependant il n'osa y rentrer : on pouvait avoir laissé quelque porte-clefs pour garder le mort.

Il resta donc muet, immobile et retenant sa respiration.

Au bout d'une heure, à peu près, le silence s'anima d'un faible bruit, qui alla croissant.

C'était le gouverneur qui revenait, suivi du médecin et de plusieurs officiers.

Il se fit un moment de silence : il était évident que le médecin s'approchait du lit et examinait le cadavre.

Bientôt les questions commencèrent.

Le médecin analysa le mal auquel le prisonnier avait succombé et déclara qu'il était mort.

Questions et réponses se faisaient avec une nonchalance qui indignait Dantès ; il lui semblait que tout le monde devait ressentir pour le pauvre abbé une partie de l'affection qu'il lui portait.

« Je suis fâché de ce que vous m'annoncez là, dit le gouverneur, répondant à cette certitude manifestée par le médecin que le vieillard était bien réellement mort ; c'était un prisonnier doux, inoffensif, réjouissant avec sa folie et surtout facile à surveiller.

– Oh ! reprit le porte-clefs, on aurait pu ne pas le surveiller du tout, il serait bien resté cinquante ans ici, j'en réponds, celui-là, sans essayer de faire une seule tentative d'évasion.

– Cependant, reprit le gouverneur, je crois qu'il serait urgent, malgré votre conviction, non pas que je doute de votre science, mais pour ma propre responsabilité, de nous assurer si le prisonnier est bien réellement mort.

Il se fit un instant de silence absolu pendant lequel Dantès, toujours aux écoutes, estima que le médecin examinait et palpait une seconde fois le cadavre.

« Vous pouvez être tranquille, dit alors le médecin, il est mort, c'est moi qui vous en réponds.

– Vous savez, monsieur, reprit le gouverneur en insistant, que nous ne nous contentons pas, dans les cas pareils à celui-ci, d'un simple examen ; malgré toutes les apparences, veuillez donc achever la besogne en remplissant les formalités prescrites par la loi.

– Que l'on fasse chauffer les fers, dit le médecin ; mais en vérité, c'est une précaution bien inutile. »

Cet ordre de chauffer les fers fit frissonner Dantès.

On entendit des pas empressés, le grincement de la porte, quelques allées et venues intérieures, et, quelques instants après, un guichetier rentra en disant :

« Voici le brasier avec un fer. »

Il se fit alors un silence d'un instant, puis on entendit le frémissement des chairs qui brûlaient, et dont l'odeur épaisse et nauséabonde perça le mur même derrière lequel Dantès écoutait avec horreur. À cette odeur de chair humaine carbonisée, la sueur jaillit du front du jeune homme et il crut qu'il allait s'évanouir.

« Vous voyez, monsieur, qu'il est bien mort, dit le médecin ; cette brûlure au talon est décisive : le pauvre fou est guéri de sa folie et délivré de sa captivité.

– Ne s'appelait-il pas Faria ? demanda un des officiers qui accompagnaient le gouverneur.

– Oui, monsieur, et, à ce qu'il prétendait, c'était un vieux nom ; d'ailleurs, il était fort savant et assez raisonnable même sur tous les points qui ne touchaient pas à son trésor ; mais sur celui-là, il faut l'avouer, il était intraitable.

– C'est l'affection que nous appelons la monomanie, dit le médecin.

– Vous n'aviez jamais eu à vous plaindre de lui ? demanda le gouverneur au geôlier chargé d'apporter les vivres de l'abbé.

– Jamais, monsieur le gouverneur, répondit le geôlier, jamais, au grand jamais ! au contraire : autrefois même il m'amusait fort en me racontant des histoires ; un jour que ma femme était malade il m'a même donné une recette qui l'a guérie.

– Ah ! ah ! fit le médecin, j'ignorais que j'eusse affaire à un collègue ; j'espère, monsieur le gouverneur, ajouta-t-il en riant, que vous le traiterez en conséquence.

– Oui, oui, soyez tranquille, il sera décemment enseveli dans le sac le plus neuf qu'on pourra trouver ; êtes-vous content ?

– Devons-nous accomplir cette dernière formalité devant vous, monsieur ? demanda un guichetier.

– Sans doute, mais qu'on se hâte, je ne puis rester dans cette chambre toute la journée »

De nouvelles allées et venues se firent entendre ; un instant après, un bruit de toile froissée parvint aux oreilles de Dantès, le lit cria sur ses ressorts, un pas alourdi comme celui d'un homme qui soulève un fardeau s'appesantit sur la dalle, puis le lit cria de nouveau sous le poids qu'on lui rendait.

« À ce soir, dit le gouverneur.

– Y aura-t-il une messe ? demanda un des officiers.

– Impossible, répondit le gouverneur ; le chapelain du château est venue me demander hier un congé pour faire un petit voyage de huit jours à Hyères, je lui ai répondu de tous mes prisonniers pendant tout ce temps-là ; le pauvre abbé n'avait qu'à ne pas tant se presser, et il aurait eu son requiem.

– Bah ! bah ! Hyères dit le médecin avec l'impiété familière aux gens de sa profession, il est homme d'Église : Dieu aura égard à l'état, et ne donnera pas à l'enfer le méchant plaisir de lui envoyer un prêtre. »

Un éclat de rire suivit cette mauvaise plaisanterie. Pendant ce temps, l'opération de l'ensevelissement se poursuivait.

« À ce soir ! dit le gouverneur lorsqu'elle fut finie.

– À quelle heure ? demanda le guichetier.

– Mais vers dix ou onze heures.

– Veillera-t-on le mort ?

– Pour quoi faire ? On fermera le cachot comme s'il était vivant, voilà tout. »

Alors les pas s'éloignèrent, les voix allèrent s'affaiblissant, le bruit de la porte avec sa serrure criarde et ses verrous grinçants se fit entendre, un silence plus morne que celui de la solitude, le silence de la mort, envahit tout, jusqu'à l'âme glacée du jeune homme.

Alors il souleva lentement la dalle avec sa tête, et jeta un regard investigateur dans la chambre. La chambre était vide : Dantès sortit de la galerie.

XX – Le cimetière du château d'If.

Sur le lit, couché dans le sens de la longueur, et faiblement éclairé par un jour brumeux qui pénétrait à travers la fenêtre, on voyait un sac de toile grossière, sous les larges plis duquel se dessinait confusément une forme longue et raide : c'était le dernier linceul de Faria, ce linceul qui, au dire des guichetiers, coûtait si peu cher. Ainsi, tout était fini. Une séparation matérielle existait déjà entre Dantès et son vieil ami, il ne pouvait plus voir ses yeux qui étaient restés ouverts comme pour regarder au-delà de la mort, il ne pouvait plus serrer cette main industrieuse qui avait soulevé pour lui le voile qui couvrait les choses cachées. Faria, l'utile, le bon compagnon auquel il s'était habitué avec tant de force, n'existait plus que dans son souvenir. Alors il s'assit au chevet de ce lit terrible, et se plongea dans une sombre et amère mélancolie.

Seul ! il était redevenu seul ! il était retombé dans le silence, il se retrouvait en face du néant !

Seul, plus même la vue, plus même la voix du seul être humain qui l'attachait encore à la terre ! Ne valait-il pas mieux comme Faria, s'en aller demander à Dieu l'énigme de la vie, au risque de passer par la porte lugubre des souffrances !

L'idée du suicide, chassée par son ami, écartée par sa présence, revint alors se dresser comme un fantôme près du cadavre de Faria.

« Si je pouvais mourir, dit-il, j'irais où il va, et je le retrouverais certainement. Mais comment mourir ? C'est bien facile, ajouta-t-il en riant ; je vais rester ici, je me jetterai sur le premier qui va entrer, je l'étranglerai et l'on me guillotinera. »

Mais, comme il arrive que, dans les grandes douleurs comme dans les grandes tempêtes, l'abîme se trouve entre deux cimes de flots, Dantès recula à l'idée de cette mort infamante, et passa précipitamment de ce désespoir à une soif ardente de vie et de liberté.

« Mourir ! oh ! non, s'écria-t-il, ce n'est pas la peine d'avoir tant vécu, d'avoir tant souffert, pour mourir maintenant ! Mourir, c'était bon quand j'en avais pris la résolution, autrefois, il y a des années ; mais maintenant ce serait véritablement trop aider à ma misérable destinée. Non, je veux vivre, je veux lutter jusqu'au bout ; non, je veux reconquérir ce bonheur qu'on m'a enlevé ! Avant que je meure, j'oubliais que j'ai mes bourreaux à punir, et peut-être bien aussi, qui sait ? quelques amis à récompenser. Mais à présent on va m'oublier ici, et je ne sortirai de mon cachot que comme Faria. »

Mais à cette parole, Edmond resta immobile, les yeux fixes comme un homme frappé d'une idée subite, mais que cette idée épouvante ; tout à coup il se leva, porta la main à son front comme s'il avait le vertige, fit deux ou trois tours dans la chambre et revint s'arrêter devant le lit…

« Oh ! oh ! murmura-t-il, qui m'envoie cette pensée ? est-ce vous, mon Dieu ? Puisqu'il n'y a que les morts qui sortent librement d'ici, prenons la place des morts. »

Et sans perdre le temps de revenir sur cette décision, comme pour ne pas donner à la pensée le terne de détruire cette résolution désespérée, il se pencha vers le sac hideux, l'ouvrit avec le couteau que Faria avait fait, retira le cadavre du sac, l'emporta chez lui, le coucha dans son lit, le coiffa du lambeau de linge dont il avait l'habitude de se coiffer lui-même, couvrit de sa couverture, baisa une dernière fois ce front glacé, essaya de refermer ces yeux rebelles, qui continuaient de rester ouverts, effrayants par l'absence de la pensée, tourna la tête le long du mur afin que le geôlier, en apportant son repas du soir, crût qu'il était couché, comme c'était souvent son habitude, rentra dans la galerie, tira le lit contre la muraille, rentra dans l'autre chambre, prit dans l'armoire l'aiguille, le fil, jeta ses haillons pour qu'on sentît bien sous la toile les chairs nues, se glissa dans le sac éventré, se plaça dans la situation où était le cadavre, et referma la couture en dedans.

On aurait pu entendre battre son cœur si par malheur on fût entré en ce moment.

Dantès aurait bien pu attendre après la visite du soir, mais il avait peur que d'ici là le gouverneur ne changeât de résolution et qu'on n'enlevât le cadavre.

Alors sa dernière espérance était perdue.

En tout cas, maintenant son plan était arrêté.

Voici ce qu'il comptait faire.

Si pendant le trajet les fossoyeurs reconnaissaient qu'ils portaient un vivant au lieu de porter un mort, Dantès ne leur donnait pas le temps de se reconnaître ; d'un vigoureux coup de couteau il ouvrait le sac depuis le haut jusqu'en bas, profitait de leur terreur et s'échappait ; s'ils voulaient l'arrêter, il jouait du couteau.

S'ils le conduisaient jusqu'au cimetière et le déposaient dans une fosse, il se laissait couvrir de terre ; puis, comme c'était la nuit, à peine les fossoyeurs avaient-ils le dos tourné, qu'il s'ouvrait un passage à travers la terre molle et s'enfuyait : il espérait que le poids ne serait pas trop grand pour qu'il pût le soulever.

S'il se trompait, si au contraire la terre était trop pesante, il mourait étouffé, et, tant mieux ! tout était fini.

Dantès n'avait pas mangé depuis la veille, mais il n'avait pas songé à la faim le matin, et il n'y songeait pas encore. Sa position était trop précaire pour lui laisser le temps d'arrêter sa pensée sur aucune autre idée.

Le premier danger que courait Dantès, c'était que le geôlier, en lui apportant son souper de sept heures, s'aperçût de la substitution opérée ; heureusement, vingt fois, soit par misanthropie, soit par fatigue, Dantès avait reçu le geôlier couché ; et dans ce cas, d'ordinaire, cet homme déposait son pain et sa soupe sur la table et se retirait sans lui parler.

Mais, cette fois, le geôlier pouvait déroger à ses habitudes de mutisme, parler à Dantès, et voyant que Dantès ne lui répondait point, s'approcher du lit et tout découvrir.

Lorsque sept heures du soir approchèrent, les angoisses de Dantès commencèrent véritablement. Sa main, appuyée sur son cœur, essuyait d'en comprimer les battements, tandis que de l'autre il essuyait la sueur de son front qui ruisselait le long de ses tempes. De temps en temps des frissons lui couraient par tout le corps et lui serraient le cœur comme dans un étau glacé. Alors, il croyait qu'il allait mourir. Les heures s'écoulèrent sans amener aucun mouvement dans le château, et Dantès comprit qu'il avait échappé à ce premier danger ; c'était d'un bon augure. Enfin, vers l'heure fixée par le gouverneur, des pas se firent entendre dans l'escalier. Edmond comprit que le moment était venu ; il rappela tout son courage, retenant son haleine ; heureux s'il eût pu retenir en même temps et comme elle les pulsations précipitées de ses artères.

On s'arrêta à la porte, le pas était double. Dantès devina que c'étaient les deux fossoyeurs qui le venaient chercher. Ce soupçon se changea en certitude, quand il entendit le bruit qu'ils faisaient en déposant la civière.

La porte s'ouvrit, une lumière voilée parvint aux yeux de Dantès. Au travers de la toile qui le couvrait, il vit deux ombres s'approcher de son lit. Une troisième à la porte, tenant un falot à la main. Chacun des deux hommes, qui s'étaient approchés du lit, saisit le sac par une de ses extrémités.

« C'est qu'il est encore lourd, pour un vieillard si maigre ! dit l'un d'eux en le soulevant par la tête.

— On dit que chaque année ajoute une demi-livre au poids des os, dit l'autre en le prenant par les pieds.

— As-tu fait ton nœud ? demanda le premier.

— Je serais bien bête de nous charger d'un poids inutile, dit le second, je le ferai là-bas.

— Tu as raison ; partons alors. »

« Pourquoi ce nœud ? » se demanda Dantès.

On transporta le prétendu mort du lit sur la civière.

Edmond se raidissait pour mieux jouer son rôle de trépassé.

On le posa sur la civière ; et le cortège, éclairé par l'homme au falot, qui marchait devant, monta l'escalier.

Tout à coup, l'air frais et âpre de la nuit l'inonda. Dantès reconnut le mistral. Ce fut une sensation subite, pleine à la fois de délices et d'angoisses.

Les porteurs firent une vingtaine de pas, puis ils s'arrêtèrent et déposèrent la civière sur le sol.

Un des porteurs s'éloigna, et Dantès entendit ses souliers retentir sur les dalles.

« Où suis-je donc ? » se demanda-t-il.

« Sais-tu qu'il n'est pas léger du tout ! » dit celui qui était resté près de Dantès en s'asseyant sur le bord de la civière.

Le premier sentiment de Dantès avait été de s'échapper, heureusement, il se retint.

« Éclaire-moi donc, animal, dit celui des deux porteurs qui s'était éloigné, ou je ne trouverai jamais ce que je cherche. »

L'homme au falot obéit à l'injonction, quoique, comme on l'a vu, elle fût faite en termes peu convenables.

« Que cherche-t-il donc ? se demanda Dantès. Une bêche sans doute. »

Une exclamation de satisfaction indiqua que le fossoyeur avait trouvé ce qu'il cherchait.

« Enfin, dit l'autre, ce n'est pas sans peine.

– Oui, répondit-il, mais il n'aura rien perdu pour attendre. »

À ces mots, il se rapprocha d'Edmond, qui entendit déposer près de lui un corps lourd et retentissant ; au même moment, une corde entoura ses pieds d'une vive et douloureuse pression.

« Eh bien, le nœud est-il fait ? demanda celui des fossoyeurs qui était resté inactif.

– Et bien fait, dit l'autre ; je t'en réponds.

– En ce cas, en route. »

Et la civière soulevée reprit son chemin.

On fit cinquante pas à peu près, puis on s'arrêta pour ouvrir une porte, puis on se remit en route. Le bruit des flots se brisant contre les rochers sur lesquels est bâti le château arrivait plus distinctement à l'oreille de Dantès à mesure que l'on avança.

« Mauvais temps ! dit un des porteurs, il ne fera pas bon d'être en mer cette nuit.

– Oui, l'abbé court grand risque d'être mouillé » dit l'autre – et ils éclatèrent de rire.

Dantès ne comprit pas très bien la plaisanterie mais ses cheveux ne s'en dressèrent pas moins sur sa tête.

« Bon, nous voilà arrivés ! reprit le premier.

– Plus loin, plus loin, dit l'autre, tu sais bien que le dernier est resté en route, brisé sur les rochers, et que le gouverneur nous a dit le lendemain que nous étions des fainéants. »

On fit encore quatre ou cinq pas en montant toujours, puis Dantès sentit qu'on le prenait par la tête et par les pieds et qu'on le balançait.

« Une, dirent les fossoyeurs.

– Deux.

– Trois ! »

En même temps, Dantès se sentit lancé, en effet, dans un vide énorme, traversant les airs comme un oiseau blessé, tombant, tombant toujours avec une épouvante qui lui glaçait le cœur. Quoique tiré en bas par quelque chose de pesant qui précipitait son vol rapide, il lui sembla que cette chute durait un siècle. Enfin, avec un bruit épouvantable, il entra comme une flèche dans une eau glacée qui lui fit pousser un cri, étouffé à l'instant même par l'immersion.

Dantès avait été lancé dans la mer, au fond de laquelle l'entraînait un boulet de trente-six attaché à ses pieds.

La mer est le cimetière du château d'If.

XXI – L'île de Tiboulen.

Dantès étourdi, presque suffoqué, eut cependant la présence d'esprit de retenir son haleine, et, comme sa main droite, ainsi que nous l'avons dit, préparé qu'il était à toutes les chances, tenait son couteau tout ouvert, il éventra rapidement le sac, sortit le bras, puis la tête ; mais alors, malgré ses mouvements pour soulever le boulet, il continua de se sentir entraîné ; alors il se cambra, cherchant la corde qui liait ses jambes, et, par un effort suprême, il la trancha précisément au moment où il suffoquait ; alors, donnant un vigoureux coup de pied, il remonta libre à la surface de la mer, tandis que le boulet entraînait dans ses profondeurs inconnues le tissu grossier qui avait failli devenir son linceul.

Dantès ne prit que le temps de respirer, et replongea une seconde fois ; car la première précaution qu'il devait prendre était d'éviter les regards.

Lorsqu'il reparut pour la seconde fois, il était déjà à cinquante pas au moins du lieu de sa chute ; il vit au-dessus de sa tête un ciel noir et tempétueux, à la surface duquel le vent balayait quelques nuages rapides, découvrant parfois un petit coin d'azur rehaussé d'une étoile ; devant lui s'étendait la plaine sombre et mugissante, dont les vagues commençaient à bouillonner comme à l'approche d'une tempête, tandis que, derrière lui, plus noir que la mer, plus noir que le ciel, montait, comme un fantôme menaçant, le géant de granit, dont la pointe sombre semblait un bras étendu pour ressaisir sa proie ; sur la roche la plus haute était un falot éclairant deux ombres.

Il lui sembla que ces deux ombres se penchaient sur la mer avec inquiétude ; en effet, ces étranges fossoyeurs devaient avoir entendu le cri qu'il avait jeté en traversant l'espace. Dantès plongea donc de nouveau, et fit un trajet assez long entre deux eaux ; cette manœuvre lui était jadis familière, et attirait d'ordinaire autour de lui, dans l'anse du Pharo, de nombreux admirateurs, lesquels l'avaient proclamé bien souvent le plus habile nageur de Marseille.

Lorsqu'il revint à la surface de la mer, le falot avait disparu.

Il fallait s'orienter : de toutes les îles qui entourent le château d'If, Ratonneau et Pomègue sont les plus proches ; mais Ratonneau et Pomègue sont habitées ; il en est ainsi de la petite île de Daume ; l'île la plus sûre était donc celle deTiboulen ou de Lemaire ; les Îles de Tiboulen et de Lemaire sont à une lieue du château d'If.

Dantès ne résolut pas moins de gagner une de ces deux îles ; mais comment trouver ces îles au milieu de la nuit qui s'épaississait à chaque instant autour de lui !

En ce moment, il vit briller comme une étoile le phare de Planier. En se dirigeant droit sur ce phare, il laissait l'île de Tiboulen un peu à gauche ; en appuyant un peu à gauche, il devait donc rencontrer cette île sur son chemin.

Mais, nous l'avons dit, il y avait une lieue au moins du château d'If à cette île.

Souvent, dans la prison, Faria répétait au jeune homme, en le voyant abattu et paresseux :

« Dantès, ne vous laissez pas aller à cet amollissement ; vous vous noierez, si vous essayez de vous enfuir, et que vos forces n'aient pas été entretenues »

Sous l'onde lourde et amère, cette parole était venue tinter aux oreilles de Dantès ; il avait eu hâte de remonter alors et de fendre les lames pour voir si, effectivement, il n'avait pas perdu de ses forces ; il vit avec joie que son inaction forcée ne lui avait rien ôté de sa puissance et de son agilité, et sentit qu'il était toujours maître de l'élément où, tout enfant, il s'était joué.

D'ailleurs la peur, cette rapide persécutrice, doublait la vigueur de Dantès ; il écoutait, penché sur la cime des flots, si aucune rumeur n'arrivait jusque lui. Chaque fois qu'il s'élevait à l'extrémité d'une vague, son rapide regard embrassait l'horizon visible et essayait de plonger dans l'épaisse obscurité ; chaque flot un peu plus élevé que les autres flots lui semblait une barque à sa poursuite, et alors il redoublait d'efforts, qui l'éloignaient sans doute, mais dont la répétition devait promptement user ses forces.

Il nageait cependant, et déjà le château terrible s'était un peu fondu dans la vapeur nocturne : il ne le distinguait pas mais il le sentait toujours.

Une heure s'écoula pendant laquelle Dantès, exalté par le sentiment de la liberté qui avait envahi toute sa personne, continua de fendre les flots dans la direction qu'il s'était faite.

« Voyons, se disait-il, voilà bientôt une heure que je nage, mais comme le vent m'est contraire j'ai dû perdre un quart de ma rapidité ; cependant, à moins que je ne me sois trompé de ligne, je ne dois pas être loin de Tiboulen maintenant… Mais, si je m'étais trompé ! »

Un frisson passa par tout le corps du nageur, il essaya de faire un instant la planche pour se reposer ; mais la mer devenait de plus en plus forte, et il comprit bientôt que ce moyen de soulagement, sur lequel il avait compté, était impossible.

« Eh bien, dit-il, soit, j'irai jusqu'au bout, jusqu'à ce que mes bras se lassent, jusqu'à ce que les crampes envahissent mon corps, et alors je coulerai à fond ! »

Et il se mit à nager avec la force et l'impulsion du désespoir.

Tout à coup, il lui sembla que le ciel, déjà si obscur s'assombrissait encore, qu'un nuage épais, lourd compact s'abaissait vers lui ; en même temps, il sentit une violente douleur au genou : l'imagination, avec son incalculable vitesse, lui dit alors que c'était le choc d'une balle, et qu'il allait immédiatement entendre l'explosion du coup de fusil ; mais l'explosion ne retentit pas. Dantès allongea la main et sentit une résistance, il retira son autre jambe à lui et toucha la terre ; il vit alors quel était l'objet qu'il avait pris pour un nuage.

À vingt pas de lui s'élevait une masse de rochers bizarres qu'on prendrait pour un foyer immense pétrifié au moment de sa plus ardente combustion : c'était l'île de Tiboulen.

Dantès se releva, fit quelques pas en avant, et s'étendit, en remerciant Dieu, sur ces pointes de granit, qui lui semblèrent à cette heure plus douces que ne lui avait jamais paru le lit le plus doux.

Puis, malgré le vent, malgré la tempête, malgré la pluie qui commençait à tomber, brisé de fatigue qu'il était, il s'endormit de ce délicieux sommeil de l'homme chez lequel le corps s'engourdit. mais dont l'âme veille avec la conscience d'un bonheur inespéré.

Au bout d'une heure, Edmond se réveilla sous le grondement d'un immense coup de tonnerre : la tempête était déchaînée dans l'espace et battait l'air de son vol éclatant ; de temps en temps un éclair descendait du ciel comme un serpent de feu, éclairant les flots et les nuages qui roulaient au-devant les uns des autres comme les vagues d'un immense chaos.

Dantès, avec son coup d'œil de marin, ne s'était pas trompé : il avait abordé à la première des deux îles, qui est effectivement celle de Tiboulen. Il la savait nue, découverte et n'offrant pas le moindre asile ; mais quand la tempête serait calmée il se remettrait à la mer et gagnerait à la nage l'île Lemaire, aussi aride, mais plus large, et par conséquent plus hospitalière.

Une roche qui surplombait offrit un abri momentané à Dantès, il s'y réfugia, et presque au même instant la tempête éclata dans toute sa fureur.

Edmond sentait trembler la roche sous laquelle il s'abritait ; les vagues, se brisant contre la base de la gigantesque pyramide, rejaillissaient jusqu'à lui ; tout en sûreté qu'il était, il était au milieu de ce bruit profond, au milieu de ces éblouissements fulgurants, pris d'une espèce de vertige : il lui semblait que l'île tremblait sous lui, et d'un moment à l'autre allait, comme un vaisseau à l'ancre, briser son câble, et l'entraîner au milieu de l'immense tourbillon.

Il se rappela alors que, depuis vingt-quatre heures, il n'avait pas mangé : il avait faim, il avait soif.

Dantès étendit les mains et la tête, et but l'eau de la tempête dans le creux d'un rocher.

Comme il se relevait, un éclair qui semblait ouvrir le ciel jusqu'au pied du trône éblouissant de Dieu illumina l'espace ; à la lueur de cet éclair, entre l'île Lemaire et le cap Croisille, à un quart de lieue de lui, Dantès vit apparaître, comme un spectre glissant du haut d'une vague dans un abîme, un petit bâtiment pêcheur emporté à la fois par l'orage et par le flot ; une seconde après, à la cime d'une autre vague, le fantôme reparut, s'approchant avec une effroyable rapidité. Dantès voulut crier, chercha quelque lambeau de linge à agiter en l'air pour leur faire voir qu'ils se perdaient, mais ils le voyaient bien eux-mêmes. À la lueur d'un autre éclair, le jeune homme vit quatre hommes cramponnés aux mâts et aux étais ; un cinquième se tenait à la barre du gouvernail brisé. Ces hommes qu'il voyait le virent aussi sans doute, car des cris désespérés, emportés par la rafale sifflante, arrivèrent à son oreille. Au-dessus du mât, tordu comme un roseau, claquait en l'air, à coups précipités, une voile en lambeaux ; tout à coup les liens qui la retenaient encore se rompirent, et elle disparut, emportée dans les sombres profondeurs du ciel, pareille à ces grands oiseaux blancs qui se dessinent sur les nuages noirs.

En même temps, un craquement effrayant se fit entendre, des cris d'agonie arrivèrent jusqu'à Dantès. Cramponné comme un sphinx à son rocher, d'où il plongeait sur l'abîme, un nouvel éclair lui montra le petit bâtiment brisé, et, parmi les débris, des têtes aux visages désespérés, des bras étendus vers le ciel.

Puis tout rentra dans la nuit, le terrible spectacle avait eu la durée de l'éclair.

Dantès se précipita sur la pente glissante des rochers, au risque de rouler lui-même dans la mer ; il regarda, il écouta, mais il n'entendit et ne vit plus rien : plus de cris, plus d'efforts humains ; la tempête seule, cette grande chose de Dieu, continuait de rugir avec les vents et d'écumer avec les flots.

Peu à peu, le vent s'abattit ; le ciel roula vers l'occident de gros nuages gris et pour ainsi dire déteints par l'orage ; l'azur reparut avec les étoiles plus scintillantes que jamais ; bientôt, vers l'est, une longue bande rougeâtre dessina à l'horizon des ondulations d'un bleu-noir ; les flots bondirent, une subite lueur courut sur leurs cimes et changea leurs cimes écumeuses en crinières d'or.

C'était le jour.

Dantès resta immobile et muet devant ce grand spectacle, comme s'il le voyait pour la première fois. En effet, depuis le temps qu'il était au château d'If, il avait oublié. Il se retourna vers la forteresse interrogeant à la fois d'un long regard circulaire la terre et la mer.

Le sombre bâtiment sortait du sein des vagues avec cette imposante majesté des choses immobiles, qui semblent à la fois surveiller et commander.

Il pouvait être cinq heures du matin ; la mer continuait de se calmer.

« Dans deux ou trois heures, se dit Edmond, le porte-clefs va entrer dans ma chambre, trouvera le cadavre de mon pauvre ami, le reconnaîtra, me cherchera vainement et donnera l'alarme. Alors on trouvera le trou, la galerie ; on interrogera ces hommes qui m'ont lancé à la mer et qui ont dû entendre le cri que j'ai poussé. Aussitôt, des barques remplies de soldats armés courront après le malheureux fugitif qu'on sait bien ne pas être loin. Le canon avertira toute la côte qu'il ne faut point donner asile à un homme qu'on rencontrera, nu et affamé. Les espions et les alguazils de Marseille seront avertis et battront la côte, tandis que le gouverneur du château d'If fera battre la mer. Alors, traqué sur l'eau, cerné sur la terre, que deviendrai-je ? J'ai faim, j'ai froid, j'ai lâché jusqu'au couteau sauveur qui me gênait pour nager ; je suis à la merci du premier paysan qui voudra gagner vingt francs en me livrant ; je n'ai plus ni force, ni idée, ni résolution. Ô mon Dieu ! mon Dieu ! voyez si j'ai assez souffert, et si vous pouvez faire pour moi plus que je ne puis faire moi-même. »

Au moment où Edmond, dans une espèce de délire occasionné par l'épuisement de sa force et le vide de son cerveau, prononçait, anxieusement tourné vers le château d'If, cette prière ardente, il vit apparaître, à la pointe de l'île de Pomègue, dessinant sa voile latine à l'horizon, et pareil à une mouette qui vole en rasant le flot, un petit bâtiment que l'œil d'un marin pouvait seul reconnaître pour une tartane génoise sur la ligne encore à demi obscure de la mer. Elle venait du port de Marseille et gagnait le large en poussant l'écume étincelante devant la proue aiguë qui ouvrait une route plus facile à ses flancs rebondis.

« Oh ! s'écria Edmond, dire que dans une demi-heure j'aurais rejoint ce navire si je ne craignais pas d'être questionné, reconnu pour un fugitif et reconduit à Marseille ! Que faire ? que dire ? quelle fable inventer dont ils puissent être la dupe ? Ces gens sont tous des contrebandiers, des demi-pirates. Sous prétexte de faire le cabotage, ils écument les côtes ; ils aimeront mieux me vendre que de faire une bonne action stérile.

« Attendons.

« Mais attendre est chose impossible : je meurs de faim ; dans quelques heures, le peu de forces qui me reste sera évanoui : d'ailleurs l'heure de la visite approche ; l'éveil n'est pas encore donné, peut-être ne se doutera-t-on de rien : je puis me faire passer pour un des matelots de ce petit bâtiment qui s'est brisé cette nuit. Cette fable ne manquera point de vraisemblance ; nul ne viendra pour me contredire, ils sont bien engloutis tous. Allons. »

Et, tout en disant ces mots, Dantès tourna les yeux vers l'endroit où le petit navire s'était brisé, et tressaillit. À l'arête d'un rocher était resté accroché le bonnet phrygien d'un des matelots naufragés, et tout près de là flottaient quelques débris de la carène, solives inertes que la mer poussait et repoussait contre la base de l'île, qu'elles battaient comme d'impuissants béliers.

En un instant, la résolution de Dantès fut prise ; il se remit à la mer, nagea vers le bonnet, s'en couvrit la tête, saisit une des solives et se dirigea pour couper la ligne que devait suivre le bâtiment.

« Maintenant, je suis sauvé », murmura-t-il.

Et cette conviction lui rendit ses forces.

Bientôt, il aperçut la tartane, qui, ayant le vent presque debout, courait des bordées entre le château d'If et la tour de Planier. Un instant, Dantès craignit qu'au lieu de serrer la côte le petit bâtiment ne gagnât le large, comme il eût fait par exemple si sa destination eût été pour la Corse ou la Sardaigne : mais, à la façon dont il manœuvrait, le nageur reconnut bientôt qu'il désirait passer, comme c'est l'habitude des bâtiments qui vont en Italie, entre l'île de Jaros et l'île de

Calaseraigne.

Cependant, le navire et le nageur approchaient insensiblement l'un de l'autre ; dans une de ses bordées, le petit bâtiment vint même à un quart de lieue à peu près de Dantès. Il se souleva alors sur les flots, agitant son bonnet en signe de détresse ; mais personne ne le vit sur le bâtiment, qui vira le bord et recommença une nouvelle bordée. Dantès songea à appeler ; mais il mesura de l'œil la distance et comprit que sa voix n'arriverait point jusqu'au navire, emportée et couverte qu'elle serait auparavant par la brise de la mer et le bruit des flots.

C'est alors qu'il se félicita de cette précaution qu'il avait prise de s'étendre sur une solive. Affaibli comme il était, peut-être n'eût-il pas pu se soutenir sur la mer jusqu'à ce qu'il eût rejoint la tartane ; et, à coup sûr, si la tartane, ce qui était possible, passait sans le voir, il n'eût pas pu regagner la côte.

Dantès, quoiqu'il fût à peu près certain de la route que suivait le bâtiment, l'accompagna des yeux avec une certaine anxiété, jusqu'au moment où il lui vit faire son abattée et revenir à lui.

Alors il s'avança à sa rencontre ; mais avant qu'ils se fussent joints, le bâtiment commença à virer de bord.

Aussitôt Dantès, par un effort suprême, se leva presque debout sur l'eau, agitant son bonnet, et jetant un de ces cris lamentables comme en poussent les marins en détresse, et qui semblent la plainte de quelque génie de la mer.

Cette fois, on le vit et on l'entendit. La tartane interrompit sa manœuvre et tourna le cap de son côté. En même temps, il vit qu'on se préparait à mettre une chaloupe à la mer.

Un instant après, la chaloupe, montée par deux hommes, se dirigea de son côté, battant la mer de son double aviron. Dantès alors laissa glisser la solive dont il pensait n'avoir plus besoin, et nagea vigoureusement pour épargner la moitié du chemin à ceux qui venaient à lui.

Cependant, le nageur avait compté sur des forces presque absentes ; ce fut alors qu'il sentit de quelle utilité lui avait été ce morceau de bois qui flottait déjà, inerte, à cent pas de lui. Ses bras commençaient à se roidir, ses jambes avaient perdu leur flexibilité ; ses mouvements devenaient durs et saccadés, sa poitrine était haletante.

Il poussa un grand cri, les deux rameurs redoublèrent d'énergie, et l'un deux lui cria en italien :

« Courage ! »

Le mot lui arriva au moment où une vague, qu'il n'avait plus la force de surmonter, passait au-dessus de sa tête et le couvrait d'écume.

Il reparut battant la mer de ces mouvements inégaux et désespérés d'un homme qui se noie, poussa un troisième cri, et se sentit enfoncer dans la mer comme s'il eût eu encore au pied le boulet mortel.

L'eau passa par-dessus sa tête, et à travers l'eau, il vit le ciel livide avec des taches noires.

Un violent effort le ramena à la surface de la mer. Il lui sembla alors qu'on le saisissait par les cheveux ; puis il ne vit plus rien, il n'entendit plus rien ; il était évanoui.

Lorsqu'il rouvrit les yeux, Dantès se retrouva sur le pont de la tartane, qui continuait son chemin ; son premier regard fut pour voir quelle direction elle suivait : on continuait de s'éloigner du château d'If.

Dantès était tellement épuisé, que l'exclamation de joie qu'il fit fut prise pour un soupir de douleur.

Comme nous l'avons dit, il était couché sur le pont : un matelot lui frottait les membres avec une couverture de laine ; un autre, qu'il reconnut pour celui qui lui avait crié : « Courage ! » lui introduisait l'orifice d'une gourde dans la bouche ; un troisième, vieux marin, qui était à la fois le pilote et le patron, le regardait avec le sentiment de pitié égoïste qu'éprouvent en général les hommes pour un malheur auquel ils ont échappé la veille et qui peut les atteindre le lendemain.

Quelques gouttes de rhum, que contenait la gourde, ranimèrent le cœur défaillant du jeune homme, tandis que les frictions que le matelot, à genoux devant lui, continuait d'opérer avec de la laine rendaient l'élasticité à ses membres.

« Qui êtes-vous ? demanda en mauvais français le patron.

— Je suis, répondit Dantès en mauvais italien, un matelot maltais ; nous venions de Syracuse, nous étions chargés de vin et de panoline. Le grain de cette nuit nous a surpris au cap Morgiou, et nous avons été brisés contre ces rochers que vous voyez là-bas.

– D'où venez-vous ?

– De ces rochers où j'avais eu le bonheur de me cramponner, tandis que notre pauvre capitaine s'y brisait la tête. Nos trois autres compagnons se sont noyés. Je crois que je suis le seul qui reste vivant ; j'ai aperçu votre navire, et, craignant d'avoir longtemps à attendre sur cette île isolée et déserte, je me suis hasardé sur un débris de notre bâtiment pour essayer de venir jusqu'à vous. Merci, continua Dantès, vous m'avez sauvé la vie ; j'étais perdu quand l'un de vos matelots m'a saisi par les cheveux.

– C'est moi, dit un matelot à la figure franche et ouverte, encadrée de longs favoris noirs ; et il était temps, vous couliez.

– Oui, dit Dantès en lui tendant la main, oui, mon ami, et je vous remercie une seconde fois.

– Ma foi ! dit le marin, j'hésitais presque ; avec votre barbe de six pouces de long et vos cheveux d'un pied, vous aviez plus l'air d'un brigand que d'un honnête homme. »

Dantès se rappela effectivement que depuis qu'il était au château d'If, il ne s'était pas coupé les cheveux, et ne s'était point fait la barbe.

« Oui, dit-il, c'est un vœu que j'avais fait à Notre-Dame del Pie de la Grotta, dans un moment de danger, d'être dix ans sans couper mes cheveux ni ma barbe. C'est aujourd'hui l'expiration de mon vœu, et j'ai failli me noyer pour mon anniversaire.

– Maintenant, qu'allons-nous faire de vous ? demanda le patron.

– Hélas ! répondit Dantès, ce que vous voudrez : la felouque que je montais est perdue, le capitaine est mort ; comme vous le voyez, j'ai échappé au même sort, mais absolument nu : heureusement, je suis assez bon matelot ; jetez-moi dans le premier port où vous relâcherez, et je trouverai toujours de l'emploi sur un bâtiment marchand.

– Vous connaissez la Méditerranée ?

– J'y navigue depuis mon enfance.

– Vous savez les bons mouillages ?

– Il y a peu de ports, même des plus difficiles, dans lesquels je ne puisse entrer ou dont je ne puisse sortir les yeux fermés.

– Eh bien, dites donc, patron, demanda le matelot qui avait crié courage à Dantès, si le camarade dit vrai, qui empêche qu'il reste avec nous ?

– Oui, s'il dit vrai, dit le patron d'un air de doute mais dans l'état où est le pauvre diable, on promet beaucoup, quitte à tenir ce que l'on peut.

– Je tiendrai plus que je n'ai promis, dit Dantès.

– Oh ! oh ! fit le patron en riant, nous verrons cela.

– Quand vous voudrez, reprit Dantès en se relevant. Où allez-vous ?

– À Livourne.

– Eh bien, alors, au lieu de courir des bordées qui vous font perdre un temps précieux, pourquoi ne serrez-vous pas tout simplement le vent au plus près ?

– Parce que nous irions donner droit sur l'île de Rion.

– Vous en passerez à plus de vingt brasses.

– Prenez donc le gouvernail, dit le patron, et que nous jugions de votre science. »

Le jeune homme alla s'asseoir au gouvernail, s'assura par une légère pression que le bâtiment était obéissant ; et, voyant que, sans être de première finesse, il ne se refusait pas :

« Aux bras et aux boulines ! » dit-il.

Les quatre matelots qui formaient l'équipage coururent à leur poste, tandis que le patron les regardait faire.

« Halez ! » continua Dantès.

Les matelots obéirent avec assez de précision.

« Et maintenant, amarrez bien ! »

Cet ordre fut exécuté comme les deux premiers, et le petit bâtiment, au lieu de continuer de courir des bordées, commença de s'avancer vers l'île de Riton, près de laquelle il passa, comme l'avait prédit Dantès, en la laissant, par tribord, à une vingtaine de brasses.

« Bravo ! dit le patron.

– Bravo ! » répétèrent les matelots.

Et tous regardaient, émerveillés, cet homme dont le regard avait retrouvé une intelligence et le corps une vigueur qu'on était loin de soupçonner en lui.

« Vous voyez, dit Dantès en quittant la barre, que je pourrai vous être de quelque utilité, pendant la traversée du moins. Si vous ne voulez pas de moi à Livourne, eh bien, vous me laisserez là ; et, sur mes premiers mois de solde, je vous rembourserai ma nourriture jusque-là et les habits que vous allez me prêter.

– C'est bien, c'est bien, dit le patron ; nous pourrons nous arranger si vous êtes raisonnable.

– Un homme vaut un homme, dit Dantès ; ce que vous donnez aux camarades, vous me le donnerez, et tout sera dit.

– Ce n'est pas juste, dit le matelot qui avait tiré Dantès de la mer, car vous en savez plus que nous.

– De quoi diable te mêles-tu ? Cela te regarde-t-il, Jacopo ? dit le patron ; chacun est libre de s'engager pour la somme qui lui convient.

– C'est juste, dit Jacopo ; c'était une simple observation que je faisais.

– Eh bien, tu ferais bien mieux encore de prêter à ce brave garçon, qui est tout nu, un pantalon et une vareuse, si toutefois tu en as de rechange.

– Non, dit Jacopo, mais j'ai une chemise et un pantalon.

– C'est tout ce qu'il me faut, dit Dantès ; merci, mon ami. »

Jacopo se laissa glisser par l'écoutille, et remonta un instant après avec les deux vêtements, que Dantès revêtit avec un indicible bonheur.

« Maintenant, vous faut-il encore autre chose ? demanda le patron.

– Un morceau de pain et une seconde gorgée de cet excellent rhum dont j'ai déjà goûté ; car il y a bien longtemps que je n'ai rien pris. »

En effet, il y avait quarante heures à peu près. On apporta à Dantès un morceau de pain, et Jacopo lui présenta la gourde. « La barre à bâbord ! » cria le capitaine en se retournant vers le timonier. Dantès jeta un coup d'œil du même côté en portant la gourde à sa bouche, mais la gourde resta à moitié chemin.

« Tiens ! demanda le patron, que se passe-t-il donc au château d'If ? »

En effet, un petit nuage blanc, nuage qui avait attiré l'attention de Dantès, venait d'apparaître, couronnant les créneaux du bastion sud du château d'If.

Une seconde après, le bruit d'une explosion lointaine vint mourir à bord de la tartane.

Les matelots levèrent la tête en se regardant les uns les autres.

« Que veut dire cela ? demanda le patron.

— Il se sera sauvé quelque prisonnier cette nuit, dit Dantès, et l'on tire le canon d'alarme. »

Le patron jeta un regard sur le jeune homme, qui, en disant ces paroles, avait porté la gourde à sa bouche ; mais il le vit savourer la liqueur qu'elle contenait avec tant de calme et de satisfaction, que, s'il eut eu un soupçon quelconque, ce soupçon ne fit que traverser son esprit et mourut aussitôt.

« Voilà du rhum qui est diablement fort, fit Dantès, essuyant avec la manche de sa chemise son front ruisselant de sueur.

— En tout cas, murmura le patron en le regardant, si c'est lui, tant mieux ; car j'ai fait là l'acquisition d'un fier homme. »

Sous le prétexte qu'il était fatigué, Dantès demanda alors à s'asseoir au gouvernail. Le timonier, enchanté d'être relayé dans ses fonctions, consulta de l'œil le patron, qui lui fit de la tête signe qu'il pouvait remettre la barre à son nouveau compagnon.

Dantès ainsi placé put rester les yeux fixés du côté de Marseille.

« Quel quantième du mois tenons-nous ? demanda Dantès à Jacopo, qui était venu s'asseoir après de lui, en perdant de vue le château d'If.

— Le 28 février, répondit celui-ci.

— De quelle année ? demanda encore Dantès.

— Comment, de quelle année ! Vous demandez de quelle année ?

— Oui, reprit le jeune homme, je vous demande de quelle année.

— Vous avez oublié l'année où nous sommes ?

— Que voulez-vous ! J'ai eu si grande peur cette nuit, dit en riant Dantès, que j'ai failli en perdre l'esprit ; si bien que ma mémoire en est demeurée toute troublée : je vous demande donc le 28 de février de quelle année nous sommes ?

— De l'année 1829 », dit Jacopo.

Il y avait quatorze ans, jour pour jour, que Dantès avait été arrêté.

Il était entré à dix-neuf ans au château d'If, il en sortait à trente-trois ans.

Un douloureux sourire passa sur ses lèvres ; il se demanda ce qu'était devenue Mercédès pendant ce temps où elle avait dû le croire mort.

Puis un éclair de haine s'alluma dans ses yeux en songeant à ces trois hommes auxquels il devait une si longue et si cruelle captivité.

Et il renouvela contre Danglars, Fernand et Villefort ce serment d'implacable vengeance qu'il avait déjà prononcé dans sa prison.

Et ce serment n'était plus une vaine menace, car, à cette heure, le plus fin voilier de la Méditerranée n'eût certes pu rattraper la petite tartane qui cinglait à pleines voiles vers Livourne.

XXII – Les contrebandiers.

Dantès n'avait point encore passé un jour à bord, qu'il avait déjà reconnu à qui il avait affaire. Sans avoir jamais été à l'école de l'abbé Faria, le digne patron de la *Jeune-Amélie*, c'était le nom de la tartane génoise, savait à peu près toutes les langues qui se parlent autour de ce grand lac qu'on appelle la Méditerranée ; depuis l'arabe jusqu'au provençal ; cela lui donnait, en lui épargnant les interprètes, gens toujours ennuyeux et parfois indiscrets, de grandes facilités de communication, soit avec les navires qu'il rencontrait en mer, soit avec les petites barques qu'il relevait le long des côtes, soit enfin avec les gens sans nom, sans patrie, sans état apparent, comme il y en a toujours sur les dalles des quais qui avoisinent les ports de mer, et qui vivent de ces ressources mystérieuses et cachées qu'il faut bien croire leur venir en ligne directe de la Providence, puisqu'ils n'ont aucun moyen d'existence visible à l'œil nu : on devine que Dantès était à bord d'un bâtiment contrebandier.

Aussi le patron avait-il reçu Dantès à bord avec une certaine défiance : il était fort connu de tous les douaniers de la côte, et, comme c'était entre ces messieurs et lui un échange de ruses plus adroites les unes que les autres, il avait pensé d'abord que Dantès était un émissaire de dame gabelle, qui employait cet ingénieux moyen de pénétrer quelques-uns des secrets du métier. Mais la manière brillante dont Dantès s'était tiré de l'épreuve quand il avait orienté au plus près l'avait entièrement convaincu ; puis ensuite, quand il avait vu cette légère fumée flotter comme un panache au-dessus du bastion du château d'If, et qu'il avait entendu ce bruit lointain de l'explosion, il avait eu un instant l'idée qu'il venait de recevoir à bord celui à qui, comme pour les entrées et les sorties des rois, on accordait les honneurs du canon ; cela l'inquiétait moins déjà, il faut le dire, que si le nouveau venu était un douanier ; mais cette seconde supposition avait bientôt disparu comme la première à la vue de la parfaite tranquillité de sa recrue.

Edmond eut donc l'avantage de savoir ce qu'était son patron sans que son patron pût savoir ce qu'il était ; de quelque côté que l'attaquassent le vieux marin ou ses camarades, il tint bon et ne fit aucun aveu : donnant force détails sur Naples et sur Malte, qu'il connaissait comme Marseille, et maintenant, avec une fermeté qui faisait honneur à sa mémoire, sa première narration. Ce fut donc le Génois, tout subtil qu'il était, qui se laissa duper par Edmond, en faveur duquel parlaient sa douceur, son expérience nautique et surtout la plus savante dissimulation.

Et puis, peut-être le Génois était-il comme ces gens d'esprit qui ne savent jamais que ce qu'ils doivent savoir, et qui ne croient que ce qu'ils ont intérêt à croire.

Ce fut donc dans cette situation réciproque que l'on arriva à Livourne.

Edmond devait tenter là une nouvelle épreuve : c'était de savoir s'il se reconnaîtrait lui-même, depuis quatorze ans qu'il ne s'était vu ; il avait conservé une idée assez précise de ce qu'était le jeune homme, il allait voir ce qu'il était devenu homme. Aux yeux de ses camarades, son vœu était accompli : vingt fois déjà, il avait relâché à Livourne, il connaissait un barbier rue Saint-Ferdinand. Il entra chez lui pour se faire couper la barbe et les cheveux.

Le barbier regarda avec étonnement cet homme à la longue chevelure et à la barbe épaisse et noire, qui ressemblait à une de ces belles têtes du Titien. Ce n'était point encore la mode à cette époque-là que l'on portât la barbe et les cheveux si développés : aujourd'hui un barbier s'étonnerait seulement qu'un homme doué de si grands avantages physiques consentît à s'en priver.

Le barbier livournais se mit à la besogne sans observation.

Lorsque l'opération fut terminée, lorsque Edmond sentit son menton entièrement rasé, lorsque ses cheveux furent réduits à la longueur ordinaire, il demanda un miroir et se regarda.

Il avait alors trente-trois ans, comme nous l'avons dit, et ces quatorze années de prison avaient pour ainsi dire apporté un grand changement moral dans sa figure.

Dantès était entré au château d'If avec ce visage rond, riant et épanoui du jeune homme heureux, à qui les premiers pas dans la vie ont été faciles, et qui compte sur l'avenir comme sur la déduction naturelle du passé : tout cela était bien changé.

Sa figure ovale s'était allongée, sa bouche rieuse avait pris ces lignes fermes et arrêtées qui indiquent la résolution ; ses sourcils s'étaient arqués sous une ride unique, pensive ; ses yeux s'étaient empreints d'une profonde tristesse, du fond de laquelle jaillissaient de temps en temps de sombres éclairs, de la misanthropie et de la haine ; son teint, éloigné si longtemps de la lumière du jour et des rayons du soleil, avait pris cette couleur mate qui fait, quand leur visage est encadré dans des cheveux noirs, la beauté aristocratique des hommes du Nord ; cette science profonde qu'il avait acquise avait, en outre, reflété sur tout son visage une auréole d'intelligente sécurité ; en outre, il avait, quoique naturellement d'une taille assez haute, acquis cette vigueur trapue d'un corps toujours concentrant ses forces en lui.

À l'élégance des formes nerveuses et grêles avait succédé la solidité des formes arrondies et musculeuses. Quant à sa voix, les prières, les sanglots et les imprécations l'avaient changée, tantôt en un timbre d'une douceur étrange, tantôt en une accentuation rude et presque rauque.

En outre, sans cesse dans un demi-jour et dans l'obscurité, ses yeux avaient acquis cette singulière faculté de distinguer les objets pendant la nuit, comme font ceux de l'hyène et du loup.

Edmond sourit en se voyant : il était impossible que son meilleur ami, si toutefois il lui restait un ami, le reconnût ; il ne se reconnaissait même pas lui-même.

Le patron de la *Jeune-Amélie*, qui tenait beaucoup à garder parmi ses gens un homme de la valeur d'Edmond, lui avait proposé quelques avances sur sa part de bénéfices futurs, et Edmond avait accepté ; son premier soin, en sortant de chez le barbier qui venait d'opérer chez lui cette première métamorphose, fut donc d'entrer dans un magasin et d'acheter un vêtement complet de matelot : ce vêtement, comme on le sait, est fort simple : il se compose d'un pantalon blanc, d'une chemise rayée et d'un bonnet phrygien.

C'est sous ce costume, en rapportant à Jacopo la chemise et le pantalon qu'il lui avait prêtés, qu'Edmond reparut devant le patron de la *Jeune-Amélie*, auquel il fut obligé de répéter son histoire. Le patron ne voulait pas reconnaître dans ce matelot coquet et élégant l'homme à la barbe épaisse, aux cheveux mêlés d'algues et au corps trempé d'eau de mer, qu'il avait recueilli nu et mourant sur le pont de son navire.

Entraîné par sa bonne mine, il renouvela donc à Dantès ses propositions d'engagement ; mais Dantès, qui avait ses projets, ne les voulut accepter que pour trois mois.

Au reste, c'était un équipage fort actif que celui de la *Jeune-Amélie*, et soumis aux ordres d'un patron qui avait pris l'habitude de ne pas perdre son temps. À peine était-il depuis huit jours à Livourne, que les flancs rebondis du navire étaient remplis de mousselines peintes, de cotons prohibés, de poudre anglaise et de tabac sur lequel la régie avait oublié de mettre son cachet. Il s'agissait de faire sortir tout cela de Livourne, port franc, et de débarquer sur le rivage de la Corse, d'où certains spéculateurs se chargeaient de faire passer la cargaison en France.

On partit ; Edmond fendit de nouveau cette mer azurée, premier horizon de sa jeunesse, qu'il avait revu si souvent dans les rêves de sa prison. Il laissa à sa droite la Gorgone, à sa gauche la Pianosa, et s'avança vers la patrie de Paoli et de Napoléon.

Le lendemain, en montant sur le pont, ce qu'il faisait toujours d'assez bonne heure, le patron trouva Dantès appuyé à la muraille du bâtiment et regardant avec une expression étrange un entassement de rochers granitiques que le soleil levant inondait d'une lumière rosée : c'était l'île de Monte-Cristo.

La *Jeune-Amélie* la laissa à trois quarts de lieue à peu près à tribord et continua son chemin vers la Corse.

Dantès songeait, tout en longeant cette île au nom si retentissant pour lui, qu'il n'aurait qu'à sauter à la mer et que dans une demi-heure il serait sur cette terre promise. Mais là que ferait-il, sans instruments pour découvrir son trésor, sans armes pour le défendre ? D'ailleurs, que diraient les matelots ? que penserait le patron ? Il fallait attendre.

Heureusement, Dantès savait attendre : il avait attendu quatorze ans sa liberté ; il pouvait bien, maintenant qu'il était libre, attendre six mois ou un an la richesse.

N'eût-il pas accepté la liberté sans la richesse si on la lui eût proposée ?

D'ailleurs cette richesse n'était-elle pas toute chimérique ? Née dans le cerveau malade du pauvre abbé Faria, n'était-elle pas morte avec lui ?

Il est vrai que cette lettre du cardinal Spada était étrangement précise.

Et Dantès répétait d'un bout à l'autre dans sa mémoire cette lettre, dont il n'avait pas oublié un mot.

Le soir vint ; Edmond vit l'île passer par toutes les teintes que le crépuscule amène avec lui, et se perdre pour tout le monde dans l'obscurité ; mais lui, avec son regard habitué à l'obscurité de la prison, il continua sans doute de la voir, car il demeura le dernier sur le pont.

Le lendemain, on se réveilla à la hauteur d'Aleria. Tout le jour on courut des bordées, le soir des feux s'allumèrent sur la côte. À la disposition de ces feux on reconnut sans doute qu'on pouvait débarquer, car un fanal monta au lieu de pavillon à la corne du petit bâtiment, et l'on s'approcha à portée de fusil du rivage.

Dantès avait remarqué, pour ces circonstances solennelles sans doute, que le patron de la *Jeune-Amélie* avait monté sur pivot, en approchant de la terre, deux petites couleuvrines, pareilles à des fusils de rempart, qui, sans faire grand bruit, pouvaient envoyer une jolie balle de quatre à la livre à mille pas.

Mais, pour ce soir-là, la précaution fut superflue ; tout se passa le plus doucement et le plus poliment du monde. Quatre chaloupes s'approchèrent à petit bruit du bâtiment, qui, sans doute pour leur faire honneur, mit sa propre chaloupe à la mer ; tant il y a que les cinq chaloupes s'escrimèrent si bien, qu'à deux heures du matin tout le chargement était passé du bord de la *Jeune-Amélie* sur la terre ferme.

La nuit même, tant le patron de la *Jeune-Amélie* était un homme d'ordre, la répartition de la prime fut faite : chaque homme eut cent livres toscanes de part, c'est-à-dire à peu près quatre-vingts francs de notre monnaie.

Mais l'expédition n'était pas finie ; on mit le cap sur la Sardaigne. Il s'agissait d'aller recharger le bâtiment qu'on venait de décharger.

La seconde opération se fit aussi que la première ; la *Jeune-Amélie* était en veine de bonheur.

La nouvelle cargaison était pour le duché de Lucques. Elle se composait presque entièrement de cigares de La Havane, de vin de Xérès et de Malaga.

Là on eut maille à partir avec la gabelle, cette éternelle ennemie du patron de la *Jeune-Amélie*. Un douanier resta sur le carreau, et deux matelots furent blessés. Dantès était un de ces deux matelots ; une balle lui avait traversé les chairs de l'épaule gauche.

Dantès était presque heureux de cette escarmouche et presque content de cette blessure ; elles lui avaient, ces rudes institutrices, appris à lui-même de quel œil il regardait le danger et de quel cœur il supportait la souffrance. Il avait regardé le danger en riant, et en recevant le coup il avait dit comme le philosophe grec : « Douleur, tu n'es pas un mal. »

En outre, il avait examiné le douanier blessé à mort, et, soit chaleur du sang dans l'action, soit refroidissement des sentiments humains, cette vue ne lui avait produit qu'une légère impression. Dantès était sur la voie qu'il voulait parcourir, et marchait au but qu'il voulait atteindre : son cœur était en train de se pétrifier dans sa poitrine.

Au reste, Jacopo, qui, en le voyant tomber, l'avait cru mort, s'était précipité sur lui, l'avait relevé, et enfin, une fois relevé, l'avait soigné en excellent camarade.

Ce monde n'était donc pas si bon que le voyait le docteur Pangloss ; mais il n'était donc pas non plus si méchant que le voyait

Dantès, puisque cet homme, qui n'avait rien à attendre de son compagnon que d'hériter sa part de primes, éprouvait une si vive affliction de le voir tué ?

Heureusement, nous l'avons dit, Edmond n'était que blessé. Grâce à certaines herbes cueillies à certaines époques et vendues aux contrebandiers par de vieilles femmes sardes, la blessure se referma bien vite. Edmond voulut tenter alors Jacopo ; il lui offrit, en échange des soins qu'il en avait reçus, sa part des primes, mais Jacopo refusa avec indignation.

Il était résulté de cette espèce de dévouement sympathique que Jacopo avait voué à Edmond du premier moment où il l'avait vu, qu'Edmond accordait à Jacopo une certaine somme d'affection. Mais Jacopo n'en demandait pas davantage : il avait deviné instinctivement chez Edmond cette suprême supériorité à sa position, supériorité qu'Edmond était parvenu à cacher aux autres. Et de ce peu que lui accordait Edmond, le brave marin était content.

Aussi, pendant les longues journées de bord, quand le navire courant avec sécurité sur cette mer d'azur n'avait besoin, grâce au vent favorable qui gonflait ses voiles, que du secours du timonier, Edmond, une carte marine à la main, se faisait instituteur avec Jacopo, comme le pauvre abbé Faria s'était fait instituteur avec lui. Il lui montrait le gisement des côtes, lui expliquait les variations de la boussole, lui apprenait à lire dans ce grand livre ouvert au-dessus de nos têtes, qu'on appelle le ciel, et où Dieu a écrit sur l'azur avec des lettres de diamant.

Et quand Jacopo lui demandait :

« À quoi bon apprendre toutes ces choses à un pauvre matelot comme moi ? »

Edmond répondait :

« Qui sait ? tu seras peut-être un jour capitaine de bâtiment : ton compatriote Bonaparte est bien devenu empereur ! »

Nous avons oublié de dire que Jacopo était Corse.

Deux mois et demi s'étaient déjà écoulés dans ces courses successives. Edmond était devenu aussi habile caboteur qu'il était autrefois hardi marin ; il avait lié connaissance avec tous les contrebandiers de la côte : il avait appris tous les signes maçonniques à l'aide desquels ces demi-pirates se reconnaissent entre eux.

Il avait passé et repassé vingt fois devant son île de Monte-Cristo, mais dans tout cela il n'avait pas une seule fois trouvé l'occasion d'y débarquer.

Il avait donc pris une résolution :

C'était, aussitôt que son engagement avec le patron de la *Jeune-Amélie* aurait pris fin, de louer une petite barque pour son propre compte (Dantès le pouvait, car dans ses différentes courses il avait amassé une centaine de piastres), et, sous un prétexte quelconque de se rendre à l'île de Monte-Cristo.

Là, il ferait en toute liberté ses recherches.

Non pas en toute liberté, car il serait, sans aucun doute, espionné par ceux qui l'auraient conduit.

Mais dans ce monde il faut bien risquer quelque chose.

La prison avait rendu Edmond prudent, et il aurait bien voulu ne rien risquer.

Mais il avait beau chercher dans son imagination, si féconde qu'elle fût, il ne trouvait pas d'autres moyens d'arriver à l'île tant souhaitée que de s'y faire conduire.

Dantès flottait dans cette hésitation, lorsque le patron, qui avait mis une grande confiance en lui, et qui avait grande envie de le garder à son service, le prit un soir par le bras et l'emmena dans une taverne de la via del Oglio, dans laquelle avait l'habitude de se réunir ce qu'il y a de mieux en contrebandiers à Livourne.

C'était là que se traitaient d'habitude les affaires de la côte. Déjà deux ou trois fois Dantès était entré dans cette Bourse maritime ; et en voyant ces hardis écumeurs que fournit tout un littoral de deux mille lieues de tour à peu près, il s'était demandé de quelle puissance ne disposerait pas un homme qui arriverait à donner l'impulsion de sa volonté à tous ces fils réunis ou divergents.

Cette fois, il était question d'une grande affaire : il s'agissait d'un bâtiment chargé de tapis turcs, d'étoffes du Levant et de Cachemire ; il fallait trouver un terrain neutre où l'échange pût se faire, puis tenter de jeter ces objets sur les côtes de France.

La prime était énorme si l'on réussissait, il s'agissait de cinquante à soixante piastres par homme.

Le patron de la *Jeune-Amélie* proposa comme lieu de

débarquement l'île de Monte-Cristo, laquelle, étant complètement déserte et n'ayant ni soldats ni douaniers, semble avoir été placée au milieu de la mer du temps de l'Olympe païen par Mercure, ce dieu des commerçants et des voleurs, classes que nous avons faites séparées, sinon distinctes, et que l'Antiquité, à ce qu'il paraît, rangeait dans la même catégorie.

À ce nom de Monte-Cristo, Dantès tressaillit de joie : il se leva pour cacher son émotion et fit un tour dans la taverne enfumée où tous les idiomes du monde connu venaient se fondre dans la langue franque.

Lorsqu'il se rapprocha des deux interlocuteurs, il était décidé que l'on relâcherait à Monte-Cristo et que l'on partirait pour cette expédition dès la nuit suivante.

Edmond, consulté, fut d'avis que l'île offrait toutes les sécurités possibles, et que les grandes entreprises pour réussir, avaient besoin d'être menées vite.

Rien ne fut donc changé au programme arrêté. Il fut convenu que l'on appareillerait le lendemain soir, et que l'on tâcherait, la mer étant belle et le vent favorable, de se trouver le surlendemain soir dans les eaux de l'île neutre.

XXIII – L'île de Monte-Cristo.

Enfin Dantès, par un de ces bonheurs inespérés qui arrivent parfois à ceux sur lesquels la rigueur du sort s'est longtemps lassée, Dantès allait arriver à son but par un moyen simple et naturel, et mettre le pied dans l'île sans inspirer à personne aucun soupçon.

Une nuit le séparait seulement de ce départ tant attendu.

Cette nuit fut une des plus fiévreuses que passa Dantès. Pendant cette nuit, toutes les chances bonnes et mauvaises se présentèrent tour à tour à son esprit : s'il fermait les yeux, il voyait la lettre du cardinal Spada écrite en caractères flamboyants sur la muraille ; s'il s'endormait un instant, les rêves le plus insensés venaient tourbillonner dans son cerveau. Il descendait dans les grottes aux pavés d'émeraudes, aux parois de rubis, aux stalactites de diamants. Les perles tombaient goutte à goutte comme filtre d'ordinaire l'eau souterraine.

Edmond, ravi, émerveillé, remplissait ses poche de pierreries ;

puis il revenait au jour, et ces pierreries s'étaient changées en simples cailloux. Alors il essayait de rentrer dans ces grottes merveilleuses, entrevues seulement ; mais le chemin se tordait en spirales infinies : l'entrée était redevenue invisible. Il cherchait inutilement dans sa mémoire fatiguée ce mot magique et mystérieux qui ouvrait pour le pêcheur arabe les cavernes splendides d'Ali-Baba. Tout était inutile ; le trésor disparu était redevenu la propriété des génies de la terre, auxquels il avait eu un instant l'espoir de l'enlever.

Le jour vint presque aussi fébrile que l'avait été la nuit ; mais il amena la logique à l'aide de l'imagination, et Dantès put arrêter un plan jusqu'alors vague et flottant dans son cerveau.

Le soir vint, et avec le soir les préparatifs du départ. Ces préparatifs étaient un moyen pour Dantès de cacher son agitation. Peu à peu, il avait pris cette autorité sur ses compagnons, de commander comme s'il était le maître du bâtiment ; et comme ses ordres étaient toujours clairs, précis et faciles à exécuter, ses compagnons lui obéissaient non seulement avec promptitude, mais encore avec plaisir.

Le vieux marin le laissait faire : lui aussi avait reconnu la supériorité de Dantès sur ses autres matelots et sur lui-même. Il voyait dans le jeune homme son successeur naturel, et il regrettait de n'avoir pas une fille pour enchaîner Edmond par cette haute alliance.

À sept heures du soir tout fut prêt ; à sept heures dix minutes on doublait le phare, juste au moment où le phare s'allumait.

La mer était calme, avec un vent frais venant du sud-est ; on naviguait sous un ciel d'azur, où Dieu allumait aussi tour à tour ses phares, dont chacun est un monde. Dantès déclara que tout le monde pouvait se coucher et qu'il se chargeait du gouvernail.

Quand le Maltais (c'est ainsi que l'on appelait Dantès) avait fait une pareille déclaration, cela suffisait, et chacun s'en allait coucher tranquille.

Cela arrivait quelquefois : Dantès, rejeté de la solitude dans le monde, éprouvait de temps en temps d'impérieux besoins de solitude. Or, quelle solitude à la fois plus immense et plus poétique que celle d'un bâtiment qui flotte isolé sur la mer, pendant l'obscurité de la nuit, dans le silence de l'immensité et sous le regard du Seigneur ?

Cette fois, la solitude fut peuplée de ses pensées, la nuit éclairée par ses illusions, le silence animé par ses promesses.

Quand le patron se réveilla, le navire marchait sous toutes voiles : il n'y avait pas un lambeau de toile qui ne fût gonflé par le vent ; on faisait plus de deux lieues et demie à l'heure.

L'île de Monte-Cristo grandissait à l'horizon.

Edmond rendit le bâtiment à son maître et alla s'étendre à son tour dans son hamac : mais, malgré sa nuit d'insomnie, il ne put fermer l'œil un seul instant.

Deux heures après, il remonta sur le pont ; le bâtiment était en train de doubler l'île d'Elbe. On était à la hauteur de Mareciana et au-dessus de l'île plate et verte de la Pianosa. On voyait s'élancer dans l'azur du ciel le sommet flamboyant de Monte-Cristo.

Dantès ordonna au timonier de mettre la barre à bâbord, afin de laisser la Pianosa à droite ; il avait calculé que cette manœuvre devrait raccourcir la route de deux ou trois nœuds.

Vers cinq heures du soir, on eut la vue complète de l'île. On en apercevait les moindres détails, grâce à cette limpidité atmosphérique qui est particulière à la lumière que versent les rayons du soleil à son déclin.

Edmond dévorait des yeux cette masse de rochers qui passait par toutes les couleurs crépusculaires, depuis le rose vif jusqu'au bleu foncé ; de temps en temps, des bouffées ardentes lui montaient au visage ; son front s'empourprait, un nuage pourpre passait devant ses yeux.

Jamais joueur dont toute la fortune est en jeu n'eut, sur un coup de dés, les angoisses que ressentait Edmond dans ses paroxysmes d'espérance.

La nuit vint : à dix heures du soir on aborda ; la *Jeune-Amélie* était la première au rendez-vous.

Dantès, malgré son empire ordinaire sur lui-même, ne put se contenir : il sauta le premier sur le rivage ; s'il l'eût osé comme Brutus, il eût baisé la terre.

Il faisait nuit close ; mais à onze heures la lune se leva du milieu de la mer, dont elle argenta chaque frémissement ; puis ses rayons, à mesure qu'elle se leva, commencèrent à se jouer, en blanches cascades de lumière, sur les roches entassées de cet autre Pélion.

L'île était familière à l'équipage de la *Jeune-Amélie* : c'était une de ses stations ordinaires. Quant à Dantès, il l'avait reconnue à chacun de ses voyages dans le Levant, mais jamais il n'y était descendu.

Il interrogea Jacopo.

« Où allons-nous passer la nuit ? demanda-t-il.

– Mais à bord de la tartane, répondit le marin.

– Ne serions-nous pas mieux dans les grottes ?

– Dans quelles grottes ?

– Mais dans les grottes de l'île.

– Je ne connais pas de grottes », dit Jacopo.

Une sueur froide passa sur le front de Dantès.

« Il n'y a pas de grottes à Monte-Cristo ? demanda-t-il.

– Non. »

Dantès demeura un instant étourdi ; puis il songea que ces grottes pouvaient avoir été comblées depuis par un accident quelconque, ou même bouchées, pour plus grandes précautions, par le cardinal Spada. Le tout, dans ce cas, était donc de retrouver cette ouverture perdue. Il était inutile de la chercher pendant la nuit. Dantès remit donc l'investigation au lendemain. D'ailleurs, un signal arboré à une demi-lieue en mer, et auquel la *Jeune-Amélie* répondit aussitôt par un signal pareil, indiqua que le moment était venu de se mettre à la besogne. Le bâtiment retardataire, rassuré par le signal qui devait faire connaître au dernier arrivé qu'il y avait toute sécurité à s'aboucher, apparut bientôt blanc et silencieux comme un fantôme, et vint jeter l'ancre à une encablure du rivage.

Aussitôt le transport commença.

Dantès songeait, tout en travaillant, au hourra de joie que d'un seul mot il pourrait provoquer parmi tous ces hommes s'il disait tout haut l'incessante pensée qui bourdonnait tout bas à son oreille et à son cœur. Mais, tout au contraire de révéler le magnifique secret, il craignait d'en avoir déjà trop dit et d'avoir, par ses allées et venues, ses demandes répétées, ses observations minutieuses et sa préoccupation continuelle, éveillé les soupçons. Heureusement, pour cette circonstance du moins, que chez lui un passé bien douloureux reflétait sur son visage une tristesse indélébile, et que les lueurs de gaieté entrevues sous ce nuage n'étaient réellement que des éclairs.

Personne ne se doutait donc de rien, et lorsque le lendemain, en prenant un fusil, du plomb et de la poudre, Dantès manifesta le désir d'aller tuer quelqu'une de ces nombreuses chèvres sauvages que l'on voyait sauter de rocher en rocher, on n'attribua cette excursion de Dantès qu'à l'amour de la chasse ou au désir de la solitude. Il n'y eut que Jacopo qui insista pour le suivre. Dantès ne voulut pas s'y opposer, craignant par cette répugnance à être accompagné d'inspirer quelques soupçons. Mais à peine eut-il fait un quart de lieue, qu'ayant trouvé l'occasion de tirer et de tuer un chevreau, il envoya Jacopo le porter à ses compagnons, les invitant à le faire cuire et à lui donner lorsqu'il serait cuit, le signal d'en manger sa part en tirant un coup de fusil ; quelques fruits secs et un fiasco de vin de Monte-Pulciano devaient compléter l'ordonnance du repas.

Dantès continua son chemin en se retournant de temps en temps. Arrivé au sommet d'une roche, il vit à mille pieds au-dessous de lui ses compagnons que venait de rejoindre Jacopo et qui s'occupaient déjà activement des apprêts du déjeuner, augmenté, grâce à l'adresse d'Edmond, d'une pièce capitale.

Edmond les regarda un instant avec ce sourire doux et triste de l'homme supérieur.

« Dans deux heures, dit-il, ces gens-là repartiront, riches de cinquante piastres, pour aller, en risquant leur vie, essayer d'en gagner cinquante autres ; puis reviendront, riches de six cents livres, dilapider ce trésor dans une ville quelconque, avec la fierté des sultans et la confiance des nababs. Aujourd'hui, l'espérance fait que je méprise leur richesse, qui me paraît la plus profonde misère ; demain, la déception fera peut-être que je serai forcé de regarder cette profonde misère comme le suprême bonheur… Oh ! non, s'écria Edmond, cela ne sera pas ; le savant, l'infaillible Faria ne se serait pas trompé sur cette seule chose. D'ailleurs autant vaudrait mourir que de continuer de mener cette vie misérable et inférieure. »

Ainsi Dantès, qui, il y a trois mois, n'aspirait qu'à la liberté, n'avait déjà plus assez de la liberté et aspirait à la richesse ; la faute n'en était pas à Dantès, mais à Dieu, qui, en bornant la puissance de l'homme, lui a fait des désirs infinis ! Cependant par une route perdue entre deux murailles de roches, suivant un sentier creusé par le torrent et que, selon toute probabilité, jamais pied humain n'avait foulé, Dantès s'était approché de l'endroit où il supposait que les grottes avaient dû exister. Tout en suivant le rivage de la mer et en examinant les moindres objets avec une attention sérieuse, il crut remarquer sur certains rochers des entailles creusées par la main de l'homme.

Le temps, qui jette sur toute chose physique son manteau de mousse, comme sur les choses morales son manteau d'oubli, semblait avoir respecté ces signes tracés avec une certaine régularité, et dans le but probablement d'indiquer une trace ; de temps en temps cependant, ces signes disparaissaient sous des touffes de myrtes, qui s'épanouissaient en gros bouquets chargés de fleurs, ou sous des lichens parasites. Il fallait alors qu'Edmond écartât les branches ou soulevât les mousses pour retrouver les signes indicateurs qui le conduisaient dans cet autre labyrinthe. Ces signes avaient, au reste, donné bon espoir à Edmond. Pourquoi ne serait-ce pas le cardinal qui les aurait tracés pour qu'ils pussent, en cas d'une catastrophe qu'il n'avait pas pu prévoir si complète, servir de guide à son neveu ? Ce lieu solitaire était bien celui qui convenait à un homme qui voulait enfouir un trésor. Seulement, ces signes infidèles n'avaient-ils pas attiré d'autres yeux que ceux pour lesquels ils étaient tracés, et l'île aux sombres merveilles avait-elle fidèlement gardé son magnifique secret ?

Cependant, à soixante pas du port à peu près, il sembla à Edmond, toujours caché à ses compagnons par les accidents du terrain, que les entailles s'arrêtaient ; seulement, elles n'aboutissaient à aucune grotte. Un gros rocher rond posé sur une base solide était le seul but auquel elles semblassent conduire. Edmond pensa qu'au lieu d'être arrivé à la fin, il n'était peut-être, tout au contraire, qu'au commencement ; il prit en conséquence le contre-pied et retourna sur ses pas.

Pendant ce temps, ses compagnons préparaient le déjeuner, allaient puiser de l'eau, à la source, transportaient le pain et les fruits à terre et faisaient cuire le chevreau. Juste au moment où ils le tiraient de sa broche improvisée, ils aperçurent Edmond qui, léger et hardi comme un chamois, sautait de rocher en rocher : ils tirèrent un coup de fusil pour lui donner le signal. Le chasseur changea aussitôt de direction, et revint tout courant à eux. Mais au moment où tous le suivaient des yeux dans l'espèce de vol qu'il exécutait, taxant son adresse de témérité, comme pour donner raison à leurs craintes, le pied manqua à Edmond ; on le vit chanceler à la cime d'un rocher, pousser un cri et disparaître.

Tous bondirent d'un seul élan, car tous aimaient Edmond, malgré sa supériorité ; cependant, ce fut Jacopo qui arriva le premier.

Il trouva Edmond étendu sanglant et presque sans connaissance : il avait dû rouler d'une hauteur de douze ou quinze pieds. On lui introduisit dans la bouche quelques gouttes de rhum, et ce remède qui avait déjà eu tant d'efficacité sur lui, produisit le même effet que la première fois.

Edmond rouvrit les yeux, se plaignit de souffrir une vive douleur au genou, une grande pesanteur à la tête et des élancements insupportables dans les reins. On voulut le transporter jusqu'au rivage ; mais lorsqu'on le toucha, quoique ce fût Jacopo qui dirigeât l'opération, il déclara en gémissant qu'il ne se sentait point la force de supporter le transport.

On comprend qu'il ne fut point question de déjeuner pour Dantès ; mais il exigea que ses camarades, qui n'avaient pas les mêmes raisons que lui pour faire diète, retournassent à leur poste. Quant à lui, il prétendit qu'il n'avait besoin que d'un peu de repos, et qu'à leur retour ils le trouveraient soulagé.

Les marins ne se firent pas trop prier : les marins avaient faim, l'odeur du chevreau arrivait jusqu'à eux et l'on n'est point cérémonieux entre loups de mer.

Une heure après, ils revinrent. Tout ce qu'Edmond avait pu faire, c'était de se traîner pendant un espace d'une dizaine de pas pour s'appuyer à une roche moussue.

Mais, loin de se calmer, les douleurs de Dantès avaient semblé croître en violence. Le vieux patron, qui était forcé de partir dans la matinée pour aller déposer son chargement sur les frontières du Piémont et de la France, entre Nice et Fréjus, insista pour que Dantès essayât de se lever. Dantès fit des efforts surhumains pour se rendre à cette invitation mais à chaque effort, il retombait plaintif et pâlissant.

« Il a les reins cassés, dit tout bas le patron : n'importe ! c'est un bon compagnon, et il ne faut pas l'abandonner ; tâchons de le transporter jusqu'à la tartane. »

Mais Dantès déclara qu'il aimait mieux mourir où il était que de supporter les douleurs atroces que lui occasionnerait le mouvement, si faible qu'il fût.

« Eh bien, dit le patron, advienne que pourra, mais il ne sera pas dit que nous avons laissé sans secours un brave compagnon comme vous. Nous ne partirons que ce soir. »

Cette proposition étonna fort les matelots, quoique aucun d'eux ne la combattît, au contraire. Le patron était un homme si rigide, que c'était la première fois qu'on le voyait renoncer à une entreprise, ou même retarder son exécution.

Aussi Dantès ne voulut-il pas souffrir qu'on fît en sa faveur une si grave infraction aux règles de la discipline établie à bord.

« Non, dit-il au patron, j'ai été un maladroit, et il est juste que je porte la peine de ma maladresse. Laissez-moi une petite provision de biscuit, un fusil, de la poudre et des balles pour tuer des chevreaux, ou même pour me défendre, et une pioche pour me construire, si vous tardiez trop à me venir prendre, une espèce de maison.

— Mais tu mourras de faim, dit le patron.

— J'aime mieux cela, répondit Edmond, que de souffrir les douleurs inouïes qu'un seul mouvement me fait endurer. »

Le patron se retournait du côté du bâtiment, qui se balançait avec un commencement d'appareillage dans le petit port, prêt à reprendre la mer dès que sa toilette serait achevée.

« Que veux-tu donc que nous fassions, Maltais, dit-il, nous ne pouvons t'abandonner ainsi, et nous ne pouvons rester, cependant ?

— Partez, partez ! s'écria Dantès.

— Nous serons au moins huit jours absents, dit le patron, et encore faudra-t-il que nous nous détournions de notre route pour te venir prendre.

— Écoutez, dit Dantès : si d'ici deux ou trois jours, vous rencontrez quelque bâtiment pêcheur ou autre qui vienne dans ces parages, recommandez-moi à lui, je donnerai vingt-cinq piastres pour mon retour à Livourne. Si vous n'en trouvez pas, revenez. »

Le patron secoua la tête.

« Écoutez, patron Baldi, il y a un moyen de tout concilier, dit Jacopo ; partez ; moi, je resterai avec le blessé pour le soigner.

– Et tu renonceras à ta part de partage, dit Edmond, pour rester avec moi ?

– Oui, dit Jacopo, et sans regret.

– Allons, tu es un brave garçon, Jacopo, dit Edmond, Dieu te récompensera de ta bonne volonté ; mais je n'ai besoin de personne, merci : un jour ou deux de repos me remettront et j'espère trouver dans ces rochers certaines herbes excellentes contre les contusions. »

Et un sourire étrange passa sur les lèvres de Dantès ; il serra la main de Jacopo avec effusion, mais il demeura inébranlable dans sa résolution de rester, et de rester seul.

Les contrebandiers laissèrent à Edmond ce qu'il demandait et s'éloignèrent non sans se retourner plusieurs fois, lui faisant à chaque fois qu'ils détournaient tous les signes d'un cordial adieu, auquel Edmond répondait de la main seulement, comme s'il ne pouvait remuer le reste du corps.

Puis, lorsqu'ils eurent disparu :

« C'est étrange, murmura Dantès en riant, que ce soit parmi de pareils hommes que l'on trouve des preuves d'amitié et des actes de dévouement. »

Alors il se traîna avec précaution jusqu'au sommet d'un rocher qui lui dérobait l'aspect de la mer, et de là il vit la tartane achever son appareillage, lever l'ancre, se balancer gracieusement comme une mouette qui va prendre son vol, et partir.

Au bout d'une heure, elle avait complètement disparu : du moins, de l'endroit où était demeuré le blessé, il était impossible de la voir.

Alors Dantès se releva, plus souple et plus léger qu'un des chevreaux qui bondissaient parmi les myrtes et les lentisques sur ces rochers sauvages, prit son fusil d'une main, sa pioche de l'autre, et courut à cette roche à laquelle aboutissaient les entailles qu'il avait remarquées sur les rochers.

« Et maintenant, s'écria-t-il en se rappelant cette histoire du pêcheur arabe que lui avait racontée Faria, maintenant, Sésame, ouvre-toi ! »

XXIV – Éblouissement.

Le soleil était arrivé au tiers de sa course à peu près, et ses rayons de mai donnaient, chauds et vivants, sur ces rochers, qui eux-mêmes semblaient sensibles à sa chaleur ; des milliers de cigales, invisibles dans les bruyères, faisaient entendre leur murmure monotone et continu ; les feuilles des myrtes et des oliviers s'agitaient frissonnantes, et rendaient un bruit presque métallique ; à chaque pas que faisait Edmond sur le granit échauffé, il faisait fuir des lézards qui semblaient des émeraudes ; on voyait bondir, sur les talus inclinés, les chèvres sauvages qui parfois y attirent les chasseurs : en un mot, l'île était habitée, vivante, animée, et cependant Edmond s'y sentait seul sous la main de Dieu.

Il éprouvait je ne sais quelle émotion assez semblable à de la crainte : c'était cette défiance du grand jour, qui fait supposer, même dans le désert, que des yeux inquisiteurs sont ouverts sur nous.

Ce sentiment fut si fort, qu'au moment de se mettre à la besogne, Edmond s'arrêta, déposa sa pioche, reprit son fusil, gravit une dernière fois le roc le plus élevé de l'île, et de là jeta un vaste regard sur tout ce qui l'entourait.

Mais, nous devons le dire, ce qui attira son attention, ce ne fut ni cette Corse poétique dont il pouvait distinguer jusqu'aux maisons, ni cette Sardaigne presque inconnue qui lui fait suite, ni l'île d'Elbe aux souvenirs gigantesques, ni enfin cette ligne imperceptible qui s'étendait à l'horizon et qui à l'œil exercé du marin révélait Gênes la superbe et Livourne la commerçante ; non : ce fut le brigantin qui était parti au point du jour, et la tartane qui venait de partir. Le premier était sur le point de disparaître au détroit de Bonifacio ; l'autre, suivant la route opposée, côtoyait la Corse, qu'elle s'apprêtait à doubler.

Cette vue rassura Edmond.

Il ramena alors les yeux sur les objets qui l'entouraient plus immédiatement ; il se vit sur le point le plus élevé de l'île, conique, grêle statue de cet immense piédestal ; au-dessous de lui, pas un homme ; autour de lui, pas une barque : rien que la mer azurée qui venait battre la base de l'île, et que ce choc éternel bordait d'une frange d'argent.

Alors il descendit d'une marche rapide, mais cependant pleine de prudence : il craignait fort, en un pareil moment, un accident semblable à celui qu'il avait si habilement et si heureusement simulé.

Dantès, comme nous l'avons dit, avait repris le contre-pied des entailles laissées sur les rochers et il avait vu que cette ligne conduisait à une espèce de petite crique cachée comme un bain de nymphe antique ; cette crique était assez large à son ouverture et assez profonde à son centre pour qu'un petit bâtiment du genre des spéronares pût y entrer et y demeurer caché. Alors, en suivant le fil des inductions, ce fil qu'aux mains de l'abbé Faria il avait vu guider l'esprit d'une façon si ingénieuse dans le dédale des probabilités, il songea que le cardinal Spada, dans son intérêt à ne pas être vu, avait abordé à cette crique, y avait caché son petit bâtiment, avait suivi la ligne indiquée par des entailles, et avait, à l'extrémité de cette ligne, enfoui son trésor.

C'était cette supposition qui avait ramené Dantès près du rocher circulaire.

Seulement, cette chose inquiétait Edmond et bouleversait toutes les idées qu'il avait en dynamique : comment avait-on pu, sans employer des forces considérables, hisser ce rocher, qui pesait peut-être cinq ou six milliers, sur l'espèce de base où il reposait ?

Tout à coup, une idée vint à Dantès.

« Au lieu de le faire monter, se dit-il, on l'aura fait descendre. »

Et lui-même s'élança au-dessus du rocher, afin de chercher la place de sa base première.

En effet, bientôt il vit qu'une pente légère avait été pratiquée ; le rocher avait glissé sur sa base et était venu s'arrêter à l'endroit ; un autre rocher, gros comme une pierre de taille ordinaire, lui avait servi de cale ; des pierres et des cailloux avaient été soigneusement rajustés pour faire disparaître toute solution de continuité ; cette espèce de petit ouvrage en maçonnerie avait été recouvert de terre végétale, l'herbe y avait poussé, la mousse s'y était étendue, quelques semences de myrtes et de lentisques s'y étaient arrêtées, et le vieux rocher semblait soudée au sol.

Dantès enleva avec précaution la terre, et reconnut ou crut reconnaître tout cet ingénieux artifice.

Alors il se mit à attaquer avec sa pioche cette muraille

intermédiaire cimentée par le temps.

Après un travail de dix minutes, la muraille céda, et un trou à y fourrer le bras fut ouvert.

Dantès alla couper l'olivier le plus fort qu'il put trouver, le dégarnit de ses branches, l'introduisit dans le trou et en fit un levier.

Mais le roc était à la fois trop lourd et calé trop solidement par le rocher inférieur, pour qu'une force humaine, fût-ce celle d'Hercule lui-même, pût l'ébranler.

Dantès réfléchit alors que c'était cette cale elle-même qu'il fallait attaquer.

Mais par quel moyen ?

Dantès jeta les yeux autour de lui, comme font les hommes embarrassés ; et son regard tomba sur une corne de mouflon pleine de poudre que lui avait laissée son ami Jacopo.

Il sourit : l'invention infernale allait faire son œuvre.

À l'aide de sa pioche Dantès creusa, entre le rocher supérieur et celui sur lequel il était posé, un conduit de mine comme ont l'habitude de faire les pionniers, lorsqu'ils veulent épargner au bras de l'homme une trop grande fatigue, puis il le bourra de poudre ; puis, effilant son mouchoir et le roulant dans le salpêtre, il en fit une mèche.

Le feu mis à cette mèche, Dantès s'éloigna.

L'explosion ne se fit pas attendre : le rocher supérieur fut en un instant soulevé par l'incalculable force, le rocher inférieur vola en éclats ; par la petite ouverture qu'avait d'abord pratiquée Dantès, s'échappa tout un monde d'insectes frémissants, et une couleuvre énorme, gardien de ce chemin mystérieux, roula sur ses volutes bleuâtres et disparut.

Dantès s'approcha : le rocher supérieur, désormais sans appui, inclinait vers l'abîme ; l'intrépide chercheur en fit le tour, choisit l'endroit le plus vacillant, appuya son levier dans une de ses arêtes et, pareil à Sisyphe, se raidit de toute sa puissance contre le rocher.

Le rocher, déjà ébranlé par la commotion chancela ; Dantès redoubla d'efforts : on eût dit un de ces Titans qui déracinaient des montagnes pour faire la guerre au maître des dieux. Enfin le rocher céda, roula, bondit, se précipita et disparut, s'engloutissant dans la mer.

Il laissait découverte une place circulaire, et mettait au jour un anneau de fer scellé au milieu d'une dalle de forme carrée.

Dantès poussa un cri de joie et d'étonnement : jamais plus magnifique résultat n'avait couronné une première tentative.

Il voulut continuer ; mais ses jambes tremblaient si fort, mais son cœur battait si violemment, mais un nuage si brûlant passait devant ses yeux, qu'il fut forcé de s'arrêter.

Ce moment d'hésitation eut la durée de l'éclair. Edmond passa son levier dans l'anneau, leva vigoureusement, et la dalle descellée s'ouvrit, découvrant la pente rapide d'une sorte d'escalier qui allait s'enfonçant dans l'ombre d'une grotte de plus en plus obscure.

Un autre se fût précipité, eût poussé des exclamations de joie ; Dantès s'arrêta, pâlit, douta.

« Voyons, se dit-il, soyons homme ! accoutumé à l'adversité, ne nous laissons pas abattre par une déception ; ou sans cela ce serait donc pour rien que j'aurais souffert ! Le cœur se brise, lorsque après avoir été dilaté outre mesure par l'espérance à la tiède haleine il rentre et se renferme dans la froide réalité ! Faria a fait un rêve : le cardinal Spada n'a rien enfoui dans cette grotte, peut-être même n'y est-il jamais venu, ou, s'il y est venu, César Borgia l'intrépide aventurier, l'infatigable et sombre larron, y est venu après lui, a découvert sa trace, a suivi les mêmes brisées que moi, comme moi a soulevé cette pierre, et, descendu avant moi, ne m'a rien laissé à prendre après lui. »

Il resta un moment immobile, pensif, les yeux fixés sur cette ouverture sombre et continue.

« Or, maintenant que je ne compte plus sur rien, maintenant que je me suis dit qu'il serait insensé de conserver quelque espoir, la suite de cette aventure est pour moi une chose de curiosité, voilà tout. »

Et il demeura encore immobile et méditant.

« Oui, oui, ceci est une aventure à trouver sa place dans la vie mêlée d'ombre et de lumière de ce royal bandit, dans ce tissu d'événements étranges qui composent la trame diaprée de son existence ; ce fabuleux événement a dû s'enchaîner invinciblement aux autres choses ; oui, Borgia est venu quelque nuit ici, un flambeau d'une main, une épée de l'autre, tandis qu'à vingt pas de lui, au pied de cette roche peut-être, se tenaient, sombres et menaçants, deux sbires interrogeant la terre, l'air et la mer, pendant que leur maître entrait comme je vais le faire, secouant les ténèbres de son bras redoutable et flamboyant.

« Oui ; mais des sbires auxquels il aura livré ainsi son secret, qu'en aura fait César ? se demanda Dantès.

« Ce qu'on fit, se répondit-il en souriant, des ensevelisseurs d'Alaric, que l'on enterra avec l'enseveli.

« Cependant s'il y était venu, reprit Dantès, il eût retrouvé et pris le trésor ; Borgia, l'homme qui comparait l'Italie à un artichaut et qui la mangeait feuille à feuille, Borgia savait trop bien l'emploi du temps pour avoir perdu le sien à replacer ce rocher sur sa base.

« Descendons. »

Alors il descendit, le sourire du doute sur les lèvres, en murmurant ce dernier mot de la sagesse humaine : Peut-être !…

Mais, au lieu des ténèbres qu'il s'était attendu trouver, au lieu d'une atmosphère opaque et viciée, Dantès ne vit qu'une douce lueur décomposée en jour bleuâtre ; l'air et la lumière filtraient non seulement par l'ouverture qui venait d'être pratiquée, mais encore par des gerçures de rochers invisibles du sol extérieur, et à travers lesquels on voyait l'azur du ciel où se jouaient les branches tremblotantes des chênes verts et des ligaments épineux et rampants des ronces.

Après quelques secondes de séjour dans cette grotte, dont l'atmosphère plutôt tiède qu'humide, plutôt odorante que fade, était à la température de l'île ce que la lueur bleue était au soleil, le regard de Dantès, habitué, comme nous l'avons dit, aux ténèbres, put sonder les angles les plus reculés de la caverne : elle était de granit dont les facettes pailletées étincelaient comme des diamants.

« Hélas ! se dit Edmond en souriant, voilà sans doute tous les trésors qu'aura laissés le cardinal ; et ce bon abbé, en voyant en rêve ces murs tout resplendissants, se sera entretenu dans ses riches espérances. » Mais Dantès se rappela les termes du testament, qu'il savait par cœur : « Dans l'angle le plus éloigné de la seconde ouverture », disait ce testament.

Dantès avait pénétré seulement dans la première grotte, il fallait chercher maintenant l'entrée de la seconde.

Dantès s'orienta : cette seconde grotte devait naturellement s'enfoncer dans l'intérieur de l'île ; il examina les souches des pierres, et il alla frapper à une des parois qui lui parut celle où devait être cette ouverture, masquée sans doute pour plus grande précaution.

La pioche résonna pendant un instant, tirant du rocher un son mat, dont la compacité faisait germer la sueur au front de Dantès ; enfin il sembla au mineur persévérant qu'une portion de la muraille granitique répondait par un écho plus sourd et plus profond à l'appel qui lui était fait ; il rapprocha son regard ardent de la muraille et reconnut, avec le tact du prisonnier, ce que nul autre n'eût reconnu peut-être : c'est qu'il devait y avoir là une ouverture.

Cependant, pour ne pas faire une besogne inutile, Dantès, qui, comme César Borgia, avait étudié le prix du temps, sonda les autres parois avec sa pioche, interrogea le sol avec la crosse de son fusil, ouvrit le sable aux endroits suspects, et n'ayant rien trouvé rien reconnu, revint à la portion de la muraille qui rendait ce son consolateur.

Il frappa de nouveau et avec plus de force.

Alors il vit une chose singulière, c'est que, sous les coups de l'instrument, une espèce d'enduit, pareil à celui qu'on applique sur les murailles pour peindre à fresque, se soulevait et tombait en écailles découvrant une pierre blanchâtre et molle, pareille à nos pierres de taille ordinaires. On avait fermé l'ouverture du rocher avec des pierres d'une autre nature, puis on avait étendu sur ces pierres cet enduit, puis sur cet enduit on avait imité la teinte et le cristallin du granit.

Dantès frappa alors par le bout aigu de la pioche, qui entra d'un pouce dans la porte-muraille.

C'était là qu'il fallait fouiller.

Par un mystère étrange de l'organisation humaine, plus les preuves que Faria ne s'était pas trompé devaient, en s'accumulant, rassurer Dantès, plus son cœur défaillant se laissait aller au doute et presque au découragement : cette nouvelle expérience, qui aurait dû lui donner une force nouvelle, lui ôta la force qui lui restait : la pioche descendit, s'échappant presque de ses mains ; il la posa sur le sol, s'essuya le front et remonta vers le jour, se donnant à lui-même le prétexte de voir si personne ne l'épiait, mais, en réalité, parce qu'il avait besoin d'air, parce qu'il sentait qu'il allait s'évanouir.

L'île était déserte, et le soleil à son zénith semblait la couvrir de son œil de feu ; au loin, de petites barques de pêcheurs ouvraient leurs ailes sur la mer d'un bleu de saphir.

Dantès n'avait encore rien pris : mais c'était bien long de manger dans un pareil moment ; il avala une gorgée de rhum et rentra dans la grotte le cœur raffermi.

La pioche qui lui avait semblé si lourde était redevenue légère ; il la souleva comme il eût fait d'une plume, et se remit vigoureusement à la besogne.

Après quelques coups, il s'aperçut que les pierres n'étaient point scellées, mais seulement posées les unes sur les autres et recouvertes de l'enduit dont nous avons parlé ; il introduisit dans une des fissures la pointe de la pioche, pesa sur le manche et vit avec joie la pierre tomber à ses pieds.

Dès lors, Dantès n'eut plus qu'à tirer chaque pierre à lui avec la dent de fer de la pioche, et chaque pierre à son tour tomba près de la première.

Dès la première ouverture, Dantès eût pu entrer ; mais en tardant de quelques instants, c'était retarder la certitude en se cramponnant à l'espérance.

Enfin, après une nouvelle hésitation d'un instant, Dantès passa de cette première grotte dans la seconde.

Cette seconde grotte était plus basse, plus sombre et d'un aspect plus effrayant que la première ; l'air, qui n'y pénétrait que par l'ouverture pratiquée à l'instant même, avait cette odeur méphitique que Dantès s'était étonné de ne pas trouver dans la première.

Dantès donna le temps à l'air extérieur d'aller raviver cette atmosphère morte, et entra.

À gauche de l'ouverture, était un angle profond et sombre.

Mais, nous l'avons dit, pour l'œil de Dantès il n'y avait pas de ténèbres.

Il sonda du regard la seconde grotte : elle était vide comme la première.

Le trésor, s'il existait, était enterré dans cet angle sombre.

L'heure de l'angoisse était arrivée ; deux pieds de terre à fouiller, c'était tout ce qui restait à Dantès entre la suprême joie et le suprême désespoir.

Il s'avança vers l'angle, et, comme pris d'une résolution subite, il attaqua le sol hardiment.

Au cinquième ou sixième coup de pioche, le fer résonna sur du fer.

Jamais tocsin funèbre, jamais glas frémissant ne produisit pareil effet sur celui qui l'entendit. Dantès n'aurait rien rencontré qu'il ne fût certes pas devenu plus pâle.

Il sonda à côté de l'endroit où il avait sondé déjà, et rencontra la même résistance mais non pas le même son.

« C'est un coffre de bois, cerclé de fer », dit-il.

En ce moment, une ombre rapide passa interceptant le jour.

Dantès laissa tomber sa pioche, saisit son fusil, repassa par l'ouverture, et s'élança vers le jour.

Une chèvre sauvage avait bondi par-dessus la première entrée de la grotte et broutait à quelques pas de là.

C'était une belle occasion de s'assurer son dîner, mais Dantès eut peur que la détonation du fusil n'attirât quelqu'un.

Il réfléchit un instant, coupa un arbre résineux, alla l'allumer au feu encore fumant où les contrebandiers avaient fait cuire leur déjeuner, et revint avec cette torche.

Il ne voulait perdre aucun détail de ce qu'il allait voir.

Il approcha la torche du trou informe et inachevé, et reconnut qu'il ne s'était pas trompé : ses coups avaient alternativement frappé sur le fer et sur le bois.

Il planta sa torche dans la terre et se remit à l'œuvre.

En un instant, un emplacement de trois pieds de long sur deux pieds de large à peu près fut déblayé, et Dantès put reconnaître un coffre de bois de chêne cerclé de fer ciselé. Au milieu du couvercle resplendissaient, sur une plaque d'argent que la terre n'avait pu ternir, les armes de la famille Spada, c'est-à-dire une épée posée en pal sur un écusson ovale, comme sont les écussons italiens, et surmonté d'un chapeau de cardinal.

Dantès les reconnut facilement : l'abbé Faria les lui avait tant de fois dessinées !

Dès lors, il n'y avait plus de doute, le trésor était bien là ; on n'eût pas pris tant de précautions pour remettre à cette place un coffre vide.

En un instant, tous les alentours du coffre furent déblayés, et Dantès vit tour à tour apparaître la serrure du milieu, placée entre deux cadenas, et les anses des faces latérales ; tout cela était ciselé comme on ciselait à cette époque, où l'art rendait précieux les plus vils métaux.

Dantès prit le coffre par les anses et essaya de le soulever : c'était chose impossible.

Dantès essaya de l'ouvrir : serrure et cadenas étaient fermés ; les fidèles gardiens semblaient ne pas vouloir rendre leur trésor.

Dantès introduisit le côté tranchant de sa pioche entre le coffre et le couvercle, pesa sur le manche de la pioche, et le couvercle, après avoir crié, éclata. Une large ouverture des ais rendit les ferrures inutiles, elles tombèrent à leur tour, serrant encore de leurs ongles tenaces les planches entamées par leur chute, et le coffre fut découvert.

Une fièvre vertigineuse s'empara de Dantès ; il saisit son fusil, l'arma et le plaça près de lui. D'abord il ferma les yeux, comme font les enfants, pour apercevoir, dans la nuit étincelante de leur imagination, plus d'étoiles qu'ils n'en peuvent compter dans un ciel encore éclairé, puis il les rouvrit et demeura ébloui.

Trois compartiments scindaient le coffre.

Dans le premier brillaient de rutilants écus d'or aux fauves reflets.

Dans le second, des lingots mal polis et rangés en bon ordre, mais qui n'avaient de l'or que le poids et la valeur.

Dans le troisième enfin, à demi plein, Edmond remua à poignée les diamants, les perles, les rubis, qui, cascade étincelante, faisaient, en retombant les uns sur les autres, le bruit de la grêle sur les vitres.

Après avoir touché, palpé, enfoncé ses mains frémissantes dans l'or et les pierreries, Edmond se releva et prit sa course à travers les cavernes avec la tremblante exaltation d'un homme qui touche à la folie. Il sauta sur un rocher d'où il pouvait découvrir la mer, et n'aperçut rien ; il était seul, bien seul, avec ces richesses incalculables, inouïes, fabuleuses, qui lui appartenaient : seulement rêvait-il ou était-il éveillé ? faisait-il un songe fugitif ou étreignait-il corps à corps une réalité ?

Il avait besoin de revoir son or, et cependant il sentait qu'il n'aurait pas la force, en ce moment, d'en soutenir la vue. Un instant, il appuya ses deux mains sur le haut de sa tête, comme pour empêcher sa raison de s'enfuir ; puis il s'élança tout au travers de l'île, sans suivre, non pas de chemin, il n'y en a pas dans l'île de Monte-Cristo, mais de ligne arrêtée, faisant fuir les chèvres sauvages et effrayant les oiseaux de mer par ses cris et ses gesticulations. Puis, par un détour, il revint, doutant encore, se précipitant de la première grotte dans la seconde, et se retrouvant en face cette mine d'or et de diamants.

Cette fois, il tomba à genoux, comprimant de ses deux mains convulsives son cœur bondissant, et murmurant une prière intelligible pour Dieu seul.

Bientôt, il se sentit plus calme et partant plus heureux, car de cette heure seulement il commençait à croire à sa félicité.

Il se mit alors à compter sa fortune ; il y avait mille lingots d'or de deux à trois livres chacun ; ensuite, il empila vingt-cinq mille écus d'or, pouvant valoir chacun quatre-vingts francs de notre monnaie actuelle, tous à l'effigie du pape Alexandre VI et de ses prédécesseurs, et il s'aperçut que le compartiment n'était qu'à moitié vide ; enfin, il mesura dix fois la capacité de ses deux mains en perles, en pierreries, en diamants, dont beaucoup, montés par les meilleurs orfèvres de l'époque, offraient une valeur d'exécution remarquable, même à côté de leur valeur intrinsèque.

Dantès vit le jour baisser et s'éteindre peu à peu. Il craignit d'être surpris s'il restait dans la caverne, et sortit son fusil à la main. Un morceau de biscuit et quelques gorgées de vin furent son souper. Puis il replaça la pierre, se coucha dessus, et dormit à peine quelques heures, couvrant de son corps l'entrée de la grotte.

Cette nuit fut à la fois une de ces nuits délicieuses et terribles, comme cet homme aux foudroyantes émotions en avait déjà passé deux ou trois dans la vie.

XXV – L'inconnu.

Le jour vint. Dantès l'attendait depuis longtemps, les yeux ouverts. À ses premiers rayons, il se leva, monta, comme la veille, sur le rocher le plus élevé de l'île, afin d'explorer les alentours ; comme la veille, tout était désert.

Edmond descendit, leva la pierre, emplit ses poches de pierreries, replaça du mieux qu'il put les planches et les ferrures du coffre, le recouvrit de terre, piétina cette terre, jeta du sable dessus, afin de rendre l'endroit fraîchement retourné pareil au reste du sol ; sortit de la grotte, replaça la dalle, amassa sur la dalle des pierres de différentes grosseurs ; introduisit de la terre dans les intervalles, planta dans ces intervalles des myrtes et des bruyères, arrosa les plantations nouvelles afin qu'elles semblassent anciennes ; effaça les traces de ses pas amassées autour de cet endroit, et attendit avec impatience le retour de ses compagnons. En effet, il ne s'agissait plus maintenant de passer son temps à regarder cet or et ces diamants et à rester à Monte-Cristo comme un dragon surveillant d'inutiles trésors. Maintenant, il fallait retourner dans la vie, parmi les hommes, et prendre dans la société le rang, l'influence et le pouvoir que donne en ce monde la richesse, la première et la plus grande des forces dont peut disposer la créature humaine.

Les contrebandiers revinrent le sixième jour. Dantès reconnut de loin le port et la marche de la *Jeune-Amélie* ; il se traîna jusqu'au port comme Philoctète blessé, et lorsque ses compagnons abordèrent, il leur annonça, tout en se plaignant encore, un mieux sensible ; puis à son tour, il écouta le récit des aventuriers. Ils avaient réussi, il est vrai ; mais à peine le chargement avait-il été déposé, qu'ils avaient eu avis qu'un brick en surveillance à Toulon venait de sortir du port et se dirigeait de leur côté. Ils s'étaient alors enfuis à tire-d'aile, regrettant que Dantès, qui savait donner une vitesse si supérieure au bâtiment, ne fût point là pour le diriger. En effet, bientôt ils avaient aperçu le bâtiment chasseur ; mais à l'aide de la nuit, et en doublant le cap Corse, ils lui avaient échappé.

En somme, ce voyage n'avait pas été mauvais ; et tous, et surtout Jacopo, regrettaient que Dantès n'en eût pas été, afin d'avoir sa part des bénéfices qu'il avait rapportés, part qui montait à cinquante piastres.

Edmond demeura impénétrable ; il ne sourit même pas à l'énumération des avantages qu'il eût partagés s'il eût quitté l'île ; et, comme la *Jeune-Amélie* n'était venue à Monte-Cristo que pour le chercher, il se rembarqua le soir même et suivit le patron à Livourne.

À Livourne, il alla chez un juif et vendit cinq mille francs chacun quatre de ses plus petits diamants. Le juif aurait pu s'informer comment un matelot se trouvait possesseur de pareils objets ; mais il s'en garda bien, il gagnait mille francs sur chacun.

Le lendemain, il acheta une barque toute neuve qu'il donna à Jacopo, en ajoutant à ce don cent piastres afin qu'il pût engager un équipage ; et cela, à la condition que Jacopo irait à Marseille demander des nouvelles d'un vieillard nommé Louis Dantès et qui demeurait aux Allées de Meilhan, et d'une jeune fille qui demeurait au village des Catalans et que l'on nommait Mercédès.

Ce fut à Jacopo à croire qu'il faisait un rêve : Edmond lui raconta alors qu'il s'était fait marin par un coup de tête, et parce que sa famille lui refusait l'argent nécessaire à son entretien ; mais qu'en arrivant à Livourne il avait touché la succession d'un oncle qui l'avait fait son seul héritier. L'éducation élevée de Dantès donnait à ce récit une telle vraisemblance que Jacopo ne douta point un instant que son ancien compagnon ne lui eût dit la vérité.

D'un autre côté, comme l'engagement d'Edmond à bord de la *Jeune-Amélie* était expiré, il prit congé du marin, qui essaya d'abord de le retenir, mais qui, ayant appris comme Jacopo l'histoire de l'héritage, renonça dès lors à l'espoir de vaincre la résolution de son ancien matelot.

Le lendemain, Jacopo mit à la voile pour Marseille ; il devait retrouver Edmond à Monte-Cristo.

Le même jour, Dantès partit sans dire où il allait, prenant congé de l'équipage de la *Jeune-Amélie* par une gratification splendide, et du patron avec la promesse de lui donner un jour ou l'autre de ses nouvelles.

Dantès alla à Gênes.

Au moment où il arrivait, on essayait un petit yacht commandé par un Anglais qui, ayant entendu dire que les Génois étaient les meilleurs constructeurs de la Méditerranée, avait voulu avoir un yacht construit à Gênes ; l'Anglais avait fait prix à quarante mille francs : Dantès en offrit soixante mille, à la condition que le bâtiment lui serait livré le jour même. L'Anglais était allé faire un tour en Suisse, en attendant que son bâtiment fût achevé. Il ne devait revenir que dans trois semaines ou un mois : le constructeur pensa qu'il aurait le temps d'en remettre un autre sur le chantier. Dantès emmena le constructeur chez un juif, passa avec lui dans l'arrière-boutique et le juif compta soixante mille francs au constructeur.

Le constructeur offrit à Dantès ses services pour lui composer un équipage ; mais Dantès le remercia, en disant qu'il avait l'habitude de naviguer seul, et que la seule chose qu'il désirait était qu'on exécutât dans la cabine, à la tête du lit, une armoire à secret, dans laquelle se trouveraient trois compartiments à secret aussi. Il donna la mesure de ces compartiments, qui furent exécutés le lendemain.

Deux heures après, Dantès sortait du port de Gênes, escorté par les regards d'une foule de curieux qui voulaient voir le seigneur espagnol qui avait l'habitude de naviguer seul.

Dantès s'en tira à merveille ; avec l'aide du gouvernail, et sans avoir besoin de le quitter, il fit faire à son bâtiment toutes les évolutions voulues ; on eût dit un être intelligent prêt à obéir à la moindre impulsion donnée, et Dantès convint en lui-même que les Génois méritaient leur réputation de premiers constructeurs du monde.

Les curieux suivirent le petit bâtiment des yeux jusqu'à ce qu'ils l'eussent perdu de vue, et alors les discussions s'établirent pour savoir où il allait : les uns penchèrent pour la Corse, les autres pour l'île d'Elbe ; ceux-ci offrirent de parier qu'il allait en Espagne, ceux-là soutinrent qu'il allait en Afrique ; nul ne pensa à nommer l'île de Monte-Cristo.

C'était cependant à Monte-Cristo qu'allait Dantès.

Il y arriva vers la fin du second jour : le navire était excellent voilier et avait parcouru la distance en trente-cinq heures. Dantès avait parfaitement reconnu le gisement de la côte ; et, au lieu d'aborder au port habituel, il jeta l'ancre dans la petite crique.

L'île était déserte ; personne ne paraissait y avoir abordé depuis que Dantès en était parti ; il alla à son trésor : tout était dans le même état qu'il l'avait laissé.

Le lendemain, son immense fortune était transportée à bord du yacht et enfermée dans les trois compartiments de l'armoire à secret.

Dantès attendit huit jours encore. Pendant huit jours il fit manœuvrer son yacht autour de l'île, l'étudiant comme un écuyer étudie un cheval : au bout de ce temps, il en connaissait toutes les qualités et tous les défauts ; Dantès se promit d'augmenter les unes et de remédier aux autres.

Le huitième jour, Dantès vit un petit bâtiment qui venait sur l'île toutes voiles dehors, et reconnut la barque de Jacopo ; il fit un signal auquel Jacopo répondit, et deux heures après, la barque était près du yacht.

Il y avait une triste réponse à chacune des deux demandes faites par Edmond.

Le vieux Dantès était mort.

Mercédès avait disparu.

Edmond écouta ces deux nouvelles d'un visage calme ; mais aussitôt il descendit à terre, en défendant que personne l'y suivît.

Deux heures après, il revint ; deux hommes de la barque de Jacopo passèrent sur son yacht pour l'aider à la manœuvre, et il donna l'ordre de mettre le cap sur Marseille. Il prévoyait la mort de son père ; mais Mercédès, qu'était-elle devenue ?

Sans divulguer son secret, Edmond ne pouvait donner d'instructions suffisantes à un agent ; d'ailleurs, il y avait d'autres renseignements qu'il voulait prendre, et pour lesquels il ne s'en rapportait qu'à lui-même. Son miroir lui avait appris à Livourne qu'il ne courait pas le danger d'être reconnu, d'ailleurs il avait maintenant à sa disposition tous les moyens de se déguiser. Un matin donc, le yacht, suivi de la petite barque, entra bravement dans le port de Marseille et s'arrêta juste en face de l'endroit où, ce soir de fatale mémoire, on l'avait embarqué pour le château d'If.

Ce ne fut pas sans un certain frémissement que, dans le canot, Dantès vit venir à lui un gendarme. Mais Dantès, avec cette assurance parfaite qu'il avait acquise, lui présenta un passeport anglais qu'il avait acheté à Livourne ; et moyennant ce laissez-passer étranger, beaucoup plus respecté en France que le nôtre, il descendit sans difficulté à terre.

La première chose qu'aperçut Dantès, en mettant le pied sur la Canebière, fut un des matelots du *Pharaon*. Cet homme avait servi sous ses ordres, et se trouvait là comme un moyen de rassurer Dantès sur les changements qui s'étaient faits en lui. Il alla droit à cet homme et lui fit plusieurs questions auxquelles celui-ci répondit, sans même laisser soupçonner ni par ses paroles, ni par sa physionomie, qu'il se rappelât avoir jamais vu celui qui lui adressait la parole.

Dantès donna au matelot une pièce de monnaie pour le remercier de ses renseignements ; un instant après, il entendit le brave homme qui courait après lui.

Dantès se retourna.

« Pardon, monsieur, dit le matelot, mais vous vous êtes trompé sans doute ; vous aurez cru me donner une pièce de quarante sous, et vous m'avez donné un double napoléon.

– En effet, mon ami, dit Dantès, je m'étais trompé ; mais, comme votre honnêteté mérite une récompense, en voici un second que je vous prie d'accepter pour boire à ma santé avec vos camarades. »

Le matelot regarda Edmond avec tant d'étonnement, qu'il ne songea même pas à le remercier ; et il le regarda s'éloigner en disant :

« C'est quelque nabab qui arrive de l'Inde. »

Dantès continua son chemin ; chaque pas qu'il faisait oppressait son cœur d'une émotion nouvelle : tous ses souvenirs d'enfance, souvenirs indélébiles, éternellement présents à la pensée, étaient là, se dressant à chaque coin de place, à chaque angle de rue, à chaque borne de carrefour. En arrivant au bout de la rue de Noailles, et en apercevant les Allées de Meilhan, il sentit ses genoux qui fléchissaient, et il faillit tomber sous les roues d'une voiture. Enfin, il arriva jusqu'à la maison qu'avait habitée son père. Les aristoloches et les capucines avaient disparu de la mansarde, où autrefois la main du bonhomme les treillageait avec tant de soin. Il s'appuya contre un arbre, et resta quelque temps pensif, regardant les derniers étages de cette pauvre petite maison ; enfin il s'avança vers la porte, en franchit le seuil, demanda s'il n'y avait pas un logement vacant, et, quoiqu'il fût occupé, insista si longtemps pour visiter celui du cinquième, que la concierge monta et demanda, de la part d'un étranger, aux personnes qui l'habitaient, la permission de voir les deux pièces dont il était composé. Les personnes qui habitaient ce petit logement étaient un jeune homme et une jeune femme qui venaient de se marier depuis huit jours seulement.

En voyant ces deux jeunes gens, Dantès poussa un profond

soupir.

Au reste, rien ne rappelait plus à Dantès l'appartement de son père : ce n'était plus le même papier ; tous les vieux meubles, ces amis d'enfance d'Edmond, présents à son souvenir dans tous leurs détails, avaient disparu. Les murailles seules étaient les mêmes.

Dantès se tourna du côté du lit, il était là à la même place que celui de l'ancien locataire ; malgré lui, les yeux d'Edmond se mouillèrent de larmes : c'était à cette place que le vieillard avait dû expirer en nommant son fils.

Les deux jeunes gens regardaient avec étonnement cet homme au front sévère, sur les joues duquel coulaient deux grosses larmes sans que son visage sourcillât. Mais, comme toute douleur porte avec elle sa religion, les jeunes gens ne firent aucune question à l'inconnu ; seulement, ils se retirèrent en arrière pour le laisser pleurer tout à son aise, et quand il se retira ils l'accompagnèrent, en lui disant qu'il pouvait revenir quand il voudrait et que leur pauvre maison lui serait toujours hospitalière.

En passant à l'étage au-dessous. Edmond s'arrêta devant une autre porte et demanda si c'était toujours le tailleur Caderousse qui demeurait là. Mais le concierge lui répondit que l'homme dont il parlait avait fait de mauvaises affaires et tenait maintenant une petite auberge sur la route de Bellegarde à Beaucaire.

Dantès descendit, demanda l'adresse du propriétaire de la maison des Allées de Meilhan, se rendit chez lui, se fit annoncer sous le nom de Lord Wilmore (c'était le nom et le titre qui étaient portés sur son passeport), et lui acheta cette petite maison pour la somme de vingt-cinq mille francs. C'était dix mille francs au moins de plus qu'elle ne valait. Mais Dantès, s'il la lui eût faite un demi-million, l'eût payée ce prix.

Le jour même, les jeunes gens du cinquième étage furent prévenus par le notaire qui avait fait le contrat que le nouveau propriétaire leur donnait le choix d'un appartement dans toute la maison, sans augmenter en aucune façon leur loyer, à la condition qu'ils lui céderaient les deux chambres qu'ils occupaient.

Cet événement étrange occupa pendant plus de huit jours tous les habitués des Allées de Meilhan, et fit faire mille conjectures dont pas une ne se trouva être exacte.

Mais ce qui surtout brouilla toutes les cervelles et troubla tous les esprits, c'est qu'on vit le soir même le même homme qu'on avait vu entrer dans la maison des Allées de Meilhan se promener dans le petit village des Catalans, et entrer dans une pauvre maison de pêcheurs où il resta plus d'une heure à demander des nouvelles de plusieurs personnes qui étaient mortes ou qui avaient disparu depuis plus de quinze ou seize ans.

Le lendemain, les gens chez lesquels il était entré pour faire toutes ces questions reçurent en cadeau une barque catalane toute neuve, garnie de deux seines et d'un chalut.

Ces braves gens eussent bien voulu remercier le généreux questionneur ; mais en les quittant on l'avait vu, après avoir donné quelques ordres à un marin, monter à cheval et sortir de Marseille par la porte d'Aix.

XXVI – L'auberge du pont du Gard.

Ceux qui, comme moi, ont parcouru à pied le Midi de la France ont pu remarquer entre Bellegarde et Beaucaire, à moitié chemin à peu près du village à la ville, mais plus rapprochée cependant de Beaucaire que de Bellegarde, une petite auberge où pend, sur une plaque de tôle qui grince au moindre vent, une grotesque représentation du pont du Gard. Cette petite auberge, en prenant pour règle le cours du Rhône, est située au côté gauche de la route, tournant le dos au fleuve ; elle est accompagnée de ce que dans le Languedoc on appelle un jardin : c'est-à-dire que la face opposée à celle qui ouvre sa porte aux voyageurs donne sur un enclos où rampent quelques oliviers rabougris et quelques figuiers sauvages au feuillage argenté par la poussière ; dans leurs intervalles poussent, pour tout légume, des aulx, des piments et des échalotes ; enfin, à l'un de ses angles, comme une sentinelle oubliée, un grand pin parasol élance mélancoliquement sa tige flexible, tandis que sa cime, épanouie en éventail, craque sous un soleil de trente degrés.

Tous ces arbres, grands ou petits se courbent inclinés naturellement dans la direction où passe le mistral, l'un des trois fléaux de la Provence ; les deux autres, comme on sait ou comme on ne sait pas, étant la Durance et le Parlement.

Çà et là, dans la plaine environnante, qui ressemble à un grand lac de poussière, végètent quelques tiges de froment que les horticulteurs du pays élèvent sans doute par curiosité et dont chacune sert de perchoir à une cigale qui poursuit de son chant aigre et monotone les voyageurs égarés dans cette thébaïde.

Depuis sept ou huit ans à peu près, cette petite auberge était tenue par un homme et une femme ayant pour tout domestique une fille de chambre appelée Trinette et un garçon d'écurie répondant au nom de Pacaud ; double coopération qui au reste suffisait largement aux besoins du service, depuis qu'un canal creusé de Beaucaire à Aigues-mortes avait fait succéder victorieusement les bateaux au roulage accéléré, et le coche à la diligence.

Ce canal, comme pour rendre plus vifs encore les regrets du malheureux aubergiste qu'il ruinait, passait entre le Rhône qui l'alimente et la route qu'il épuise, à cent pas à peu près de l'auberge dont nous venons de donner une courte mais fidèle description.

L'hôtelier qui tenait cette petite auberge pouvait être un homme de quarante à quarante-cinq ans, grand, sec et nerveux, véritable type méridional avec ses yeux enfoncés et brillants, son nez en bec d'aigle et ses dents blanches comme celles d'un animal carnassier. Ses cheveux, qui semblaient, malgré les premiers souffles de l'âge, ne pouvoir se décider à blanchir, étaient, ainsi que sa barbe, qu'il portait en collier, épais, crépus et à peine parsemés de quelques poils blancs. Son teint, hâlé naturellement, s'était encore couvert d'une nouvelle couche de bistre par l'habitude que le pauvre diable avait prise de se tenir depuis le matin jusqu'au soir sur le seuil de sa porte, pour voir si, soit à pied, soit en voiture, il ne lui arrivait pas quelque pratique : attente presque toujours déçue, et pendant laquelle il n'opposait à l'ardeur dévorante du soleil d'autre préservatif pour son visage qu'un mouchoir rouge noué sur sa tête, à la manière des muletiers espagnols. Cet homme, c'était notre ancienne connaissance Gaspard Caderousse.

Sa femme, au contraire, qui, de son nom de fille, s'appelait Madeleine Radelle, était une femme pâle, maigre et maladive ; née aux environs d'Arles, elle avait, tout en conservant les traces primitives de la beauté traditionnelle de ses compatriotes, vu son visage se délabrer lentement dans l'accès presque continuel d'une de ces fièvres sourdes si communes parmi les populations voisines des étangs d'Aigues-mortes et des marais de la Camargue. Elle se tenait donc presque toujours assise et grelottante au fond de sa chambre située au premier, soit étendue dans un fauteuil, soit appuyée contre son lit, tandis que son mari montait à la porte sa faction habituelle : faction qu'à prolongeait d'autant plus volontiers que chaque fois qu'il se retrouvait avec son aigre moitié, celle-ci le poursuivait de ses plaintes éternelles contre le sort, plaintes auxquelles son mari ne répondait d'habitude que par ces paroles philosophiques :

« Tais-toi, la Carconte ! c'est Dieu qui le veut comme cela. »

Ce sobriquet venait de ce que Madeleine Radelle était née dans le village de la Carconte, situé entre Salon et Lambesc. Or, suivant une habitude du pays, qui veut que l'on désigne presque toujours les gens par un surnom au lieu de les désigner par un nom, son mari avait substitué cette appellation à celle de Madeleine, trop douce et trop euphonique peut-être pour son rude langage.

Cependant, malgré cette prétendue résignation aux décrets de la Providence, que l'on n'aille pas croire que notre aubergiste ne sentît pas profondément l'état de misère où l'avait réduit ce misérable canal de Beaucaire, et qu'il fût invulnérable aux plaintes incessantes dont sa femme le poursuivait. C'était, comme tous les Méridionaux, un homme sobre et sans de grands besoins, mais vaniteux pour les choses extérieures ; aussi, au temps de sa prospérité, il ne laissait passer ni une ferrade, ni une procession de la tarasque sans s'y montrer avec la Carconte, l'un dans ce costume pittoresque des hommes du Midi et qui tient à la fois du catalan et de l'andalou ; l'autre avec ce charmant habit des femmes d'Arles qui semble emprunté à la Grèce et à l'Arabie ; mais peu à peu, chaînes de montres, colliers, ceinturés aux mille couleurs, corsages brodés, vestes de velours, bas à coins élégants, guêtres bariolées, souliers à boucles d'argent avaient disparu, et Gaspard Caderousse, ne pouvant plus se montrer à la hauteur de sa splendeur passée, avait renoncé pour lui et pour sa femme à toutes ces pompes mondaines, dont il entendait, en se rongeant sourdement le cœur, les bruits joyeux retentir jusqu'à cette pauvre auberge, qu'il continuait de garder bien plus comme un abri que comme une spéculation.

Caderousse s'était donc tenu, comme c'était son habitude, une partie de la matinée devant la porte, promenant son regard mélancolique d'un petit gazon pelé, où picoraient quelques poules, aux deux extrémités du chemin désert qui s'enfonçait d'un côté au midi et de l'autre au nord, quand tout à coup la voix aigre de sa femme le força de quitter son poste ; il rentra en grommelant et monta au premier laissant néanmoins la porte toute grande ouverte comme pour inviter les voyageurs à ne pas l'oublier en passant.

Au moment où Caderousse rentrait, la grande route dont nous avons parlé, et que parcouraient ses regards, était aussi nue et aussi solitaire que le désert à midi ; elle s'étendait, blanche et infinie, entre deux rangées d'arbres maigres, et l'on comprenait parfaitement qu'aucun voyageur, libre de choisir une autre heure du jour, ne se hasardât dans cet effroyable Sahara.

Cependant, malgré toutes les probabilités, s'il fût resté à son poste, Caderousse aurait pu voir poindre, du côté de Bellegarde, un cavalier et un cheval venant de cette allure honnête et amicale qui indique les meilleures relations entre le cheval et le cavalier ; le cheval était un cheval hongre, marchant agréablement l'amble ; le cavalier était un prêtre vêtu de noir et coiffé d'un chapeau à trois cornes, malgré la chaleur dévorante du soleil alors à son midi ; ils n'allaient tous deux qu'à un trot fort raisonnable.

Arrivé devant la porte, le groupe s'arrêta : il eût été difficile de décider si ce fut le cheval qui arrêta l'homme ou l'homme qui arrêta le cheval ; mais en tout cas le cavalier mit pied à terre, et, tirant l'animal par la bride, il alla l'attacher au tourniquet d'un contrevent délabré qui ne tenait plus qu'à un gond ; puis s'avançant vers la porte, en essuyant d'un mouchoir de coton rouge son front ruisselant de sueur, le prêtre frappa trois coups sur le seuil, du bout ferré de la canne qu'il tenait à la main.

Aussitôt, un grand chien noir se leva et fit quelques pas en aboyant et en montrant ses dents blanches et aiguës ; double démonstration hostile qui prouvait le peu d'habitude qu'il avait de la société.

Aussitôt, un pas lourd ébranla l'escalier de bois rampant le long de la muraille, et que descendait, en se courbant et à reculons, l'hôte du pauvre logis à la porte duquel se tenait le prêtre.

« Me voilà ! disait Caderousse tout étonné, me voilà ! veux-tu te taire, Margottin ! N'ayez pas peur, monsieur, il aboie, mais il ne mord pas. Vous désirez du vin, n'est-ce pas ? car il fait une polissonne de chaleur… Ah ! pardon, interrompit Caderousse, en voyant à quelle sorte de voyageur il avait affaire, je ne savais pas qui j'avais l'honneur de recevoir ; que désirez-vous, que demandez-vous, monsieur l'abbé ? je suis à vos ordres. »

Le prêtre regarda cet homme pendant deux ou trois secondes avec une attention étrange, il parut même chercher à attirer de son côté sur lui l'attention de l'aubergiste ; puis, voyant que les traits de celui-ci n'exprimaient d'autre sentiment que la surprise de ne pas recevoir une réponse, il jugea qu'il était temps de faire cesser cette surprise, et dit avec un accent italien très prononcé :

« N'êtes-vous pas monsou Caderousse ?

– Oui, monsieur, dit l'hôte peut-être encore plus étonné de la demande qu'il ne l'avait été du silence, je le suis en effet ; Gaspard Caderousse, pour vous servir.

– Gaspard Caderousse… oui, je crois que c'est là le prénom et le nom ; vous demeuriez autrefois Allées de Meilhan, n'est-ce pas ? au quatrième ?

– C'est cela.

– Et vous y exerciez la profession de tailleur ?

– Oui, mais l'état a mal tourné : il fait si chaud à ce coquin de Marseille que l'on finira, je crois, par ne plus s'y habiller du tout. Mais à propos de chaleur, ne voulez-vous pas vous rafraîchir, monsieur l'abbé ?

– Si fait, donnez-moi une bouteille de votre meilleur vin, et nous reprendrons la conversation, s'il vous plaît, où nous la laissons.

– Comme il vous fera plaisir, monsieur l'abbé » dit Caderousse.

Et pour ne pas perdre cette occasion de placer une des dernières bouteilles de vin de Cahors qui lui restaient, Caderousse se hâta de lever une trappe pratiquée dans le plancher même de cette espèce de chambre du rez-de-chaussée, qui servait à la fois de salle et de cuisine.

Lorsque au bout de cinq minutes il reparut, il trouva l'abbé assis sur un escabeau, le coude appuyé à une table longue, tandis que Margottin, qui paraissait avoir fait sa paix avec lui en entendant que, contre l'habitude, ce voyageur singulier allait prendre quelque chose, allongeait sur sa cuisse son cou décharné et son œil langoureux.

« Vous êtes seul ? demanda l'abbé à son hôte, tandis que celui-ci posait devant lui la bouteille et un verre.

– Oh ! mon Dieu ! oui ! seul ou à peu près, monsieur l'abbé ; car j'ai ma femme qui ne me peut aider en rien, attendu qu'elle est toujours malade, la pauvre Carconte.

– Ah ! vous êtes marié ! dit le prêtre avec une sorte d'intérêt, et en jetant autour de lui un regard qui paraissait estimer à sa mince valeur le maigre mobilier du pauvre ménage.

– Vous trouvez que je ne suis pas riche, n'est-ce pas monsieur l'abbé ? dit en soupirant Caderousse ; mais que voulez-vous ! il ne suffit pas d'être honnête homme pour prospérer dans ce monde. »

L'abbé fixa sur lui un regard perçant.

« Oui, honnête homme ; de cela, je puis me vanter, monsieur, dit l'hôte en soutenant le regard de l'abbé, une main sur sa poitrine et en hochant la tête du haut en bas ; et, dans notre époque, tout le monde n'en peut pas dire autant.

– Tant mieux si ce dont vous vous vantez est vrai, dit l'abbé ; car tôt ou tard, j'en ai la ferme conviction, l'honnête homme est récompensé et le méchant puni.

– C'est votre état de dire cela, monsieur l'abbé ; c'est votre état de dire cela, reprit Caderousse avec une expression amère ; après cela, on est libre de ne pas croire ce que vous dites.

– Vous avez tort de parler ainsi, monsieur, dit l'abbé, car peut-être vais-je être moi-même pour vous, tout à l'heure, une preuve de ce que j'avance.

– Que voulez-vous dire ? demanda Caderousse d'un air étonné.

– Je veux dire qu'il faut que je m'assure avant tout si vous êtes celui à qui j'ai affaire.

– Quelles preuves voulez-vous que je vous donne ?

– Avez-vous connu en 1814 ou 1815 un marin qui s'appelait Dantès ?

– Dantès !... si je l'ai connu, ce pauvre Edmond ! je le crois bien ! c'était même un de mes meilleurs amis ! s'écria Caderousse, dont un rouge de pourpre envahit le visage, tandis que l'œil clair et assuré de l'abbé semblait se dilater pour couvrir tout entier celui qu'il interrogeait.

– Oui, je crois en effet qu'il s'appelait Edmond.

– S'il s'appelait Edmond, le petit ! je le crois bien ! aussi vrai que je m'appelle, moi, Gaspard Caderousse. Et qu'est-il devenu, monsieur, ce pauvre Edmond ? continua l'aubergiste ; l'auriez-vous connu ? vit-il encore ? est-il libre ? est-il heureux ?

– Il est mort prisonnier, plus désespéré et plus misérable que les forçats qui traînent leur boulet au bagne de Toulon. »

Une pâleur mortelle succéda sur le visage de Caderousse à la rougeur qui s'en était d'abord emparée. Il se retourna et l'abbé lui vit essuyer une larme avec un coin du mouchoir rouge qui lui servait de coiffure.

« Pauvre petit ! murmura Caderousse. Eh bien, voilà encore une preuve de ce que je vous disais monsieur l'abbé, que le Bon Dieu n'était bon que pour les mauvais. Ah ! continua Caderousse, avec ce langage coloré des gens du Midi, le monde va de mal en pis, qu'il tombe donc du ciel deux jours de poudre et une heure de feu, et que tout soit dit !

– Vous paraissez aimer ce garçon de tout votre cœur, monsieur, demanda l'abbé.

– Oui, je l'aimais bien, dit Caderousse quoique j'aie à me reprocher d'avoir un instant envié son bonheur. Mais depuis, je vous le jure, foi de Caderousse, j'ai bien plaint son malheureux sort. »

Il se fit un instant de silence pendant lequel le regard fixe de l'abbé ne cessa point un instant d'interroger la physionomie mobile de l'aubergiste.

« Et vous l'avez connu, le pauvre petit ? continua Caderousse.

– J'ai été appelé à son lit de mort pour lui offrir les derniers secours de la religion, répondit l'abbé.

– Et de quoi est-il mort ? demanda Caderousse d'une voix étranglée.

– Et de quoi meurt-on en prison quand on y meurt à trente ans, si ce n'est de la prison elle-même ? »

Caderousse essuya la sueur qui coulait de son front.

« Ce qu'il y a d'étrange dans tout cela, reprit l'abbé, c'est que Dantès, à son lit de mort, sur le christ dont il baisait les pieds, m'a toujours juré qu'il ignorait la véritable cause de sa captivité.

– C'est vrai, c'est vrai, murmura Caderousse, il ne pouvait pas le savoir ; non, monsieur l'abbé, il ne mentait pas, le pauvre petit.

– C'est ce qui fait qu'il m'a chargé d'éclaircir son malheur qu'il n'avait jamais pu éclaircir lui-même, et de réhabiliter sa mémoire, si cette mémoire avait reçu quelque souillure. »

Et le regard de l'abbé, devenant de plus en plus fixe, dévora l'expression presque sombre qui apparut sur le visage de Caderousse.

« Un riche Anglais, continua l'abbé, son compagnon d'infortune, et qui sortit de prison, à la seconde Restauration, était possesseur d'un diamant d'une grande valeur. En sortant de prison, il voulut laisser à Dantès, qui, dans une maladie qu'il avait faite, l'avait soigné comme un frère, un témoignage de sa reconnaissance en lui laissant ce diamant.

Dantès, au lieu de s'en servir pour séduire ses geôliers, qui d'ailleurs pouvaient le prendre et le trahir après, le conserva toujours précieusement pour le cas où il sortirait de prison ; car s'il sortait de prison, sa fortune était assurée par la vente seule de ce diamant.

– C'était donc, comme vous le dites, demanda Caderousse avec des yeux ardents, un diamant d'une grande valeur ?

– Tout est relatif, reprit l'abbé ; d'une grande valeur pour Edmond ; ce diamant était estimé cinquante mille francs.

– Cinquante mille francs ! dit Caderousse ; mais il était donc gros comme une noix ?

– Non, pas tout à fait, dit l'abbé, mais vous allez en juger vous-même, car je l'ai sur moi. »

Caderousse sembla chercher sous les vêtements de l'abbé le dépôt dont il parlait.

L'abbé tira de sa poche une petite boîte de chagrin noir, l'ouvrit et fit briller aux yeux éblouis de Caderousse l'étincelante merveille montée sur une bague d'un admirable travail.

« Et cela vaut cinquante mille francs ?

– Sans la monture, qui est elle-même d'un certain prix », dit l'abbé.

Et il referma l'écrin, et remit dans sa poche le diamant qui continuait d'étinceler au fond de la pensée de Caderousse.

« Mais comment vous trouvez-vous avoir ce diamant en votre possession, monsieur l'abbé ? demanda Caderousse. Edmond vous a donc fait son héritier ?

– Non, mais son exécuteur testamentaire. « J'avais trois bons amis et une fiancée, m'a-t-il dit : tous quatre, j'en suis sûr, me regrettent amèrement : l'un de ces bons amis s'appelait Caderousse. »

Caderousse frémit.

« – L'autre, continua l'abbé sans paraître s'apercevoir de l'émotion de Caderousse, l'autre s'appelait Danglars ; le troisième, a-t-il ajouté, bien que mon rival, m'aimait aussi. »

Un sourire diabolique éclaira les traits de Caderousse qui fit un mouvement pour interrompre l'abbé.

« Attendez, dit l'abbé, laisse-moi finir, et si vous avez quelque observation à me faire, vous me la ferez tout à l'heure. « L'autre, bien que mon rival, m'aimait aussi et s'appelait Fernand ; quant à ma fiancée son nom était... » Je ne me rappelle plus le nom de la fiancée, dit l'abbé.

– Mercédès, dit Caderousse.

– Ah ! oui, c'est cela, reprit l'abbé avec un soupir étouffé, Mercédès.

– Eh bien ? demanda Caderousse.

– Donnez-moi une carafe d'eau », dit l'abbé.

Caderousse s'empressa d'obéir.

L'abbé remplit le verre et but quelques gorgées.

« Où en étions-nous ? demanda-t-il en posant son verre sur la table.

– La fiancée s'appelait Mercédès.

– Oui, c'est cela. « Vous irez à Marseille... » C'est toujours Dantès qui parle, comprenez-vous ?

– Parfaitement.

– « Vous vendrez ce diamant, vous ferez cinq parts et vous les partagerez entre ces bons amis, les seuls êtres qui m'aient aimé sur la terre ! »

– Comment cinq parts ? dit Caderousse, vous ne m'avez nommé que quatre personnes.

– Parce que la cinquième est morte, à ce qu'on m'a dit… La cinquième était le père de Dantès.

– Hélas ! oui, dit Caderousse ému par les passions qui s'entrechoquaient en lui ; hélas ! oui, le pauvre homme, il est mort.

– J'ai appris cet événement à Marseille, répondit l'abbé en faisant un effort pour paraître indifférent, mais il y a si longtemps que cette mort est arrivée que je n'ai pu recueillir aucun détail… Sauriez-vous quelque chose de la fin de ce vieillard, vous ?

– Eh ! dit Caderousse, qui peut savoir cela mieux que moi ?… Je demeurais porte à porte avec le bon homme… Eh ! mon Dieu ! oui : un an à peine après la disparition de son fils, il mourut, le pauvre vieillard !

– Mais, de quoi mourut-il ?

– Les médecins ont nommé sa maladie… une gastrœntérite, je crois ; ceux qui le connaissaient ont dit qu'il était mort de douleur… et moi, qui l'ai presque vu mourir, je dis qu'il est mort… »

Caderousse s'arrêta.

« Mort de quoi ? reprit avec anxiété le prêtre.

– Eh bien, mort de faim !

– De faim ? s'écria l'abbé bondissant sur son escabeau, de faim ! les plus vils animaux ne meurent pas de faim ! les chiens qui errent dans les rues trouvent une main compatissante qui leur jette un morceau de pain ; et un homme, un chrétien, est mort de faim au milieu d'autres hommes qui se disent chrétiens comme lui ! Impossible ! oh ! c'est impossible !

– J'ai dit ce que j'ai dit, reprit Caderousse.

– Et tu as tort, dit une voix dans l'escalier, de quoi te mêles-tu ? »

Les deux hommes se retournèrent, et virent à travers les barres de la rampe la tête maladive de Carconte ; elle s'était traînée jusque-là et écoutait la conversation, assise sur la dernière marche, la tête appuyée sur ses genoux.

« De quoi te mêles-tu toi-même, femme ? dit Caderousse.

Monsieur demande des renseignements, politesse veut que je les lui donne.

– Oui, mais la prudence veut que tu les refuses. Qui te dit dans quelle intention on veut te faire parler, imbécile ?

– Dans une excellente, madame, je vous en réponds, dit l'abbé. Votre mari n'a donc rien à craindre, pourvu qu'il réponde franchement.

– Rien à craindre, oui ! on commence par de belles promesses, puis on se contente, après, de dire qu'on n'a rien à craindre ; puis on s'en va sans rien tenir de ce qu'on a dit, et un beau matin le malheur tombe sur le pauvre monde sans que l'on sache d'où il vient.

– Soyez tranquille, bonne femme, le malheur ne vous viendra pas de mon côté, je vous en réponds. »

La Carconte grommela quelques paroles qu'on ne put entendre, laissa retomber sur ses genoux sa tête un instant soulevée et continua de trembler de la fièvre, laissant son mari libre de continuer la conversation, mais placée de manière à n'en pas perdre un mot.

Pendant ce temps, l'abbé avait bu quelques gorgées d'eau et s'était remis.

« Mais reprit-il, ce malheureux vieillard était-il donc si abandonné de tout le monde, qu'il soit mort d'une pareille mort ?

– Oh ! monsieur, reprit Caderousse, ce n'est pas que Mercédès la Catalane, ni M. Morrel l'aient abandonné ; mais le pauvre vieillard s'était pris d'une antipathie profonde pour Fernand, celui-là même, continua Caderousse avec un sourire ironique, que Dantès vous a dit être de ses amis.

– Ne l'était-il donc pas ? dit l'abbé.

– Gaspard ! Gaspard ! murmura la femme du haut de son escalier, fais attention à ce que tu vas dire. »

Caderousse fit un mouvement d'impatience, et sans accorder d'autre réponse à celle qui l'interrompait :

« Peut-on être l'ami de celui dont on convoite la femme ? répondit-il à l'abbé. Dantès, qui était un cœur d'or, appelait tous ces gens-là ses amis… Pauvre Edmond !… Au fait, il vaut mieux qu'il n'ait rien su ; il aurait eu trop de peine à leur pardonner au moment de la mort… Et, quoi qu'on dise, continua Caderousse dans son langage qui ne manquait pas d'une sorte de rude poésie, j'ai encore plus peur de la malédiction des morts que de la haine des vivants.

– Imbécile ! dit la Carconte.

– Savez-vous donc, continua l'abbé, ce que Fernand a fait contre Dantès.

– Si je sais, je le crois bien.

– Parlez alors.

– Gaspard, fais ce que tu veux, tu es le maître, dit la femme ; mais si tu m'en croyais, tu ne dirais rien.

– Cette fois, je crois que tu as raison, femme, dit Caderousse.

– Ainsi, vous ne voulez rien dire ? reprit l'abbé.

– À quoi bon ! dit Caderousse. Si le petit était vivant et qu'il vînt à moi pour connaître une bon fois pour toutes ses amis et ses ennemis, je ne dis pas ; mais il est sous terre, à ce que vous m'avez dit, il ne peut plus avoir de haine, il ne peut plus se venger. Éteignons tout cela.

– Vous voulez alors, dit l'abbé, que je donne à ces gens, que vous donnez pour d'indignes et faux amis une récompense destinée à la fidélité ?

– C'est vrai, vous avez raison, dit Caderousse. D'ailleurs que serait pour eux maintenant le legs du pauvre Edmond ? une goutte d'eau tombant à mer !

– Sans compter que ces gens-là peuvent t'écraser d'un geste, dit la femme.

– Comment cela ? ces gens-là sont donc devenus riches et puissants ?

– Alors, vous ne savez pas leur histoire ?

– Non, racontez-la-moi. »

Caderousse parut réfléchir un instant.

« Non, en vérité, dit-il, ce serait trop long.

– Libre à vous de vous taire, mon ami, dit l'abbé avec l'accent de la plus profonde indifférence, et je respecte vos scrupules ; d'ailleurs ce que vous fait là est d'un homme vraiment bon : n'en parlons donc plus. De quoi étais-je chargé ? D'une simple formalité. Je vendrai donc ce diamant. »

Et il tira le diamant de sa poche, ouvrit l'écrin, et le fit briller aux yeux éblouis de Caderousse.

« Viens donc voir, femme ! dit celui-ci d'une voix rauque.

– Un diamant ! dit la Carconte se levant et descendant d'un pas assez ferme l'escalier, qu'est-ce que c'est donc que ce diamant ?

– N'as-tu donc pas entendu, femme ? dit Caderousse, c'est un diamant que le petit nous a légué : à son père d'abord, à ses trois amis Fernand, Danglars et moi et à Mercédès sa fiancée. Le diamant vaut cinquante mille francs.

– Oh ! le beau joyau ! dit-elle.

– Le cinquième de cette somme nous appartient, alors ? dit Caderousse.

– Oui, monsieur, répondit l'abbé, plus la part du père de Dantès, que je me crois autorisé à répartir sur vous quatre.

– Et pourquoi sur nous quatre ? demanda la Carconte.

– Parce que vous étiez les quatre amis d'Edmond.

– Les amis ne sont pas ceux qui trahissent ! murmura sourdement à son tour la femme.

– Oui, oui, dit Caderousse, et c'est ce que je disais : c'est presque une profanation, presque un sacrilège que de récompenser la trahison, le crime peut-être.

– C'est vous qui l'aurez voulu, reprit tranquillement l'abbé en remettant le diamant dans la poche de sa soutane ; maintenant donnez-moi l'adresse des amis d'Edmond, afin que je puisse exécuter ses dernières volontés. »

La sueur coulait à lourdes gouttes du front de Caderousse ; il vit l'abbé se lever, se diriger vers la porte, comme pour jeter un coup d'œil d'avis à son cheval, et revenir.

Caderousse et sa femme se regardaient avec une indicible expression.

« Le diamant serait pour nous tout entier, dit Caderousse.

– Le crois-tu ? répondit la femme.

– Un homme d'Église ne voudrait pas nous tromper.

– Fais comme tu voudras, dit la femme ; quant à moi, je ne m'en mêle pas. »

Et elle reprit le chemin de l'escalier toute grelottante ; ses dents claquaient, malgré la chaleur ardente qu'il faisait.

Sur la dernière marche, elle s'arrêta un instant.

« Réfléchis bien, Gaspard ! dit-elle.

– Je suis décidé », dit Caderousse.

La Carconte rentra dans sa chambre en poussant un soupir ; on entendit le plafond crier sous ses pas jusqu'à ce qu'elle eût rejoint son fauteuil où elle tomba assise lourdement.

« À quoi êtes-vous décidé ? demanda l'abbé.

– À tout vous dire, répondit celui-ci.

– Je crois, en vérité, que c'est ce qu'il y a de mieux à faire, dit le prêtre ; non pas que je tienne à savoir les choses que vous voudriez me cacher ; mais enfin, vous pouvez m'amener à distribuer les legs selon les vœux du testateur, ce sera mieux.

– Je l'espère, répondit Caderousse, les jours enflammées par la rougeur de l'espérance et de la cupidité.

– Je vous écoute, dit l'abbé.

– Attendez, reprit Caderousse, on pourrait nous interrompre à l'endroit le plus intéressant, et ce serait désagréable ; d'ailleurs, il est inutile que personne sache que vous êtes venu ici. »

Et il alla à la porte de son auberge et ferma la porte, à laquelle, par surcroît de précaution, il mit la barre de nuit.

Pendant ce temps, l'abbé avait choisi sa place pour écouter tout à son aise ; il s'étais assis dans un angle, de manière à demeurer dans l'ombre, tandis que la lumière tomberait en plein sur le visage de son interlocuteur. Quant à lui, la tête inclinée, les mains jointes ou plutôt crispées, il s'apprêtait à écouter de toutes ses oreilles.

Caderousse approcha un escabeau et s'assit en face de lui.

« Souviens-toi que je ne te pousse à rien ! dit la voix tremblotante de la Carconte, comme si, à travers le plancher, elle eût pu voir la scène qui se préparait.

– C'est bien, c'est bien, dit Caderousse, n'en parlons plus ; je prends tout sur moi. »

Et il commença.

XXVII – Le récit.

« Avant tout, dit Caderousse, je dois, monsieur, vous prier de me promettre une chose.

– Laquelle ? demanda l'abbé.

– C'est que jamais, si vous faites un usage quelconque des détails que je vais vous donner, on ne saura que ces détails viennent de moi, car ceux dont je vais vous parler sont riches et puissants, et, s'ils me touchaient seulement du bout du doigt, ils me briseraient comme verre.

– Soyez tranquille, mon ami, dit l'abbé, je suis prêtre, et les confessions meurent dans mon sein ; rappelez-vous que nous n'avons d'autre but que d'accomplir dignement les dernières volontés de notre ami ; parlez donc sans ménagement comme sans haine ; dites la vérité, toute la vérité : je ne connais pas et ne connaîtrai probablement jamais les personnes dont vous allez me parler ; d'ailleurs, je suis Italien et non pas Français ; j'appartiens à Dieu et non pas aux hommes, et je vais rentrer dans mon couvent, dont je ne suis sorti que pour remplir les dernières volontés d'un mourant »

Cette promesse positive parut donner à Caderousse un peu d'assurance.

« Eh bien, en ce cas, dit Caderousse, je veux, je dirai même plus, je dois vous détromper sur ces amitiés que le pauvre Edmond croyait sincères et dévouées.

– Commençons par son père, s'il vous plaît, dit l'abbé. Edmond m'a beaucoup parlé de ce vieillard, pour lequel il avait un profond amour.

– L'histoire est triste, monsieur, dit Caderousse en hochant la tête ; vous en connaissez probablement les commencements.

– Oui, répondit l'abbé, Edmond m'a raconté les choses jusqu'au moment où il a été arrêté, dans un petit cabaret près de Marseille.

– À la Réserve ! ô mon Dieu, oui ! je vois encore la chose comme si j'y étais.

– N'était-ce pas au repas même de ses fiançailles ?

– Oui, et le repas qui avait eu un gai commencement eut une triste fin : un commissaire de police suivi de quatre fusiliers entra, et Dantès fut arrêté.

– Voilà où s'arrête ce que je sais, monsieur, dit le prêtre ; Dantès lui-même ne savait rien autre que ce qui lui était absolument personnel, car il n'a jamais revu aucune des cinq personnes que je vous ai nommées, ni entendu parler d'elles.

– Eh bien, Dantès une fois arrêté, M. Morrel courut prendre des informations : elles furent bien tristes. Le vieillard retourna seul dans sa maison, ploya son habit de noces en pleurant, passa toute la journée à aller et venir dans sa chambre, et le soir ne se coucha point, car je demeurais au-dessous de lui et je l'entendis marcher toute la nuit ; moi-même, je dois le dire, je ne dormis pas non plus, car la douleur de ce pauvre père me faisait grand mal, et chacun de ses pas me broyait le cœur, comme s'il eût réellement posé son pied sur ma poitrine.

« Le lendemain, Mercédès vint à Marseille pour implorer la protection de M. de Villefort : elle n'obtint rien ; mais, du même coup, elle alla rendre visite au vieillard. Quand elle le vit si morne et abattu, qu'il avait passé la nuit sans se mettre au lit, qu'il n'avait pas mangé depuis la veille, elle voulut l'emmener pour en prendre soin, mais le vieillard ne voulut jamais y consentir.

« – Non, disait-il, je ne quitterai pas la maison, car c'est moi que mon pauvre enfant aime avant toutes choses, et, s'il sort de prison, c'est moi qu'il accourra voir d'abord. Que dirait-il si je n'étais point là à l'attendre ?

« J'écoutais tout cela du carré, car j'aurais voulu que Mercédès déterminât le vieillard à la suivre ; ce pas retentissant tous les jours sur ma tête ne me laissait pas un instant de repos.

– Mais ne montiez-vous pas vous-même près du vieillard pour le consoler ? demanda le prêtre.

– Ah ! monsieur ! répondit Caderousse, on ne console que ceux qui veulent être consolés, et lui ne voulait pas l'être : d'ailleurs, je ne sais pourquoi, mais il me semblait qu'il avait de la répugnance à me voir. Une nuit cependant que j'entendais ses sanglots, je n'y pus résister et je montai ; mais quand j'arrivai à la porte, il ne sanglotait plus, il priait. Ce qu'il trouvait d'éloquentes paroles et de pitoyables supplications, je ne saurais vous le redire, monsieur : c'était plus que de la piété, c'était plus que de la douleur ; aussi, moi qui ne suis pas cagot et qui n'aime pas les jésuites, je me dis ce jour-là : C'est bien heureux, en vérité, que je sois seul, et que le Bon Dieu ne m'ait pas envoyé d'enfants, car si j'étais père et que je ressentisse une douleur semblable à celle du pauvre vieillard, ne pouvant trouver dans ma mémoire ni dans mon cœur tout ce qu'il dit au Bon Dieu, j'irais tout droit me précipiter dans la mer pour ne pas souffrir plus longtemps.

– Pauvre père ! murmura le prêtre.

– De jour en jour, il vivait plus seul et plus isolé : souvent M. Morrel et Mercédès venaient pour le voir, mais sa porte était fermée ; et, quoique je fusse bien sûr qu'il était chez lui, il ne répondait pas. Un jour que, contre son habitude, il avait reçu Mercédès, et que la pauvre enfant, au désespoir elle-même, tentait de le réconforter :

« – Crois-moi, ma fille, lui dit-il, il est mort ; et, au lieu que nous l'attendions, c'est lui qui nous attend : je suis bien heureux, c'est moi qui suis le plus vieux et qui, par conséquent, le reverrai le premier.

« Si bon que l'on soit, voyez-vous, on cesse bientôt de voir les gens qui vous attristent ; le vieux Dantès finit par demeurer tout à fait seul : je ne voyais plus monter de temps en temps chez lui que des gens inconnus, qui descendaient avec quelque paquet mal dissimulé ; j'ai compris depuis ce que c'était que ces paquets : il vendait peu à peu ce qu'il avait pour vivre. Enfin, le bonhomme arriva au bout de ses pauvres hardes ; il devait trois termes : on menaça de le renvoyer ; il demanda huit jours encore, on les lui accorda. Je sus ce détail parce que le propriétaire entra chez moi en sortant de chez lui.

« Pendant les trois premiers jours, je l'entendis marcher comme d'habitude ; mais le quatrième, je n'entendis plus rien. Je me hasardai à monter : la porte était fermée ; mais à travers la serrure je l'aperçu si pâle et si défait, que, le jugeant bien malade, je fis prévenir M. Morrel et courus chez Mercédès. Tous deux s'empressèrent de venir. M. Morrel amenait un médecin ; le médecin reconnut une gastro-entérite et ordonna la diète. J'étais là, monsieur, et je n'oublierai jamais le sourire du vieillard à cette ordonnance.

« Dès lors, il ouvrit sa porte : il avait une excuse pour ne plus manger ; le médecin avait ordonné la diète. »

L'abbé poussa une espèce de gémissement.

« Cette histoire vous intéresse, n'est-ce pas, monsieur ? dit Caderousse.

– Oui, répondit l'abbé ; elle est attendrissante.

– Mercédès revint ; elle le trouva si changé, que, comme la

première fois, elle voulut le faire transporter chez elle. C'était aussi l'avis de M. Morrel, qui voulait opérer le transport de force ; mais le vieillard cria tant, qu'ils eurent peur. Mercédès resta au chevet de son lit. M. Morrel s'éloigna en faisant signe à Catalane qu'il laissait une bourse sur la chemin. Mais, armé de l'ordonnance du médecin, le vieillard ne voulut rien prendre. Enfin, après neuf jours de désespoir et d'abstinence, le vieillard expira en maudissant ceux qui avaient causé son malheur et disant à Mercédès :

« – Si vous revoyez mon Edmond, dites-lui que je meurs en le bénissant. »

L'abbé se leva, fit deux tours dans la chambre en portant une main frémissante à sa gorge aride.

« Et vous croyez qu'il est mort…

– De faim… monsieur, de faim, dit Caderousse ; j'en réponds aussi vrai que nous sommes ici deux chrétiens. »

L'abbé, d'une main convulsive, saisit le verre d'eau encore à moitié plein, le vida d'un trait et se rassit les yeux rougis et les joues pâles.

« Avouezque voilà un grand malheur ! dit-il d'une voix rauque.

– D'autant plus grand, monsieur, que Dieu n'y est pour rien, et que les hommes seuls en sont cause.

– Passons donc à ces hommes, dit l'abbé ; mais songez-y, continua-t-il d'un air presque menaçant, vous vous êtes engagé à me tout dire : voyons, quels sont ces hommes qui ont fait mourir le fils de désespoir, et le père de faim ?

– Deux hommes jaloux de lui, monsieur, l'un par amour, l'autre par ambition : Fernand et Danglars.

– Et de quelle façon se manifesta cette jalousie, dites ?

– Ils dénoncèrent Edmond comme agent bonapartiste.

– Mais lequel des deux le dénonça, lequel des deux fut le vrai coupable.

– Tous deux, monsieur, l'un écrivit la lettre, l'autre la mit à la poste.

– Et où cette lettre fut-elle écrite ?

– À la Réserve même, la veille du mariage.

– C'est bien cela, c'est bien cela, murmura l'abbé. Ô Faria !

Faria ! comme tu connaissais les hommes et les choses !

– Vous dites, monsieur ? demanda Caderousse.

– Rien, reprit le prêtre ; continuez.

– Ce fut Danglars qui écrivit la dénonciation de la main gauche pour que son écriture ne fût pas reconnue, et Fernand qui l'envoya.

– Mais, s'écria tout à coup l'abbé, vous étiez là, vous !

– Moi ! dit Caderousse étonné ; qui vous a dit que j'y étais ? »

L'abbé vit qu'il s'était lancé trop avant.

« Personne, dit-il, mais pour être si bien au fait de tous ces détails, il faut que vous en ayez été le témoin.

– C'est vrai, dit Caderousse d'une voix étouffée, j'y étais.

– Et vous ne vous êtes pas opposé à cette infamie ? dit l'abbé ; alors vous êtes leur complice.

– Monsieur, dit Caderousse, ils m'avaient fait boire tous deux au point que j'en avais à peu près perdu la raison. Je ne voyais plus qu'à travers un nuage. Je dis tout ce que peut dire un homme dans cet état ; mais ils me répondirent tous deux que c'était une plaisanterie qu'ils avaient voulu faire, et que cette plaisanterie n'aurait pas de suite.

– Le lendemain, monsieur, le lendemain, vous vîtes bien qu'elle en avait ; cependant vous ne dîtes rien ; vous étiez là cependant lorsqu'il fut arrêté.

– Oui, monsieur, j'étais là et je voulus parler, je voulus tout dire, mais Danglars me retint.

– « Et s'il est coupable, par hasard, me dit-il, s'il a véritablement relâché à l'île d'Elbe, s'il est véritablement chargé d'une lettre pour le comité bonapartiste de Paris, si on trouve cette lettre sur lui, ceux qui l'auront soutenu passeront pour ses complices. »

« J'eus peur de la politique telle qu'elle se faisait alors, je l'avoue ; je me tus, ce fut une lâcheté, j'en conviens, mais ce ne fut pas un crime.

– Je comprends ; vous laissâtes faire, voilà tout.

– Oui, monsieur, répondit Caderousse, et c'est mon remords de la nuit et du jour. J'en demande bien souvent pardon à Dieu, je vous le jure, d'autant plus que cette action, la seule que j'aie sérieusement à me reprocher dans tout le cours de ma vie, est sans doute la cause de mes adversités. J'expie un instant d'égoïsme ; aussi, c'est ce que je dis toujours à la Carconte lorsqu'elle se plaint : « Tais-toi, femme, c'est Dieu qui le veut ainsi. »

Et Caderousse baissa la tête avec tous les signes d'un vrai repentir.

« Bien, monsieur, dit l'abbé, vous avez parlé avec franchise ; s'accuser ainsi, c'est mériter son pardon.

— Malheureusement, dit Caderousse, Edmond est mort et ne m'a pas pardonné, lui !

— Il ignorait, dit l'abbé…

— Mais il sait maintenant, peut-être, reprit Caderousse ; on dit que les morts savent tout. »

Il se fit un instant de silence : l'abbé s'était levé et se promenait pensif ; il revint à sa place et se rassit.

« Vous m'avez nommé déjà deux ou trois fois un certain M. Morrel, dit-il. Qu'était-ce que cet homme ?

— C'était l'armateur du *Pharaon*, le patron de Dantès.

— Et quel rôle a joué cet homme dans toute cette triste affaire ? demanda l'abbé.

— Le rôle d'un homme honnête, courageux et affectionné, monsieur. Vingt fois il intercéda pour Edmond ; quand l'empereur rentra, il écrivit, pria, menaça, si bien qu'à la seconde Restauration il fut fort persécuté comme bonapartiste. Dix fois, comme je vous l'ai dit, il était venu chez le père Dantès pour le retirer chez lui, et la veille ou la surveille de sa mort, je vous l'ai dit encore, il avait laissé sur la cheminée une bourse avec laquelle on paya les dettes du bonhomme et l'on subvint à son enterrement ; de sorte que le pauvre vieillard put du moins mourir comme il avait vécu, sans faire de tort à personne. C'est encore moi qui ai la bourse, une grande bourse en filet rouge.

— Et, demanda l'abbé, ce M. Morrel vit-il encore ?

— Oui, dit Caderousse.

— En ce cas, reprit l'abbé, ce doit être un homme béni de Dieu, il doit être riche… heureux ?… »

Caderousse sourit amèrement.

« Oui, heureux, comme moi, dit-il.

— M. Morrel serait malheureux ! s'écria l'abbé.

— Il touche à la misère, monsieur, et bien plus, il touche au déshonneur.

– Comment cela ?

– Oui, reprit Caderousse, c'est comme cela ; après vingt-cinq ans de travail, après avoir acquis la plus honorable place dans le commerce de Marseille, M. Morrel est ruiné de fond en comble. Il a perdu cinq vaisseaux en deux ans, a essuyé trois banqueroutes effroyables, et n'a plus d'espérance que dans ce même *Pharaon* que commandait le pauvre Dantès, et qui doit revenir des Indes avec un chargement de cochenille et d'indigo. Si ce navire-là manque comme les autres, il est perdu.

– Et, dit l'abbé, a-t-il une femme, des enfants, le malheureux ?

– Oui, il a une femme qui, dans tout cela, se conduit comme une sainte ; il a une fille qui allait épouser un homme qu'elle aimait, et à qui sa famille ne veut plus laisser épouser une fille ruinée ; il a un fils enfin, lieutenant dans l'armée ; mais, vous le comprenez bien, tout cela double sa douleur au lieu de l'adoucir, à ce pauvre cher homme. S'il était seul, il se brûlerait la cervelle et tout serait dit.

– C'est affreux ! murmura le prêtre.

– Voilà comme Dieu récompense la vertu, monsieur, dit Caderousse. Tenez, moi qui n'ai jamais fait une mauvaise action à part ce que je vous ai raconté, moi, je suis dans la misère ; moi, après avoir vu mourir ma pauvre femme de la fièvre, sans pouvoir rien faire pour elle, je mourrai de faim comme est mort le père Dantès, tandis que Fernand et Danglars roulent sur l'or.

– Et comment cela ?

– Parce que tout leur a tourné à bien, tandis qu'aux honnêtes gens tout tourne à mal.

– Qu'est devenu Danglars ? le plus coupable, n'est-ce pas, l'instigateur ?

– Ce qu'il est devenu ? il a quitté Marseille ; il est entré, sur la recommandation de M. Morrel, qui ignorait son crime comme commis d'ordre chez un banquier espagnol ; à l'époque de la guerre d'Espagne il s'est chargé d'une part dans les fournitures de l'armée française et a fait fortune ; alors, avec ce premier argent il a joué sur les fonds, et a triplé, quadruplé ses capitaux, et, veuf lui-même de la fille de son banquier, il a épousé une veuve, Mme de Nargonne, fille de

M. Servieux, chambellan du roi actuel, et qui jouit de la plus grande faveur. Il s'était fait millionnaire, on l'a fait baron ; de sorte qu'il est baron Danglars maintenant, qu'il a un hôtel rue du Mont-Blanc, dix chevaux dans ses écuries, six laquais dans son antichambre, et je ne sais combien de millions dans ses caisses.

– Ah ! fit l'abbé avec un singulier accent ; et il est heureux ?

– Ah ! heureux, qui peut dire cela ? Le malheur ou le bonheur, c'est le secret des murailles ; les murailles ont des oreilles, mais elles n'ont pas de langue ; si l'on est heureux avec une grande fortune, Danglars est heureux.

– Et Fernand ?

– Fernand, c'est bien autre chose encore.

– Mais comment a pu faire fortune un pauvre pêcheur catalan, sans ressources, sans éducation ? Cela me passe, je vous l'avoue.

– Et cela passe tout le monde aussi ; il faut qu'il y ait dans sa vie quelque étrange secret que personne ne sait.

– Mais enfin par quels échelons visibles a-t-il monté à cette haute fortune ou à cette haute position ?

– À toutes deux, monsieur, à toutes deux ! lui a fortune et position tout ensemble.

– C'est un conte que vous me faites là.

– Le fait est que la chose en a bien l'air ; mais écoutez, et vous allez comprendre.

« Fernand, quelques jours avant le retour, était tombé à la conscription. Les Bourbons, le laissèrent bien tranquille aux Catalans, mais Napoléon revint, une levée extraordinaire fut décrétée, et Fernand fut forcé de partir. Moi aussi, je partis ; mais comme j'étais plus vieux que Fernand et que je venais d'épouser ma pauvre femme, je fus envoyé sur les côtes seulement.

« Fernand, lui, fut enrégimenté dans les troupes actives, gagna la frontière avec son régiment, et assista à la bataille de Ligny.

« La nuit qui suivit la bataille, il était de planton à la porte du général qui avait des relations secrètes avec l'ennemi. Cette nuit même le général devait rejoindre les Anglais. Il proposa à Fernand de l'accompagner ; Fernand accepta, quitta son poste et suivit le général.

« Ce qui eût fait passer Fernand à un conseil de guerre si

Napoléon fût resté sur le trône lui servit de recommandation près des Bourbons. Il rentra en France avec l'épaulette de sous-lieutenant ; et comme la protection du général, qui est en haute faveur, ne l'abandonna point, il était capitaine en 1823, lors de la guerre d'Espagne, c'est-à-dire au moment même où Danglars risquait ses premières spéculations. Fernand était Espagnol, il fut envoyé à Madrid pour y étudier l'esprit de ses compatriotes ; il y retrouva Danglars, s'aboucha avec lui, promit à son général un appui parmi les royalistes de la capitale et des provinces, reçut des promesses, prit de son côté des engagements, guida son régiment par les chemins connus de lui seul dans des gorges gardées par des royalistes, et enfin rendit dans cette courte campagne de tels services, qu'après la prise du Trocadéro il fut nommé colonel et reçut la croix d'officier de la Légion d'honneur avec le titre de comte.

– Destinée ! destinée ! murmura l'abbé.

– Oui, mais écoutez, ce n'est pas le tout. La guerre d'Espagne finie, la carrière de Fernand se trouvait compromise par la longue paix qui promettait de régner en Europe. La Grèce seule était soulevée contre la Turquie, et venait de commencer la guerre de son indépendance ; tous les yeux étaient tournés vers Athènes : c'était la mode de plaindre et de soutenir les Grecs. Le gouvernement français, sans les protéger ouvertement, comme vous savez, tolérait les migrations partielles. Fernand sollicita et obtint la permission d'aller servir en Grèce, en demeurant toujours porté néanmoins sur les contrôles de l'armée.

« Quelque temps après, on apprit que le comte de Morcerf, c'était le nom qu'il portait, était entré au service d'Ali-Pacha avec le grade de général instructeur.

« Ali-Pacha fut tué, comme vous savez ; mais avant de mourir il récompensa les services de Fernand en lui laissant une somme considérable avec laquelle Fernand revint en France, où son grade de lieutenant général lui fut confirmé.

– De sorte qu'aujourd'hui ?... demanda l'abbé.

– De sorte qu'aujourd'hui, poursuivit Caderousse, il possède un hôtel magnifique à Paris, rue du Helder, no 27. »

L'abbé ouvrit la bouche, demeura un instant comme un homme

qui hésite, mais faisant un effort sur lui-même :

« Et Mercédès, dit-il, on m'a assuré qu'elle avait disparu ?

– Disparu, dit Caderousse, oui, comme disparaît le soleil pour se lever le lendemain plus éclatant.

– A-t-elle donc fait fortune aussi ? demanda l'abbé avec un sourire ironique.

– Mercédès est à cette heure une des plus grandes dames de Paris, dit Caderousse.

– Continuez, dit l'abbé, il me semble que j'écoute le récit d'un rêve. Mais j'ai vu moi-même des choses si extraordinaires, que celles que vous me dites m'étonnent moins.

– Mercédès fut d'abord désespérée du coup qui lui enlevait Edmond. Je vous ai dit ses instances près de M. de Villefort et son dévouement pour le père de Dantès. Au milieu de son désespoir une nouvelle douleur vint l'atteindre, ce fut le départ de Fernand, de Fernand dont elle ignorait le crime, et qu'elle regardait comme son frère.

« Fernand partit, Mercédès demeura seule.

« Trois mois s'écoulèrent pour elle dans les larmes : pas de nouvelles d'Edmond, pas de nouvelles de Fernand ; rien devant les yeux qu'un vieillard qui s'en allait mourant de désespoir.

« Un soir, après être restée toute la journée assise, comme c'était son habitude, à l'angle des deux chemins qui se rendent de Marseille aux Catalans, elle rentra chez elle plus abattue qu'elle ne l'avait encore été : ni son amant ni son ami ne revenaient par l'un ou l'autre de ces deux chemins, et elle n'avait de nouvelles ni de l'un ni de l'autre.

« Tout à coup il lui sembla entendre un pas connu ; elle se retourna avec anxiété, la porte s'ouvrit, elle vit apparaître Fernand avec son uniforme de sous-lieutenant.

« Ce n'était pas la moitié de ce qu'elle pleurait, mais c'était une portion de sa vie passée qui revenait à elle.

« Mercédès saisit les mains de Fernand avec un transport que celui-ci prit pour de l'amour, et qui n'était que la joie de n'être plus seule au monde et de revoir enfin un ami, après de longues heures de la tristesse solitaire. Et puis, il faut le dire, Fernand n'avait jamais été haï, il n'était pas aimé, voilà tout ; un autre tenait tout le cœur de Mercédès, cet autre était absent… était disparu… était mort peut-être. À cette dernière idée, Mercédès éclatait en sanglots et se tordait les bras de douleur ; mais cette idée, qu'elle repoussait autrefois quand elle lui était suggérée par un autre lui revenait maintenant tout seule à l'esprit ; d'ailleurs, de son côté, le vieux Dantès ne cessait de lui dire : « Notre Edmond est mort, car s'il n'était pas mort, il nous reviendrait. »

« Le vieillard mourut, comme je vous l'ai dit : s'il eût vécu, peut-être Mercédès ne fût-elle jamais devenue la femme d'un autre ; car il eût été là pour lui reprocher son infidélité. Fernand comprit cela. Quand il connut la mort du vieillard, il revint. Cette fois, il était lieutenant. Au premier voyage, il n'avait pas dit à Mercédès un mot d'amour ; au second, il lui rappela qu'il l'aimait.

« Mercédès lui demanda six mois encore pour attendre et pleurer Edmond.

– Au fait, dit l'abbé avec un sourire amer, cela faisait dix-huit mois en tout. Que peut demander davantage l'amant le plus adoré ? »

Puis il murmura les paroles du poète anglais : *Frailty, thy name is woman !*

« Six mois après, reprit Caderousse, le mariage eut lieu à l'église des Accoules.

– C'était la même église où elle devait épouser Edmond, murmura le prêtre ; il n'y avait que le fiancé de changé, voilà tout.

– Mercédès se maria donc, continua Caderousse ; mais, quoique aux yeux de tous elle parût calme, elle ne manqua pas moins de s'évanouir en passant devant la Réserve, où dix-huit mois auparavant avaient été célébrées ses fiançailles avec celui qu'elle eût vu qu'elle aimait encore, si elle eût oser regarder au fond de son cœur.

« Fernand, plus heureux, mais non pas plus tranquille, car je le vis à cette époque, et il craignait sans cesse le retour d'Edmond, Fernand s'occupa aussitôt de dépayser sa femme et de s'exiler lui-même ; il y avait à la fois trop de dangers et de souvenirs à rester aux Catalans. Huit jours après la noce, ils partirent.

– Et revîtes-vous Mercédès ? demanda le prêtre.

– Oui, au moment de la guerre d'Espagne, à Perpignan où Fernand l'avait laissée ; elle faisait alors l'éducation de son fils. »

L'abbé tressaillit.

« De son fils ? dit-il.

– Oui, répondit Caderousse, du petit Albert.

– Mais pour instruire ce fils, continua l'abbé, elle avait donc reçu de l'éducation elle-même ? Il me semblait avoir entendu dire à Edmond que c'était la fille d'un simple pêcheur, belle, mais inculte.

– Oh ! dit Caderousse, connaissait-il donc si mal sa propre fiancée ! Mercédès eût pu devenir reine, monsieur, si la couronne se devait poser seulement sur les têtes les plus belles et les plus intelligentes. Sa fortune grandissait déjà, et elle grandissait avec sa fortune. Elle apprenait le dessin, elle apprenait la musique, elle apprenait tout. D'ailleurs, je crois, entre nous, qu'elle ne faisait tout cela que pour se distraire, pour oublier, et qu'elle ne mettait tant de choses dans sa tête que pour combattre ce qu'elle avait dans le cœur. Mais maintenant tout doit être dit, continua Caderousse : la fortune et les honneurs l'ont consolée sans doute. Elle est riche, elle est comtesse, et cependant… »

Caderousse s'arrêta.

« Cependant quoi ? demanda l'abbé.

– Cependant, je suis sûr qu'elle n'est pas heureuse, dit Caderousse.

– Et qui vous le fait croire ?

– Eh bien, quand je me suis trouvé trop malheureux moi-même, j'ai pensé que mes anciens amis m'aideraient en quelque chose. Je me suis présenté chez Danglars, qui ne m'a pas même reçu. J'ai été chez Fernand, qui m'a fait remettre cent francs par son valet de chambre.

– Alors vous ne les vîtes ni l'un ni l'autre ?

– Non ; mais Mme de Morcerf m'a vu, elle.

– Comment cela ?

– Lorsque je suis sorti, une bourse est tombée à mes pieds, elle contenait vingt-cinq louis : j'ai levé vivement la tête et j'ai vu Mercédès qui refermait la persienne.

– Et M. de Villefort ? demanda l'abbé.

– Oh ! lui n'avait pas été mon ami ; je ne le connaissais pas ; lui, je n'avais rien à lui demander.

– Mais ne savez-vous point ce qu'il est devenu, et la part qu'il a prise au malheur d'Edmond ?

– Non, je sais seulement que, quelque temps après l'avoir fait arrêter, il a épousé Mlle de Saint-Méran, et bientôt a quitté Marseille. Sans doute que le bonheur lui aura souri comme aux autres, sans doute qu'il est riche comme Danglars, considéré comme Fernand ; moi seul, vous le voyez, suis resté pauvre, misérable et oublié de Dieu.

– Vous vous trompez, mon ami, dit l'abbé : Dieu peut paraître oublier parfois, quand sa justice se repose ; mais il vient toujours un moment où il se souvient, et en voici la preuve. »

À ces mots, l'abbé tira le diamant de sa poche, et le présentant à Caderousse :

« Tenez, mon ami, lui dit-il, prenez ce diamant, car il est à vous.

– Comment, à moi seul ! s'écria Caderousse ! Ah ! monsieur, ne raillez-vous pas ?

– Ce diamant devait être partagé entre ses amis : Edmond n'avait qu'un seul ami, le partage devient donc inutile. Prenez ce diamant et vendez-le ; il vaut cinquante mille francs, je vous le répète, de cette somme, je l'espère, suffira pour vous tirer de la misère.

– Oh ! monsieur, dit Caderousse en avançant timidement une main et en essuyant de l'autre la sueur qui perlait sur son front ; oh ! monsieur, ne faites pas une plaisanterie du bonheur ou du désespoir d'un homme !

– Je sais ce que c'est que le bonheur et ce que c'est que le désespoir, et je ne jouerai jamais à plaisir avec les sentiments. Prenez donc, mais en échange… »

Caderousse qui touchait déjà le diamant, retira sa main.

L'abbé sourit.

« En échange, continua-t-il, donnez-moi cette bourse de soie rouge que M. Morrel avait laissée sur la cheminée du vieux Dantès, et qui, me l'avez-vous dit, est encore entre vos mains. »

Caderousse, de plus en plus étonné, alla vers une grande armoire de chêne, l'ouvrit et donna à l'abbé une bourse longue, de soie rouge flétrie, et autour de laquelle glissaient deux anneaux de cuivre dorés autrefois.

L'abbé la prit, et en sa place donna le diamant à Caderousse.

« Oh ! vous êtes un homme de Dieu, monsieur ! s'écria Caderousse, car en vérité personne ne savait qu'Edmond vous avait donné ce diamant et vous auriez pu le garder.

– Bien, se dit tout bas l'abbé, tu l'eusses fait, à ce qu'il paraît, toi. »

L'abbé se leva, prit son chapeau et ses gants.

« Ah çà, dit-il, tout ce que vous m'avez dit est bien vrai, n'est-ce pas, et je puis y croire en tout point ?

– Tenez, monsieur l'abbé ; dit Caderousse, voici dans le coin de ce mur un christ de bois bénit ; voici sur ce bahut le livre d'évangiles de ma femme : ouvrez ce livre, et je vais vous jurer dessus, la main étendue vers le christ, je vais vous jurer sur le salut de mon âme, sur ma foi de chrétien, que je vous ai dit toutes choses comme elles s'étaient passées, et comme l'ange des hommes le dira à l'oreille de Dieu le jour du jugement dernier !

– C'est bien, dit l'abbé, convaincu par cet accent que Caderousse disait la vérité, c'est bien ; que cet argent vous profite ! Adieu, je retourne loin des hommes qui se font tant de mal les uns aux autres. »

Et l'abbé, se délivrant à grand peine des enthousiastes élans de Caderousse, leva lui-même la barre de la porte, sortit, remonta à cheval, salua une dernière fois l'aubergiste qui se confondait en adieux bruyants, et partit, suivant la même direction qu'il avait déjà suivie pour venir.

Quand Caderousse se retourna, il vit derrière lui la Carconte plus pâle et plus tremblante que jamais.

« Est-ce bien vrai, ce que j'ai entendu ? dit-elle.

– Quoi ? qu'il nous donnait le diamant pour nous tout seuls ? dit Caderousse, presque fou de joie.

– Oui.

– Rien de plus vrai, car le voilà. »

La femme le regarda un instant ; puis, d'une voix sourde :

« Et s'il était faux ? » dit-elle.

Caderousse pâlit et chancela.

« Faux, murmura-t-il, faux… et pourquoi cet homme m'aurait-il donné un diamant faux ?

« – Pour avoir ton secret sans le payer, imbécile ! »

Caderousse resta un instant étourdi sous le poids de cette supposition.

« Oh ! dit-il au bout d'un instant, et en prenant son chapeau qu'il posa sur le mouchoir rouge noué autour de sa tête, nous allons bien le savoir.

– Et comment cela ?

– C'est la foire à Beaucaire ; il y a des bijoutiers de Paris : je vais aller le leur montrer. Toi, garde la maison, femme ; dans deux heures je serai de retour. »

Et Caderousse s'élança hors de la maison, et prit tout courant la route opposée à celle que venait de prendre l'inconnu.

« Cinquante mille francs ! murmura la Carconte, restée seule, c'est de l'argent... mais ce n'est pas une fortune. »

XXVIII – Les registres des prisons.

Le lendemain du jour où s'était passée, sur la route de Bellegarde à Beaucaire, la scène que nous venons de raconter, un homme de trente à trente-deux ans, vêtu d'un frac bleu barbeau, d'un pantalon de nankin et d'un gilet blanc, ayant à la fois la tournure et l'accent britanniques, se présenta chez le maire de Marseille.

« Monsieur, lui dit-il, je suis le premier commis de la maison Thomson et French de Rome. Nous sommes depuis dix ans en relations avec la maison Morrel et fils de Marseille. Nous avons une centaine de mille francs à peu près engagés dans ces relations, et nous ne sommes pas sans inquiétudes, attendu que l'on dit que la maison menace ruine : j'arrive donc tout exprès de Rome pour vous demander des renseignements sur cette maison.

– Monsieur, répondit le maire, je sais effectivement que depuis quatre ou cinq ans le malheur semble poursuivre M. Morrel : il a successivement perdu quatre ou cinq bâtiments, essuyé trois ou quatre banqueroutes ; mais il ne m'appartient pas, quoique son créancier moi-même pour une dizaine de mille francs, de donner aucun renseignement sur l'état de sa fortune. Demandez-moi comme maire ce que je pense de M. Morrel, et je vous répondrai que c'est un homme probe jusqu'à la rigidité, et qui jusqu'à présent a rempli tous ses engagements avec une parfaite exactitude. Voilà tout ce que je puis vous dire, monsieur ; si vous voulez en savoir davantage, adressez-vous à M. de Boville, inspecteur des prisons, rue de Noailles, no 15 ; il a, je crois, deux cent mille francs placés dans la maison Morrel, et s'il y a réellement quelque chose à craindre, comme cette somme est plus considérable que la mienne, vous le trouverez probablement sur ce point mieux renseigné que moi. »

L'Anglais parut apprécier cette suprême délicatesse, salua, sortit et s'achemina de ce pas particulier aux fils de la Grande-Bretagne vers la rue indiquée.

M. de Boville était dans son cabinet. En l'apercevant, l'Anglais fit un mouvement de surprise qui semblait indiquer que ce n'était point la première fois qu'il se trouvait devant celui auquel il venait faire une visite. Quand à M. de Boville, il était si désespéré, qu'il était évident que toutes les facultés de son esprit, absorbées dans la pensée qui l'occupait en ce moment, ne laissaient ni à sa mémoire ni à son imagination le loisir de s'égarer dans le passé.

L'Anglais, avec le flegme de sa nation, lui posa à peu près dans les mêmes termes la même question qu'il venait de poser au maire de Marseille.

« Oh ! monsieur, s'écria M. de Boville, vos craintes sont malheureusement on ne peut plus fondées, et vous voyez un homme désespéré. J'avais deux cent mille francs placés dans la maison Morrel : ces deux cent mille francs étaient la dot de ma fille que je comptais marier dans quinze jours ; ces deux cent mille francs étaient remboursables, cent mille le 15 de ce mois-ci, cent mille le 15 du mois prochain. J'avais donné avis à M. Morrel du désir que j'avais que ce remboursement fût fait exactement, et voilà qu'il est venu ici, monsieur, il y a à peine une demi-heure, pour me dire que si son bâtiment le *Pharaon* n'était pas rentré d'ici au 15, il se trouverait dans l'impossibilité de me faire ce paiement.

– Mais, dit l'Anglais, cela ressemble fort à un atermoiement.

– Dites monsieur, que cela ressemble à une banqueroute ! » s'écria M. de Boville désespéré.

L'Anglais parut réfléchir un instant, puis il dit :

« Ainsi, monsieur, cette créance vous inspire des craintes ?

– C'est-à-dire que je la regarde comme perdue.

– Eh bien, moi, je vous l'achète.

– Vous ?

– Oui, moi.

– Mais à un rabais énorme, sans doute ?

– Non, moyennant deux cent mille francs ; notre maison, ajouta l'Anglais en riant, ne fait pas de ces sortes d'affaires.

– Et vous payez ?

– Comptant. »

Et l'Anglais tira de sa poche une liasse de billets de banque qui pouvait faire le double de la somme que M. de Boville craignait de perdre. Un éclair de joie passa sur le visage de M. de Boville ; mais cependant il fit un effort sur lui-même et dit :

« Monsieur, je dois vous prévenir que, selon toute probabilité, vous n'aurez pas six du cent de cette somme.

– Cela ne me regarde pas, répondit l'Anglais ; cela regarde la maison Thomson et French, au nom de laquelle j'agis. Peut-être a-t-elle intérêt à hâter la ruine d'une maison rivale. Mais ce que je sais, monsieur, c'est que je suis prêt à vous compter cette somme contre le transport que vous m'en ferez ; seulement je demanderai un droit de courtage.

– Comment, monsieur, c'est trop juste ! s'écria M. de Boville. La commission est ordinairement de un et demi : voulez-vous deux ? voulez-vous trois ? voulez-vous cinq ? voulez-vous plus, enfin ? Parlez ?

– Monsieur, reprit l'Anglais en riant, je suis comme ma maison, je ne fais pas de ces sortes d'affaires ; non : mon droit de courtage est de tout autre nature.

– Parlez donc, monsieur, je vous écoute.

– Vous êtes inspecteur des prisons ?

– Depuis plus de quatorze ans.

– Vous tenez des registres d'entrée et de sortie ?

– Sans doute.

– À ces registres doivent être jointes des notes relatives aux prisonniers ?

– Chaque prisonnier a son dossier.

– Eh bien, monsieur, j'ai été élevé à Rome par un pauvre diable d'abbé qui a disparu tout à coup. J'ai appris, depuis, qu'il avait été détenu au château d'If, et je voudrais avoir quelques détails sur sa mort.

– Comment le nommiez-vous ?

– L'abbé Faria.

– Oh ! je me le rappelle parfaitement ! s'écria M. de Boville, il était fou.

– On le disait.

– Oh ! il l'était bien certainement.

– C'est possible ; et quel était son genre de folie ?

– Il prétendait avoir la connaissance d'un trésor immense, et offrait des sommes folles au gouvernement si on voulait le mettre en liberté.

– Pauvre diable ! et il est mort ?

– Oui, monsieur, il y a cinq ou six mois à peu près, en février dernier.

– Vous avez une heureuse mémoire, monsieur, pour vous rappeler ainsi les dates.

– Je me rappelle celle-ci, parce que la mort du pauvre diable fut accompagnée d'une circonstance singulière.

– Peut on connaître cette circonstance ? demanda l'Anglais avec une expression de curiosité qu'un profond observateur eût été étonné de trouver sur son flegmatique visage.

– Oh ! mon Dieu ! oui, monsieur : le cachot de l'abbé était éloigné de quarante-cinq à cinquante pieds à peu près de celui d'un ancien agent bonapartiste, un de ceux qui avaient le plus contribué au retour de l'usurpateur en 1815, homme très résolu et très dangereux.

– Vraiment ? dit l'Anglais.

– Oui, répondit M. de Boville ; j'ai eu l'occasion moi-même de voir cet homme en 1816 ou 1817, et l'on ne descendait dans son cachot qu'avec un piquet de soldats : cet homme m'a fait une profonde impression, et je n'oublierai jamais son visage. »

L'Anglais sourit imperceptiblement.

« Et vous dites donc, monsieur, reprit-il, que les deux cachots…

– Étaient séparés par une distance de cinquante pieds ; mais il paraît que cet Edmond Dantès…

– Cet homme dangereux s'appelait…

– Edmond Dantès. Oui, monsieur ; il paraît que cet Edmond Dantès s'était procuré des outils ou en avait fabriqué, car on trouva un couloir à l'aide duquel les prisonniers communiquaient.

– Ce couloir avait sans doute été pratiqué dans un but d'évasion ?

– Justement ; mais malheureusement pour les prisonniers, l'abbé Faria fut atteint d'une attaque de catalepsie et mourut.

– Je comprends ; cela dut arrêter court les projets d'évasion.

– Pour le mort, oui, répondit M. de Boville, mais pas pour le vivant ; au contraire, ce Dantès y vit un moyen de hâter sa fuite ; il pensait sans doute que les prisonniers morts au château d'If étaient enterrés dans un cimetière ordinaire ; il transporta le défunt dans sa chambre, prit sa place dans le sac où on l'avait cousu et attendit le moment de l'enterrement.

– C'était un moyen hasardeux et qui indiquait quelque courage, reprit l'Anglais.

– Oh ! je vous ai dit, monsieur, que c'était un homme fort dangereux ; par bonheur il a débarrassé lui-même le gouvernement des craintes qu'il avait à son sujet.

– Comment cela ?

– Comment ? vous ne comprenez pas ?

– Non.

– Le château d'If n'a pas de cimetière ; on jette tout simplement les morts à la mer, après leur avoir attaché aux pieds un boulet de trente-six.

– Eh bien ? fit l'Anglais, comme s'il avait la conception difficile.

– Eh bien, on lui attacha un boulet de trente-six aux pieds et on le jeta à la mer.

– En vérité ? s'écria l'Anglais.

– Oui monsieur, continua l'inspecteur. Vous comprenez quel dut être l'étonnement du fugitif lorsqu'il se sentit précipité du haut en bas des rochers. J'aurais voulu voir sa figure en ce moment-là.

– Ç'eût été difficile.

– N'importe ! dit M. de Boville, que la certitude de rentrer dans ses deux cent mille francs mettait de belle humeur, n'importe ! je me la représente. »

Et il éclata de rire.

« Et moi aussi », dit l'Anglais.

Et il se mit à rire de son côté, mais comme rient les Anglais, c'est-à-dire du bout des dents.

« Ainsi, continua l'Anglais, qui reprit le premier son sang-froid, ainsi le fugitif fut noyé ?

– Bel et bien.

– De sorte que le gouverneur du château fut débarrassé à la fois du furieux et du fou ?

– Mais une espèce d'acte a dû être dressé de cet événement ? demanda l'Anglais.

– Oui, oui, acte mortuaire. Vous comprenez, les parents de Dantès, s'il en a, pouvaient avoir intérêt à s'assurer s'il était mort ou vivant.

– De sorte que maintenant ils peuvent être tranquilles s'ils héritent de lui. Il est mort et bien mort ?

– Oh ! mon Dieu, oui. Et on leur délivrera attestation quand ils voudront.

– Ainsi soit-il, dit l'Anglais. Mais revenons aux registres.

– C'est vrai. Cette histoire nous en avait éloignés. Pardon.

– Pardon, de quoi ? de l'histoire ? Pas du tout, elle m'a paru curieuse.

– Elle l'est en effet. Ainsi, vous désirez voir, monsieur, tout ce qui est relatif à votre pauvre abbé, qui était bien la douceur même, lui ?

– Cela me fera plaisir.

– Passez dans mon cabinet et je vais vous montrer cela. »

Et tous deux passèrent dans le cabinet de M. de Boville. Tout y était effectivement dans un ordre parfait : chaque registre était à son numéro, chaque dossier à sa case. L'inspecteur fit asseoir l'Anglais dans son fauteuil, et posa devant lui le registre et le dossier relatifs au château d'If, lui donnant tout le loisir de feuilleter, tandis que lui-même, assis dans un coin, lisait son journal.

L'Anglais trouva facilement le dossier relatif à l'abbé Faria ; mais il paraît que l'histoire que lui avait racontée M. de Boville l'avait vivement intéressé, car après avoir pris connaissance de ces premières pièces, il continua de feuilleter jusqu'à ce qu'il fût arrivé à la liasse d'Edmond Dantès. Là, il retrouva chaque chose à sa place : dénonciation, interrogatoire, pétition de Morrel, apostille de M. de Villefort. Il plia tout doucement la dénonciation, la mit dans sa poche, lut l'interrogatoire, et vit que le nom de Noirtier n'y était pas prononcé, parcourut la demande en date du 10 avril 1815, dans laquelle Morrel, d'après le conseil du substitut, exagérait dans une excellente intention, puisque Napoléon régnait alors, les services que Dantès avait rendus à la cause impériale, services que le certificat de Villefort rendait incontestables. Alors, il comprit tout. Cette demande à Napoléon, gardée par Villefort, était devenue sous la seconde Restauration une arme terrible entre les mains du procureur du roi. Il ne s'étonna donc plus en feuilletant le registre, de cette note mise en accolade en regard de son nom :

Edmond Dantès : Bonapartiste enragé : a pris une part active au retour de l'île d'Elbe. À tenir au plus grand secret et sous la plus stricte surveillance.

Au-dessous de ces lignes, était écrit d'une autre écriture :

« Vu la note ci-dessus, *rien à faire.* »

Seulement, en comparant l'écriture de l'accolade avec celle du certificat placé au bas de la demande de Morrel, il acquit la certitude que la note de l'accolade était de la même écriture que le certificat, c'est-à-dire tracée par la main de Villefort.

Quant à la note qui accompagnait la note, l'Anglais comprit qu'elle avait dû être consignée par quelque inspecteur qui avait pris un intérêt passager à la situation de Dantès, mais que le renseignement que nous venons de citer avait mis dans l'impossibilité de donner suite à cet intérêt.

Comme nous l'avons dit, l'inspecteur, par discrétion et pour ne pas gêner l'élève de l'abbé Faria dans ses recherches, s'était éloigné et lisait *Le Drapeau blanc.*

Il ne vit donc pas l'Anglais plier et mettre dans sa poche la dénonciation écrite par Danglars sous la tonnelle de la Réserve, et portant le timbre de la poste de Marseille, 27 février, levée de 6 heures du soir.

Mais, il faut le dire, il l'eût vu, qu'il attachait trop peu d'importance à ce papier et trop d'importance à ses deux cent mille francs, pour s'opposer à ce que faisait l'Anglais, si incorrect que cela fût.

« Merci dit celui-ci en refermant bruyamment le registre. J'ai ce qu'il me faut ; maintenant, c'est à moi de tenir ma promesse : faites-moi un simple transport de votre créance ; reconnaissez dans ce transport en avoir reçu le montant, et je vais vous compter la somme. »

Et il céda sa place au bureau à M. de Boville, qui s'y assit sans façon et s'empressa de faire le transport demandé, tandis que l'Anglais comptait les billets de banque sur le rebord du casier.

XXIX – La maison Morrel.

Celui qui eût quitté Marseille quelques années auparavant, connaissant l'intérieur de la maison Morrel, et qui y fût entré à l'époque où nous sommes parvenus, y eût trouvé un grand changement.

Au lieu de cet air de vie, d'aisance et de bonheur qui s'exhale, pour ainsi dire, d'une maison en voie de prospérité ; au lieu de ces figures joyeuses se montrant derrière les rideaux des fenêtres, de ces commis affairés traversant les corridors, une plume fichée derrière l'oreille ; au lieu de cette cour encombrée de ballots, retentissant des cris et des rires des facteurs ; il eût trouvé, dès la première vue, je ne sais quoi de triste et de mort. Dans ce corridor désert et dans cette cour vide, de nombreux employés qui autrefois peuplaient les bureaux, deux seuls étaient restés : l'un était un jeune homme de vingt-trois ou vingt-quatre ans, nommé Emmanuel Raymond, lequel était amoureux de la fille de M. Morrel, et était resté dans la maison quoi qu'eussent pu faire ses parents pour l'en retirer ; l'autre était un vieux garçon de caisse, borgne, nommé Coclès, sobriquet que lui avaient donné les jeunes gens qui peuplaient autrefois cette grande ruche bourdonnante, aujourd'hui presque inhabitée, et qui avait si bien et si complètement remplacé son vrai nom, que, selon toute probabilité, il ne se serait pas même retourné, si on l'eût appelé aujourd'hui de ce nom.

Coclès était resté au service de M. Morrel, et il s'était fait dans la situation du brave homme un singulier changement. Il était à la fois monté au grade de caissier, et descendu au rang de domestique.

Ce n'en était pas moins le même Coclès, bon, patient, dévoué, mais inflexible à l'endroit de l'arithmétique, le seul point sur lequel il eût tenu tête au monde entier, même à M. Morrel, et ne connaissant que sa table de Pythagore, qu'il savait sur le bout du doigt, de quelque façon qu'on la retournât et dans quelque erreur qu'on tentât de le faire tomber.

Au milieu de la tristesse générale qui avait envahi la maison Morrel, Coclès était d'ailleurs le seul qui fût resté impassible. Mais, qu'on ne s'y trompe point ; cette impassibilité ne venait pas d'un défaut d'affection, mais au contraire d'une inébranlable conviction. Comme les rats, qui, dit-on, quittent peu à peu un bâtiment condamné d'avance par le destin à périr en mer, de manière que ces hôtes égoïstes l'ont complètement abandonné au moment où il lève l'ancre, de même, nous l'avons dit, toute cette foule de commis et d'employés qui tirait son existence de la maison de l'armateur avait peu à peu déserté bureau et magasin ; or, Coclès les avait vus s'éloigner tous sans songer même à se rendre compte de la cause de leur départ ; tout, comme nous l'avons dit, se réduisait pour Coclès à une question de chiffres, et depuis vingt ans qu'il était dans la maison Morrel, il avait toujours vu les paiements s'opérer à bureaux ouverts avec une telle régularité, qu'il n'admettait pas plus que cette régularité pût s'arrêter et ces paiements se suspendre, qu'un meunier qui possède un moulin alimenté par les eaux d'une riche rivière n'admet que cette rivière puisse cesser de couler. En effet, jusque-là rien n'était encore venu porter atteinte à la conviction de Coclès. La dernière fin de mois s'était effectuée avec une ponctualité rigoureuse. Coclès avait relevé une erreur de soixante-dix centimes commise par M. Morrel à son préjudice, et le même jour il avait rapporté les quatorze sous d'excédent à M. Morrel, qui, avec un sourire mélancolique, les avait pris et laissés tomber dans un tiroir à peu près vide, en disant :

« Bien, Coclès, vous êtes la perle des caissiers. »

Et Coclès s'était retiré on ne peut plus satisfait ; car un éloge de

M. Morrel, cette perle des honnêtes gens de Marseille, flattait plus Coclès qu'une gratification de cinquante écus.

Mais depuis cette fin de mois si victorieusement accomplie, M. Morrel avait passé de cruelles heures ; pour faire face à cette fin de mois, il avait réuni toutes ses ressources, et lui-même, craignant que le bruit de sa détresse ne se répandît dans Marseille, lorsqu'on le verrait recourir à de pareilles extrémités, avait fait un voyage à la foire de Beaucaire pour vendre quelques bijoux appartenant à sa femme et à sa fille, et une partie de son argenterie. Moyennant ce sacrifice, tout s'était encore cette fois passé au plus grand honneur de la maison Morrel ; mais la caisse était demeurée complètement vide. Le crédit, effrayé par le bruit qui courait, s'était retiré avec son égoïsme habituel ; et pour faire face aux cent mille francs à rembourser le 15 du présent mois à M. de Boville, et aux autres cent mille francs qui allaient échoir le 15 du mois suivant. M. Morrel n'avait en réalité que l'espérance du retour du *Pharaon*, dont un bâtiment qui avait levé l'ancre en même temps que lui, et qui était arrivé à bon port, avait appris le départ.

Mais déjà ce bâtiment, venant, comme le *Pharaon* de Calcutta, était arrivé depuis quinze jours, tandis que du *Pharaon* l'on n'avait aucune nouvelle.

C'est dans cet état de choses que, le lendemain du jour où il avait terminé avec M. de Boville l'importante affaire que nous avons dite, l'envoyé de la maison Thomson et French de Rome se présenta chez M. Morrel.

Emmanuel le reçut. Le jeune homme, que chaque nouveau visage effrayait, car chaque nouveau visage annonçait un nouveau créancier, qui, dans son inquiétude, venait questionner le chef de la maison, le jeune homme, disons-nous, voulut épargner à son patron l'ennui de cette visite : il questionna le nouveau venu ; mais le nouveau venu déclara qu'il n'avait rien à dire à M. Emmanuel, et que c'était à M. Morrel en personne qu'il voulait parler. Emmanuel appela en soupirant Coclès. Coclès parut, et le jeune homme lui ordonna de conduire l'étranger à M. Morrel.

Coclès marcha devant, et l'étranger le suivit.

Sur l'escalier, on rencontra une belle jeune fille de seize à dix-sept ans, qui regarda l'étranger avec inquiétude.

Coclès ne remarqua point cette expression de visage qui cependant parut n'avoir point échappé à l'étranger.

« M. Morrel est à son cabinet, n'est-ce pas, mademoiselle Julie ? demanda le caissier.

– Oui, du moins je le crois, dit la jeune fille en hésitant ; voyez d'abord, Coclès, et si mon père y est, annoncez monsieur.

– M'annoncer serait inutile, mademoiselle, répondit l'Anglais, M. Morrel ne connaît pas mon nom. Ce brave homme n'a qu'à dire seulement, que je suis le premier commis de MM. Thomson et French, de Rome, avec lesquels la maison de monsieur votre père est en relations. »

La jeune fille pâlit et continua de descendre, tandis que Coclès et l'étranger continuaient de monter.

Elle entra dans le bureau où se tenait Emmanuel, et Coclès, à l'aide d'une clef dont il était possesseur, et qui annonçait ses grandes entrées près du maître, ouvrit une porte placée dans l'angle du palier du deuxième étage, introduisit l'étranger dans une antichambre, ouvrit une seconde porte qu'il referma derrière lui, et, après avoir laissé seul un instant l'envoyé de la maison Thomson et French, reparut en lui faisant signe qu'il pouvait entrer.

L'Anglais entra ; il trouva M. Morrel assis devant une table, pâlissant devant les colonnes effrayantes du registre où était inscrit son passif.

En voyant l'étranger, M. Morrel ferma le registre, se leva et avança un siège ; puis, lorsqu'il eut vu l'étranger s'asseoir, il s'assit lui-même.

Quatorze années avaient bien changé le digne négociant qui, âgé de trente-six ans au commencement de cette histoire, était sur le point d'atteindre la cinquantaine : ses cheveux avaient blanchi, son front s'était creusé sous des rides soucieuses ; enfin son regard, autrefois si ferme et si arrêté, était devenu vague et irrésolu, et semblait toujours craindre d'être forcé de s'arrêter ou sur une idée ou sur un homme.

L'Anglais le regarda avec un sentiment de curiosité évidemment mêlé d'intérêt.

« Monsieur, dit Morrel, dont cet examen semblait redoubler le malaise, vous avez désiré me parler ?

– Oui, monsieur. Vous savez de quelle part je viens, n'est-ce pas ?

– De la part de la maison Thomson et French, à ce que m'a dit mon caissier du moins.

– Il vous a dit la vérité, monsieur. La maison Thomson et French avait dans le courant de ce mois et du mois prochain trois ou quatre cent mille francs à payer en France, et connaissant votre rigoureuse exactitude, elle a réuni tout le papier qu'elle a pu trouver portant cette signature, et m'a chargé, au fur et a mesure que ces papiers écherraient, d'en toucher les fonds chez vous et de faire emploi de ces fonds. »

Morrel poussa un profond soupir, et passa la main sur son front couvert de sueur.

« Ainsi, monsieur, demanda Morrel, vous avez des traites signées par moi ?

– Oui, monsieur, pour une somme assez considérable.

– Pour quelle somme ? demanda Morrel d'une voix qu'il tâchait de rendre assurée.

– Mais voici d'abord, dit l'Anglais en tirant une liasse de sa poche, un transport de deux cent mille francs fait à notre maison par M. de Boville, l'inspecteur des prisons. Reconnaissez-vous devoir cette somme à M. de Boville ?

– Oui, monsieur, c'est un placement qu'il a fait chez moi, à quatre et demi du cent, voici bientôt cinq ans.

– Et que vous devez rembourser…

– Moitié le 15 de ce mois-ci, moitié le 15 du mois prochain.

– C'est cela ; puis voici trente-deux mille cinq cents francs, fin courant : ce sont des traites signées de vous et passées à notre ordre par des tiers porteurs.

– Je le reconnais, dit Morrel, à qui le rouge de la honte montait à la figure, en songeant que pour la première fois de sa vie il ne pourrait peut-être pas faire honneur à sa signature ; est-ce tout ?

– Non, monsieur, j'ai encore pour la fin du mois prochain ces valeurs-ci, que nous ont passées la maison Pascal et la maison Wild et

Turner de Marseille, cinquante-cinq mille francs à peu près : en tout deux cent quatre-vingt-sept mille cinq cents francs. »

Ce que souffrait le malheureux Morrel pendant cette énumération est impossible à décrire.

« Deux cent quatre-vingt-sept mille cinq cents francs, répéta-t-il machinalement.

– Oui, monsieur, répondit l'Anglais. Or, continua-t-il après un moment de silence, je ne vous cacherai pas, monsieur Morrel, que, tout en faisant la part de votre probité sans reproches jusqu'à présent, le bruit public de Marseille est que vous n'êtes pas en état de faire face à vos affaires. »

À cette ouverture presque brutale, Morrel pâlit affreusement.

« Monsieur, dit-il, jusqu'à présent, et il y a plus de vingt-quatre ans que j'ai reçu la maison des mains de mon père qui lui-même l'avait gérée trente-cinq ans, jusqu'à présent pas un billet signé Morrel et fils n'a été présenté à la caisse sans être payé.

– Oui, je sais cela, répondit l'Anglais ; mais d'homme d'honneur à homme d'honneur, parlez franchement. Monsieur, paierez-vous ceux-ci avec la même exactitude ? »

Morrel tressaillit et regarda celui qui lui parlait ainsi avec plus d'assurance qu'il ne l'avait encore fait.

« Aux questions posées avec cette franchise, dit-il, il faut faire une réponse franche. Oui, monsieur, je paierai si, comme je l'espère, mon bâtiment arrive à bon port, car son arrivée me rendra le crédit que les accidents successifs dont j'ai été la victime m'ont ôté ; mais si par malheur le *Pharaon*, cette dernière ressource sur laquelle je compte, me manquait… »

Les larmes montèrent aux yeux du pauvre armateur.

« Eh bien, demanda son interlocuteur, si cette dernière ressource vous manquait ?…

– Eh bien, continua Morrel, monsieur, c'est cruel à dire… mais, déjà habitué au malheur, il faut que je m'habitue à la honte, eh bien, je crois que je serais forcé de suspendre mes paiements.

– N'avez-vous donc point d'amis qui puissent vous aider dans cette circonstance ? »

Morrel sourit tristement.

« Dans les affaires, monsieur, dit-il, on n'a point d'amis, vous le savez bien, on n'a que des correspondants.

– C'est vrai, murmura l'Anglais. Ainsi vous n'avez plus qu'une espérance ?

– Une seule.

– La dernière ?

– La dernière.

– De sorte que si cette espérance vous manque…

– Je suis perdu, monsieur, complètement perdu.

– Comme je venais chez vous, un navire entrait dans le port.

– Je le sais, monsieur. Un jeune homme qui est resté fidèle à ma mauvaise fortune passe une partie de son temps à un belvédère situé au haut de la maison, dans l'espérance de venir m'annoncer le premier une bonne nouvelle. J'ai su par lui l'entrée de ce navire.

– Et ce n'est pas le vôtre ?

– Non, c'est un navire bordelais, la *Gironde* ; il vient de l'Inde aussi, mais ce n'est pas le mien.

– Peut-être a-t-il eu connaissance du *Pharaon* et vous apporte-t-il quelque nouvelle.

– Faut-il que je vous le dise, monsieur ! je crains presque autant d'apprendre des nouvelles de mon trois-mâts que de rester dans l'incertitude. L'incertitude, c'est encore l'espérance. »

Puis, M. Morrel ajouta d'une voix sourde :

« Ce retard n'est pas naturel ; le *Pharaon* est parti de Calcutta le 5 février : depuis plus d'un mois il devrait être ici.

– Qu'est cela, dit l'Anglais en prêtant l'oreille, et que veut dire ce bruit ?

– Ô mon Dieu ! mon Dieu ! s'écria Morrel pâlissant, qu'y a-t-il encore ? »

En effet, il se faisait un grand bruit dans l'escalier ; on allait et on venait, on entendit même un cri de douleur.

Morrel se leva pour aller ouvrir la porte, mais les forces lui manquèrent et il retomba sur son fauteuil.

Les deux hommes restèrent en face l'un de l'autre, Morrel tremblant de tous ses membres, l'étranger le regardant avec une expression de profonde pitié. Le bruit avait cessé ; mais cependant on eût dit que Morrel attendait quelque chose ; ce bruit avait une cause et devait avoir une suite.

Il sembla à l'étranger qu'on montait doucement l'escalier et que les pas, qui étaient ceux de plusieurs personnes, s'arrêtaient sur le palier.

Une clef fut introduite dans la serrure de la première porte, et l'on entendit cette porte crier sur ses fonds.

« Il n'y a que deux personnes qui aient la clef de cette porte, murmura Morrel : Coclès et Julie. »

En même temps, la seconde porte s'ouvrit et l'on vit apparaître la jeune fille pâle et les joues baignées de larmes.

Morrel se leva tout tremblant, et s'appuya au bras de son fauteuil, car il n'aurait pu se tenir debout. Sa voix voulait interroger, mais il n'avait plus de voix.

« Ô mon père ! dit la jeune fille en joignant les mains, pardonnez à votre enfant d'être la messagère d'une mauvaise nouvelle ! »

Morrel pâlit affreusement ; Julie vint se jeter dans ses bras.

« Ô mon père ! mon père ! dit-elle, du courage !

– Ainsi le *Pharaon* a péri ? » demanda Morrel d'une voix étranglée.

La jeune fille ne répondit pas, mais elle fit un signe affirmatif avec sa tête, appuyée à la poitrine de son père.

« Et l'équipage ? demanda Morrel.

– Sauvé, dit la jeune fille, sauvé par le navire bordelais qui vient d'entrer dans le port. »

Morrel leva les deux mains au ciel avec une expression de résignation et de reconnaissance sublime.

« Merci, mon Dieu ! dit Morrel ; au moins vous ne frappez que moi seul. »

Si flegmatique que fût l'Anglais, une larme humecta sa paupière.

« Entrez, dit Morrel, entrez, car je présume que vous êtes tous à la porte. »

En effet, à peine avait-il prononcé ces mots, que Mme Morrel entra en sanglotant ; Emmanuel la suivait ; au fond, dans l'antichambre, on voyait les rudes figures de sept ou huit marins à moitié nus. À la vue de ces hommes, l'Anglais tressaillit ; il fit un pas comme pour aller à eux, mais il se contint et s'effaça au contraire, dans l'angle le plus obscur et le plus éloigné du cabinet.

Mme Morrel alla s'asseoir dans le fauteuil, prit une des mains de son mari dans les siennes, tandis que Julie demeurait appuyée à la poitrine de son père. Emmanuel était resté à mi-chemin de la chambre et semblait servir de lien entre le groupe de la famille Morrel et les marins qui se tenaient à la porte.

« Comment cela est-il arrivé ? demanda Morrel.

– Approchez, Penelon, dit le jeune homme, et racontez l'événement. »

Un vieux matelot, bronzé par le soleil de l'équateur, s'avança roulant entre ses mains les restes d'un chapeau.

« Bonjour, monsieur Morrel, dit-il, comme s'il eût quitté Marseille la veille et qu'il arrivât d'Aix ou de Toulon.

– Bonjour, mon ami, dit l'armateur, ne pouvant s'empêcher de sourire dans ses larmes : mais où est le capitaine ?

– Quant à ce qui est du capitaine, monsieur Morrel, il est resté malade à Palma ; mais, s'il plaît à Dieu, cela ne sera rien, et vous le verrez arriver dans quelques jours aussi bien portant que vous et moi.

– C'est bien… maintenant parlez, Penelon », dit M. Morrel.

Penelon fit passer sa chique de la joue droite à la joue gauche, mit la main devant la bouche, se détourna, lança dans l'antichambre un long jet de salive noirâtre, avança le pied, et se balançant sur ses hanches :

« Pour lors, monsieur Morrel, dit-il, nous étions quelque chose comme cela entre le cap Blanc et le cap Boyador marchant avec une jolie brise sud-sud-ouest, après avoir bourlingué pendant huit jours de calme, quand le capitaine Gaumard s'approche de moi, il faut vous dire que j'étais au gouvernail, et me dit : « Père Penelon, que pensez-vous de ces nuages qui s'élèvent là-bas à l'horizon ? »

« Justement je les regardais à ce moment-là.

« – Ce que j'en pense, capitaine ! j'en pense qu'ils montent un peu plus vite qu'ils n'en ont le droit, et qu'ils sont plus noirs qu'il ne convient à des nuages qui n'auraient pas de mauvaises intentions.

« – C'est mon avis aussi, dit le capitaine, et je m'en vais toujours prendre mes précautions. Nous avons trop de voiles pour le vent qu'il va faire tout à l'heure… Holà ! hé ! range à serrer les cacatois et à haler bas de clinfoc !

« Il était temps ; l'ordre n'était pas exécuté, que le vent était à nos trousses et que le bâtiment donnait de la bande.

« – Bon ! dit le capitaine, nous avons encore trop de toile, range à carguer la grande voile !

« Cinq minutes après, la grande voile était carguée, et nous marchions avec la misaine, les huniers et les perroquets.

« – Eh bien, père Penelon, me dit le capitaine, qu'avez-vous donc à secouer la tête ?

« – J'ai qu'à votre place, voyez-vous, je ne resterais pas en si beau chemin.

« – Je crois que tu as raison, vieux, dit-il, nous allons avoir un coup de vent.

« – Ah ! par exemple, capitaine, que je lui réponds, celui qui achèterait ce qui se passe là-bas pour un coup de vent gagnerait quelque chose dessus ; c'est une belle et bonne tempête, ou je ne m'y connais pas !

« C'est-à-dire qu'on voyait venir le vent comme on voit venir la poussière à Montredon ; heureusement qu'il avait affaire à un homme qui le connaissait.

« – Range à prendre deux ris dans les huniers ! cria le capitaine ; largue les boulines, brasse au vent, amène les huniers, pèse les palanquins sur les vergues !

– Ce n'était pas assez dans ces parages-là, dit l'Anglais ; j'aurais pris quatre ris et je me serais débarrassé de la misaine. »

Cette voix ferme, sonore et inattendue, fit tressaillir tout monde. Penelon mit sa main sur ses yeux et regarda celui qui contrôlait avec tant d'aplomb la manœuvre de son capitaine.

« Nous fîmes mieux que cela encore, monsieur, dit le vieux marin avec un certain respect, car nous carguâmes la brigantine et nous mîmes la barre au vent pour courir devant la tempête. Dix minutes après, nous carguions les huniers et nous nous en allions à sec de voiles.

– Le bâtiment était bien vieux pour risquer cela, dit l'Anglais.

– Eh bien, justement ! c'est ce qui nous perdit. Au bout de douze heures que nous étions ballottés que le diable en aurait pris les armes, il se déclara une voie d'eau. « Penelon, me dit le capitaine, je crois que nous coulons, mon vieux ; donne-moi donc la barre et descends à la cale. »

« Je lui donne la barre, je descends ; il y avait déjà trois pieds d'eau. Je remonte en criant : « Aux pompes ! aux pompes ! » Ah ! bien oui, il était déjà trop tard ! On se mit à l'ouvrage ; mais je crois que plus nous en tirions, plus il y en avait.

« – Ah ! ma foi, que je dis au bout de quatre heures de travail, puisque nous coulons, laissons-nous couler, on ne meurt qu'une fois !

« – C'est comme cela que tu donnes l'exemple maître Penelon ? dit le capitaine ; eh bien, attends, attends ! « Il alla prendre une paire de pistolets dans sa cabine.

« – Le premier qui quitte la pompe, dit-il, je lui brûle la cervelle !

– Bien, dit l'Anglais.

– Il n'y a rien qui donne du courage comme les bonnes raisons, continua le marin, d'autant plus que pendant ce temps-là le temps s'était éclairci et que le vent était tombé ; mais il n'en est pas moins vrai que l'eau montait toujours, pas de beaucoup, de deux pouces peut-être par heure, mais enfin elle montait. Deux pouces par heure, voyez-vous, ça n'a l'air de rien ; mais en douze heures ça ne fait pas moins de vingt-quatre pouces, et vingt-quatre pouces font deux pieds. Deux pieds et trois que nous avions déjà, ça nous en fait cinq. Or, quand un bâtiment a cinq pieds d'eau dans le ventre, il peut passer pour hydropique.

« – Allons dit le capitaine, c'est assez comme cela et M. Morrel n'aura rien à nous reprocher : nous avons fait ce que nous avons pu pour sauver le bâtiment ; maintenant, il faut tâcher de sauver les hommes. À la chaloupe, enfants, et plus vite que cela !

« Écoutez, monsieur Morrel, continua Penelon, nous aimions bien le *Pharaon*, mais si fort que le marin aime son navire, il aime encore mieux sa peau. Aussi nous ne nous le fîmes pas dire à deux fois ; avec cela, voyez-vous, que le bâtiment se plaignait et semblait nous dire : « Allez-vous-en donc, mais allez-vous-en donc ! » Et il ne mentait pas, le pauvre *Pharaon*, nous le sentions littéralement s'enfoncer sous nos pieds. Tant il y a qu'en un tour de main la chaloupe était à la mer, et que nous étions tous les huit dedans.

« Le capitaine descendit le dernier, ou plutôt, non il ne descendit pas, car il ne voulait pas quitter le navire, c'est moi qui le pris à bras-le-corps et le jetai aux camarades, après quoi je sautai à mon tour. Il était temps. Comme je venais de sauter le pont creva avec un bruit qu'on aurait dit la bordée d'un vaisseau de quarante-huit.

« Dix minutes après, il plongea de l'avant, puis de l'arrière, puis il se mit à tourner sur lui-même comme un chien qui court après sa queue ; et puis, bonsoir la compagnie, brrou !… tout a été dit, plus de *Pharaon* !

« Quant à nous, nous sommes restés trois jours sans boire ni manger ; si bien que nous parlions de tirer au sort pour savoir celui qui alimenterait les autres, quand nous aperçûmes la *Gironde* : nous lui fîmes des signaux, elle nous vit, mit le cap sur nous, nous envoya sa chaloupe et nous recueillit. Voilà comme ça s'est passé, monsieur Morrel, parole d'honneur ! foi de marin ! N'est-ce pas, les autres ? »

Un murmure général d'approbation indiqua que le narrateur avait réuni tous les suffrages par la vérité du fonds et le pittoresque des détails.

« Bien, mes amis, dit M. Morrel, vous êtes de braves gens, et je savais d'avance que dans le malheur qui m'arrivait il n'y avait pas d'autre coupable que ma destinée. C'est la volonté de Dieu et non la faute des hommes. Adorons la volonté de Dieu. Maintenant combien vous est-il dû de solde ?

– Oh ! bah ! ne parlons pas de cela, monsieur Morrel.

– Au contraire, parlons-en, dit l'armateur avec un sourire triste.

– Eh bien, on nous doit trois mois… dit Penelon.

– Coclès, payez deux cents francs à chacun de ces braves gens. Dans une autre époque, mes amis, continua Morrel, j'eusse ajouté : « Donnez-leur à chacun deux cents francs de gratification » ; mais les temps sont malheureux, mes amis, et le peu d'argent qui me reste ne m'appartient plus. Excusez-moi donc, et ne m'en aimez pas moins pour cela. »

Penelon fit une grimace d'attendrissement, se retourna vers ses compagnons, échangea quelques mots avec eux et revint.

« Pour ce qui est de cela, monsieur Morrel, dit-il en passant sa chique de l'autre côté de sa bouche et en lançant dans l'antichambre un second jet de salive qui alla faire le pendant au premier, pour ce qui est de cela…

– De quoi ?

– De l'argent…

– Eh bien ?

– Eh bien, monsieur Morrel, les camarades disent que pour le moment ils auront assez avec cinquante francs chacun et qu'ils attendront pour le reste.

– Merci, mes amis, merci ! s'écria M. Morrel, touché jusqu'au cœur : vous êtes tous de braves cœurs ; mais prenez, prenez, et si vous trouvez un bon service, entrez-y, vous êtes libres. »

Cette dernière partie de la phrase produisit un effet prodigieux sur les dignes marins. Ils se regardèrent les uns les autres d'un air effaré. Penelon, à qui la respiration manqua, faillit en avaler sa chique ; heureusement, il porta à temps la main à son gosier.

« Comment, monsieur Morrel, dit-il d'une voix étranglée, comment, vous nous renvoyez ! vous êtes donc mécontent de nous ?

– Non, mes enfants, dit l'armateur ; non, je ne suis pas mécontent de vous, tout au contraire. Non, je ne vous renvoie pas. Mais, que voulez-vous ? je n'ai plus de bâtiments, je n'ai plus besoin de marins.

– Comment vous n'avez plus de bâtiments ! dit Penelon. Eh bien, vous en ferez construire d'autres, nous attendrons. Dieu merci, nous savons ce que c'est que de bourlinguer.

– Je n'ai plus d'argent pour faire construire des bâtiments, Penelon, dit l'armateur avec un triste sourire, je ne puis donc pas accepter votre offre, toute obligeante qu'elle est.

– Eh bien, si vous n'avez pas d'argent il ne faut pas nous payer ; alors, nous ferons comme a fait ce pauvre *Pharaon*, nous courrons à sec, voilà tout !

– Assez, assez, mes amis, dit Morrel étouffant d'émotion ; allez, je vous en prie. Nous nous retrouverons dans un temps meilleur.

Emmanuel, ajouta l'armateur, accompagnez-les, et veillez à ce que mes désirs soient accomplis.

– Au moins c'est au revoir, n'est-ce pas, monsieur Morrel ? dit Penelon.

– Oui, mes amis, je l'espère, au moins ; allez. »

Et il fit un signe à Coclès, qui marcha devant. Les marins suivirent le caissier, et Emmanuel suivit les marins.

« Maintenant, dit l'armateur à sa femme et à sa fille, laissez-moi seul un instant ; j'ai à causer avec monsieur. »

Et il indiqua des yeux le mandataire de la maison Thomson et French, qui était resté debout et immobile dans son coin pendant toute cette scène, à laquelle il n'avait pris part que par les quelques mots que nous avons rapportés. Les deux femmes levèrent les yeux sur l'étranger qu'elles avaient complètement oublié, et se retirèrent ; mais, en se retirant, la jeune fille lança à cet homme un coup d'œil sublime de supplication, auquel il répondit par un sourire qu'un froid observateur eût été étonné de voir éclore sur ce visage de glace. Les deux hommes restèrent seuls.

« Eh bien, monsieur, dit Morrel en se laissant retomber sur son fauteuil, vous avez tout vu, tout entendu, et je n'ai plus rien à vous apprendre.

– J'ai vu, monsieur, dit l'Anglais, qu'il vous était arrivé un nouveau malheur immérité comme les autres, et cela m'a confirmé dans le désir que j'ai de vous être agréable.

– Ô monsieur ! dit Morrel.

– Voyons, continua l'étranger. Je suis un de vos principaux créanciers, n'est-ce pas ?

– Vous êtes du moins celui qui possède des valeurs à plus courte échéance.

– Vous désirez un délai pour me payer ?

– Un délai pourrait me sauver l'honneur, et par conséquent la vie.

– Combien demandez-vous ? »

Morrel hésita.

« Deux mois, dit-il.

– Bien, dit l'étranger, je vous en donne trois.

– Mais croyez-vous que la maison Thomson et French…

– Soyez tranquille, monsieur, je prends tout sur moi. Nous sommes aujourd'hui le 5 juin.

– Oui.

– Eh bien, renouvelez-moi tous ces billets au 5 septembre ; et le 5 septembre, à onze heures du matin (la pendule marquait onze heures juste en ce moment), je me présenterai chez vous.

– Je vous attendrai, monsieur, dit Morrel, et vous serez payé ou je serai mort. »

Ces derniers mots furent prononcés si bas, que l'étranger ne put les entendre.

Les billets furent renouvelés, on déchira les anciens, et le pauvre armateur se trouva au moins avoir trois mois devant lui pour réunir ses dernières ressources.

L'Anglais reçut ses remerciements avec le flegme particulier à sa nation, et prit congé de Morrel, qui le reconduisit en le bénissant jusqu'à la porte.

Sur l'escalier, il rencontra Julie. La jeune fille faisait semblant de descendre, mais en réalité elle l'attendait.

« Ô monsieur ! dit-elle en joignant les mains.

– Mademoiselle, dit l'étranger, vous recevrez un jour une lettre signée… Simbad le marin… Faites de point en point ce que vous dira cette lettre, si étrange que vous paraisse la recommandation.

– Oui, monsieur, répondit Julie.

– Me promettez-vous de le faire ?

– Je vous le jure.

– Bien ! Adieu, mademoiselle. Demeurez toujours une bonne et sainte fille comme vous êtes, et j'ai bon espoir que Dieu vous récompensera en vous donnant Emmanuel pour mari. »

Julie poussa un petit cri, devint rouge comme une cerise et se retint à la rampe pour ne pas tomber.

L'étranger continua son chemin en lui faisant un geste d'adieu. Dans la cour, il rencontra Penelon, qui tenait un rouleau de cent francs de chaque main, et semblait ne pouvoir se décider à les emporter.

« Venez, mon ami, lui dit-il, j'ai à vous parler. »

XXX – Le cinq septembre.

Ce délai accordé par le mandataire de la maison Thomson et French, au moment où Morrel s'y attendait le moins, parut au pauvre armateur un de ces retours de bonheur qui annoncent à l'homme que le sort s'est enfin lassé de s'acharner sur lui. Le même jour, il raconta ce qui lui était arrivé à sa fille, à sa femme et à Emmanuel, et un peu d'espérance, sinon de tranquillité, rentra dans la famille. Mais malheureusement, Morrel n'avait pas seulement affaire à la maison Thomson et French, qui s'était montrée envers lui de si bonne composition. Comme il l'avait dit, dans le commerce on a des correspondants et pas d'amis. Lorsqu'il songeait profondément, il ne comprenait même pas cette conduite généreuse de MM. Thomson et French envers lui ; il ne se l'expliquait que par cette réflexion intelligemment égoïste que cette maison aurait faite : Mieux vaut soutenir un homme qui nous doit près de trois cent mille francs, et avoir ces trois cent mille francs au bout de trois mois, que de hâter sa ruine et avoir six ou huit pour cent du capital.

Malheureusement, soit haine, soit aveuglement, tous les correspondants de Morrel ne firent pas la même réflexion, et quelques-uns même firent la réflexion contraire. Les traites souscrites par Morrel furent donc présentées à la caisse avec une scrupuleuse rigueur, et, grâce au délai accordé par l'Anglais, furent payées par Coclès à bureau ouvert. Coclès continua donc de demeurer dans sa tranquillité fatidique. M. Morrel seul vit avec terreur que s'il avait eu à rembourser, le 15 les cinquante mille francs de de Boville, et, le 30, les trente-deux mille cinq cents francs de traites pour lesquelles, ainsi que pour la créance de l'inspecteur des prisons, il avait un délai, il était dès ce mois-là un homme perdu.

L'opinion de tout le commerce de Marseille était que, sous les revers successifs qui l'accablaient, Morrel ne pouvait tenir. L'étonnement fut donc grand lorsqu'on vit sa fin de mois remplie avec son exactitude ordinaire. Cependant, la confiance ne rentra point pour cela dans les esprits, et l'on remit d'une voix unanime à la fin du mois prochain la déposition du bilan du malheureux armateur.

Tout le mois se passa dans des efforts inouïs de la part de

Morrel pour réunir toutes ses ressources. Autrefois son papier, à quelque date que ce fût, était pris avec confiance, et même demandé. Morrel essaya de négocier du papier à quatre-vingt-dix jours, et trouva les banques fermées. Heureusement, Morrel avait lui-même quelques rentrées sur lesquelles il pouvait compter ; ces rentrées s'opérèrent : Morrel se trouva donc encore en mesure de faire face à ses engagements lorsque arriva la fin de juillet.

Au reste, on n'avait pas revu à Marseille le mandataire de la maison Thomson et French ; le lendemain ou le surlendemain de sa visite à M. Morrel il avait disparu : or, comme il n'avait eu à Marseille de relations qu'avec le maire, l'inspecteur des prisons et M. Morrel, son passage n'avait laissé d'autre trace que le souvenir différent qu'avaient gardé de lui ces trois personnes. Quant aux matelots du *Pharaon*, il paraît qu'ils avaient trouvé quelque engagement, car ils avaient disparu aussi.

Le capitaine Gaumard, remis de l'indisposition qui l'avait retenu à Palma, revint à son tour. Il hésitait à se présenter chez M. Morrel : mais celui-ci apprit son arrivée, et l'alla trouver lui-même. Le digne armateur savait d'avance, par le récit de Penelon, la conduite courageuse qu'avait tenue le capitaine pendant tout ce sinistre, et ce fut lui qui essaya de le consoler. Il lui apportait le montant de sa solde, que le capitaine Gaumard n'eût point osé aller toucher.

Comme il descendait l'escalier, M. Morrel rencontra Penelon qui le montait. Penelon avait, à ce qu'il paraissait, fait bon emploi de son argent, car il était tout vêtu de neuf. En apercevant son armateur, le digne timonier parut fort embarrassé ; il se rangea dans l'angle le plus éloigné du palier, passa alternativement sa chique de gauche à droite et de droite à gauche, en roulant de gros yeux effarés, et ne répondit que par une pression timide à la poignée de main que lui offrit avec sa cordialité ordinaire M. Morrel. M. Morrel attribua l'embarras de Penelon à l'élégance de sa toilette : il était évident que le brave homme n'avait pas donné à son compte dans un pareil luxe ; il était donc déjà engagé sans doute à bord de quelque autre bâtiment, et sa honte lui venait de ce qu'il n'avait pas, si l'on peut s'exprimer ainsi, porté plus longtemps le deuil du *Pharaon*. Peut-être même venait-il pour faire part au capitaine Gaumard de sa bonne fortune et pour lui faire part des offres de son nouveau maître.

« Braves gens, dit Morrel en s'éloignant, puisse votre nouveau maître vous aimer comme je vous aimais, et être plus heureux que je ne le suis ! »

Août s'écoula dans des tentatives sans cesse renouvelées par Morrel de relever son ancien crédit ou de s'en ouvrir un nouveau. Le 20 août, on sut à Marseille qu'il avait pris une place à la malle-poste, et l'on se dit alors que c'était pour la fin du mois courant que le bilan devait être déposé, et que Morrel était parti d'avance pour ne pas assister à cet acte cruel, délégué sans doute à son premier commis Emmanuel et à son caissier Coclès. Mais, contre toutes les prévisions lorsque le 31 août arriva, la caisse s'ouvrit comme d'habitude. Coclès apparut derrière le grillage, calme comme le juste d'Horace, examina avec la même attention le papier qu'on lui présentait, et, depuis la première jusqu'à la dernière, paya les traites avec la même exactitude. Il vint même deux remboursements qu'avait prévus M. Morrel, et que Coclès paya avec la même ponctualité que les traites qui étaient personnelles à l'armateur. On n'y comprenait plus rien, et l'on remettait, avec la ténacité particulière aux prophètes de mauvaises nouvelles, la faillite à la fin de septembre.

Le 1er, Morrel arriva : il était attendu par toute sa famille avec une grande anxiété ; de ce voyage à Paris devait surgir sa dernière voie de salut. Morrel avait pensé à Danglars, aujourd'hui millionnaire et autrefois son obligé, puisque c'était à la recommandation de Morrel que Danglars était entré au service du banquier espagnol chez lequel avait commencé son immense fortune. Aujourd'hui Danglars, disait-on, avait six ou huit millions à lui, un crédit illimité. Danglars, sans tirer un écu de sa poche, pouvait sauver Morrel : il n'avait qu'à garantir un emprunt, et Morrel était sauvé. Morrel avait depuis longtemps pensé à Danglars ; mais il y a de ces répulsions instinctives dont on n'est pas maître, et Morrel avait tardé autant qu'il lui avait été possible de recourir à ce suprême moyen. Il avait eu raison, car il était revenu brisé sous l'humiliation d'un refus.

Aussi à son retour, Morrel n'avait-il exhalé aucune plainte, proféré aucune récrimination ; il avait embrassé en pleurant sa femme et sa fille, avait tendu une main amicale à Emmanuel, s'était enfermé dans son cabinet du second, et avait demandé Coclès.

« Pour cette fois, avaient dit les deux femmes à Emmanuel, nous sommes perdus. »

Puis, dans un court conciliabule tenu entre elles, il avait été convenu que Julie écrirait à son frère, en garnison à Nîmes, d'arriver à l'instant même.

Les pauvres femmes sentaient instinctivement qu'elles avaient besoin de toutes leurs forces pour soutenir le coup qui les menaçait.

D'ailleurs, Maximilien Morrel, quoique âgé de vingt-deux ans à peine, avait déjà une grande influence sur son père.

C'était un jeune homme ferme et droit. Au moment où il s'était agi d'embrasser une carrière, son père n'avait point voulu lui imposer d'avance un avenir et avait consulté les goûts du jeune Maximilien. Celui-ci avait alors déclaré qu'il voulait suivre la carrière militaire ; il avait fait, en conséquence, d'excellentes études, était entré par le concours à l'École polytechnique, et en était sorti sous-lieutenant au 53ème de ligne. Depuis un an, il occupait ce grade, et avait promesse d'être nommé lieutenant à la première occasion. Dans le régiment, Maximilien Morrel était cité comme le rigide observateur, non seulement de toutes les obligations imposées au soldat, mais encore de tous les devoirs proposés à l'homme, et on ne l'appelait que le stoïcien. Il va sans dire que beaucoup de ceux qui lui donnaient cette épithète la répétaient pour l'avoir entendue, et ne savaient pas même ce qu'elle voulait dire.

C'était ce jeune homme que sa mère et sa sœur appelaient à leur aide pour les soutenir dans la circonstance grave où elles sentaient qu'elles allaient se trouver.

Elles ne s'étaient pas trompées sur la gravité de cette circonstance, car, un instant après que M. Morrel fut entré dans son cabinet avec Coclès, Julie en vit sortir ce dernier, pâle, tremblant, et le visage tout bouleversé.

Elle voulut l'interroger comme il passait près d'elle ; mais le brave homme, continuant de descendre l'escalier avec une précipitation qui ne lui était pas habituelle, se contenta de s'écrier en levant les bras au ciel :

« Ô mademoiselle ! mademoiselle ! quel affreux malheur ! et

qui jamais aurait cru cela ! »

Un instant après, Julie le vit remonter portant deux ou trois gros registres, un portefeuille et un sac d'argent.

Morrel consulta les registres, ouvrit le portefeuille, compta l'argent.

Toutes ses ressources montaient à six ou huit mille francs, ses rentrées jusqu'au 5 à quatre ou cinq mille ; ce qui faisait, en cotant au plus haut, un actif de quatorze mille francs pour faire face à une traite de deux cent quatre-vingt-sept mille cinq cents francs. Il n'y avait pas même moyen d'offrir un pareil acompte.

Cependant, lorsque Morrel descendit pour dîner, il paraissait assez calme. Ce calme effraya plus les deux femmes que n'aurait pu le faire le plus profond abattement.

Après le dîner, Morrel avait l'habitude de sortir ; il allait prendre son café au cercle des Phocéens et lire le *Sémaphore :* ce jour-là il ne sortit point et remonta dans son bureau.

Quant à Coclès, il paraissait complètement hébété. Pendant une partie de la journée il s'était tenu dans la cour, assis sur une pierre, la tête nue, par un soleil de trente degrés.

Emmanuel essayait de rassurer les femmes, mais il était mal éloquent. Le jeune homme était trop au courant des affaires de la maison pour ne pas sentir qu'une grande catastrophe pesait sur la famille Morrel.

La nuit vint : les deux femmes avaient veillé, espérant qu'en descendant de son cabinet Morrel entrerait chez elles ; mais elles l'entendirent passer devant leur porte, allégeant son pas dans la crainte sans doute d'être appelé.

Elles prêtèrent l'oreille, il rentra dans sa chambre et ferma sa porte en dedans.

Mme Morrel envoya coucher sa fille ; puis, une demi-heure après que Julie se fut retirée, elle se leva, ôta ses souliers et se glissa dans le corridor, pour voir par la serrure ce que faisait son mari.

Dans le corridor, elle aperçut une ombre qui se retirait : c'était Julie, qui, inquiète elle-même, avait précédé sa mère.

La jeune fille alla à Mme Morrel.

« Il écrit », dit-elle.

Les deux femmes s'étaient devinées sans se parler.

Mme Morrel s'inclina au niveau de la serrure. En effet, Morrel écrivait ; mais, ce que n'avait pas remarqué sa fille, Mme Morrel le remarqua, elle, c'est que son mari écrivait sur du papier marqué.

Cette idée terrible lui vint, qu'il faisait son testament ; elle frissonna de tous ses membres, et cependant elle eut la force de ne rien dire.

Le lendemain, M. Morrel paraissait tout à fait calme ; il se tint dans son bureau comme à l'ordinaire, descendit pour déjeuner comme d'habitude, seulement après son dîner il fit asseoir sa fille près de lui, prit la tête de l'enfant dans ses bras et la tint longtemps contre sa poitrine.

Le soir, Julie dit à sa mère que, quoique calme en apparence, elle avait remarqué que le cœur de son père battait violemment.

Les deux autres jours s'écoulèrent à peu près pareils. Le 4 septembre au soir, M. Morrel redemanda à sa fille la clef de son cabinet.

Julie tressaillit à cette demande, qui lui sembla sinistre. Pourquoi son père lui redemandait-il cette clef qu'elle avait toujours eue, et qu'on ne lui reprenait dans son enfance que pour la punir !

La jeune fille regarda M. Morrel.

« Qu'ai-je donc fait de mal, mon père, dit-elle, pour que vous me repreniez cette clef ?

– Rien, mon enfant, répondit le malheureux Morrel, à qui cette demande si simple fit jaillir les larmes des yeux ; rien, seulement j'en ai besoin. »

Julie fit semblant de chercher la clef.

« Je l'aurai laissée chez moi », dit-elle.

Et elle sortit ; mais, au lieu d'aller chez elle, elle descendit et courut consulter Emmanuel.

« Ne rendez pas cette clef à votre père, dit celui-ci, et demain matin, s'il est possible, ne le quittez pas. »

Elle essaya de questionner Emmanuel ; mais celui-ci ne savait rien autre chose, ou ne voulait pas dire autre chose.

Pendant toute la nuit du 4 au 5 septembre, Mme Morrel resta l'oreille collée contre la boiserie. Jusqu'à trois heures du matin, elle entendit son mari marcher avec agitation dans sa chambre.

À trois heures seulement, il se jeta sur son lit.

Les deux femmes passèrent la nuit ensemble. Depuis la veille au soir, elles attendaient Maximilien.

À huit heures, M. Morrel entra dans leur chambre. Il était calme, mais l'agitation de la nuit se lisait sur son visage pâle et défait.

Les femmes n'osèrent lui demander s'il avait bien dormi. Morrel fut meilleur pour sa femme, et plus paternel pour sa fille qu'il n'avait jamais été ; il ne pouvait se rassasier de regarder et d'embrasser la pauvre enfant.

Julie se rappela la recommandation d'Emmanuel et voulut suivre son père lorsqu'il sortit ; mais celui-ci la repoussant avec douceur :

« Reste près de ta mère », lui dit-il.

Julie voulut insister.

« Je le veux ! » dit Morrel.

C'était la première fois que Morrel disait à sa fille : Je le veux ! mais il le disait avec un accent empreint d'une si paternelle douceur, que Julie n'osa faire un pas en avant.

Elle resta à la même place, debout, muette et immobile. Un instant après, la porte se rouvrit, elle sentit deux bras qui l'entouraient et une bouche qui se collait à son front.

Elle leva les yeux et poussa une exclamation de joie.

« Maximilien mon frère ! » s'écria-t-elle.

À ce cri Mme Morrel accourut et se jeta dans les bras de son fils.

« Ma mère, dit le jeune homme, en regardant alternativement Mme Morrel et sa fille ; qu'y a-t-il donc et que se passe-t-il ? Votre lettre m'a épouvanté et j'accours.

– Julie, dit Mme Morrel en faisant signe au jeune homme, va dire à ton père que Maximilien vient d'arriver. »

La jeune fille s'élança hors de l'appartement, mais, sur la première marche de l'escalier, elle trouva un homme tenant une lettre à la main.

« N'êtes-vous pas mademoiselle Julie Morrel ? dit cet homme avec un accent italien des plus prononcés.

– Oui monsieur, répondit Julie toute balbutiante ; mais que me voulez-vous ? je ne vous connais pas.

– Lisez cette lettre », dit l'homme en lui tendant un billet.

Julie hésitait.

« Il y va du salut de votre père », dit le messager.

La jeune fille lui arracha le billet des mains.

Puis elle l'ouvrit vivement et lut :

« Rendez vous à l'instant même aux Allées de Meilhan, entrez dans la maison no 15, demandez à la concierge la clef de la chambre du cinquième, entrez dans cette chambre, prenez sur le coin de la cheminée une bourse en filet de soie rouge, et apportez cette bourse à votre père.

« Il est important qu'il l'ait avant onze heures.

« Vous avez promis de m'obéir aveuglement, je vous rappelle votre promesse.

« SIMBAD LE MARIN. »

La jeune fille poussa un cri de joie, leva les yeux, chercha, pour l'interroger, l'homme qui lui avait remis ce billet mais il avait disparu.

Elle reporta alors les yeux sur le billet pour le lire une seconde fois et s'aperçut qu'il avait un *post-scriptum*.

Elle lut :

« Il est important que vous remplissiez cette mission en personne et seule ; si vous veniez accompagnée ou qu'une autre que vous se présentât, le concierge répondrait qu'il ne sait ce que l'on veut dire. »

Ce *post-scriptum* fut une puissante correction à la joie de la jeune fille. N'avait-elle rien à craindre, n'était-ce pas quelque piège qu'on lui tendait ? Son innocence lui laissait ignorer quels étaient les dangers que pouvait courir une jeune fille de son âge, mais on n'a pas besoin de connaître le danger pour craindre ; il y a même une chose à remarquer, c'est que ce sont justement les dangers inconnus qui inspirent les plus grandes terreurs.

Julie hésitait, elle résolut de demander conseil.

Mais, par un sentiment étrange, ce ne fut ni à sa mère ni à son frère qu'elle eut recours, ce fut à Emmanuel.

Elle descendit, lui raconta ce qui lui était arrivé le jour où le mandataire de la maison Thomson et French était venu chez son père ; elle lui dit la scène de l'escalier, lui répéta la promesse qu'elle avait faite et lui montra la lettre.

« Il faut y aller, mademoiselle, dit Emmanuel.

– Y aller ? murmura Julie.

– Oui, je vous y accompagnerai.

– Mais vous n'avez pas vu que je dois être seule ? dit Julie.

– Vous serez seule aussi, répondit le jeune homme ; moi, je vous attendrai au coin de la rue du Musée ; et si vous tardez de façon à me donner quelque inquiétude, alors j'irai vous rejoindre, et, je vous en réponds, malheur à ceux dont vous me diriez que vous auriez eu à vous plaindre !

– Ainsi, Emmanuel, reprit en hésitant la jeune fille, votre avis est donc que je me rende à cette invitation ?

– Oui ; le messager ne vous a-t-il pas dit qu'il y allait du salut de votre père ?

– Mais enfin, Emmanuel, quel danger court-il donc ? » demanda la jeune fille.

Emmanuel hésita un instant, mais le désir de décider la jeune fille d'un seul coup et sans retard l'emporta.

« Écoutez, lui dit-il, c'est aujourd'hui le 5 septembre, n'est-ce pas ?

– Oui.

– Aujourd'hui, à onze heures, votre père a près de trois cent mille francs à payer.

– Oui, nous le savons.

– Eh bien, dit Emmanuel, il n'en a pas quinze mille en caisse.

– Alors que va-t-il donc arriver ?

– Il va arriver que si aujourd'hui, avant onze heures, votre père n'a pas trouvé quelqu'un qui lui vienne en aide, à midi votre père sera obligé de se déclarer en banqueroute.

– Oh ! venez ! venez ! » s'écria la jeune fille en entraînant le jeune homme avec elle.

Pendant ce temps, Mme Morrel avait tout dit à son fils.

Le jeune homme savait bien qu'à la suite des malheurs successifs qui étaient arrivés à son père, de grandes réformes avaient été faites dans les dépenses de la maison ; mais il ignorait que les choses en fussent arrivées à ce point.

Il demeura anéanti. Puis tout à coup, il s'élança hors de l'appartement, monta rapidement l'escalier, car il croyait son père à son cabinet, mais il frappa vainement. Comme il était à la porte de ce cabinet, il entendit celle de l'appartement s'ouvrir, il se retourna et vit son père. Au lieu de remonter droit à son cabinet, M. Morrel était rentré dans sa chambre et en sortait seulement maintenant.

M. Morrel poussa un cri de surprise en apercevant Maximilien ; il ignorait l'arrivée du jeune homme. Il demeura immobile à la même place, serrant avec son bras gauche un objet qu'il tenait caché sous sa redingote.

Maximilien descendit vivement l'escalier et se jeta au cou de son père ; mais tout à coup il se recula, laissant sa main droite seulement appuyée sur la poitrine de son père.

« Mon père, dit-il en devenant pâle comme la mort, pourquoi avez-vous donc une paire de pistolets sous votre redingote ?

– Oh ! voilà ce que je craignais ! dit Morrel.

– Mon père ! mon père ! au nom du Ciel ! s'écria le jeune homme, pourquoi ces armes ?

– Maximilien, répondit Morrel en regardant fixement son fils, tu es un homme, et un homme d'honneur ; viens, je vais te le dire. »

Et Morrel monta d'un pas assuré à son cabinet tandis que Maximilien le suivait en chancelant.

Morrel ouvrit la porte et la referma derrière son fils ; puis il traversa l'antichambre, s'approcha du bureau déposa ses pistolets sur le coin de la table, et montra du bout du doigt à son fils un registre ouvert.

Sur ce registre était consigné l'état exact de la situation.

Morrel avait à payer dans une demi-heure deux cent quatre-vingt-sept mille cinq cents francs.

Il possédait en tout quinze mille deux cent cinquante-sept francs.

« Lis », dit Morrel.

Le jeune homme lut et resta un moment comme écrasé.

Morrel ne disait pas une parole : qu'aurait-il pu dire qui ajoutât à l'inexorable arrêt des chiffres ?

« Et vous avez tout fait, mon père, dit au bout d'un instant le jeune homme, pour aller au-devant de ce malheur ?

– Oui, répondit Morrel.

– Vous ne comptez sur aucune rentrée ?

– Sur aucune.

– Vous avez épuisé toutes vos ressources ?

– Toutes.

– Et dans une demi-heure, dit Maximilien d'une voix sombre, notre nom est déshonoré. Le sang lave le déshonneur, dit Morrel.

– Vous avez raison, mon père, et je vous comprends. »

Puis, étendant la main vers les pistolets :

« Il y en a un pour vous et un pour moi, dit-il ; merci ! »

Morrel lui arrêta la main.

« Et ta mère… et ta sœur…, qui les nourrira ? »

Un frisson courut par tout le corps du jeune homme.

« Mon père, dit-il, songez-vous que vous me dites de vivre ?

– Oui, je te le dis, reprit Morrel, car c'est ton devoir ; tu as l'esprit calme, fort, Maximilien… Maximilien, tu n'es pas un homme ordinaire ; je ne te commande rien, je ne t'ordonne rien, seulement je te dis : Examine ta situation comme si tu y étais étranger, et juge-la toi-même. »

Le jeune homme réfléchit un instant, puis une expression de résignation sublime passa dans ses yeux ; seulement il ôta, d'un mouvement lent et triste, son épaulette et sa contre-épaulette, insignes de son grade.

« C'est bien, dit-il en tendant la main à Morrel, mourez en paix, mon père ! je vivrai. »

Morrel fit un mouvement pour se jeter aux genoux de son fils. Maximilien l'attira à lui, et ces deux nobles cœurs battirent un instant l'un contre l'autre.

« Tu sais qu'il n'y a pas de ma faute ? » dit Morrel.

Maximilien sourit.

« Je sais, mon père, que vous êtes le plus honnête homme que j'aie jamais connu.

– C'est bien, tout est dit : maintenant retourne près de ta mère et de ta sœur.

– Mon père, dit le jeune homme en fléchissant le genou, bénissez-moi ! »

Morrel saisit la tête de son fils entre ses deux mains, l'approcha de lui, et, y imprimant plusieurs fois ses lèvres :

« Oh ! oui, oui, dit-il, je te bénis en mon nom et au nom de trois générations d'hommes irréprochables ; écoute donc ce qu'ils disent par ma voix : l'édifice que le malheur a détruit, la Providence peut le rebâtir. En me voyant mort d'une pareille mort, les plus inexorables auront pitié de toi ; à toi peut-être on donnera le temps qu'on m'aurait refusé ; alors tâche que le mot infâme ne soit pas prononcé ; mets-toi à l'œuvre, travaille, jeune homme, lutte ardemment et courageusement : vis, toi, ta mère et ta sœur, du strict nécessaire afin que, jour par jour le bien de ceux à qui je dois s'augmente et fructifie entre tes mains. Songe que ce sera un beau jour, un grand jour, un jour solennel que celui de la réhabilitation, le jour où, dans ce même bureau, tu diras : Mon père est mort parce qu'il ne pouvait pas faire ce que je fais aujourd'hui ; mais il est mort tranquille et calme, parce qu'il savait en mourant que je le ferais.

– Oh ! mon père, mon père, s'écria le jeune homme, si cependant vous pouviez vivre !

– Si je vis, tout change ; si je vis, l'intérêt se change en doute, la pitié en acharnement ; si je vis, je ne suis plus qu'un homme qui a manqué à sa parole, qui a failli à ses engagements, je ne suis plus qu'un banqueroutier enfin. Si je meurs, au contraire, songes-y, Maximilien, mon cadavre n'est plus que celui d'un honnête homme malheureux. Vivant, mes meilleurs amis évitent ma maison ; mort, Marseille tout entier me suit en pleurant jusqu'à ma dernière demeure ; vivant, tu as honte de mon nom ; mort, tu lèves la tête et tu dis :

« – Je suis le fils de celui qui s'est tué, parce que, pour la première fois, il a été forcé de manquer à sa parole. »

Le jeune homme poussa un gémissement, mais il parut résigné. C'était la seconde fois que la conviction rentrait non pas dans son cœur, mais dans son esprit.

« Et maintenant, dit Morrel, laisse-moi seul et tâche d'éloigner les femmes.

– Ne voulez-vous pas revoir ma sœur ? » demanda Maximilien.

Un dernier et sourd espoir était caché pour le jeune homme dans cette entrevue, voilà pourquoi il la proposait. M. Morrel secoua la tête.

« Je l'ai vue ce matin, dit-il, et je lui ai dit adieu.

– N'avez-vous pas quelque recommandation particulière à me faire, mon père ? demanda Maximilien d'une voix altérée.

– Si fait, mon fils, une recommandation sacrée.

– Dites, mon père.

– La maison Thomson et French est la seule qui, par humanité, par égoïsme peut-être, mais ce n'est pas à moi à lire dans le cœur des hommes, a eu pitié de moi. Son mandataire, celui qui, dans dix minutes, se présentera pour toucher le montant d'une traite de deux cent quatre-vingt-sept mille cinq cents francs, je ne dirai pas m'a accordé, mais m'a offert trois mois. Que cette maison soit remboursée la première, mon fils, que cet homme te soit sacré.

– Oui, mon père, dit Maximilien.

– Et maintenant encore une fois adieu, dit Morrel, va, va, j'ai besoin d'être seul ; tu trouveras mon testament dans le secrétaire de ma chambre à coucher. »

Le jeune homme resta debout, inerte, n'ayant qu'une force de volonté, mais pas d'exécution.

« Écoute, Maximilien, dit son père, suppose que je sois soldat comme toi, que j'aie reçu l'ordre d'emporter une redoute, et que tu saches que je doive être tué en l'emportant, ne me dirais-tu pas ce que tu me disais tout à l'heure : « Allez, mon père, car vous vous déshonorez en restant, et mieux vaut la mort que la « honte ! »

– Oui, oui, dit le jeune homme, oui. »

Et, serrant convulsivement Morrel dans ses bras :

« Allez, mon père », dit-il.

Et il s'élança hors du cabinet.

Quand son fils fut sorti, Morrel resta un instant debout et les yeux fixés sur la porte ; puis il allongea la main, trouva le cordon d'une sonnette et sonna.

Au bout d'un instant, Coclès parut.

Ce n'était plus le même homme ; ces trois jours de conviction l'avaient brisé. Cette pensée : la maison Morrel va cesser ses paiements, le courbait vers la terre plus que ne l'eussent fait vingt autres années sur sa tête.

« Mon bon Coclès, dit Morrel avec un accent dont il serait impossible de rendre l'expression, tu vas rester dans l'antichambre. Quand ce monsieur qui est déjà venu il y a trois mois, tu le sais, le mandataire de la maison Thomson et French, va venir, tu l'annonceras. »

Coclès ne répondit point ; il fit un signe de tête, alla s'asseoir dans l'antichambre et attendit.

Morrel retomba sur sa chaise ; ses yeux se portèrent vers la pendule : il lui restait sept minutes, voilà tout ; l'aiguille marchait avec une rapidité incroyable ; il lui semblait qu'il la voyait aller.

Ce qui se passa alors, et dans ce moment suprême dans l'esprit de cet homme qui, jeune encore, à la suite d'un raisonnement faux peut-être, mais spécieux du moins, allait se séparer de tout ce qu'il aimait au monde et quitter la vie, qui avait pour lui toutes les douceurs de la famille, est impossible à exprimer : il eût fallu voir, pour en prendre une idée, son front couvert de sueur, et cependant résigné, ses yeux mouillés de larmes, et cependant levés au ciel.

L'aiguille marchait toujours, les pistolets étaient tout chargés ; il allongea la main, en prit un, et murmura le nom de sa fille.

Puis il posa l'arme mortelle, prit la plume et écrivit quelques mots.

Il lui semblait alors qu'il n'avait pas assez dit adieu à son enfant chérie.

Puis il se retourna vers la pendule ; il ne comptait plus par minute mais par seconde.

Il reprit l'arme, la bouche entrouverte et les yeux fixés sur l'aiguille ; puis il tressaillit au bruit qu'il faisait lui-même en armant le chien.

En ce moment, une sueur plus froide lui passa sur le front, une angoisse plus mortelle lui serra le cœur.

Il entendit la porte de l'escalier crier sur ses gonds.

Puis s'ouvrit celle de son cabinet.

La pendule allait sonner onze heures.

Morrel ne se retourna point, il attendait ces mots de Coclès :

« Le mandataire de la maison Thomson et French »

Et il approchait l'arme de sa bouche…

Tout à coup, il entendit un cri : c'était la voix de sa fille.

Il se retourna et aperçut Julie ; le pistolet lui échappa des mains.

« Mon père ! s'écria la jeune fille hors d'haleine et presque mourante de joie, sauvé ! vous êtes sauvé ! »

Et elle se jeta dans ses bras en élevant à la main une bourse en filet de soie rouge.

« Sauvé ! mon enfant ! dit Morrel ; que veux-tu dire ?

– Oui, sauvé ! voyez, voyez ! » dit la jeune fille.

Morrel prit la bourse et tressaillit, car un vague souvenir lui rappela cet objet pour lui avoir appartenu. D'un côté était la traite de deux cent quatre-vingt-sept mille cinq cents francs.

La traite était acquittée.

De l'autre, était un diamant de la grosseur d'une noisette, avec ces trois mots écrits sur un petit morceau de parchemin : « Dot de Julie. » Morrel passa sa main sur son front. Il croyait rêver. En ce moment, la pendule sonna onze heures.

Le timbre vibra pour lui comme si chaque coup de marteau d'acier vibrait sur son propre cœur.

« Voyons, mon enfant, dit-il, explique-toi. Où as-tu trouvé cette bourse ?

– Dans une maison des Allées de Meilhan, au no 15, sur le coin de la cheminée d'une pauvre petite chambre au cinquième étage.

– Mais, s'écria Morrel, cette bourse n'est pas à toi. »

Julie tendit à son père la lettre qu'elle avait reçue le matin.

« Et tu as été seule dans cette maison ? dit Morrel après avoir lu.

– Emmanuel m'accompagnait, mon père. Il devait m'attendre au coin de la rue du Musée ; mais chose étrange, à mon retour, il n'y était plus.

– Monsieur Morrel ! s'écria une voix dans l'escalier, Monsieur Morrel !

– C'est sa voix », dit Julie.

En même temps, Emmanuel entra, le visage bouleversé de joie et d'émotion.

« Le *Pharaon* ! s'écria-t-il ; le *Pharaon* !

– Eh bien, quoi ? le *Pharaon* ! êtes-vous fou, Emmanuel ? Vous savez bien qu'il est perdu.

– Le *Pharaon* ! monsieur, on signale le *Pharaon* ; le *Pharaon* entre dans le port. »

Morrel retomba sur sa chaise, les forces lui manquaient, son intelligence se refusait à classer cette suite d'événements incroyables, inouïs, fabuleux.

Mais son fils entra à son tour.

« Mon père, s'écria Maximilien, que disiez-vous donc que le *Pharaon* était perdu ? La vigie l'a signalé, et il entre dans le port.

– Mes amis, dit Morrel si cela était, il faudrait croire à un miracle de Dieu ! Impossible ! impossible ! »

Mais ce qui était réel et non moins incroyable, c'était cette bourse qu'il tenait dans ses mains, c'était cette lettre de change acquittée, c'était ce magnifique diamant.

« Ah ! monsieur, dit Coclès à son tour, qu'est-ce que cela veut dire, le *Pharaon* ?

– Allons, mes enfants, dit Morrel en se soulevant, allons voir, et que Dieu ait pitié de nous, si c'est une fausse nouvelle. »

Ils descendirent ; au milieu de l'escalier attendait Mme Morrel : la pauvre femme n'avait pas osé monter.

En un instant ils furent à la Canebière.

Il y avait foule sur le port.

Toute cette foule s'ouvrit devant Morrel.

« Le *Pharaon* ! le *Pharaon* ! » disaient toutes ces voix.

En effet, chose merveilleuse, inouïe, en face de la tour Saint-Jean un bâtiment, portant sur sa poupe ces mots écrits en lettres blanches, le *Pharaon* (Morrel et fils de Marseille), absolument de la contenance de l'autre *Pharaon*, et chargé comme l'autre de cochenille et d'indigo, jetait l'ancre et carguait ses voiles ; sur le pont, le capitaine Gaumard donnait ses ordres, et maître Penelon faisait des signes à M. Morrel.

Il n'y avait plus à en douter : le témoignage des sens était là, et dix mille personnes venaient en aide à ce témoignage.

Comme Morrel et son fils s'embrassaient sur la jetée, aux

applaudissements de toute la ville témoin de ce prodige, un homme, dont le visage était à moitié couvert par une barbe noire, et qui, caché derrière la guérite d'un factionnaire, contemplait cette scène avec attendrissement, murmura ces mots :

« Sois heureux, noble cœur ; sois béni pour tout le bien que tu as fait et que tu feras encore ; et que ma reconnaissance reste dans l'ombre comme ton bienfait. »

Et, avec un sourire où la joie et le bonheur se révélaient, il quitta l'abri où il était caché, et sans que personne fît attention à lui, tant chacun était préoccupé de l'événement du jour, il descendit un de ces petits escaliers qui servent de débarcadère et héla trois fois :

« Jacopo ! Jacopo ! Jacopo ! »

Alors, une chaloupe vint à lui, le reçut à bord, et le conduisit à un yacht richement gréé, sur le pont duquel il s'élança avec la légèreté d'un marin ; de là il regarda encore une fois Morrel qui, pleurant de joie, distribuait de cordiales poignées de main à toute cette foule, et remerciait d'un vague regard ce bienfaiteur inconnu qu'il semblait chercher au ciel.

« Et maintenant, dit l'homme inconnu, adieu bonté, humanité reconnaissance… Adieu à tous les sentiments qui épanouissent le cœur !… Je me suis substitué à la Providence pour récompenser les bons… que le Dieu vengeur me cède sa place pour punir les méchants ! »

À ces mots, il fit un signal, et, comme s'il n'eût attendu que ce signal pour partir, le yacht prit aussitôt la mer.

XXXI – Italie. – Simbad le marin.

Vers le commencement de l'année 1838, se trouvaient à Florence deux jeunes gens appartenant à la plus élégante société de Paris, l'un, le vicomte Albert de Morcerf, l'autre, le baron Franz d'Épinay. Il avait été convenu entre eux qu'ils iraient passer le carnaval de la même année à Rome, où Franz, qui depuis près de quatre ans habitait l'Italie, servirait de cicerone à Albert.

Or, comme ce n'est pas une petite affaire que d'aller passer le carnaval à Rome, surtout quand on tient à ne pas coucher place du

Peuple ou dans le Campo-Vaccino, ils écrivirent à maître Pastrini, propriétaire de l'hôtel de Londres, place d'Espagne, pour le prier de leur retenir un appartement confortable.

Maître Pastrini répondit qu'il n'avait plus à leur disposition que deux chambres et un cabinet situés *al secondo piano*, et qu'il offrait moyennant la modique rétribution d'un louis par jour. Les deux jeunes gens acceptèrent ; puis, voulant mettre à profit le temps qui lui restait, Albert partit pour Naples. Quant à Franz, il resta à Florence.

Quand il eut joui quelque temps de la vie que donne la ville des Médicis, quand il se fut bien promené dans cet Éden qu'on nomme les Casines, quand il eut été reçu chez ces hôtes magnifiques qui font les honneurs de Florence, il lui prit fantaisie, ayant déjà vu la Corse, ce berceau de Bonaparte, d'aller voir l'île d'Elbe, ce grand relais de Napoléon.

Un soir donc il détacha une barchetta de l'anneau de fer qui la scellait au port de Livourne, se coucha au fond dans son manteau, en disant aux mariniers ces seules paroles : « À l'île d'Elbe ! »

La barque quitta le port comme l'oiseau de mer quitte son nid, et le lendemain elle débarquait Franz à Porto-Ferrajo.

Franz traversa l'île impériale, après avoir suivi toutes les traces que les pas du géant y a laissées, et alla s'embarquer à Marciana.

Deux heures après avoir quitté la terre, il la reprit pour descendre à la Pianosa, où l'attendaient, assurait-on, des vols infinis de perdrix rouges.

La chasse fut mauvaise. Franz tua à grand-peine quelques perdrix maigres, et, comme tout chasseur qui s'est fatigué pour rien, il remonta dans sa barque d'assez mauvaise humeur.

« Ah ! si Votre Excellence voulait, lui dit le patron, elle ferait une belle chasse !

– Et où cela ?

– Voyez-vous cette île ? continua le patron, en étendant le doigt vers le midi et en montrant une masse conique qui sortait du milieu de la mer teintée du plus bel indigo.

– Eh bien, qu'est-ce que cette île ? demanda Franz.

– L'île de Monte-Cristo, répondit le Livournais.

– Mais je n'ai pas de permission pour chasser dans cette île.

– Votre Excellence n'en a pas besoin, l'île est déserte.

– Ah ! pardieu, dit le jeune homme, une île déserte au milieu de la Méditerranée, c'est chose curieuse.

– Et chose naturelle, Excellence. Cette île est un banc de rochers, et, dans toute son étendue, il n'y a peut-être pas un arpent de terre labourable.

– Et à qui appartient cette île ?

– À la Toscane.

– Quel gibier y trouverai-je ?

– Des milliers de chèvres sauvages.

– Qui vivent en léchant les pierres, dit Franz avec un sourire d'incrédulité.

– Non, mais en broutant les bruyères, les myrtes, les lentisques qui poussent dans leurs intervalles.

– Mais où coucherai-je ?

– À terre dans les grottes, ou à bord dans votre manteau. D'ailleurs, si Son Excellence veut, nous pourrons partir aussitôt après la chasse ; elle sait que nous faisons aussi bien voile la nuit que le jour, et qu'à défaut de la voile nous avons les rames. »

Comme il restait encore assez de temps à Franz pour rejoindre son compagnon, et qu'il n'avait plus à s'inquiéter de son logement à Rome, il accepta cette proposition de se dédommager de sa première chasse.

Sur sa réponse affirmative, les matelots échangèrent entre eux quelques paroles à voix basse.

« Eh bien, demanda-t-il, qu'avons-nous de nouveau ? serait-il survenu quelque impossibilité ?

– Non, reprit le patron ; mais nous devons prévenir Votre Excellence que l'île est en contumace.

– Qu'est-ce que cela veut dire ?

– Cela veut dire que, comme Monte-Cristo est inhabitée, et sert parfois de relâche à des contrebandiers et des pirates qui viennent de Corse, de Sardaigne ou d'Afrique, si un signe quelconque dénonce notre séjour dans l'île, nous serons forcés, à notre retour à Livourne, de faire une quarantaine de six jours.

– Diable ! voilà qui change la thèse ! six jours ! Juste autant qu'il en a fallu à Dieu pour créer le monde. C'est un peu long, mes enfants.

– Mais qui dira que Son Excellence a été à Monte-Cristo ?

– Oh ! ce n'est pas moi, s'écria Franz.

– Ni nous non plus, firent les matelots.

– En ce cas, va pour Monte-Cristo. »

Le patron commanda la manœuvre ; on mit le cap sur l'île, et la barque commença de voguer dans sa direction. Franz laissa l'opération s'achever, et quand on eut pris la nouvelle route, quand la voile se fut gonflée par la brise, et que les quatre mariniers eurent repris leurs places, trois à l'avant, un au gouvernail, il renoua la conversation.

« Mon cher Gaetano, dit-il au patron, vous venez de me dire, je crois, que l'île de Monte-Cristo servait de refuge à des pirates, ce qui me paraît un bien autre gibier que des chèvres.

– Oui, Excellence, et c'est la vérité.

– Je savais bien l'existence des contrebandiers, mais je pensais que, depuis la prise d'Alger et la destruction de la Régence, les pirates n'existaient plus que dans les romans de Cooper et du capitaine Marryat.

– Eh bien, Votre Excellence se trompait : il en est des pirates comme des bandits, qui sont censés exterminés par le pape Léon XII, et qui cependant arrêtent tous les jours les voyageurs jusqu'aux portes de Rome. N'avez-vous pas entendu dire qu'il y a six mois à peine le chargé d'affaires de France près le Saint-Siège avait été dévalisé à cinq cents pas de Velletri ?

– Si fait.

– Eh bien, si comme nous Votre Excellence habitait Livourne, elle entendrait dire de temps en temps qu'un petit bâtiment chargé de marchandises ou qu'un joli yacht anglais, qu'on attendait à Bastia, à Porto-Ferrajo ou à Civita-Vecchia, n'est point arrivé, qu'on ne sait ce qu'il est devenu, et que sans doute il se sera brisé contre quelque rocher. Eh bien, ce rocher qu'il a rencontré, c'est une barque basse et étroite, montée de six ou huit hommes, qui l'ont surpris ou pillé par une nuit sombre et orageuse au détour de quelque îlot sauvage et inhabité, comme des bandits arrêtent et pillent une chaise de poste au coin d'un bois.

– Mais enfin, reprit Franz toujours étendu dans sa barque, comment ceux à qui pareil accident arrive ne se plaignent-ils pas, comment n'appellent-ils pas sur ces pirates la vengeance du gouvernement français, sarde ou toscan ?

– Pourquoi ? dit Gaetano avec un sourire.

– Oui, pourquoi ?

– Parce que d'abord on transporte du bâtiment ou un yacht sur la barque tout ce qui est bon à prendre ; puis on lie les pieds et les mains à l'équipage, on attache au cou de chaque homme un boulet de 24, on fait un trou de la grandeur d'une barrique dans la quille du bâtiment capturé, on remonte sur le pont, on ferme les écoutilles et l'on passe sur la barque. Au bout de dix minutes, le bâtiment commence à se plaindre et à gémir, peu à peu il s'enfonce. D'abord un des côtés plonge, puis l'autre ; puis il se relève, puis il plonge encore, s'enfonçant toujours davantage. Tout à coup, un bruit pareil à un coup de canon retentit : c'est l'air qui brise le pont. Alors le bâtiment s'agite comme un noyé qui se débat, s'alourdissant à chaque mouvement. Bientôt l'eau, trop pressée dans les cavités, s'élance des ouvertures, pareille aux colonnes liquides que jetterait par ses évents quelque cachalot gigantesque. Enfin il pousse un dernier râle, fait un dernier tour sur lui-même, et s'engouffre en creusant dans l'abîme un vaste entonnoir qui tournoie un instant, se comble peu à peu et finit par s'effacer tout à fait ; si bien qu'au bout de cinq minutes il faut l'œil de Dieu lui-même pour aller chercher au fond de cette mer calme le bâtiment disparu.

« Comprenez-vous maintenant, ajouta le patron en souriant, comment le bâtiment ne rentre pas dans le port, et pourquoi l'équipage ne porte pas plainte ? »

Si Gaetano eût raconté la chose avant de proposer l'expédition, il est probable que Franz eût regardé à deux fois avant de l'entreprendre ; mais ils étaient partis, et il lui sembla qu'il y aurait lâcheté à reculer. C'était un de ces hommes qui ne courent pas à une occasion périlleuse, mais qui, si cette occasion vient au-devant d'eux, restent d'un sang-froid inaltérable pour la combattre : c'était un de ces hommes à la volonté calme, qui ne regardent un danger dans la vie que comme un adversaire dans un duel, qui calculent ses mouvements, qui étudient sa force, qui rompent assez pour reprendre haleine, pas assez pour paraître lâches, qui, comprenant d'un seul regard tous leurs avantages, tuent d'un seul coup.

« Bah ! reprit-il, j'ai traversé la Sicile et la Calabre, j'ai navigué deux mois dans l'archipel, et je n'ai jamais vu l'ombre d'un bandit ni d'un forban.

– Aussi n'ai-je pas dit cela à Son Excellence, fit Gaetano, pour la faire renoncer à son projet ; elle m'a interrogé et je lui ai répondu, voilà tout.

– Oui, mon cher Gaetano, et votre conversation est des plus intéressantes ; aussi comme je veux en jouir le plus longtemps possible, va pour Monte-Cristo. »

Cependant, on approchait rapidement du terme du voyage ; il ventait bon frais, et la barque faisait six à sept milles à l'heure. À mesure qu'on approchait, l'île semblait sortir grandissante du sein de la mer ; et, à travers l'atmosphère limpide des derniers rayons du jour, on distinguait, comme les boulets dans un arsenal, cet amoncellement de rochers empilés les uns sur les autres, et dans les interstices desquels on voyait rougir des bruyères et verdir les arbres. Quant aux matelots, quoiqu'ils parussent parfaitement tranquilles, il était évident que leur vigilance était éveillée, et que leur regard interrogeait le vaste miroir sur lequel ils glissaient, et dont quelques barques de pêcheurs, avec leurs voiles blanches, peuplaient seules l'horizon, se balançant comme des mouettes au bout des flots.

Ils n'étaient plus guère qu'à une quinzaine de milles de Monte-Cristo lorsque le soleil commença à se coucher derrière la Corse, dont les montagnes apparaissaient à droite, découpant sur le ciel leur sombre dentelure ; cette masse de pierres, pareille au géant Adamastor, se dressait menaçante devant la barque à laquelle elle dérobait le soleil dont la partie supérieure se dorait ; peu à peu l'ombre monta de la mer et sembla chasser devant elle ce dernier reflet du jour qui allait s'éteindre, enfin le rayon lumineux fut repoussé jusqu'à la cime du cône, où il s'arrêta un instant comme le panache enflammé d'un volcan : enfin l'ombre, toujours ascendante, envahit progressivement le sommet, comme elle avait envahi la base, et l'île n'apparut plus que comme une montagne grise qui allait toujours se rembrunissant. Une demi-heure après, il faisait nuit noire.

Heureusement que les mariniers étaient dans leurs parages habituels et qu'ils connaissaient jusqu'au moindre rocher de l'archipel toscan ; car, au milieu de l'obscurité profonde qui enveloppait la barque, Franz n'eût pas été tout à fait sans inquiétude. La Corse avait entièrement disparu, l'île de Monte-Cristo était elle-même devenue invisible, mais les matelots semblaient avoir, comme le lynx, la faculté de voir dans les ténèbres, et le pilote, qui se tenait au gouvernail, ne marquait pas la moindre hésitation.

Une heure à peu près s'était écoulée depuis le coucher du soleil, lorsque Franz crut apercevoir, à un quart de mille à la gauche, une masse sombre, mais il était si impossible de distinguer ce que c'était, que, craignant d'exciter l'hilarité de ses matelots, en prenant quelques nuages flottants pour la terre ferme, il garda le silence. Mais tout à coup une grande lueur apparut sur la rive ; la terre pouvait ressembler à un nuage, mais le feu n'était pas un météore.

« Qu'est-ce que cette lumière ? demanda-t-il.

– Chut ! dit le patron, c'est un feu.

– Mais vous disiez que l'île était inhabitée !

– Je disais qu'elle n'avait pas de population fixe, mais j'ai dit aussi qu'elle est un lieu de relâche pour les contrebandiers.

– Et pour les pirates !

– Et pour les pirates, dit Gaetano répétant les paroles de Franz ; c'est pour cela que j'ai donné l'ordre de passer l'île, car, ainsi que vous le voyez, le feu est derrière nous.

– Mais ce feu, continua Franz, me semble plutôt un motif de sécurité que d'inquiétude, des gens qui craindraient d'être vus n'auraient pas allumé ce feu.

– Oh ! cela ne veut rien dire, dit Gaetano, si vous pouviez juger, au milieu de l'obscurité, de la position de l'île, vous verriez que, placé comme il l'est, ce feu ne peut être aperçu ni de la côte, ni de la Pianosa, mais seulement de la pleine mer.

– Ainsi vous craignez que ce feu ne nous annonce mauvaise compagnie ?

– C'est ce dont il faudra s'assurer, reprit Gaetano, les yeux toujours fixés sur cette étoile terrestre.

– Et comment s'en assurer ?

– Vous allez voir. »

À ces mots Gaetano tint conseil avec ses compagnons, et au bout de cinq minutes de discussion, on exécuta en silence une manœuvre, à l'aide de laquelle, en un instant, on eut viré de bord ; alors on reprit la route qu'on venait de faire, et quelques secondes après ce changement de direction, le feu disparut, caché par quelque mouvement de terrain.

Alors le pilote imprima par le gouvernail une nouvelle direction au petit bâtiment, qui se rapprocha visiblement de l'île et qui bientôt ne s'en trouva plus éloigné que d'une cinquantaine de pas.

Gaetano abattit la voile, et la barque resta stationnaire.

Tout cela avait été fait dans le plus grand silence, et d'ailleurs, depuis le changement de route, pas une parole n'avait été prononcée à bord.

Gaetano, qui avait proposé l'expédition, en avait pris toute la responsabilité sur lui. Les quatre matelots ne le quittaient pas des yeux, tout en préparant les avirons et en se tenant évidemment prêts à faire force de rames, ce qui, grâce à l'obscurité, n'était pas difficile.

Quant à Franz, il visitait ses armes avec ce sang-froid que nous lui connaissons ; il avait deux fusils à deux coups et une carabine, il les chargea, s'assura des batteries, et attendit.

Pendant ce temps, le patron avait jeté bas son caban et sa chemise, assuré son pantalon autour de ses reins, et, comme il était pieds nus, il n'avait eu ni souliers ni bas à défaire. Une fois dans ce costume, ou plutôt hors de son costume, il mit un doigt sur ses lèvres pour faire signe de garder le plus profond silence, et, se laissant couler dans la mer, il nagea vers le rivage avec tant de précaution qu'il était impossible d'entendre le moindre bruit. Seulement, au sillon phosphorescent que dégageaient ses mouvements, on pouvait suivre sa trace.

Bientôt, ce sillon même disparut : il était évident que Gaetano avait touché terre.

Tout le monde sur le petit bâtiment resta immobile pendant une demi-heure, au bout de laquelle on vit reparaître près du rivage et s'approcher de la barque le même sillon lumineux. Au bout d'un instant, et en deux brassées, Gaetano avait atteint la barque.

« Eh bien ? firent ensemble Franz et les quatre matelots.

– Eh bien, dit-il, ce sont des contrebandiers espagnols ; ils ont seulement avec eux deux bandits corses.

– Et que font ces deux bandits corses avec des contrebandiers espagnols ?

– Eh ! mon Dieu ! Excellence, reprit Gaetano d'un ton de profonde charité chrétienne, il faut bien s'aider les uns les autres. Souvent les bandits se trouvent un peu pressés sur terre par les gendarmes ou les carabiniers, eh bien, ils trouvent là une barque, et dans cette barque de bons garçons comme nous. Ils viennent nous demander l'hospitalité dans notre maison flottante. Le moyen de refuser secours à un pauvre diable qu'on poursuit ! Nous le recevons, et, pour plus grande sécurité, nous gagnons le large. Cela ne nous coûte rien et sauve la vie ou, tout au moins, la liberté à un de nos semblables qui, dans l'occasion, reconnaît le service que nous lui avons rendu en nous indiquant un bon endroit où nous puissions débarquer nos marchandises sans être dérangés par les curieux.

– Ah çà ! dit Franz, vous êtes donc un peu contrebandier vous-même, mon cher Gaetano ?

– Eh ! que voulez-vous, Excellence ! dit-il avec un sourire impossible à décrire, on fait un peu de tout ; il faut bien vivre.

– Alors vous êtes en pays de connaissance avec les gens qui habitent Monte-Cristo à cette heure ?

– À peu près. Nous autres mariniers, nous sommes comme les francs-maçons, nous nous reconnaissons à certains signes.

– Et vous croyez que nous n'aurions rien à craindre en débarquant à notre tour ?

– Absolument rien, les contrebandiers ne sont pas des voleurs.

– Mais ces deux bandits corses… reprit Franz, calculant d'avance toutes les chances de danger.

– Eh mon Dieu ! dit Gaetano, ce n'est pas leur faute s'ils sont bandits, c'est celle de l'autorité.

– Comment cela ?

– Sans doute ! on les poursuit pour avoir fait une *peau*, pas autre chose ; comme s'il n'était pas dans la nature du Corse de se venger !

– Qu'entendez-vous par avoir fait une *peau* ? Avoir assassiné un homme ? dit Franz, continuant ses investigations.

– J'entends avoir tué un ennemi, reprit le patron, ce qui est bien différent.

– Eh bien, fit le jeune homme, allons demander l'hospitalité aux contrebandiers et aux bandits. Croyez-vous qu'ils nous l'accordent ?

– Sans aucun doute.

– Combien sont-ils ?

– Quatre, Excellence, et les deux bandits ça fait six.

– Eh bien, c'est juste notre chiffre ; nous sommes même, dans le cas où ces messieurs montreraient de mauvaises dispositions, en force égale, et par conséquent en mesure de les contenir. Ainsi, une dernière fois, va pour Monte-Cristo.

– Oui, Excellence ; mais vous nous permettrez bien encore de prendre quelques précautions ?

– Comment donc, mon cher ! soyez sage comme Nestor, et prudent comme Ulysse. Je fais plus que de vous le permettre, je vous y exhorte.

– Eh bien alors, silence ! » fit Gaetano.

Tout le monde se tut.

Pour un homme envisageant, comme Franz, toute chose sous son véritable point de vue, la situation, sans être dangereuse, ne manquait pas d'une certaine gravité. Il se trouvait dans l'obscurité la plus profonde, isolé, au milieu de la mer, avec des mariniers qui ne le connaissaient pas et qui n'avaient aucun motif de lui être dévoués ; qui savaient qu'il avait dans sa ceinture quelques milliers de francs, et qui avaient dix fois, sinon avec envie, du moins avec curiosité, examiné ses armes, qui étaient fort belles. D'un autre côté, il allait aborder, sans autre escorte que ces hommes, dans une île qui portait un nom fort religieux, mais qui ne semblait pas promettre à Franz une autre hospitalité que celle du Calvaire au Christ, grâce à ses contrebandiers et à ses bandits. Puis cette histoire de bâtiments coulés à fond, qu'il avait crue exagérée le jour, lui semblait plus vraisemblable la nuit. Aussi, placé qu'il était entre ce double danger peut-être imaginaire, il ne quittait pas ces hommes des yeux et son fusil de la main.

Cependant les mariniers avaient de nouveau hissé leurs voiles et avaient repris leur sillon déjà creusé en allant et en revenant. À travers l'obscurité Franz, déjà un peu habitué aux ténèbres, distinguait le géant de granit que la barque côtoyait ; puis enfin, en dépassant de nouveau l'angle d'un rocher, il aperçut le feu qui brillait, plus éclatant que jamais, et autour de ce feu, cinq ou six personnes assises.

La réverbération du foyer s'étendait d'une centaine de pas en mer. Gaetano côtoya la lumière, en faisant toutefois rester la barque dans la partie non éclairée ; puis, lorsqu'elle fut tout à fait en face du foyer, il mit le cap sur lui et entra bravement dans le cercle lumineux, en entonnant une chanson de pêcheurs dont il soutenait le chant à lui seul, et dont ses compagnons reprenaient le refrain en chœur.

Au premier mot de la chanson, les hommes assis autour du foyer s'étaient levés et s'étaient approchés du débarcadère, les yeux fixés sur la barque, dont ils s'efforçaient visiblement de juger la force et de deviner les intentions. Bientôt, ils parurent avoir fait un examen suffisant et allèrent, à l'exception d'un seul qui resta debout sur le rivage, se rasseoir autour du feu, devant lequel rôtissait un chevreau tout entier.

Lorsque le bateau fut arrivé à une vingtaine de pas de la terre, l'homme qui était sur le rivage fit machinalement, avec sa carabine, le geste d'une sentinelle qui attend une patrouille, et cria *Qui vive !* en patois sarde.

Franz arma froidement ses deux coups. Gaetano échangea alors avec cet homme quelques paroles auxquelles le voyageur ne comprit rien, mais qui le concernaient évidemment.

« Son Excellence, demanda le patron, veut-elle se nommer ou garder l'incognito ?

– Mon nom doit être parfaitement inconnu ; dites-leur donc simplement, reprit Franz, que je suis un Français voyageant pour ses plaisirs. »

Lorsque Gaetano eut transmis cette réponse, la sentinelle donna un ordre à l'un des hommes assis devant le feu, lequel se leva aussitôt, et disparut dans les rochers.

Il se fit un silence. Chacun semblait préoccupé de ses affaires :

Franz de son débarquement, les matelots de leurs voiles, les contrebandiers de leur chevreau, mais, au milieu de cette insouciance apparente, on s'observait mutuellement.

L'homme qui s'était éloigné reparut tout à coup, du côté opposé de celui par lequel il avait disparu. Il fit un signe de la tête à la sentinelle, qui se retourna de leur côté et se contenta de prononcer ces seules paroles : *S'accommodi.*

Le *s'accommodi* italien est intraduisible ; il veut dire à la fois, venez, entrez, soyez le bienvenu, faites comme chez vous, vous êtes le maître. C'est comme cette phrase turque de Molière, qui étonnait si fort le bourgeois gentilhomme par la quantité de choses qu'elle contenait.

Les matelots ne se le firent pas dire deux fois : en quatre coups de rames, la barque toucha la terre. Gaetano sauta sur la grève, échangea encore quelques mots à voix basse avec la sentinelle, ses compagnons descendirent l'un après l'autre ; puis vint enfin le tour de Franz.

Il avait un de ses fusils en bandoulière, Gaetano avait l'autre, un des matelots tenait sa carabine. Son costume tenait à la fois de l'artiste et du dandy, ce qui n'inspira aux hôtes aucun soupçon, et par conséquent aucune inquiétude.

On amarra la barque au rivage, on fit quelques pas pour chercher un bivouac commode ; mais sans doute le point vers lequel on s'acheminait n'était pas de la convenance du contrebandier qui remplissait le poste de surveillant, car il cria à Gaetano :

« Non, point par là, s'il vous plaît. »

Gaetano balbutia une excuse, et, sans insister davantage, s'avança du côté opposé, tandis que deux matelots, pour éclairer la route, allaient allumer des torches au foyer.

On fit trente pas à peu près et l'on s'arrêta sur une petite esplanade tout entourée de rochers dans lesquels on avait creusé des espèces de sièges, à peu près pareils à de petites guérites où l'on monterait la garde assis. Alentour poussaient, dans des veines de terre végétale quelques chênes nains et des touffes épaisses de myrtes. Franz abaissa une torche et reconnut, à un amas de cendres, qu'il n'était pas le premier à s'apercevoir du confortable de cette localité, et que ce devait être une des stations habituelles des visiteurs nomades de l'île de Monte-Cristo.

Quant à son attente d'événement, elle avait cessé ; une fois le pied sur la terre ferme, une fois qu'il eut vu les dispositions, sinon amicales, du moins indifférentes de ses hôtes, toute sa préoccupation avait disparu, et, à l'odeur du chevreau qui rôtissait au bivouac voisin, la préoccupation s'était changée en appétit.

Il toucha deux mots de ce nouvel incident à Gaetano, qui lui répondit qu'il n'y avait rien de plus simple qu'un souper quand on avait, comme eux dans leur barque, du pain, du vin, six perdrix et un bon feu pour les faire rôtir.

« D'ailleurs, ajouta-t-il, si Votre Excellence trouve si tentante l'odeur de ce chevreau, je puis aller offrir à nos voisins deux de nos oiseaux pour une tranche de leur quadrupède.

– Faites, Gaetano, faites, dit Franz ; vous êtes véritablement né avec le génie de la négociation. »

Pendant ce temps, les matelots avaient arraché des brassées de bruyères, fait des fagots de myrtes et de chênes verts, auxquels ils avaient mis le feu, ce qui présentait un foyer assez respectable.

Franz attendait donc avec impatience, humant toujours l'odeur du chevreau, le retour du patron, lorsque celui-ci reparut et vint à lui d'un air fort préoccupé.

« Eh bien, demanda-t-il, quoi de nouveau ? on repousse notre offre ?

– Au contraire, fit Gaetano. Le chef, à qui l'on a dit que vous étiez un jeune homme français, vous invite à souper avec lui.

– Eh bien, mais, dit Franz, c'est un homme fort civilisé que ce chef, et je ne vois pas pourquoi je refuserais ; d'autant plus que j'apporte ma part du souper.

– Oh ! ce n'est pas cela : il a de quoi souper, et au-delà, mais c'est qu'il met à votre présentation chez lui une singulière condition.

– Chez lui ! reprit le jeune homme ; il a donc fait bâtir une maison ?

– Non ; mais il n'en a pas moins un chez lui fort confortable, à ce qu'on assure du moins.

– Vous connaissez donc ce chef ?

– J'en ai entendu parler.

– En bien ou en mal ?

– Des deux façons.

– Diable ! Et quelle est cette condition ?

– C'est de vous laisser bander les yeux et de n'ôter votre bandeau que lorsqu'il vous y invitera lui-même. »

Franz sonda autant que possible le regard de Gaetano pour savoir ce que cachait cette proposition.

« Ah dame ! reprit celui-ci, répondant à la pensée de Franz, je le sais bien, la chose mérite réflexion.

– Que feriez-vous à ma place ? fit le jeune homme.

– Moi, qui n'ai rien à perdre, j'irais.

– Vous accepteriez ?

– Oui, ne fût-ce que par curiosité.

– Il y a donc quelque chose de curieux à voir chez ce chef ?

– Écoutez, dit Gaetano en baissant la voix, je ne sais pas si ce qu'on dit est vrai… »

Il s'arrêta en regardant si aucun étranger ne l'écoutait.

« Et que dit-on ?

– On dit que ce chef habite un souterrain auprès duquel le palais Pitti est bien peu de chose.

– Quel rêve ! dit Franz en se rasseyant.

– Oh ! ce n'est pas un rêve, continua le patron, c'est une réalité ! Cama, le pilote du *Saint-Ferdinand,* y est entré un jour, et il en est sorti tout émerveillé, en disant qu'il n'y a de pareils trésors que dans les contes de fées.

– Ah çà ! mais, savez-vous, dit Franz, qu'avec de pareilles paroles vous me feriez descendre dans la caverne d'Ali-Baba ?

– Je vous dis ce qu'on m'a dit, Excellence.

– Alors, vous me conseillez d'accepter ?

– Oh ! je ne dis pas cela ! Votre Excellence fera selon son bon plaisir. Je ne voudrais pas lui donner un conseil dans une semblable occasion. »

Franz réfléchit quelques instants, comprit que cet homme si riche ne pouvait lui en vouloir, à lui qui portait seulement quelques mille francs ; et, comme il n'entrevoyait dans tout cela qu'un excellent souper, il accepta. Gaetano alla porter sa réponse.

Cependant nous l'avons dit, Franz était prudent ; aussi voulut-il avoir le plus de détails possible sur son hôte étrange et mystérieux. Il se retourna donc du côté du matelot qui, pendant ce dialogue, avait plumé les perdrix avec la gravité d'un homme fier de ses fonctions, et lui demanda dans quoi ses hommes avaient pu aborder, puisqu'on ne voyait ni barques, ni spéronares, ni tartanes.

« Je ne suis pas inquiet de cela, dit le matelot, et je connais le bâtiment qu'ils montent.

– Est-ce un joli bâtiment ?

– J'en souhaite un pareil à Votre Excellence pour faire le tour du monde.

– De quelle force est-il ?

– Mais de cent tonneaux à peu près. C'est, du reste un bâtiment de fantaisie, un yacht, comme disent les Anglais, mais confectionné, voyez-vous, de façon à tenir la mer par tous les temps.

– Et où a-t-il été construit ?

– Je l'ignore. Cependant je le crois génois.

– Et comment un chef de contrebandiers, continua Franz, ose-t-il faire construire un yacht destiné à son commerce dans le port de Gênes ?

– Je n'ai pas dit, fit le matelot, que le propriétaire de ce yacht fût un contrebandier.

– Non ; mais Gaetano l'a dit, ce me semble.

– Gaetano avait vu l'équipage de loin, mais il n'avait encore parlé à personne.

– Mais si cet homme n'est pas un chef de contrebandiers, quel est-il donc ?

– Un riche seigneur qui voyage pour son plaisir. »

« Allons, pensa Franz, le personnage n'en est que plus mystérieux, puisque les versions sont différentes. »

« Et comment s'appelle-t-il ?

– Lorsqu'on le lui demande, il répond qu'il se nomme Simbad le marin. Mais je doute que ce soit son véritable nom.

– Simbad le marin ?

– Oui.

– Et où habite ce seigneur ?

– Sur la mer.

– De quel pays est-il ?

– Je ne sais pas.

– L'avez-vous vu ?

– Quelquefois.

– Quel homme est-ce ?

– Votre Excellence en jugera elle-même.

– Et où va-t-il me recevoir ?

– Sans doute dans ce palais souterrain dont vous a parlé Gaetano.

– Et vous n'avez jamais eu la curiosité, quand vous avez relâché ici et que vous avez trouvé l'île déserte, de chercher à pénétrer dans ce palais enchanté ?

– Oh ! si fait, Excellence, reprit le matelot, et plus d'une fois même ; mais toujours nos recherches ont été inutiles. Nous avons fouillé la grotte de tous côtés et nous n'avons pas trouvé le plus petit passage. Au reste, on dit que la porte ne s'ouvre pas avec une clef, mais avec un mot magique.

– Allons, décidément, murmura Franz, me voilà embarqué dans un conte des *Mille et une Nuits*.

– Son Excellence vous attend », dit derrière lui une voix qu'il reconnut pour celle de la sentinelle. Le nouveau venu était accompagné de deux hommes de l'équipage du yacht. Pour toute réponse, Franz tira son mouchoir et le présenta à celui qui lui avait adressé la parole.

Sans dire une seule parole, on lui banda les yeux avec un soin qui indiquait la crainte qu'il ne commit quelque indiscrétion ; après quoi on lui fit jurer qu'il n'essayerait en aucune façon d'ôter son bandeau.

Il jura. Alors les deux hommes le prirent chacun par un bras, et il marcha guidé par eux et précédé de la sentinelle. Après une trentaine de pas, il sentit, à l'odeur de plus en plus appétissante du chevreau, qu'il repassait devant le bivouac ; puis on lui fit continuer sa route pendant une cinquantaine de pas encore, en avançant évidemment du côté où l'on n'avait pas voulu laisser pénétrer Gaetano : défense qui s'expliquait maintenant. Bientôt, au changement d'atmosphère, il comprit qu'il entrait dans un souterrain. ; au bout de quelques secondes de marche, il entendit un craquement, et il lui sembla que l'atmosphère changeait encore de nature et devenait tiède et parfumée ; enfin, il sentit que ses pieds posaient sur un tapis épais et moelleux ; ses guides l'abandonnèrent. Il se fit un instant de silence, et une voix dit en bon français, quoique avec un accent étranger :

« Vous êtes le bienvenu chez moi, monsieur, et vous pouvez ôter votre mouchoir. »

Comme on le pense bien, Franz ne se fit pas répéter deux fois cette invitation ; il leva son mouchoir, et se trouva en face d'un homme de trente-huit à quarante ans, portant un costume tunisien, c'est-à-dire une calotte rouge avec un long gland de soie bleue, une veste de drap noir toute brodée d'or, des pantalons sang de bœuf larges et bouffants des guêtres de même couleur brodées d'or comme la veste, et des babouches jaunes ; un magnifique cachemire lui serrait la taille, et un petit cangiar aigu et recourbé était passé dans cette ceinture.

Quoique d'une pâleur presque livide, cet homme avait une figure remarquablement belle ; ses yeux étaient vifs et perçants ; son nez droit, et presque de niveau avec le front, indiquait le type grec dans toute sa pureté, et ses dents, blanches comme des perles, ressortaient admirablement sous la moustache noire qui les encadrait.

Seulement cette pâleur était étrange ; on eût dit un homme enfermé depuis longtemps dans un tombeau, et qui n'eût pas pu reprendre la carnation des vivants.

Sans être d'une grande taille, il était bien fait du reste, et, comme les hommes du Midi, avait les mains et les pieds petits.

Mais ce qui étonna Franz, qui avait traité de rêve le récit de Gaetano, ce fut la somptuosité de l'ameublement.

Toute la chambre était tendue d'étoffes turques de couleur cramoisie et brochées de fleurs d'or. Dans un enfoncement était une espèce de divan surmonté d'un trophée d'armes arabes à fourreaux de vermeil et à poignées resplendissantes de pierreries ; au plafond, pendait une lampe en verre de Venise, d'une forme et d'une couleur charmantes, et les pieds reposaient sur un tapis de Turquie dans lequel ils enfonçaient jusqu'à la cheville : des portières pendaient devant la porte par laquelle Franz était entré, et devant une autre porte donnant passage dans une seconde chambre qui paraissait splendidement éclairée.

L'hôte laissa un instant Franz tout à sa surprise, et d'ailleurs il lui rendait examen pour examen, et ne le quittait pas des yeux.

« Monsieur, lui dit-il enfin, mille fois pardon des précautions que l'on a exigées de vous pour vous introduire chez moi : mais, comme la plupart du temps cette île est déserte, si le secret de cette demeure était connu, je trouverais sans doute, en revenant, mon pied-à-terre en assez mauvais état, ce qui me serait fort désagréable, non pas pour la perte que cela me causerait, mais parce que je n'aurais pas la certitude de pouvoir, quand je le veux, me séparer du reste de la terre. Maintenant, je vais tâcher de vous faire oublier ce petit désagrément, en vous offrant ce que vous n'espériez certes pas trouver ici, c'est-à-dire un souper passable et d'assez bons lits.

— Ma foi, mon cher hôte, répondit Franz, il ne faut pas vous excuser pour cela. J'ai toujours vu que l'on bandait les yeux aux gens qui pénétraient dans les palais enchantés : voyez plutôt Raoul dans les *Huguenots* et véritablement je n'ai pas à me plaindre, car ce que vous me montrez fait suite aux merveilles des *Mille et une Nuits*.

— Hélas ! je vous dirai comme Lucullus : Si j'avais su avoir l'honneur de votre visite, je m'y serais préparé. Mais enfin, tel qu'est mon ermitage, je le mets à votre disposition ; tel qu'il est, mon souper vous est offert. Ali, sommes-nous servis ? »

Presque au même instant, la portière se souleva, et un Nègre nubien, noir comme l'ébène et vêtu d'une simple tunique blanche, fit signe à son maître qu'il pouvait passer dans la salle à manger.

« Maintenant, dit l'inconnu à Franz, je ne sais si vous êtes de mon avis, mais je trouve que rien n'est gênant comme de rester deux ou trois heures en tête-à-tête sans savoir de quel nom ou de quel titre s'appeler. Remarquez que je respecte trop les lois de l'hospitalité pour vous demander ou votre nom ou votre titre ; je vous prie seulement de me désigner une appellation quelconque, à l'aide de laquelle je puisse vous adresser la parole. Quant à moi, pour vous mettre à votre aise je vous dirai que l'on a l'habitude de m'appeler Simbad le marin.

— Et moi, reprit Franz, je vous dirai que, comme il ne me manque, pour être dans la situation d'Aladin, que la fameuse lampe merveilleuse, je ne vois aucune difficulté à ce que, pour le moment, vous m'appeliez Aladin. Cela ne nous sortira pas de l'Orient, où je suis tenté de croire que j'ai été transporté par la puissance de quelque bon génie.

– Eh bien, seigneur Aladin, fit l'étrange amphitryon, vous avez entendu que nous étions servis, n'est-ce pas ? veuillez donc prendre la peine d'entrer dans la salle à manger ; votre très humble serviteur passe devant vous pour vous montrer le chemin. »

Et à ces mots, soulevant la portière, Simbad passa effectivement devant Franz.

Franz marchait d'enchantements en enchantements ; la table était splendidement servie. Une fois convaincu de ce point important, il porta les yeux autour de lui. La salle à manger était non moins splendide que le boudoir qu'il venait de quitter ; elle était tout en marbre, avec des bas reliefs antiques du plus grand prix, et aux deux extrémités de cette salle, qui était oblongue, deux magnifiques statues portaient des corbeilles sur leurs têtes. Ces corbeilles contenaient deux pyramides de fruits magnifiques ; c'étaient des ananas de Sicile, des grenades de Malaga, des oranges des îles Baléares, des pêches de France et des dattes de Tunis.

Quant au souper, il se composait d'un faisan rôti entouré de merles de Corse, d'un jambon de sanglier à la gelée, d'un quartier de chevreau à la tartare, d'un turbot magnifique et d'une gigantesque langouste. Les intervalles des grands plats étaient remplis par de petits plats contenant les entremets.

Les plats étaient en argent, les assiettes en porcelaine du Japon.

Franz se frotta les yeux pour s'assurer qu'il ne rêvait pas.

Ali seul était admis à faire le service et s'en acquittait fort bien. Le convive en fit compliment à son hôte.

« Oui, reprit celui-ci, tout en faisant les honneurs de son souper avec la plus grande aisance ; oui, c'est un pauvre diable qui m'est fort dévoué et qui fait de son mieux. Il se souvient que je lui ai sauvé la vie, et comme il tenait à sa tête, à ce qu'il paraît, il m'a gardé quelque reconnaissance de la lui avoir conservée. »

Ali s'approcha de son maître, lui prit la main et la baisa.

« Et serait-ce trop indiscret, seigneur Simbad, dit Franz, de vous demander en quelle circonstance vous avez fait cette belle action ?

— Oh ! mon Dieu, c'est bien simple, répondit l'hôte. Il paraît que le drôle avait rôdé plus près du sérail du bey de Tunis qu'il n'était convenable de le faire à un gaillard de sa couleur ; de sorte qu'il avait été condamné par le bey à avoir la langue, la main et la tête tranchées : la langue le premier jour, la main le second, et la tête le troisième. J'avais toujours eu envie d'avoir un muet à mon service ; j'attendis qu'il eût la langue coupée, et j'allai proposer au bey de me le donner pour un magnifique fusil à deux coups qui, la veille, m'avait paru éveiller les désirs de Sa Hautesse. Il balança un instant, tant il tenait à en finir avec ce pauvre diable. Mais j'ajoutai à ce fusil un couteau de chasse anglais avec lequel j'avais haché le yatagan de Sa Hautesse ; de sorte que le bey se décida à lui faire grâce de la main et de la tête, mais à condition qu'il ne remettrait jamais le pied à Tunis. La recommandation était inutile. Du plus loin que le mécréant aperçoit les côtes d'Afrique, il se sauve à fond de cale, et l'on ne peut le faire sortir de là que lorsqu'on est hors de vue de la troisième partie du monde. »

Franz resta un moment muet et pensif, cherchant ce qu'il devait penser de la bonhomie cruelle avec laquelle son hôte venait de lui faire ce récit.

« Et, comme l'honorable marin dont vous avez pris le nom, dit-il en changeant de conversation, vous passez votre vie à voyager ?

— Oui ; c'est un vœu que j'ai fait dans un temps où je ne pensais guère pouvoir l'accomplir, dit l'inconnu en souriant. J'en ai fait quelques-uns comme cela, et qui, je l'espère, s'accompliront tous à leur tour. »

Quoique Simbad eût prononcé ces mots avec le plus grand sang-froid, ses yeux avaient lancé un regard de férocité étrange.

« Vous avez beaucoup souffert monsieur ? » lui dit Franz.

Simbad tressaillit et le regarda fixement.

« À quoi voyez-vous cela ? demanda-t-il.

— À tout, reprit Franz : à votre voix, à votre regard, à votre pâleur, et à la vie même que vous menez.

— Moi ! je mène la vie la plus heureuse que je connaisse, une véritable vie de pacha ; je suis le roi de la création : je me plais dans un endroit, j'y reste ; je m'ennuie, je pars ; je suis libre comme l'oiseau, j'ai des ailes comme lui ; les gens qui m'entourent m'obéissent sur un signe. De temps en temps, je m'amuse à railler la justice humaine en lui enlevant un bandit qu'elle cherche, un criminel qu'elle poursuit. Puis j'ai ma justice à moi, basse et haute, sans sursis et sans appel, qui condamne ou qui absout, et à laquelle personne n'a rien à voir. Ah ! si vous aviez goûté de ma vie, vous n'en voudriez plus d'autre, et vous ne rentreriez jamais dans le monde, à moins que vous n'eussiez quelque grand projet à y accomplir.

– Une vengeance ! par exemple », dit Franz.

L'inconnu fixa sur le jeune homme un de ces regards qui plongent au plus profond du cœur et de la pensée.

« Et pourquoi une vengeance ? demanda-t-il.

– Parce que, reprit Franz, vous m'avez tout l'air d'un homme qui, persécuté par la société, a un compte terrible à régler avec elle.

– Eh bien, fit Simbad en riant de son rire étrange, qui montrait ses dents blanches et aiguës, vous n'y êtes pas ; tel que vous me voyez, je suis une espèce de philanthrope, et peut-être un jour irai-je à Paris pour faire concurrence à M. Appert et à l'homme au Petit Manteau Bleu.

– Et ce sera la première fois que vous ferez ce voyage ?

– Oh ! mon Dieu, oui. J'ai l'air d'être bien peu curieux, n'est-ce pas ? mais je vous assure qu'il n'y a pas de ma faute si j'ai tant tardé, cela viendra un jour ou l'autre !

– Et comptez-vous faire bientôt ce voyage ?

– Je ne sais encore, il dépend de circonstances soumises à des combinaisons incertaines.

– Je voudrais y être à l'époque où vous y viendrez, je tâcherais de vous rendre, en tant qu'il serait en mon pouvoir, l'hospitalité que vous me donnez si largement à Monte-Cristo.

– J'accepterais votre offre avec un grand plaisir, reprit l'hôte ; mais malheureusement, si j'y vais, ce sera peut-être incognito. »

Cependant, le souper s'avançait et paraissait avoir été servi à la seule intention de Franz, car à peine si l'inconnu avait touché du bout des dents à un ou deux plats du splendide festin qu'il lui avait offert, et auquel son convive inattendu avait fait si largement honneur.

Enfin, Ali apporta le dessert, ou plutôt prit les corbeilles des mains des statues et les posa sur la table.

Entre les deux corbeilles, il plaça une petite coupe de vermeil fermée par un couvercle de même métal.

Le respect avec lequel Ali avait apporté cette coupe piqua la curiosité de Franz. Il leva le couvercle et vit une espèce de pâte verdâtre qui ressemblait à des confitures d'angélique, mais qui lui était parfaitement inconnue.

Il replaça le couvercle, aussi ignorant de ce que la coupe contenait après avoir remis le couvercle qu'avant de l'avoir levé, et, en reportant les yeux sur son hôte, il le vit sourire de son désappointement.

« Vous ne pouvez pas deviner, lui dit celui-ci, quelle espèce de comestible contient ce petit vase, et cela vous intrigue, n'est-ce pas ?

– Je l'avoue.

– Eh bien, cette sorte de confiture verte n'est ni plus ni moins que l'ambroisie qu'Hébé servait à la table de Jupiter.

– Mais cette ambroisie, dit Franz, a sans doute, en passant par la main des hommes, perdu son nom céleste pour prendre un nom humain ; en langue vulgaire, comment cet ingrédient, pour lequel, au reste, je ne me sens pas une grande sympathie, s'appelle-t-il ?

– Eh ! voilà justement ce qui révèle notre origine matérielle, s'écria Simbad ; souvent nous passons ainsi auprès du bonheur sans le voir, sans le regarder, ou, si nous l'avons vu et regardé, sans le reconnaître. Êtes-vous un homme positif et l'or est-il votre dieu, goûtez à ceci, et les mines du Pérou, de Guzarate et de Golconde vous seront ouvertes. Êtes-vous un homme d'imagination, êtes-vous poète, goûtez encore à ceci, et les barrières du possible disparaîtront ; les champs de l'infini vont s'ouvrir, vous vous promènerez, libre de cœur, libre d'esprit, dans le domaine sans bornes de la rêverie. Êtes-vous ambitieux courez-vous après les grandeurs de la terre, goûtez de ceci toujours, et dans une heure vous serez roi, non pas roi d'un petit royaume caché dans un coin de l'Europe, comme la France, l'Espagne ou l'Angleterre mais roi du monde, roi de l'univers, roi de la création. Votre trône sera dressé sur la montagne où Satan emporta Jésus ; et, sans avoir besoin de lui faire hommage, sans être forcé de lui baiser la griffe, vous serez le souverain maître de tous les royaumes de la terre. N'est-ce pas tentant, ce que je vous offre là dites, et n'est-ce pas une chose bien facile puisqu'il n'y a que cela à faire ? Regardez. »

À ces mots, il découvrit à son tour la petite coupe de vermeil qui contenait la substance tant louée, prit une cuillerée à café des confitures magiques, la porta à sa bouche et la savoura lentement, les yeux à moitié fermés, et la tête renversée en arrière.

Franz lui laissa tout le temps d'absorber son mets favori, puis, lorsqu'il le vit un peu revenu à lui :

« Mais enfin, dit-il, qu'est-ce que ce mets si précieux ?

— Avez-vous entendu parler du Vieux de la Montagne, lui demanda son hôte, le même qui voulut faire assassiner Philippe Auguste ?

— Sans doute.

— Eh bien, vous savez qu'il régnait sur une riche vallée qui dominait la montagne d'où il avait pris son nom pittoresque. Dans cette vallée étaient de magnifiques jardins plantés par Hassen-ben-Sabah, et, dans ces jardins, des pavillons isolés. C'est dans ces pavillons qu'il faisait entrer ses élus, et là il leur faisait manger, dit Marco-Polo, une certaine herbe qui les transportait dans le paradis, au milieu de plantes toujours fleuries, de fruits toujours mûrs, de femmes toujours vierges. Or, ce que ces jeunes gens bienheureux prenaient pour la réalité, c'était un rêve ; mais un rêve si doux, si enivrant, si voluptueux, qu'ils se vendaient corps et âme à celui qui le leur avait donné, et qu'obéissant à ses ordres comme à ceux de Dieu, ils allaient frapper au bout du monde la victime indiquée, mourant dans les tortures sans se plaindre à la seule idée que la mort qu'ils subissaient n'était qu'une transition à cette vie de délices dont cette herbe sainte, servie devant vous, leur avait donné un avant-goût.

— Alors, s'écria Franz, c'est du hachisch ! Oui, je connais cela, de nom du moins.

— Justement, vous avez dit le mot, seigneur Aladin, c'est du hachisch, tout ce qui se fait de meilleur et de plus pur en hachisch à Alexandrie, du hachisch d'Abougor, le grand faiseur, l'homme unique, l'homme à qui l'on devrait bâtir un palais avec cette inscription : *Au marchand du bonheur, le monde reconnaissant.*

– Savez-vous, lui dit Franz, que j'ai bien envie de juger par moi-même de la vérité ou de l'exagération de vos éloges ?

– Jugez par vous-même, mon hôte, jugez ; mais ne vous en tenez pas à une première expérience : comme en toute chose, il faut habituer les sens à une impression nouvelle, douce ou violente, triste ou joyeuse. Il y a une lutte de la nature contre cette divine substance, de la nature qui n'est pas faite pour la joie et qui se cramponne à la douleur. Il faut que la nature vaincue succombe dans le combat, il faut que la réalité succède au rêve ; et alors le rêve règne en maître, alors c'est le rêve qui devient la vie et la vie qui devient le rêve : mais quelle différence dans cette transfiguration ! c'est-à-dire qu'en comparant les douleurs de l'existence réelle aux jouissances de l'existence factice, vous ne voudrez plus vivre jamais, et que vous voudrez rêver toujours. Quand vous quitterez votre monde à vous pour le monde des autres, il vous semblera passer d'un printemps napolitain à un hiver lapon, il vous semblera quitter le paradis pour la terre, le ciel pour l'enfer. Goûtez du hachisch, mon hôte ! goûtez-en ! »

Pour toute réponse, Franz prit une cuillerée de cette pâte merveilleuse, mesurée sur celle qu'avait prise son amphitryon, et la porta à sa bouche.

« Diable ! fit-il après avoir avalé ces confitures divines, je ne sais pas encore si le résultat sera aussi agréable que vous le dites, mais la chose ne me paraît pas aussi succulente que vous l'affirmez.

– Parce que les houppes de votre palais ne sont pas encore faites à la sublimité de la substance qu'elles dégustent. Dites-moi : est-ce que dès la première fois vous avez aimé les huîtres, le thé, le porter, les truffes, toutes choses que vous avez adorées par la suite ? Est-ce que vous comprenez les Romains, qui assaisonnaient les faisans avec de l'assafœtida, et les Chinois, qui mangent des nids d'hirondelles ? Eh ! mon Dieu, non. Eh bien, il en est de même du hachisch : mangez-en huit jours de suite seulement, nulle nourriture au monde ne vous paraîtra atteindre à la finesse de ce goût qui vous paraît peut-être aujourd'hui fade et nauséabond. D'ailleurs, passons dans la chambre à côté, c'est-à-dire dans votre chambre, et Ali va nous servir le café et nous donner des pipes. »

Tous deux se levèrent, et, pendant que celui qui s'était donné le nom de Simbad, et que nous avons ainsi nommé de temps en temps, de façon à pouvoir, comme son convive, lui donner une dénomination quelconque, donnait quelques ordres à son domestique, Franz entra dans la chambre attenante.

Celle-ci était d'un ameublement plus simple quoique non moins riche. Elle était de forme ronde, et un grand divan en faisait tout le tour. Mais divan, murailles, plafonds et parquet étaient tout tendus de peaux magnifiques, douces et moelleuses comme les plus moelleux tapis ; c'étaient des peaux de lions de l'Atlas aux puissantes crinières ; c'étaient des peaux de tigres du Bengale aux chaudes rayures, des peaux de panthères du Cap tachetées joyeusement comme celle qui apparaît à Dantès, enfin des peaux d'ours de Sibérie, de renards de Norvège, et toutes ces peaux étaient jetées en profusion les unes sur les autres, de façon qu'on eût cru marcher sur le gazon le plus épais et reposer sur le lit le plus soyeux.

Tous deux se couchèrent sur le divan, des chibouques aux tuyaux de jasmin et aux bouquins d'ambre étaient à la portée de la main, et toutes préparées pour qu'on n'eût pas besoin de fumer deux fois dans la même. Ils en prirent chacun une. Ali les alluma, et sortit pour aller chercher le café.

Il y eut un moment de silence, pendant lequel Simbad se laissa aller aux pensées qui semblaient l'occuper sans cesse, même au milieu de sa conversation, et Franz s'abandonna à cette rêverie muette dans laquelle on tombe presque toujours en fumant d'excellent tabac, qui semble emporter avec la fumée toutes les peines de l'esprit et rendre en échange au fumeur tous les rêves de l'âme.

Ali apporta le café.

« Comment le prendrez-vous ? dit l'inconnu : à la française ou à la turque, fort ou léger, sucré ou non sucré, passé ou bouilli ? à votre choix : il y en a de préparé de toutes les façons.

– Je le prendrai à la turque, répondit Franz.

– Et vous avez raison, s'écria son hôte, cela prouve que vous avez des dispositions pour la vie orientale. Ah ! les Orientaux, voyez-vous, ce sont les seuls hommes qui sachent vivre ! Quant à moi ajouta-t-il avec un de ces singuliers sourires qui n'échappaient pas au jeune homme, quand j'aurai fini mes affaires à Paris, j'irai mourir en Orient et si vous voulez me retrouver alors, il faudra venir me chercher au Caire, à Bagdad, ou à Ispahan.

– Ma foi, dit Franz, ce sera la chose du monde la plus facile, car je crois qu'il me pousse des ailes d'aigles, et, avec ces ailes je ferais le tour du monde en vingt-quatre heures.

– Ah ! ah ! c'est le hachisch qui opère, eh bien ouvrez vos ailes et envolez-vous dans les régions surhumaines ; ne craignez rien, on veille sur vous, et si, comme celles d'Icare, vos ailes fondent au soleil nous sommes là pour vous recevoir.

Alors il dit quelques mots arabes à Ali, qui fit un geste d'obéissance et se retira, mais sans s'éloigner.

Quant à Franz, une étrange transformation s'opérait en lui. Toute la fatigue physique de la journée, toute la préoccupation d'esprit qu'avaient fait naître les événements du soir disparaissaient comme dans ce premier moment de repos où l'on vit encore assez pour sentir venir le sommeil. Son corps semblait acquérir une légèreté immatérielle, son esprit s'éclaircissait d'une façon inouïe, ses sens semblaient doubler leurs facultés ; l'horizon allait toujours s'élargissant, mais non plus cet horizon sombre sur lequel planait une vague terreur et qu'il avait vu avant son sommeil, mais un horizon bleu, transparent, vaste, avec tout ce que la mer a d'azur, avec tout ce que le soleil a de paillettes, avec tout ce que la brise a de parfums ; puis, au milieu des chants de ses matelots, chants si limpides et si clairs qu'on en eût fait une harmonie divine si on eût pu les noter, il voyait apparaître l'île de Monte-Cristo, non plus comme un écueil menaçant sur les vagues, mais comme une oasis perdue dans le désert ; puis à mesure que la barque approchait, les chants devenaient plus nombreux, car une harmonie enchanteresse et mystérieuse montait de cette île à Dieu, comme si quelque fée, comme Lorelay, ou quelque enchanteur comme Amphion, eût voulu y attirer une âme ou y bâtir une ville.

Enfin la barque toucha la rive, mais sans effort, sans secousse comme les lèvres touchent les lèvres, et il rentra dans la grotte sans que cette musique charmante cessât. Il descendit ou plutôt il lui sembla descendre quelques marches, respirant cet air frais et embaumé comme celui qui devait régner autour de la grotte de Circé, fait de tels parfums qu'ils font rêver l'esprit, de telles ardeurs qu'elles font brûler les sens, et il revit tout ce qu'il avait vu avant son sommeil, depuis Simbad, l'hôte fantastique, jusqu'à Ali, le serviteur muet ; puis tout sembla s'effacer et se confondre sous ses yeux, comme les dernières ombres d'une lanterne magique qu'on éteint, et il se retrouva dans la chambre aux statues, éclairée seulement d'une de ces lampes antiques et pâles qui veillent au milieu de la nuit sur le sommeil ou la volupté.

C'étaient bien les mêmes statues riches de forme, de luxure et de poésie, aux yeux magnétiques, aux sourires lascifs, aux chevelures opulentes. C'était Phryné, Cléopâtre, Messaline, ces trois grandes courtisanes : puis au milieu de ces ombres impudiques se glissait, comme un rayon pur, comme un ange chrétien au milieu de l'Olympe, une de ces figures chastes, une de ces ombres calmes, une de ces visions douces qui semblait voiler son front virginal sous toutes ces impuretés de marbre.

Alors il lui parut que ces trois statues avaient réuni leurs trois amours pour un seul homme, et que cet homme c'était lui, qu'elles s'approchaient du lit où il rêvait un second sommeil, les pieds perdus dans leurs longues tuniques blanches, la gorge nue, les cheveux se déroulant comme une onde, avec une de ces poses auxquelles succombaient les dieux, mais auxquelles résistaient les saints, avec un de ces regards inflexibles et ardents comme celui du serpent sur l'oiseau, et qu'il s'abandonnait à ces regards douloureux comme une étreinte, voluptueux comme un baiser.

Il sembla à Franz qu'il fermait les yeux, et qu'à travers le dernier regard qu'il jetait autour de lui il entrevoyait la statue pudique qui se voilait entièrement ; puis ses yeux fermés aux choses réelles, ses sens s'ouvrirent aux impressions impossibles.

Alors ce fut une volupté sans trêve, un amour sans repos, comme celui que promettait le Prophète à ses élus. Alors toutes ces bouches de pierre se firent vivantes, toutes ces poitrines se firent chaudes, au point que pour Franz, subissant pour la première fois l'empire du hachisch, cet amour était presque une douleur, cette volupté presque une torture, lorsqu'il sentait passer sur sa bouche altérée les lèvres de ces statues, souples et froides comme les anneaux d'une couleuvre ; mais plus ses bras tentaient de repousser cet amour inconnu, plus ses sens subissaient le charme de ce songe mystérieux, si bien qu'après une lutte pour laquelle on eût donné son âme, il s'abandonna sans réserve et finit par retomber haletant, brûlé de fatigue, épuisé de volupté, sous les baisers de ces maîtresses de marbre et sous les enchantements de ce rêve inouï.

FIN DU TOME PREMIER

Printed in Great Britain
by Amazon

47269436R00202